克里姆林宫林木葱郁，花草繁茂，教堂耸峙，殿宇轩昂，享有“世界第八奇景”的美誉。

半个多世纪过去了，我妈每逢给我们讲起这些事，心里都是明镜一般，有说不完的话。

洛阳正在充分利用牡丹这张名片竭力打造新的品牌，为中原大地注入新的活力。

可以想象到那个时候这里可能是半山腰的一片洼地，湿漉漉的有田螺生长，客家人很随意地把它叫作“田螺坑”……

前面就是祁连山脉的达坂山公路隧道。没有过往车辆，没有行人穿越，洞口标识牌上标有“海拔 3792.75m”的字样……

我曾去过汉中，这次应朋友之约又来到汉中，给我印象最深的就是石门了。

我们乘坐汽车在绿色的海洋中穿行，不大一会儿就来到日月潭这个闻名于世的旅游胜地。

赛场上拼的是实力，打的是勇气，在实力相当的时候狭路相逢勇者胜……

我行我旅

徐宜发 著

中原出版传媒集团
大地传媒

大象出版社
·郑州·

图书在版编目(CIP)数据

我行我诉／徐宜发著.— 郑州：大象出版社，2016. 6
ISBN 978-7-5347-8726-3

Ⅰ. ①我… Ⅱ. ①徐… Ⅲ. ①散文集—中国—当代 Ⅳ. ①I267

中国版本图书馆 CIP 数据核字(2016)第 001278 号

我行我诉
徐宜发 著

出 版 人 王刘纯
责任编辑 李建平
责任校对 毛 路 李婧慧 裴红燕
装帧设计 张 帆
书名题字 徐宜发

出版发行 大象出版社(郑州市开元路 16 号 邮政编码 450044)
发行科 0371-63863551 总编室 0371-65597936
网 址 www.daxiang.cn
印 刷 新乡市龙泉印务有限公司
经 销 各地新华书店经销
开 本 787mm×1092mm 1/16
印 张 20
字 数 323 千字
版 次 2016 年 6 月第 1 版 2016 年 6 月第 1 次印刷
定 价 45.00 元

印厂地址 河南省新乡经济开发区中央大道中段
邮政编码 453731 电话 0373-5590988

幸福的徐宜发（代序）

郑彦英

十多年前我去走访郑州铁路局局长徐宜发，他从办公桌后面敏捷地站起来，快步走过来握住我的手。我看着他的笑容，初步判断，这个笑容，是真的。

因为作家这个行业，对大部分人是无关紧要的，对一个郑州铁路局的局长，管理着河南、陕西、湖北三省的铁路线的徐宜发局长，更是无足轻重。所以，我要从对方的第一反应判断他是不是应付我。

既然笑容真诚，说明对方还算重视，我就谈了我的感觉："你这个局长是真正的大权在握，一声号令，三省震动。"

"可不敢这样说！"他给我倒了茶，"仅仅限于铁路部门。"遂补充道："铁路部门是军事化管理，令行禁止。"

我又进一步谈我的感受："一般来说，位高权重的人，手上肉厚，握着绵软；脚上沉重，步子迟缓；脸上皮松，一动就闪。你不是这样的。"

他笑了："我是司炉出身，你看我这手。"

他把手伸过来，我看见了他手上的茧子，便立即把我的手放在他的手旁边，说："一双劳动人民的手。"

于是，两个气味相投的人，成了好朋友。

于是，我知道了他的生活规律，六点起床，打会儿乒乓球，进办公室，晚上抽空写作。我每次见他，他都是精神抖擞的样子，两只眼睛里，尽是光亮。

几年后的一个下午，我突然接到他的电话，说是晚上请我吃饭。我笑了："咱俩还用请吃？你有啥事情？"

"我工作上有变化。"他声音和缓，但不是很亮，似有不悦。

我立即说："晚上我请。"

当然还是他请吃饭，在一个小饭铺，没有秘书，没有随从，两个人，一瓶酒。

我知道不可能是高升，如果那样，这会儿不会只有我们两人。就问他到北京担任什么职务，他说是调研员，闲职。

我宽慰他，说这是铁道部领导关心他，快奔六十的人了，让他进京，房子也给了，还能把家安到北京，多好的事儿啊，这可是一般人想都不敢想的……他和我碰杯，一肚子的话都融在笑声中。我又和他碰杯，说地方干部和京官干杯。叮叮当当的，就到了微醺的境地。

大约两年后，他从北京回来了，给我打电话，高喉咙大嗓子，说他退休了，写了一个东西，要和我见面。

这回是在我的办公室，我紧紧握着他的手，看着他依然明亮的眼睛，还有发光的额头，禁不住赞扬："你退下来比在职时精神多了！"他说："工作上不用咱操心了，但还是六点起床，冲个澡，吃饭，写作，打球，采风！"

我很高兴，这完全是专业作家的时间安排，退下来的人，和文学结合到一起，是很愉快的。我很自然地问他，常住北京吗？他淡然一笑说，家没搬，北京的房子也没有要，郑州是我的根。

不久，他到文联参加一个文学活动，我进了会议室才发现他来了，要过去和他说话，他摆摆手，让我先开会。我就只好坐到主席台上，看着他坐在下面，我很不自然，更不自在。

会后我俩聊天，听他眉飞色舞地说着他的见闻，听他激情饱满地说着他的创作计划，我心里想：这才是真正的徐宜发。当官时，他没有高高在上；不当官了，他回归老百姓，用百姓的心处世，所以优哉游哉，其乐无穷。

得到他这一个集子的校样，我认真看了一遍，有记人、记事、抒情、咏物，还有去海外的游记，可谓琳琅满目。我似乎跟着徐宜发，去了铁路线延伸到的山川河谷，到了风情独具的海外他乡，用他的眼睛看世界，用他的口气与人说话。

我问自己：这几天你咋这么快活？

我自己回答：因为我在阅读徐宜发。

2015 年 5 月 28 日于河畔木屋

(作者系河南省文联副主席、河南省文学院原院长)

目　录

第一辑　铁路情怀

第二辑　人在旅途

第三辑　岁月拾零

第一辑　铁路情怀

我喜欢看那无边延伸的铁轨
承载无限的梦想和希望
我喜欢听那划过长空的汽笛
奏响悠长的年华和时光
我喜欢用鼠标和键盘
记录我对铁路满满的情怀

祝福我的韩国朋友

他比我小称我“大哥”，我比他大唤他“老弟”，这是我和韩国朋友许相元见面时的称呼。

说起我们这段情缘非同一般。那是2006年冬天，我随同中国铁路代表团到韩国考察高速铁路，韩国铁道施设公团驻北京代表处的许相元全程陪同，从首尔到釜山全方位考察了他们的高铁建设及运营管理。出于我写文章的需要，观察、询问都比较细，想起来啥问啥。尽管许相元到中国才一年多的时间，但是对汉语已经有所了解，他那生硬的汉语表达给了我不少帮助，我们之间自然就亲近得多了，有些事我至今难忘。

我离开工作岗位已有多年，许相元只要来郑州总要与我见上一面，看望他这位中国老大哥，他比我更重情义。2009年3月初，春天姗姗来迟，郑州的气温还停留在冬天。那天半晌我接到许相元的电话，说他带着他们的办公室主任方一钒来到郑州，约我见面共叙友情。朋友大老远来郑州，我肯定要尽地主之谊，请他们来家里坐坐，用最传统、最朴实也是最高规格的方式接待国际友人。我第一次安排家宴请外国朋友，不知道做什么菜肴，还是老妈的一句话提醒了我，以家乡枣糕为主，配几道纯正的豫菜，有鱼有鸡荤素搭配。老妈从15岁就跟着我父亲在厨房里做帮手，也做得一手好菜，是一个很好的家庭厨师，家里来客人都是老妈操持。老爸天天忙在外顾不上家里这一摊儿，家务活都是妈来做。现在妈年事已高也不再下厨，这次说是有外国人来家吃饭，老妈不顾她已是85岁高龄，在厨房备餐料、做拼盘，忙来忙去不减当年。

天色渐渐暗下来，许相元带着方一钒来到我们家，见了我妈非要行大礼跪拜老人家，拉住我妈的手连喊“妈妈、妈妈……”，让老人家高兴得不得了。

席间，我一一介绍妈做的菜肴，吃着黄焦酥脆的长垣家乡枣糕，许相元是连连称道。枣糕是长垣的一道名吃，已有几百年的历史。儿时的我听大人们说，家乡的枣糕是用加工而成的黍米面夹上红枣油炸制作，黄焦酥脆，香甜可口，回味无穷。这种黍米属于经济作物，因产量低中原地带少有种植。长垣不仅种植黍谷，而且受水土和气候条件的影响，黍米质量最为上乘，相传清朝时期就已传入皇宫，长垣枣糕便成为宫廷佳肴，深受皇帝和文武百官的青睐。枣糕的形状类似皇宫御厨用的一种金质盛油器皿，以显示其御用食品的高贵身价。早些年，家乡人到郑州有时也为我们带些黍米，母亲炸出的枣糕味道更是鲜美。现在我们平时根本吃不到枣糕，一来没有原料面，二来不想让老妈再为我们操劳。前几天家乡来客人，给我们带来一点黍米面，还没来得及派上用场，恰好赶上韩国朋友来，也让他们尝尝鲜，中国枣糕给韩国朋友留下了深刻的印象。过后，我就写了一篇博文《老妈亲手做佳肴》，连同照片一起贴在博客上，有536人次点击，收到54条评论。一位名为“于兰1933”的博友这样写道：“老太太很为中国争光，也给家乡添彩。有如此高龄、硬朗的老人在真是好福气！”时隔几个月，我收到许相元寄来的韩国杂志，这篇文章被翻译成韩文刊登在韩国一家杂志上，让更多的韩国人了解了我们中国的传统文化。

时间一晃过去4年了，老妈今年已是近90岁的高龄了，有时说起请韩国人吃枣糕那回事，妈总是说：“如果他们再来，我还下手做。”妈是个热情好客、纯朴善良的东方慈母。

前天，我收到一封来信，打开一看是许相元用中文写成的，字里行间充满了真挚感情，洋洋洒洒有3000多字。他在信中告诉我，他在中国任期已满，要回韩国另有任用。北京是他的第二故乡，这次让他回国赴任真有依依不舍之情。是金子在哪儿都要发光，他善于学习、精通业务，又能吃苦，事业做得很成功，韩国总统朴槿惠访华期间，许相元接受媒体采访并在中央电视台播出，受到业内人士称赞，这次回韩国准是公团给他压担子。看到许相元的来信，我们相处在一起的情景又一幕幕在我的脑海闪过，随即打电话与方一钒联系，安排时间到北京与老朋友话别。

昨天上午，方一钒来电话说许相元他们一同下午专程到郑州来拜访我。我驱车来到他们下榻的饭店，我们相见有说不完的话，谈工作，谈生活，谈过去，谈现在，无话不谈。谈到 4 年前在我家做客时又回味我们家乡的枣糕，称我母亲是他的中国妈妈，做的枣糕真好吃。我告诉他，老人家明年就是 90 大寿了，现在身体很好，每天还和邻居打牌聊天，日子过得很舒心。当然我们也谈论到许相元的母亲，我敢肯定许妈妈也是一位善良可敬的好妈妈。相元的母亲比我妈小 5 岁，4 年前在我家相元用手机拨通他们家的电话，方一钒做翻译，两位老人在电话里互相问候，无线电波传递着她们爽朗的笑声。

临别之时，我赶写了一幅书法作品送给我的这位韩国老弟："兄弟情意深，天涯若比邻"，以此表达我们的真挚感情。我也衷心祝福我的韩国朋友开心工作，快乐生活！

2013 年 7 月 17 日

餐桌上听到的故事

北京开会我与老朋友相聚，自然亲热无比。早餐蒙华铁路公司总经理张梅陪同我们一起，边吃边聊。来自西安的白发祥说起一件事至今让我回味，这是发生在大书法家舒同在陕西任职时的故事。

白发祥一直在铁路系统工作，曾任西（安）延（安）公司总经理，我们是多年的老朋友，同年出生，比我大几个月，当然称他老兄了。发祥老兄爱好广泛，尤其对书法饶有兴趣，闲话中聊到了大书法家舒同的一段往事。1966 年夏天狂风四起，“文革”来势凶猛，一时间大字报铺天盖地，一些人的狂热淹没了良知，拿着“大帽子”乱打乱扣弄得鸡犬不宁。有的人被他们无中生有地扣上了“保守”“保皇”甚至“反革命分子”的帽子，无理可说，搞得人人自危。我和发祥兄那时都是十六七岁的学生，经历了那个不寻常的年月，现在想起来还心有余悸。有一天下午快该做晚饭的时候，发祥兄受母亲之命到街上买东西，正好看到一个长者低着头在墙上贴大字报，旁边放着糨糊桶和写好的两张大字报。贴到墙上的大字报露出了标题“揭发霍士廉同志的几个问题”，发祥兄觉得挺有意思，他只知道霍士廉是省里的大领导，具体干什么也不清楚。其他大字报在人名字上都画有红叉，这张大字报不仅没有红叉还称霍士廉为“同志”，大字报的内容也似懂非懂。继续往下看，落款是“舒同”。长者贴完还是低着头，掂着糨糊桶慢慢地走了，看样子心情很沉重。发祥兄从头到尾看完了大字报，却自始至终没有看清这位长者舒同的相貌。讲到这儿的时候，发祥兄十分后悔地说，舒同走后没有把他写的大字报揭下来珍藏，那可是舒同的墨宝真迹啊。

翻开历史上的那一页。霍士廉1909年出生在山西一个普通的农民家庭，早年参加革命，1936年加入中国共产党，是老一辈无产阶级革命家，“文革”期间担任陕西省委第一书记。舒同比霍士廉年长4岁，1926年加入中国共产党，1930年参加中国工农红军，“文革”期间担任陕西省委书记处书记，是霍士廉的好搭档，他们既是同志、战友又是老朋友。回想那一段历史，在那黑白颠倒的年月“矛盾向上就是大方向”，霍士廉首当其冲受到冲击，舒同怕被扣上帽子不得不做出样子，违心地写了“揭发霍士廉同志的几个问题”那张大字报。尽管如此，舒同也没有摆脱挨整，照样惨遭迫害，那个年月那些出生入死的老干部有谁能逃脱厄运呢？那阵“狂风”之后，霍士廉、舒同又重新回到了领导岗位，1982年他们都进入中央顾问委员会成为委员。舒同自幼聪颖好学，练得一手好字并自成一体，被人称为“才子”，20世纪80年代他和书画界的朋友创立了中国书法协会，还当选为主席，他出版的《舒同字帖》《舒同书法集》等作品在书画界产生了很大影响。

白发祥学校毕业参加工作进了铁路系统，工作兢兢业业，一步步走上了领导岗位。在西安客运段任职段长那年，有一天接到通知，舒同要从西安坐车到北京去，由发祥段长安排去送车。在车站贵宾室，一席长谈引起了舒同的回忆。舒同说，这一生中做错了一件事造成终生后悔莫及。“文革”初期他在陕西省委工作，大家都贴大字报，为了表现自己站在革命前列不落后，像挤牙膏一样很勉强地拼凑了几件事，写了一张“揭发霍士廉同志的几个问题”的大字报贴在墙上，虽说都是些鸡毛蒜皮之类不疼不痒的小事，但是总觉得对不起自己的革命战友。当时心里很矛盾，不写怕那些人给扣上“保皇”“不革命”的帽子，写吧又实在找不到霍书记的毛病，思来想去还是拼凑出了那张大字报。贴到墙上后，迈着沉重的步伐回到家里，越想心里越不是滋味，弄得彻夜难眠，第二天一大早起床决定撕下那张大字报。结果跑去一看墙上干干净净，不知谁已揭掉拿走了，根本无法找回，让这块疼痛难忍的心病再也无法得到医治。20多年过去了，舒老还为这事纠结在心，说出这件事心里能得到一些缓解，也是给老战友道个歉吧。坐在旁边的白发祥目睹了这件事，舒同贴大字报时也无心观察旁边有没有人，他并不知道白发祥知道此事。事情往往就是那么巧，知道这事的人就在眼前。可惜啊，当年年轻的白发祥可能还不知道舒同墨宝的珍贵，也可能他不敢去揭这张大字报，不管出于什么原因发祥兄失去了一次很好的机会，没有把大师的真迹拿到手，叫谁都后悔。

揭走这张大字报的人肯定是一个书法爱好者，或是一个喜爱收藏的人，也说不定是了解霍士廉和舒同的人，看到这张大字报大胆地揭掉，免得让那些别有用心的人另做文章。至今，舒老这张“揭发霍士廉同志的几个问题”的大字报还没有露面。我倒是希望它能被人收藏起来，若干年后终有一天再现世人面前，岂不成了一件珍贵的历史文物？人们透过这张大字报，可以从一个侧面了解到“文化大革命”那段历史。

舒同的书法艺术作品人见人爱。他那张“揭发霍士廉同志的几个问题”的大字报，若是完好无损地被人收藏，我真诚地希望收藏者能写一篇文章，原原本本地把收藏这张大字报的原委说出来，以此来告慰舒同他老人家的在天之灵。

2013年10月26日

来自关角山的报道

青藏高原关角山隧道是目前世界上最长、海拔最高的铁路隧道，2007 年 11 月 6 日开工，今年 4 月 15 日贯通，全长 32.645 公里。眼下来自中原大地的铁路建设者们正在这里进行四电工程的紧张施工，用他们的智慧和汗水谱写着时代赞歌。

青藏铁路全长 1956 公里，其中西宁至格尔木的铁路线为 876 公里。修建青藏铁路是中华民族多年的梦想，早在半个世纪以前，西宁到格尔木的铁路线便着手设计，并集中铁道兵的主要力量于 1958 年 9 月开工，直到 1979 年 9 月全线铺轨，1984 年 7 月交付使用。这一段铁路线大部分都在海拔 3000 米以上，有的地段海拔超过了 4000 米，生态环境更为恶劣。西（宁）格（尔木）铁路线沿途是沙漠、戈壁、草原和沼泽，其中长达 170 多公里荒无人烟。由于当时技术力量、设备条件的局限性，建成后的西宁至格尔木铁路运输能力受到各种因素的制约，很难满足市场需求，尤其 2006 年 7 月 1 日格尔木至拉萨铁路建成通车，西格铁路的短板效应凸显，急需进行技术改造，才能满足青藏铁路运量日益增长的需要。

当今我国铁路建设技术远比 20 世纪 50 年代强得多，特别是在格尔木至拉萨铁路建设中，我国的专业技术人员对解决高原冻土、高寒、缺氧三大世界难题取得了新的进展并积累了许多成功的经验，打通长大隧道、架设特大桥梁这些过去看起来不可思议的事，早已不是铁路建设的拦路虎，完全有能力采用新技术修筑西格铁路新增二线，释放铁路运输能力，改善铁路运营环境。

担当西格铁路新增二线勘察设计任务的中铁第一设计院创建于 1953 年初，技术力量雄厚，经验丰富，在我国铁路建设中屡立战功。关角山是西格铁路新增二线怎么也绕不开的必经地段，需要开挖两座长大单线隧道，缩短通过关角山的距离，压缩列车运行时间。无疑这是一个控制性工程，他们夜以继日提前拿出了关角山隧道施工方案，由中铁隧道局和中铁建十六局联合进行土建工程施工。

关角，在藏语中的意思是“登天的梯”，意为关角山是天梯。关角山是我们的老朋友了，早在半个世纪前修筑西格铁路时，我们的铁道兵战士就与它结下了不解之缘，一条长 3690 米的隧道就坐落在海拔 4010 米的关角山半山腰。关角山地质复杂，新的关角山长大隧道位于地质板块挤压的接合部，有 17 处大小不同的断裂带，隧道必须通过的地质断层地段超过 10 公里，地下水极为丰富，加大了施工难度。我们到达关角山隧道的入口处，见到了中铁电气化局集团第三工程有限公司关角山隧道项目经理白智军，他似乎带有埋怨情绪地对我们说，正是因为隧道贯通的时间一再推迟给他们带来诸多不便，后续的电力施工肯定要打大仗，打苦仗。

不可否认，人类对物质世界的认识还是有限的。我没有采访开凿挖洞的施工人员，就凭摆放在洞口的那些展板就可以看出打通关角山隧道的艰难。这是两座并行、单座隧道长达 32.645 公里的世界高原铁路第一长大隧道，洞口上矗立着醒目的汉字：“中国铁建十六局集团承建世界高原铁路第一长隧”。洞口展板标明关角山隧道最高海拔 3780 米，高寒缺氧，为世界独一无二的高海拔长大遂道；施工斜井 11 座，累计长度 15.5 公里；高压蓄水段落长达 10 公里，最大日出水量 24 万立方米，增设一条长 8060 米的泄水洞，日夜不停地抽水、排水……这是单座隧道列举的几组数据。它不是简单的数字排列，透过这些数字可见关角山隧道施工的艰辛，更何况有些因素是始料不及的，这就是造成关角山隧道推迟贯通的根本原因。

关角山隧道于今年 4 月 15 日终于贯通了，留给电力供电施工的时间已经不多。隧道贯通只是一个方面，隧道内部整治的后续工程接踵而来，洞壁衬砌、整体道床施工、钢轨铺设、各种电缆线路的铺设等，细算下来还有大量的施工工程，剩余工期不可能切块单独安排，只能多工种、各专业科学安排同时作业，才能做到新增二线如期开通。中铁电气化局集团第三工程有限公司承担着关角山隧道高低压电线路的铺设任务，科技含量高，施工难度大，打的是一场硬仗，白智军就是这个项目的领军人。

西宁到格尔木的新增二线是一条高技术含量的电气化铁路。电气化铁路像人体一样，行车指挥系统是它的大脑，电流是它的血液，信号是它的眼睛。这些技术数据都要靠一条条电缆线路传输。按设计要求，穿越关角山隧道的高低压电缆线路有27条。刚刚步入不惑之年的白智军，父亲在中铁电气化局三公司与电打了一辈子交道，子承父业，他遗传了老爹的基因，天生就是一个能吃苦、会干活的男子汉，从来不打无准备之仗。去年6月，他带领他的伙伴们从郑州匆匆赶到关角山隧道，提前进入主战场，深入调查察看现场掌握第一手资料，抓紧备战。关角山隧道处于高海拔的无人区，施工最高处海拔达4100米，平均海拔也在3500米以上，高寒缺氧，不具备人居条件。50多年前，我们英雄的铁道兵在这里开挖第一条海拔4100米、全长4.4公里的关角山隧道，由于对客观事物认识不足，缺乏自我保护意识，有55名可爱的战士把宝贵的生命献给了铁路事业，长眠于青藏高原，年龄最大的才25岁，最小的只有19岁。现在还有一些当年的老兵，复员转业要求落户到青藏铁路公司，这样能常到烈士陵园或为修建西格铁路而牺牲的战友墓地用不同的方式寄托哀思，抽时间面对墓碑说说心里话告慰他们的在天之灵。有人说，世界上人是第一宝贵的，只要有了人什么人间奇迹都可创造出来。白智军就信这一条，他把员工的身体健康看得比什么都重要，要干好关角山隧道的活，首先要把大家的生活安排好。他没有把营盘安扎在关角山隧道口，而是把项目部设在远离施工现场几十公里之外的天峻县城，这就是他们的根据地，员工食宿在一起互相也有个照应。这里虽说海拔也不低，毕竟有草有树有人气，大气含氧量明显高于关角山隧道。我们到了他们的驻地，看似简陋了一些却充满了家的温馨。

我们做短暂停留之后离开了项目部，乘车又向关角山隧道的出口处驶去。当下长达30多公里的关角山隧道汽车还不能长驱直入，我们只得分两头进入，了解供电设备安装施工的进度。三伏天的关角山依然凉风阵阵，行驶在一处平坦小道时我问白经理："这儿的海拔有多少？"小白回答："这一路都在海拔3700米以上。"再往前走，路边矗立着一块标识牌："海拔3847米"，这里距我们要去的关角山隧道出口已经不远了，是他们来来往往的必经之地。与我们同行的中铁电气化局集团甘青铁路指挥部指挥长任双喜说话带有几分幽默："在这儿施工可省心了，根本不用担心中暑……"他总是这样时不时地来上一句，逗得大家哈哈一笑。

下车进洞，我抬头看到一眼望不到头的高压接触网吊柱一根根排列整齐地镶嵌在隧道顶部，像是等待检阅的空中仪仗队。50岁出头的项目部副经理孙明涛是白智军的同校师兄，在施工现场干了30多年，经历了无数次复杂多变的工程项目，应变能力特别强。根据关角山隧道的特点，他们采用的是不等不靠主动出击的战术，"找缝插针"，充分利用一切可以利用的时间把工期往前赶。关角山隧道接触网采用刚性悬挂新技术，安全可靠，稳定性能好，运行中根本不会发生断线，是一种全新的接触网悬挂方式。这种悬挂新方式的吊柱密度大，吊柱间距只有8米，关角山双隧道要安装8000多根这种特种材料制成的接触网吊柱。按照正常工作程序，钢轨铺设到位他们用能在钢轨上行走的梯车进行高空作业，如若这样入冬才能轮到他们干。时间不等人，他们按照设计图纸要求，精心测量，搭架画线作业，确定吊柱孔距做到准确无误。然后带上发电机进入隧道，登梯在隧道顶部仰身用手持电钻打孔，并把孔内粉尘清除干净注入化学锚栓固剂再装上锚栓，测试拉力不小于33.5千牛，才能安装吊柱、硅橡胶绝缘子、汇流排、旋转头连板、旋转头等部件。现在两座隧道吊柱安装已有300多根，破坏性拉拔实验最大值达89.89千牛，安全系数远远超过规定值。

1971年出生的项目部信号分部项目经理王璟，1991年毕业于兰州铁路机械学校信号专业，在一线磨炼了20多年，干起活来是把好手。今年4月从福建铁路工地来到这高海拔无人区，起初脑袋总是昏昏沉沉的，没有睡过一个好觉，几个月过去慢慢适应了现在好多了，晚上躺下一觉能睡到天亮，头也不发蒙了。他们的主要任务是信号电缆、通信光缆、CTC行车调度指挥系统等光电缆铺设，以及牵引供电变电所、分区所、开闭所等自动化遥控、遥测、遥信、遥调、遥视等远动功能指令传输线路的铺架，还有许多相关工程也必须在2014年12月25日前完成安装、调试，确保年底前按时通车。新建关角山长大隧道是我国铁路建设中一项重点工程，它的建成通车可使列车通过关角山的运行时间从现在的 2 小时压缩到 20 分钟，青藏铁路的运输能力将有大幅度提升，也为即将建成的拉萨至日喀则和计划修建的拉萨至林芝铁路线储备了运力，对加快青海、西藏的经济建设有着十分重要的意义。

在施工现场我们看到白经理带着他的伙伴们，按工程施工的难易程度先打外围，也就是先干那些没有交叉干扰的隧道外工程。 合理安排隧道内的施工，避免与其他专业的相互干扰，有效地推进工程进度。 地处高海拔的关角山隧道施工黄金期很快就会过去，大量的工作只能在冰冻期进行，白智军、孙明涛、王璟和他们的伙伴们面临的将是一场硬仗。

强将面前无难事，他们都是铁打的硬汉。 我敢断言，他们必定是这场硬仗的胜利者!

2014 年 8 月 2 日

远道而来的韩国朋友

20多天前我接到韩国铁道施设公团驻北京代表处主任方一钒的电话，说定了新任韩国铁道施设公团理事长姜英一一行专程到郑州的确切日期。我做了特意安排，等待韩国朋友的到来。

我与韩国朋友的交往源于2006年。那年我随中国铁路代表团到韩国考察高速铁路，韩国方面安排韩国铁道施设公团驻北京代表处许相元全程陪同，让我们结识了包括时任施设公团理事长郑钟焕在内的一批业内人士，有的一直保持联系，经常交流沟通，大家相互之间成了朋友。

韩国铁路管理不同于我国的管理模式。2003年韩国铁路进行机构改革，实行网运分离，原国有铁路公司被分成铁道施设公团和铁路运营公司。铁道施设公团的任务是基础设施管理、新线建设和既有线改造，建成后交由铁路公司运营。韩国的高速铁路发展先于我国，首尔至釜山的第一条高速铁路于1992年动工建设，2004年分段开通了从首尔到大田的高速铁路，引进的是法国TGV高铁技术，至今一直是以TGV为基础保持其技术的一致性。我并不看好TGV技术，就其移动设备而言，TGV采用的是动力集中型列车，也就是说它的牵引动力是集中在列车端部的动力车上，不如我们开行的“和谐号”动力分散型列车，把牵引动力分散在各个车辆中有优势。智者见智，这只是我个人看法。

姜英一理事长一行是从北京乘坐G89次列车来郑州的，正点到达郑州的时间是下午4点钟。我看时间差不多了，让司机刘晓勇把我送到郑州东站，等待G89次列车的到来。郑州东站是2012年年底建成投入使用的高铁站，气势宏伟，设备先进，管理一流，每天从早上7点到晚上19点55分，从北京西站开往郑州东的高铁列车就有45趟，平均每17分钟就有一趟来自北京西站的高铁列车到达郑州东站。当下，郑州至北京、西安、宝鸡、武汉、长沙、广州、深圳的高铁列车有上百趟，因其便捷、舒适的优势成为大家出行的首选。

G89次列车预告就要到达郑州东站，车站党委书记刘治华安排客运服务人员引导我们进站，在16号车厢的停车位置等待接车。我是一个老火车司机，开了多年的火车，拉客车最讲究的就是停车对位。那个时候我们牵引客车到站全是凭经验停车对位置，规定距停车标不得相差3米，如若是提职考试距停车标超过3米就失去了晋升的资格。现在的火车头也装上了微机，行车操纵安全可靠，列车到站停车采用微机技术与行车经验相结合，司机停车对位准确无误，旅客上下车方便有序，节省了大量的站停时间。

16时整，G89次列车正点到达郑州东站，车门打开，我看到韩国铁道施设公团驻北京首席代表孙炳斗陪同客人徐徐走下列车，一束鲜花迎来了远道而来的朋友。随行的韩国铁道施设公团驻北京代表处经营部部长郑恩珠面带微笑地向我一一介绍来访的韩国客人，随同姜英一来访的有公团建设本部部长金桂雄、海外事业处处长吴在勖、海外事业处次长权五仲……我们同乘一辆中巴车前往客人下榻的宾馆。在车上，我把事先创作的书法作品送给姜英一，这是方一钒部长电话里让我提前准备的，他知道韩国朋友非常喜欢中国的书法。几年前我的韩国朋友许相元收藏我一幅字，装裱之后一直挂在办公室，他们对汉字文化有一种特殊的感情。我们一见如故，一路上亲切交谈，谈韩国的高铁发展，谈我的韩国老朋友许相元、赵汉翼、郑德漠现在的工作与生活，并通过姜英一向他们带去我的问候和祝福。技术不分国界，铁路发展是我们共同的话题，大家谈得兴致勃勃，郑恩珠翻译得津津有味，铁路把我们紧密联系在一起。

席间，我向客人们介绍了洛阳、安阳、开封等中原文化，姜英一饶有兴趣地用生硬的汉语说出“少林寺”，我能听得出来他对少林寺十分感兴趣。少林寺始建于495年，千百年来留下了许多脍炙人口的故事，其中“十三棍僧救唐王”广为流传。故事发生在隋朝末年，天下大乱，诸侯各霸一方。李世民广交英雄豪杰，积极招兵反隋，武德三年（620）七月率兵挺进中原。武德四年（621）五月，少林寺上座善护，寺主志操，都维那惠，寺僧昙宗、普惠等十三位僧人协助李世民夺取洛阳城。“十三棍僧救唐王”的故事还被搬上屏幕，少林寺从此名声大震，现在有不少国际友人慕名而来习武健身。2006年3月22日，俄罗斯总统普京专程驱车来到少林寺，观看武术表演，少林武术更是名扬天下。那一年德国西门子公司舒乐一行到郑州，我原本安排他们去开封，舒乐执意要去少林寺。从少林寺归来，舒乐等德国客人兴奋不已，直伸大拇指赞扬少林功夫，到郑州来不虚此行。我热情邀请韩国朋友游览少林寺，可惜这次来郑州行程安排太紧不能如愿，只好留作一种念想。

远道而来的韩国朋友在郑州做了短暂停留，第二天一大早乘飞机离去。如果有一天他们再来郑州，我一定带他们去看千年古刹少林寺，感受中国武林风，感受博大精深的中原传统文化。

2014年8月10日

倾听世界的声音

又到年末，2013年第七届“轨道交通与城市”年会在上海如期召开。这是一次以轨道交通为主题的民间文化交流活动，也是一次国际性的学术交流会议，我应邀参加了这次盛会。今年大会的宗旨是科学规划、安全运营、以人为本，来自全国各地和海外的学者及专业人士云集这座繁华的大都市，深入探讨交流轨道交通发展的未来。

轨道交通与城市有着密切的关系，发展城市轨道交通是解决道路拥堵的有效办法，当前世界上已有43个国家和地区的118座城市建有地铁。我对地铁知识了解甚少，若不是这次参加上海年会，真不知道地铁发展也走过了漫长路程。人类第一条铁路出现在英国，第一条地下铁路同样也是首先在英国伦敦建成通车。18世纪中叶以英国为先驱的欧洲工业革命实现了机器化大生产，城市人口骤增，19世纪30年代伦敦人口几乎翻倍，交通拥堵成为一大难题。伦敦交通委员会广泛征集解决方案，有人大胆提出修建地下铁路缓解交通不畅的局面。经过反复论证认为地铁方案可行。1856年伦敦第一条地铁动工修建，采用明挖覆盖的方法施工。1863年1月10日，这条全长6.5公里的大都会地铁线路建成通车，第一天载客量就有4万余人次。1880年全年载客量达到

4000万人次。那时伦敦地铁列车只能使用蒸汽机车牵引，地铁隧道每隔一段距离就要设一个通风槽，用以排烟通气保持地铁空气良好。1890年伦敦的又一条地铁建成，采用电力机车牵引，运营条件得到很大改善。不知当年是哪位专家提出的修建地铁方案，他的大胆设想和创新思维不得不令人佩服。

我国北京地铁规划于1953年，1965年破土动工，1969年开通运营，比伦敦地铁晚了近一个世纪。1973年春节过后，我到北京修车第一次乘坐地铁，感觉真好。现在北京地铁线路总长456公里，形成了便捷的地下网络，日载客量突破1100万人次。现在我国城市轨道交通建设发展迅猛，运营里程累计已达2000多公里，为人们出行创造了便利条件。

年会安排两天的时间。有20位海内外专业人士交流发言，首先登台演讲的是深圳市交通运输委员会轨道办公室副主任李筱毅，主要内容是深圳地铁线网换乘便捷性设计。任何一项工程设计都是龙头，有先进的设计方案才会有高质量的工程建设。地铁设计要坚持以人为本，充分考虑乘客方便，尽可能一站直达目的地，减少换乘点。通常地铁建设设计部门要搞好客流调查，认真分析，设计方案一站直达者要达到60%以上，一次换乘者不超过35%，二次换乘者不超过5%，三次换乘者不超过1%。深圳地铁于1998年动工修建，2011年世界大学生运动会之前5条线路的131座车站、累计178公里先后开通。调查统计显示，实际一站直达者达到59.6%，一次换乘者占36%，二次换乘者占4.3%，三次换乘者占0.03%，基本达到设计要求，人们已经享受到深圳地铁发展的成果。

华为是我国近几年迅速崛起的一家研发、生产电子产品的民营企业，20多年来坚持锐意进取、创新发展，成为全球最大的通信设备供应商，有140多个国家和地区都与华为建立了商贸关系，他们的通信技术早已在铁路上使用，国内凡是有地铁的地方都有华为的参与。会上，华为公司的聂贤政专门介绍了他们开发的通信新技术。这位在华为公司工作了17年的专业人士，长期负责交通行业的软件开发，他们现在推出的产品适用于轨道交通的信息传输，具有多种功能，安全可靠，让我耳目一新。

地铁施工的地质条件不同，现场也会随时出现不同的问题，必须有科学可行的预案加以解决，保证其顺利进行。上海地铁运营公司总工程师王如路所作的关于软土地层地铁隧道大变形治理的技术论证，为解决软土层地铁隧道变形找到了有效的办法。这是探索的成果，这是实践的总结，为地铁建设积累了经验。ABB（中国）有限公司赖良超的低压地铁配电方案、奥雅纳东亚区董事吴家伦的公共交通导向发展模式、香港铁路公司李圣基的关于地铁安全管理等演讲，都为轨道交通建设提供了很好的经验，让我学到了许多新的知识。

应该说年会的组委会各项议程安排都很周到，英语演讲还为与会者配备了耳麦，采用同声翻译解决语言障碍，让我们这些不懂英语的人也能听得懂、记得住。再有英语之外的外国语发言，我是一句也听不懂了，讲到最后大家鼓掌我也跟着鼓掌。有的课件带有汉语翻译还能知道一点意思，有的课件从头到尾都是外文，我根本不知道讲的是什么内容。法国、西班牙、德国的代表都是用母语发言，他们讲得津津有味，我却听得一头雾水。这时我深深感到，在改革开放的今天不懂外语是多么大的缺憾。

我参加这样的活动纯粹是学习，也许是听得认真还不停地做笔记，引起了西班牙轨道交通公司中国大区总监白奎的注意。休会期间他带着翻译章莹莹来到我的座位前与我交流，我没想到他竟能听懂汉语还能进行会话。章莹莹向我介绍说，他 1995 年毕业于意大利帕维亚大学，就职于西班牙轨道交通公司，从事地铁、轻轨、公共巴士系统及高铁项目，现常住中国，正在努力学习汉语，还起了个中国名字叫“白奎”，今年才 40 岁。然后，白奎递给我一堆资料，我们还细聊了好一阵子。我国地铁起步晚发展快，他们都看好了我们这个大市场，也想参与竞争。西班牙是发展高铁较早的国家之一，轨道交通技术较为成熟，参与市场竞争有其自身优势。我也衷心希望他们的这种优势进一步得到发挥，推动人类物质文明向前发展。

大力发展公共交通是人类社会进步的需要，更是不断满足人们日益增长的文化生活的需要。深入研究探讨轨道交通建设的科学性与适用性，肩负起历史的使命，用现代化手段编织好安全、便捷、通畅、舒适的轨道交通网络，用我们的聪明和智慧创造美好的明天。

2013 年 12 月 4 日

一位铁路画家的梦想

这是缘分，我和王振东成了朋友，他比我年长十几岁，自然就是我的老兄了。振东兄很有才，我们都在武汉江岸机务段工作过，那个时候他就是赫赫有名的大画家，让我们羡慕得不得了。现在振东兄即将步入八旬，依然用他手中的画笔描绘着人生感悟，享受着岁月的快乐。

前天我午觉刚醒，振东兄打来电话，说是想和我一起聊聊过去那些事儿，我们约在两点半相见。振东兄时间观念特强，两点半准时叩响我的房门，像火车一样正点到达。我们都是开过火车的人，时间安排上绝不含糊，从不拖延。我们谈论了很多，主要话题是他想出两本画册，把他半个多世纪以来的绘画作品结集出版，这是埋藏在他心底多年的一个愿望。他说："明年就 80 岁了，若现在不汇集成册，恐怕以后……"我赶快把话打住，笑着说："老兄，80 岁不算大，看你的精神头后面的日子还长着呢！"老兄还是那样哈哈一笑，和年轻时没有多大变化。

振东兄是个性格开朗、知足乐观的人。1935 年他出生在苏州一个铁路工人的家庭，父亲是火车司机，抗日战争胜利那年他们全家落户到徐州。1949 年新中国成立之初，铁道部一纸命令，父亲又带着他们一家老小到了武汉。1951 年铁道部领导意识到机车乘务人员紧张的局面将制约铁路的发展，便率先在开封开设了司机养成所，通俗讲就是火车司机速成班，把培养火车司机提到重要议事日程。正在汉口铁路中学读书的王振东，随着一拨儿年轻人来到开封学习开火车，学习结业被分配到江岸机务段。那个年代的铁路工人文化水平普遍都低，像王振东这样读过中学又经过专业培训，那可了不得，算是个文化人了，领导对他很器重，有啥写写画画的事都找他。受家庭影响，振东自幼勤奋好学，参加工作话语不多，活儿干得漂漂亮亮，尤其那一笔好字成了机务段里有名的秀才，办板报、画专栏是一把好手。成功源于勤奋。王振东画画、写字并不是祖传也没有秘方，靠的是勤学苦练。他从来就闲不住，有空就随手掏出纸张，不管是钢笔还是铅笔，见啥画啥，慢慢地画出的山林鸟树和花草还真是那么回事，特别是画出的火车头像是一溜烟在奔跑。有人说他悟性很强，学艺上一点就透。悟性从哪儿来？悟性来自对事业的热爱和责任。说到底王振东有强烈的事业心和责任感，他把全部精力都用在工作上，觉可以不睡，饭可以不吃，活不干完不行，正是这种执着的精神成就了他的事业。他不仅在机务段出了名，而且在河南、湖北乃至全国铁路系统名气都很大，那些年他参与了一些省部级大型展览，取得国家三级美术师的认证。20 世纪 70 年代，已经离开机务段的王振东，在信阳铁路地区俱乐部担任美工，有很多人不知道他的名字，一提起画家大家都知道是振东兄，“画家”是他众所周知的美称。

振东兄的绘画艺术以版画、宣传画、漫画和连环画著称。他的诸多作品贴近时代，贴近生活，有着浓郁的铁路情结。

版画《高举红灯闪闪亮》是以京剧《红灯记》中的李玉和为原型创作的绘画艺术作品，创作时间应是 20 世纪 60 年代末或 70 年代初。那是个高唱样板戏的年代，我们这一代有许多人都会唱上几句。振东兄试图用版画的形式，塑造以一个铁路工人为代表的工人阶级为人类远大理想不屈不挠、前仆后继的感人场景，教育后人要继承光荣传统，树立不畏艰险、勇往直前的精神，在社会主义建设中大显身手。《威武不屈》是反映 1923 年 2 月 7 日中国共产党领导的京汉铁路工人大罢工中革命烈士林祥谦英勇就义时悲壮的一幕。江岸是一片血染的土地。1923 年 2 月 1 日京汉铁路成千上万的铁路工人组织起来，争人权，争自由，在郑州成立了京汉铁路总工会，受到反动军阀的百般阻挠和镇压。2 月 4 日总工会决定京汉铁路全线大罢工，1200 公里铁路顿时瘫痪。在帝国主义支持下，反动军警在京汉铁路沿线残酷镇压罢工工人，制造了震惊中外的“二七惨案”。2月7日，京汉铁路总工会江汉分会委员长林祥谦在江岸车站被杀害，一批优秀的工人代表和有识之士倒在了血泊中。看到振东兄创作的《威武不屈》和《二七大罢工》组画，我的耳边仿佛响起了雄壮的《国际歌》，二七英烈的英勇斗争精神永远激励我们前进。现在每逢2月7日，北京、郑州、武汉等地就会开展多种形式的纪念活动，缅怀革命先烈的丰功伟绩。《繁忙的枢纽站》展示的是曾以亚洲最大编组站而自豪的郑州北站，画面中车来车往，演奏着四通八达的美妙乐章。

漫画是当今常见的一种绘画艺术，其幽默性与讽刺意义极强，最大特点是以丑的形态开始，却以获得美的愉悦结束。王振东绘制了数百幅漫画作品其中《铁面无私》《金猴奋起千钧棒》《疑难杂症》《贪得无厌》《我的眼里只有你》《嘴脸》等，鞭挞贪官腐败和社会上的丑恶现象。他运用这种视觉艺术，形象地刻画了腐败分子的丑恶嘴脸，对其绘画艺术表现的主题起到了渲染和烘托作用，使主题思想得到深化，给我留下了深刻的印象。

王振东的连环画是以人物画为主，《中原铁道孺子牛》《陇海明珠》《一箱灵芝草》《服务明星徐刘欣》等作品再现了中原千里铁道线上涌现出来的先进典型，群星灿烂，绚丽多彩。“闯将”黄义臣是江岸机务段1479号蒸汽机车包乘组的司机长。1966年寒冬刚过，神州大地春意盎然，大江南北各条战线热火朝天，一个社会主义建设的新高潮就要兴起。4月上旬的一个下午，天气晴朗，风和日丽，郑州铁路机械学校操场上聚集着来自郑州地区铁路专业学校的2000多名师生，这里正在举行一场别开生面的报告会。主席台上，被誉为多拉快跑的“飞车黄”——江岸机务段YH型1479号机车司机长黄义臣用自己的亲身感受，讲述着他和伙伴们以高度的主人翁意识和责任感，为加快社会主义建设添砖加瓦的模范事迹。他把“安全畅通、多拉快跑”作为自己的崇高职责，字字句句都表达了一个火车司机献身铁路、报效祖国的无限深情，他那感人的肺腑之言打动了每一个人。1968年我从学校毕业分配到江岸机务段，和黄义臣同在运用车间，他是我们大家心中的偶像。5年之后我离开武汉，还经常与同伴讲述黄师傅的故事。1998年我又一次来到江岸机务段拜访黄老，那年他已是70多岁高龄的老人了，早已离开工作岗位过着幸福的晚年生活。他那熟悉的面孔，高大的身材，满头的银发，红红的脸庞，说起话来铿锵有力，仍不减当年“飞车黄”之勇。振东兄用连环画的形式表现出一个老铁路的风采，我更加敬佩当年的“飞车黄”。

振东兄擅长宣传画，几十年来他的宣传画大多都是围绕铁路安全而创作，他把收集整理的铁路安全生产谚语，通过巧妙构思制作成宣传画，大力营造遵章守纪的氛围。《铁路两条轨，安全摆首位》《拿到安全杯，思想莫陶醉》《安全是朵幸福花，合家浇灌美如画》《安全是主题，警钟要长鸣》……都是他的精品之作，从不同侧面、不同角度全方位诠释了安全是铁路运输的生命线的内涵。愚者以流血制造教训，智者以教训制止流血，铁路安全，责任如山。

振东兄从工作岗位上退下来将近20年了，他依然像往常一样漫步在绘画艺术的王国，用智慧和汗水实现着美好梦想。

2014年2月28日

我和那曲有个约

两年多以前我到青海德令哈看望朋友，在西宁坐火车与时任青藏铁路公司那曲车站党总支书记王海英同行。我们一见如故，边走边聊，说起那曲那些事还真让我心动，便留下一句话：抽时间我一定到那曲走一趟，亲身感受那里的风土人情。

春天的中原大地万物复苏，风和日丽，我决定西行到那曲去。到了西宁已是中午时分，我多年的老朋友、青藏铁路公司常务副总经理许景林和工会主席魏玉梅把一切都为我安排妥当，午后乘坐西宁西站始发的 K917 次列车前往那曲。西宁古称湟中，是一座具有 2100 多年历史的高原古城，也是古代丝绸之路和唐蕃古道的必经之地，今天依然是祖国内陆通往青藏高原腹地的交通要冲。1959 年兰州到西宁铁路线建成通车，1984 年西宁至格尔木铁路运输线建成投入运营，2006 年 7 月 1 日格尔木通往拉萨的铁路全面竣工交付使用。至此，世界上海拔最高、距离最远、全长 1956 公里的青藏铁路成为人类又一大奇迹载入史册。

下午 3 时 5 分，我们乘坐的驶向那曲的列车，伴随着《天路》的美妙歌声徐徐开动。这是一列行驶在青藏高原的专用列车，车上配有专门的制氧装置，列车行驶到海拔 3000 米之后，供氧设备开启增加车厢里空气中的氧气浓度，缓解人们高原空气缺氧带来的不适。车开不久，在车上检查工作的西宁客运段车队副队长杨彪问我感觉怎么样，我说：“还好，没有太大反应。”我知道，他是要尽自己的责任。进藏列车的工作人员都有一份这样的责任，适时查看、询问旅客状况，提前预防以免发生意外。杨彪是标准的“铁二代”，父亲杨洪春初中毕业那年，从河南南阳农村考入兰州铁路运输学校，学业有成落户西宁，献身于大西北的铁路建设，终因积劳成疾长眠于茫茫大草原。杨彪继承父辈事业，从部队复员来到西宁客运段，常年奔波在雪域高原，展示着新一代铁路人的风采。采访中我得知，在那个火红的年代，一批风华正茂的青年人从中原大地来到大西北，扎根大草原，在轰轰烈烈的大生产中舍身奉献，献了青春献子孙，留下了许多感人的故事。这趟车值乘的列车长郑海玲也是父辈支援大西北建设留下来的“铁二代”。今年72岁的郑党振23岁那年，从河南许昌来到兰州机务段检修火车头，兰（州）青（海）铁路通车西宁机务段急需检修工人，郑师傅义不容辞地又来到西宁，在机务段里干钳工是一把好手。有一次，西宁客运段想找一位能工巧匠搞些修修补补的活儿，领导看中了郑师傅，他又来到西宁客运段把手里的活儿干得漂漂亮亮。这就是一个铁路工人的本色，哪里需要哪安家。郑海玲从小受父辈影响和家庭熏陶爱上了铁路，高中毕业以优异成绩考入西宁铁路司机学校学习铁路运输专业，1998年毕业进了西宁客运段，经过十几年的磨炼现在挑起列车长的重担。在青藏线当一名列车长可不是一件容易的事，不仅政策性要强，知识面要宽，而且至少还要会讲藏语和英语。青藏铁路全线开通运营，神奇的西藏吸引了大量的中外游客，各民族同胞首选坐火车出行，出入西藏的列车总是坐得满满的。面对世界各地的游客和藏族同胞，列车工作人员必须扫除语言障碍，加强与旅客的交流与沟通，会讲英语和藏语是他们的基本功。听了郑车长的介绍，我打心眼儿里佩服这拨儿年轻人，知识让他们的人生更精彩。

列车向着那曲的方向疾驰，车窗外依然是千里冰封，延绵不断的雪山像一条白色的飘带伸向远方，我静静地欣赏着高原景色。一会儿过来一群牦牛，一会儿又是蠕动着的羊群，它们悠闲自得地在寻觅可口的食物。夜幕渐渐降临，我拉上窗帘躺在舒适的卧铺上，眼前不时地闪现着看到的一切。

我不知道什么时间进入了梦乡，一觉醒来已是凌晨5点钟，比我正常睡醒的时间早了几十分钟。我坐起来拉开窗帘，窗外一片漆黑什么也看不见，头上如同戴了一顶皮帽子，两鬓处略有不适之感，我清楚这是轻微的高原反应。凭着我的直觉，我们乘坐的列车应该快到唐古拉山的最高处了。2008年中秋节前夕，我到西宁参加全国铁路乒乓球比赛活动，比赛结束后我和队员们一起坐火车到拉萨，赶巧是白天行车穿越唐古拉山，我知道这里是青藏铁路的最高点，海拔5072米，很想到站停车下来亲身感受“世界铁路之最”的滋味，没想到客车途经这里都不停，给我留下一大遗憾。我之所以一心想亲身感受那曲的环境气候，也是想用这种方式在心理上得到一些补偿。

上午10点多钟我们乘坐的K917次列车到达那曲车站，站长节庆和站现任党总支书记褚林元在站台上迎候，告别了杨彪和郑车长，我们慢慢走出了车站。

下车的第一感觉是脑袋瓜子昏昏沉沉的，节庆对我说：“那曲车站海拔4513米，冬天空气里的含氧量大约只有40%，初来乍到都会出现不同程度的高原反应。在这里动作要缓，走路要慢，不能做剧烈运动。现在站区都安装了制氧设备，室内都有吸氧的地方，若是感到不适立马就可以进屋吸氧，不适之感很快就会缓解。”我与褚林元早就见过面，2011年5月我从德令哈坐车返回西宁时，褚书记是德令哈车站的副站长，那天他安排好一直把我们送上车。2013年初，公司一纸命令他接任了那曲站党总支书记，身上的担子更重了，责任更大了。

青藏铁路有它的特殊性，采取大站带小站的管理模式。那曲车站管辖有唐古拉南、扎加藏布、托居、安多、错那湖、联通河、底吾玛、岗秀、妥如、桑雄、古露、乌玛塘等12个车站。其中，有10个无人值守的车站，只有那曲和安多两个车站配有59名职工常年驻守，办理行车有关业务，为社会提供良好服务。我知道，在这高原、高寒、缺氧的高海拔地区，行车组织尽可能多上设备少用人。青藏铁路全线35个车站，有23个车站都是无人值守，完全靠现代化科技手段来保证正常行车。全长近2000公里的青藏铁路建成通车，标志着我国铁路事业的发展已经走在了世界的前列。

人在生活的旅途中都会遇到各种苦，这次采访我才感悟到再苦也苦不过那曲的铁路职工。气候寒冷不算苦，更苦的是这里一年有半年多的时间空气含氧量仅有40%，含氧量最高的季节也只有60%，在这样的环境中生活能不苦吗？这次采访让我更加理解了“奉献”二字的真正含义，正是这里员工默默无闻的工作，爬冰卧雪，日夜坚守，用心血和生命捍卫着大动脉的畅通。1968年出生的李得芬是那曲车站的老大姐，她从西宁来到这里，带领18名员工挑起了后勤服务的担子，重点担起为日夜过往的火车司机们送饭的任务。站长节庆远离妻子女儿在那曲坚守，懂事的女儿有心学做家务活，早日为父母分忧。一次独自一人在家学煮方便面，一不小心弄得碗破盆翻，还燃着了抽油烟机，险些酿成大祸。书记褚林元一直过着与家人两地分居的日子，在孩子眼里他是一个陌生人。有一次，他给家里打电话，孩子拿起听筒反问一句："叔叔，你找谁？"直到现在孩子也没有享受到多少父爱。他们讲的只有奉献，舍小家为大家，在家里哪有亲情父爱可言。

在那曲车站我见到了集米多吉和丹增旺姆这对年轻的藏族夫妻，他们从西南交通大学毕业来到那曲车站，心里充满了感激之情，常怀一颗感恩之心。集米多吉家在山南地区，丹增旺姆家在拉萨，他们从小受到政府的关怀，被送到内陆城市读中学，然后双双考入西南交通大学。完成学业后来到那曲感到十分幸运，婚后女儿降生在拉萨由老人照看，日子过得舒舒服服。我问他们："你们的梦想是什么？"小夫妻俩笑着说："我们一个心眼儿就是干好工作，将来都能成为高级工程师。"他们没有什么过多的奢望，只求把自己手里的活干好来回报祖国，这就是一对年轻藏族夫妇的最大愿望。

大气层的氧气来源于绿色植物的光合作用，是人类生存必要的物质元素。然而，绿色植物的生长也是有条件的，海拔越高它的存活率越低。那曲是一个寸草不生的"鬼地方"。有人曾在这里做种植试验，至今未见到明显效果。还是青藏公司的领导有办法，他们大胆设想，客观不足主观补，在那曲站区光照充足的地方，修建了一个占地面积700多平方米的玻璃大棚，从外地引进一些花草和灌木植物，大家亲昵地称之为"绿色氧吧"。人们休闲时可以在这里享受到植物在光合作用中产生的新鲜氧气，补充血液里的含氧量。"绿色氧吧"不愧是雪域高原上一朵绚丽的奇葩。

在那曲站区还有一个特殊的群体，他们肩负着青藏铁路的日常养护维修任务。青藏铁路有其特殊性，特殊的线路要有特殊的管理方式与之相适应，担负这段线路养护维修的团队，是当年参加修建青藏铁路的中铁十二局集团一支特别能战斗的队伍。中铁十二局的前身是中国人民解放军铁道兵二师，组建于解放战争中的1948年，在枪林弹雨中曾立下赫赫战功。20世纪50年代初，抗美援朝的战斗打响了，他们雄赳赳、气昂昂地跨过鸭绿江，冒着敌人的炮火修线路、架桥梁，表现出人民战士的英雄气概。在我国社会主义建设中，他们南征北战，风餐露宿，长城内外、大江南北都留下了建设者的足迹。进入 21 世纪，国家决定投资修建青藏铁路。一声号令，中铁十二局的筑路大军率先开进雪域高原。他们发扬勇往直前的精神，攻克了一道又一道难关，在世界屋脊树起了一座高原丰碑。青藏铁路建成通车，中铁十二局留下了一个 700 余人组成的铁路养护公司，担当着唐古拉南站至拉萨站 525 公里的养护维修任务，是这里忠诚的铁道卫士。

在那曲车站，我见到了中铁十二局铁路养护公司的总经理助理左兴国、那曲养护车间党支部书记李向东和领工员何兴国，这些来自内陆的钢铁战士，话语中个个充满了自信和希望。青藏铁路实行全线大型机械化养护，轨道检查车有规律地进行探测检查，通过微机技术发现线路尺寸变化和病害处所，他们有计划地每天安排员工上线整修，确保线路安全畅通。从李书记那张带有“高原红”的脸庞可以看出，他们身经百战，都是青藏高原的老兵了，再难也难不倒这群铁打的硬汉。有这样一支能吃苦、拼命实干的忠诚卫士守卫在雪域高原，对于青藏铁路安全畅通我们一百个放心!

采访临近结束，我们乘坐的开往西宁的 T266 次列车已经进站了，我们告别那曲的朋友们登上了远去的列车。坐在疾驰的列车上，我慢慢回味那曲之行的点点滴滴。这是一次难忘的旅行，这是一次特别有意义的旅行，它将永远留在我记忆的长河里。

2014 年 3 月 18 日

快乐地写作

老朋友潘柏顺的又一本诗集《隐形的翅膀》即将出版，他把文稿发到了我的邮箱。我赶紧下载细心欣赏，慢慢品味，其中的字字句句都充满了对生活的热爱。

潘柏顺是伴随着新中国前进的脚步声来到人世间的，父亲是漯河的一名船工，至今他还清楚记得童年时期和那些小伙伴们在河边追逐戏水的事。他留恋童年的纯真，怀念儿时的伙伴，他给自己取了个“童心尚红”的网名挂在博客上，我们常常在博客这个平台上交流，彼此有了更多的了解。20 世纪 70 年代初，他和他的同伴们离开了喧闹的城市，下乡到河南鲁山农村。5 年的知青生活更丰富了他的人生，让这个麦苗韭菜分不清的城市娃成了耙地、播种的好把式。他也很幸运，1975 年郑州铁路机械学校招生，他被推荐入校学习装卸机械专业，两年的专业学习结束，他被分配到郑州铁路局装卸机械工厂，练就了一身硬功夫，干起活来得心应手。那一年，郑州机械保温段急需技术娴熟的检修工人，他又被看中，干起了保温车检修的活儿。1983 年，已经步入而立之年的潘柏顺走上了诗歌创作之路，他用手中的笔饱蘸深情赞美着新的生活。

潘柏顺热爱铁路，诸多诗作都是对火车热爱之情的倾诉。《你乘坐的是开往春天的火车》《火车将在月球上奔跑》《灵感的火车驶入唐朝》《我乘坐高铁去北京》《远去的火车》《赞美火车》《火车一生》等，他把昔日的眷恋和对美好未来的期盼化作文字一一记载。“一生最值得骄傲的是火车/是你前进的最佳朋友/是它带着你有了腾飞的追求/是你乘着它有了吟唱的歌喉/一路坎坷/一路汗水/追逐梦想百转千回/忧伤苦痛自己背/电闪雷鸣/纵横驰骋/勇往直前/没有后退/一生最值得自豪的事/火车给了你坚定信念/铿锵动力/飞翔的翅膀/火车是你彩色的画笔/你把万里铁道歌颂描绘……”柏顺从踏上工作岗位的那一天起，天天和火车打交道，他见证了铁路的昨天和今天，他渴望铁路新的辉煌。改革开放30多年，铁路发展日新月异，我们走进了新时代。郑州铁路局经历了6次大提速，火车速度越来越快。这些年，一条条高速铁路建成通车，乘坐高铁有的时候比坐飞机都方便。潘柏顺在《我乘坐高铁去北京》中这样写道：“我乘高铁去北京/轻松舒适快捷如看了一场电影/屏幕是列车车窗/画面是窗外一闪即逝的风景/过去日行千里达首都/如今两个时辰到北京”。他把坐高铁的亲身感受写进诗篇，让大家共同分享他心中的愉悦。高铁为我们带来了快捷，高铁融进了我们的生活。

潘柏顺热爱生活，字里行间流淌着心灵感悟。文学艺术源于生活，诗歌创作更离不开生活。在这本诗集里我们可以感触到诗人的生活情调，他喜爱生活中的点点滴滴，哪怕是一棵草、一朵花都能点燃他创作的激情。《我家门口有一条河》是柏顺2013年11月的诗作：“小时候　我家门口有一条河/清澈透明地从我的青少年流过/我常常在河堤上游玩跑步/常常挑水上下爬河坡/水缸挑不满不甘心/妈妈合不拢嘴地夸我……”这篇诗作告诉我们，不管是过去还是现在，在他的生活里都有小河相伴，围绕小河他浮想联翩。小时候家门口那条小河给他增添了无限的快乐，至今让他不能忘怀。现在他住的城市小区门前还有一条小河，早些年这条河污水流淌，泥污水浊。现在城市改造，昔日的污水河变成了一条暗河，上面种满了绿树花草，变成了人们休闲的街心花园，污染消失了，环境变美了，人们的生活安逸了。柏顺喜欢春天，在这本诗集里有不少诗作都写在春天里，《春天来了》《相约在春天》《熊耳河的春天》等，无不是对春天的赞美。春天是播种希望的季节，风和日丽、百花盛开，诗人触景生情憧憬美好的未来。潘柏顺是工人诗人，他的诗作自由洒脱，语言朴实，散发着浓郁的生活气息。

潘柏顺热爱写作，生活充满激情与快乐。激情源于对生活的热爱，有激情才会产生写作的灵感。柏顺这本诗集收录了自2011年11月以来的作品，短短两年多时间能创作出这么多的诗篇真可谓高产。写作，尤其是诗歌创作，它不是简单的文字堆砌，虽然基本都是人们常用的那些文字。文字组织的艺术不同，创作的作品味道就不一样。文字工作者常说的一句话是“激情写作”，没有激情哪能创作出好作品？读了这本诗集，我对潘柏顺又有了一种新的认识。他热爱写作到了痴迷的程度，写作成了他生活中的必需。可以想象到，无论在哪里或做什么，他都能和写作紧密地联系在一起，巧妙地在构思诗歌作品。写到这里，我想到一位朋友讲到他对幸福的理解。幸福是人生的最大追求，幸福有三大要素，一是健康，二是平安，三是快乐，朋友把快乐定义为干自己最乐意干的事。潘柏顺之所以常年坚持诗歌创作，这是他生活中的最爱，在写作中享受生活，享受快乐。

在诗歌创作的道路上潘柏顺走过了30年，他怀着对未来的期待，保持着一颗年轻的心。你听，“火车总是在梦中飞翔，乘着火车追月亮”，这童话般的语言让我思绪不断，生活的激情和热爱正是他创作的源泉。

2014年4月6日

总攻发起之前

举世瞩目的贵（州）广（州）高铁建设进入了攻坚阶段，来自四面八方的建设大军正在加紧施工，协同作战，确保到2014年8月1日供电、通信、线路、调度指挥等各专业、各系统联合调试，年底前贵广高速铁路全线建成通车。前几天，我和中铁电化局郑州三公司的樊合顺、史东亮一起来到贵州境内建设工地，亲身感受这里决战前夕的紧张热烈气氛。

2013年临近年末，贵广高铁完成了开山打洞、架桥铺轨的主体工程，中铁电化局郑州三公司的段廷华和朱云泽接到通知，迅速组建中铁电化局集团贵广铁路四电工程指挥部，承担贵州省境内老罗堡至从江间239公里四电工程的建设安装任务。电如同人体中的血液，是高速铁路的动力源泉。半个多世纪以来，中铁电化局三公司南征北战、穿山越岭，在我国电气化铁路线上架起了一条条高压供电线路，在中国铁路发展史上写下了辉煌篇章。

2013年11月10日，中铁电化局集团贵广铁路四电工程指挥部组建到位，段廷华出任指挥长，朱云泽担任党工委书记，两个年轻人共同挑上了一副沉甸甸的重担。他们知道，这是一场前所未有的硬仗，满打满算到2014年7月底以前不足8个月的时间，分管区段的房建工程，接触网线路，电力高、低压供电线路的敷架必须竣工，满足安全生产调度系统的供电、列车高速运行的动力条件，要完成这么大的工作量谈何容易。被誉为“中原铁军”的中铁电化局郑州三公司是一支勇于吃苦能打硬仗的队伍，那些年在青藏铁路的鏖战中，他们坚守在海拔5072米的唐古拉山施工现场，顽强拼搏，克服高原缺氧、高寒冻土等从未遇到过的困难，铺设架通了电力、通信、信号线路，用汗水和智慧创造了一个又一个人间奇迹，打出了“中原铁军”的威风。如今经过武广高铁、京沪高铁、向莆客运专线的洗礼，从四面八方汇聚到贵广高铁的主战场。

贵广高铁全长857公里，从贵阳北站引出经龙里穿越斗篷山，跨柳江进广西境内再入广东接进广州南站，全线几乎是由桥梁与隧道组成，桥隧长度约占线路总长度的82%。中铁电化局集团贵广铁路四电工程指挥部承担的239公里牵引供电系统，采用单相交流25kV的AT供电成熟技术，设计时速为250公里。这条高速铁路建成通车，贵阳至广州的列车运行时间将从现在的22小时压缩到不足4小时，在我国经济建设中将具有重要意义。

现场就是战场，这对段廷华、朱云泽来说是再熟悉不过的工作场景，在贵广铁路沿线的深山里显得更为壮观，施工难度早已超出了想象。1982年毕业于洛阳铁路电务工程学校的段廷华是在河南农村锻炼成长起来的，曾在哈（尔滨）大（连）、京沪高铁建设的主战场上，风里来雨里去经受了种种磨难考验，从来没有把苦、累放在心上。没想到，贵广高铁的建设环境如此恶劣，山多河多地质条件复杂，在现场工地想找块放张床的平地都很难，也许这话说得有点夸张但并不过分，流传千年的“地无三尺平”正是它的真实写照。更让人头疼的是有的地段连进场的路都无法修通，汽车开不进去，他们结合施工现场实际，因地制宜制作了专用的小推车，把能装在小推车上运送的材料装车推进场。还有的地段只能靠最原始的人拉肩扛，把沉重的钢骨铁架像蚂蚁搬家似的一点点运往工地，实在没办法跨过去的地方，他们找到当地山民租用驴骡牲畜，把设备和配件一一运送到工地，千方百计地把工期往前赶，没有条件创造条件也要把活干好。12月1日，他们把贵广铁路贵州境内第一根接触网供电线杆高高地矗立在崇山峻岭中，拉开了进军贵广高铁的序幕。这是力量的象征，这是信心的象征!

工程施工管理是一门科学。张弛有度，合理安排作业程序，组织好不同专业交叉施工的时间，排除干扰，协调并进是贵广高铁高压供电工程施工的基本要求。指挥部把不足8个月的时间安排得像打仗一样，经过三次大的会战高潮，把发起总攻的时间确定为6月25日至7月15日，要用20天的时间打赢这场硬仗。

我们乘坐汽车从贵阳出发，沿着高速公路驶向龙里北站，这是贵广铁路从贵阳出来的第一站。下了高速公路汽车顺着一条泥泞的小路走走停停，好不容易来到施工现场。根据设计要求，四电工程指挥部的任务是在这里按期建成车站10kV配电所和线路27.5kV分区所。我们走进已经建成的配电所，一排高压配电柜排列得整整齐齐，一束束五颜六色的配线等待连接，一些急需的原材料还未送到。等，不是办法，指挥部副总工程师康玉威正在与安装工人研究控制系统电源线的替代问题。陪同我们采访的朱云泽，1991年毕业于西南交通大学铁道供电专业，是一名高级工程师，在一线施工20多年积累了丰富的经验。听到他们提出的问题，毫不犹豫地脱口而出："可以用隧道照明疏散指示灯电源线代替，它们属于同规格、同型号产品，能互相替代，没问题，用吧。"贵广铁路施工条件复杂，造成牵引供电工程施工时间紧张，工装设备原材料供应跟不上，为确保施工进度选用替代产品是常有的事，关键是要把握好一个原则，规格型号要一致，保证使用安全上不出问题。简短的一句话，解决了大问题，所以知识就是生产力。

应该说，龙里北站配电所如期投入使用十拿九稳，可是要建在这里的供电分区所却是刚刚开挖地基。现场施工人员似乎还有点情绪，埋怨"鬼天气"天天下雨，2000多平方米的房建基础坑前几天灌满了水，5台水泵用了3天时间才算把水抽干，恢复了正常施工。现在只能风雨无阻、日夜兼程，早日把4台自耦变压器安装到位按期投入使用，不能拖整个工程进度的后腿。贵州自古以来雨水多，当下人类是无法改变它的自然环境的，只能想办法去适应这种环境，牢牢掌握生产实践的主动权。

我们深一脚浅一脚地走出了龙里北站，汽车又驶上高速公路向贵定县的昌明车站奔去。多彩贵州，惹人喜爱，我喜欢这里的山，这里的水。绿水青山，连绵不断。我们穿行在云雾缭绕的群山中，满眼翠绿，阵阵飘香。我们陶醉在美丽的自然风光里，感觉不大一会儿汽车便出了高速公路行驶在崎岖不平的山间小路上。朱云泽告诉我们，前面半山坡是新建的昌明高铁站，建成之后将会在这里的旅游发展中发挥重要作用。昌明是贵定县的一个闻名遐迩的小镇，距县城约有30公里，山清水秀，风景迷人，尤其是每年清明节前后漫山遍野金灿灿的油菜花和雪白的李子花盛开，构成美丽的“金海雪山”自然景观，招来八方游客。热情好客的苗族、布依族同胞用沿袭已久的传统方式接待大家，展示淳朴的民风习俗，传承中华民族的古老文明。

昌明车站计划建有10kV配电所和27.5kV牵引变电所，是供电系统中的重点工程，指挥部抽调精兵强将组成专业项目部，集中优势兵力攻坚克难，于5月24日完成了配电所的安装调试，实现一次合闸成功，为下一道工序的通信、信号、站场及隧道照明等工程施工提供了稳定可靠的动力电源。按照正常的施工程序，应是设备房屋完全建成后才能安装设备。眼下时间不等人，只能打破常规各项工作齐头并进，高压室主体刚刚封顶等不及室内粉刷，电力控制柜的安装、调试跟着进来了。我们来到昌明配电所，看到工人们正在着手粉刷机房内墙，朱云泽要求他们先把设备遮盖起来再做粉刷，以免粉浆落入设备造成设备损坏。看起来这是一件不起眼的小事，有时偏偏是在小事上的一时疏忽酿成大祸，总是后悔当初的不小心、不细心。安全供电无小事，细节决定成败。朱云泽就是这样的人，大事认真干，小事不含糊，是质量上的“放心户”。

配电所的工程量所剩无几，昌明变电所的建设只是刚刚起步。这里曾是中铁二局的制梁场，厚厚的混凝土地面成了变电所室外场坪施工的一道难以迈过的门槛，几台挖掘机日夜不停地隆隆轰鸣，几天过去了连电缆沟还没有挖通。五十岁出头的王学义带着他的施工队走南闯北干了30余年，还没遇到过这样的“硬骨头”。他毫无畏惧，说起话来底气十足：“觉不睡、饭不吃，也不能影响变压器安装。”他们就是用这种精神赢得了信任。

昌明变电所担负着向动车输送高压电流的任务，4台220/27.5kV的大型变压器分成两组坐落在坚实的基座上，采用AT供电方式不间断地向接触网输送高压电流。这是近几年来我国高铁高压供电的一种新技术，有效地降低了供电线路的电能损耗和电磁场污染，已在京沪、京广、哈大等高铁上推广使用。指挥部正在组织专业技术人员根据现场地形，设计变压器的安装、接线、调试方案，精心绘制成图，做好设备进场前的各项准备，提高效率，保质保量完成施工任务。

铁路供电设备安装历来都是采用见缝插针式的办法组织施工，不能等，不能靠，仗要主动打，活要主动干。贵广高铁建设有它的特殊性，对于这种大兵团作战式的施工，没有接触网供电设备施工的专用时间，大家称为“零工期”，必须变见缝插针为找缝插针来适应形势的变化，这是对生产组织者综合素质和组织能力的考验。指挥部面对这种新的要求，大胆创新，组织实施“首件首段”工程，打破原有的接触网施工程序，创新立杆、打灌、吊柱等作业方法，实现一次挂网成功。这一创新成果，经多方专家论证评估已得到认可，将在贵广全线推广。在昌明至都匀间的施工现场，我们看到公司副总经理郭书通，借助他在西南交通大学学到的铁道供电知识和20余年的实践经验，再一次精心测量，用数据验证“首件首段”试验段的科学性和实用性，编制作业流程，压缩工期，充分挖掘潜力，打一场高铁建设的漂亮仗。

在都匀入市不远处有一个活动板房组成的巨大场地，摆放着接触网供电设备大大小小的零配件，4根网杆竖立其中，这里是指挥部临时搭建的接触网预配中心。主要任务是提前装配接触网杆上的腕臂和预制整体吊柱，以及其他能在地面预装的配件，为发起总攻做准备。负责预配工作的张广峰和张广勋向我们详细介绍了贵广高铁接触网供电技术的复杂性及推进措施，力争稳扎稳打，步步紧跟不放松。专业项目部担任安全总监的赵中现接着说，接触网杆品种有129个型号，组装技术必须熟练精准。指挥部从贵州职业技术学院招聘了40名毕业生补充到施工队伍里，先在这里强化培训，训练工装设备使用和腕臂、吊柱等配件组装，考试合格发证后方能上岗作业。他们有知识有文化，悟性很强，很快掌握了基本要领，现在都能独立上阵独当一面，个个都是好样的。公司有意识地从中选拔一些素质高、肯吃苦、能力强的年轻人重点培养，从而造就一支能打胜仗的骨干队伍。

三都是全国唯一的一个水族自治县，少数民族人数占全县人口的近97%。三都历史悠久，旅游资源丰富，贵广高铁在这里设站停靠列车，有着十分重要的意义。在三都车站施工现场，我们恰逢在这里检查工程进展的中铁电化局郑州三公司总经理毛明华，这位四十来岁的年轻人，在西南交通大学专攻铁道供电专业，毕业后参加工作20多年，在铁道线上摸爬滚打练就了一身硬功夫，哪里有困难哪里就有他的身影。他一边查看工程施工进度，一边询问、解决施工中的疑难问题。我们一同来到轨道作业车旁，明华高兴地说：“指挥部调集了十几部工程作业车，提前练兵，关键时刻要冲得上、打得赢，充分发挥机械化作业的优势，打造贵广高铁的优质工程，树起一座新的丰碑。”年轻人铿锵有力的话语充满了希望，讲得大家浑身是劲儿。我们对面是中铁七局承建的三都车站，站房主体工程已经封顶，配套工程初具规模。具有民族特色的三都高铁站，必将成为多彩贵州的又一新景。

来自中原大地的铁路建设大军，干起活来都有一股拼命的劲头。贵广高铁接触网高压供电工程施工即将进入倒计时的总攻阶段，各种大型作业车要提前云集贵州，形成功能齐全的机械化联合作业局面，这是当今社会化大生产的一个明显特点。号称机械化部队的中铁电化局郑州三公司机械段，是一个有近百台轨道作业车辆、300 多人的机械化生产单位，段长袁英杰一路奔波和他的作业车先遣到达现场，是劳累还是压力硬把这个不到 50 岁的中原铁汉拖进了医院，他不得不卧床休息。在黔南州人民医院病房我们见到了袁段长，满脸倦意的他显然有些疲惫，还没有完全恢复过来。他没有说到自己的不适，没有说到明摆着的困难，讲的全是发起总攻前的部署，盘算着怎样打好这一仗。第二天他自我感觉没事了，竟然连出院手续都没办就跑到施工现场察看轨道作业车到位情况，两天后才派人补办了出院手续。我知道，在这关键时刻他一个心眼都是工作，打好这一仗比什么都重要。

中铁电化局郑州三公司是我国电气化铁路建设中的一支劲旅，今年是它 60 岁华诞。半个多世纪以来，他们继承发扬务实创新、开拓进取、无私奉献、铸就辉煌的企业精神，一代一代传递着正能量，一路走来一路辉煌。在贵广高铁施工现场采访的一幕幕感染了我，透过他们的身影，彰显出铁路建设大军一种巨大的力量，推动着我国铁路事业又好又快地向前发展。

2014 年 6 月 12 日

祁连山做证

2009年开工建设的兰（州）新（疆）高铁施工进入紧张阶段，被誉为“中原铁军”的中铁电气化局集团郑州三公司承担着祁连山区170多公里高铁线的高压供电设备的安装施工任务。冬去春来，日复一日，这支特别能打硬仗的队伍，用他们的智慧和汗水正在这里创造又一个人间奇迹。

兰新高铁全长1776公里，是我国《中长期铁路网规划》的重点工程项目，计划今年建成通车，设计预留列车运行时速350公里，开通运营时速200公里。这条铁路线建成开通列车运行，兰州至乌鲁木齐将由原来的16小时压缩到9小时，连通陇海、京广等高铁后将形成高速铁路网，交通运输更加便捷，在国民经济发展和人们生活中将发挥重要作用。兰新高铁横贯祖国西北大地沙漠戈壁1700多公里，建设中固然困难重重，最为艰苦的地段还在祁连山。

祁连山，自古以来被人们称为“天之山”，山顶终年积雪不化，一年四季白雪茫茫。中铁电气化局集团郑州三公司承建的兰新高铁干柴滩牵引变电所，位于祁连山半山腰，这里海拔3545米，高寒缺氧，全年平均温度-5℃，每年6月份解冻、9月份结冰，空气中的含氧量最高才70%，工作环境十分恶劣。我们的建设大军在这个连小鸟都飞不上去的地方挑战极限，建成一座现代化的 330kV 变电所，把高压电源源不断地送往高速铁路线，让我们的大动脉畅通无阻，树起一座高高的丰碑。

这一天是“头伏”的第三天，我国许多地方入伏出现了 40℃ 甚至更高的“火炉”极端天气。早晨 6 点半我们乘坐汽车从西宁出发向施工现场驶去。

沿途绿树葱葱，漫山遍野金黄色的油菜花把大地装点得格外美丽。我真没有想到这个时候来到青海，正赶上油菜花开的季节，比中原的油菜花迟来了 3 个多月。进入门源县境内更是壮观，上万亩金灿灿的油菜花迎来八方宾朋。同行的中铁电气化局集团青藏铁路指挥部指挥长任双喜自豪地说，现在的青海不再是荒凉的黄土高坡，蓝天白云，满眼翠绿，这个季节三天两头下雨，生态环境大有改善，万物复苏，充满生机。刚过花甲的任双喜是一条西北汉子，16 岁那年我国电气化铁路快速发展，中铁电气化局急剧扩充，这个陕西扶风县的农村小伙儿带着他那美丽的梦想走进了铁路系统。40 多年来，他从一个普通工人一步步走上领导岗位，带领他的伙伴们走南闯北，汗水洒遍了大江南北。2004 年青藏铁路建设进入攻坚阶段，一声令下，他从中原铁道急匆匆来到青藏高原，在西宁至拉萨 1800 多公里的高原铁路线上爬冰卧雪、跨河钻山，产生了浓浓的高原情结。他爱这里的皑皑雪山，他爱这里的风土人情，他爱这里的一草一木。

我们的汽车在风雨中穿行，车内 GPS 定位器海拔高度数字显示不断变换，慢慢从 2200 米上升到 3700 米，前面就是祁连山脉的达坂山公路隧道。没有过往车辆，没有行人穿越，洞口标识牌上标有“海拔 3792.75m”的字样，双喜招呼司机小方停车，我明白，他是要让我们下车亲身感受这里的环境。雨淅淅沥沥下个不停，一件短袖怎么也抵御不了袭来的凉意，我不由自主地打了个寒战，强打精神站在达坂山隧道口照了张相，算是留作纪念吧。若干年后再翻看这张照片，自然就会想到我们当年的祁连山之行。钻进车里我下意识地看了一眼温度显示盘，大气温度只有 9℃，难怪落下的雨滴打到身上这么凉。

穿过达坂山隧道不多时，我们的汽车进入了施工便道。说起来也是一条路，只不过是走的车多了硬是蹚出了一条路，坑坑洼洼，泥水交融，好在汽车能凑合着过去，眼下的情景勾起了大家新的话题。

我们同行的还有中铁电气化局集团郑州三公司工会主席田野，2005 年他们担当青藏铁路海拔5000米出头的唐古拉山地段信号线路施工任务，那里根本没有路，全是靠人拉肩扛把工装设备和原材料搬到山上，就是凭着这股拼命精神才打通了青藏线。至今他和任双喜都没有忘记信号项目部总工程师何兵，这位来自重庆的小伙子风华正茂，正是谈婚论嫁的年龄，已和家乡教师文艳姑娘恋爱两年多，双方家人几次催促他们完婚都因忙于工作婚期一再后推。这次吉祥日子又已选定，却因何兵在施工一线重任在肩而不能回重庆举行婚礼。忠贞爱情是任何困难都阻挡不了的，既然何兵不能下山，那么文艳姑娘就千里迢迢从重庆来到唐古拉山。2005年8月12日这对新人在唐古拉山喜结良缘，任双喜在青藏铁路高峰点为他们主婚并送去美好祝福，中央电视台新闻节目当天向世人播出了他们的婚礼现场，见证了一对恋人最幸福的时刻。听了他们的讲述，我打心眼儿里佩服他们忘我劳动的精神，他们是最美、最幸福的劳动者。

汽车在泥泞的小道上行驶，我们已经看到了耸立在祁连山上的干柴滩牵引变电所，我透过车窗仔细察看着这里的一切。汽车忽然停了下来，小方说前面过不去了，我们不得不绕道而行，踏着泥泞把车开进了变电所。牵引变电项目部副经理孟震向我们简要介绍了这里的工程进度。

变电所里的4台变压器整齐排列，避雷器、断路器等都一一安装到位，高压输入线路连接着高压线塔伸向远方。室内设备交流屏、馈线屏、电池屏和馈线保护控制屏等正在接线安装，即将进入调试阶段。说起施工过程那还得从小魏说起。

小魏是干柴滩牵引变电所的工长，具体负责变电所的工程施工，是一直坚守在这里的“最高行政长官”。小魏是来自河南豫西农村的魏孟洋，今年25岁，2007年毕业于洛阳铁路信息工程学校，在生产一线摸爬滚打练就了一身硬功夫。别看他身材不高，干起活来一点也不差，还能把学到的知识发挥到极致。2012年他作为兵头将尾的小工长，带领15名伙伴到白俄罗斯干了8个月，建成了一座牵引变电所载誉归来。去年，他又接到担任建设祁连山干柴滩牵引变电所工长的任务，什么也没说拿着图纸来到这荒无人烟的无人区。他的第一感觉就是路都不能走快，稍快一点脑袋都发蒙，这是一种高原反应，是苍天给他们的见面礼。

2013年6月26日是干柴滩牵引变电所动工建设的日子，要喝没喝，要吃没吃，要住没住，是名副其实的白手起家。小魏带领伙伴们先搭起了帐篷，这就是他们的家。水是生命之源，没有水连生存都是问题。他们找到几里地远的另一家工程单位，那里打有一口饮用水井，每天到那里取水用于做饭、饮用。施工用水则是就近取水，用过的废水谁也舍不得倒掉，还留作施工用。最难熬的是刚到时的那些夜晚，小魏没有领教过高原缺氧的滋味，晚上躺在地铺上翻来覆去睡不着，不单单是他一个人睡不着，从郑州来的同伴都睡不着。磨磨叽叽好不容易睡着了，没到天亮又醒了，一天纯睡眠时间还不到5个小时。这怎么能行？夜晚睡眠不足白天精神不振，他们索性来了个看谁先睡着，看谁睡得时间长的睡觉比赛，进行强制休息。半个月过去了，睡觉恢复了正常，他们渐渐适应了高原生活。

工程施工是一环套一环，尤其在高海拔地区更不能耽误，否则全盘皆输。在海拔3500多米的干柴滩，每年正常的施工期仅有百天，6、7、8三个月为施工黄金期，进入9月份便会出现霜冻。处处留心皆学问，小魏年纪不大却积累了不少经验，他把冰冻期不能干的活提前安排，4台变压器基座和变电机房基础部分在冰冻到来之前全部干完。4台330kV变压器来自新疆昌吉的新疆特变电工，它们单台重达71吨，乘坐平板运输汽车长途跋涉一路风尘，来到干柴滩距变电所不远处再也走不动了，只得用千斤顶垫枕木、铺钢轨，然后再套上钢丝绳将4台庞然大物一步步向变电所移动，在这段几十米路程移动变压器所用的时间，远远超过了昌吉到干柴滩汽车运行的时间。2014年10月21日，4台变压器全部安装到位，魏孟洋和他的伙伴们这才舒了一口气。

变压器到位了，变电房也快建成了，年根儿也到了，魏孟洋瘦了10斤还多。快过小年了，家里人给小魏来了个电话，说他也老大不小了，邻居大妈做媒让孟洋过年回家相亲。腊月二十三，魏孟洋满怀喜悦地回到河南豫西农村，这是生他养他的地方。第二天，两个男女青年相约在一起慢慢聊了起来，谈家庭，谈生活，谈兴趣，俩人还挺谈得来。然而，魏孟洋可没有何兵幸运，在谈到他地处的祁连山干柴滩的自然环境时，女方一听小魏工作在青藏高原常年见不到人影的地方，利利索索来了句“不同意”站起来走了，孟洋也没有多说二人就拜拜了。他知道婚姻是两个人的事，强扭的瓜不甜，过了年小魏赶紧回到干柴滩工地，这里才是他心中的牵挂。在他心里，婚事成不成是小事，变电所的事才是大事，魏孟洋就是这样的人！

季节的变换从不顾及人间的疾苦。室外电缆沟及各种管沟的施工只能在祁连山的冰冻期进行，一台台挖掘机像是着了魔一样，开足马力硬是啃不出一点痕迹。工期不等人，魏孟洋想出了一个点子，到牧民家里买来干羊粪，用最原始的农耕火种的办法，点燃羊粪化解冻土，再用挖掘机一点点掘进。他们就是这样，完成了一条条电缆沟和管沟的施工任务，让牵引变电所供电设备一一如期安装。至此，我国海拔最高的兰新高铁干柴滩牵引变电所全面建成，它将以新的工艺和技术为兰新高铁提供可靠的电力保证，确保高速列车安全运行。

我们来到干柴滩时，碰巧与正在这里采访的新华社河南分社记者王颂和河南卫视的记者郭圣啸、王乔宽相遇，他们的所见所闻已化作电波传到了千家万户。当我这篇文章落笔之时，祁连山传来消息，干柴滩牵引变电所实现一次送电成功。

祁连山做证，素有“中原铁军”之称的铁路建设者是一支能打胜仗的队伍，他们招之即来，来之能战，战之必胜，他们不愧是时代的英雄！

2014 年 7 月 31 日

一个城市的铁路情结

朋友打来电话，说是渭南文物旅游局有意向利用早已废弃的渭南解放路老火车站，筹建一个铁路文化博物馆，想约我一起策划。我便应邀从郑州坐高铁赶往渭南与大家共同商议，从而留下了关于一座城市的记忆。

我在铁路部门工作了几十年，可以称得上是个“老铁路”，铁路上过去那些事我了解不少，留有不少文字记载，大多涉及铁路的事朋友都乐意与我共同探讨交流，自然也成了我的一个乐趣。渭南位于陕西关中渭河南岸，因此而得名。它历史悠久，是司马迁的故乡，素有“三秦要道，八省通衢”之称。渭南的发展得益于铁路的出现，早在20世纪30年代，具有百年历史的陇海铁路线就经由渭南，2004年南京通往西安的宁西铁路也经过这里，特别是新建成的郑州至西安、西安到大同的高速铁路又为渭南带来了新的发展机遇。渭南，在中国铁路网的坐标位置上显得尤为重要，它的成长与发展离不开铁路，铁路也以渭南为圆点延伸周边惠及四方。80多年的岁月沧桑让渭南与铁路结下了不解的情缘，难怪市政府部门要在火车最先在渭南落脚的地方修建一个纪念馆，传承铁路文化，传播历史文明。

我乘坐的高速列车正点到达渭南北车站，这是2010年郑

（州）西（安）高铁建成通车在渭南设立的高铁站，朋友张晓雄和他的伙伴已在那里等候我。见到市文物旅游局副局长习黎光，我们直奔解放路渭南老火车站旧址，这里已被文物部门列入文物保护单位。1933 年建成的站房陈设面貌依旧，显得十分陈旧。习副局长一一向我介绍设想中的铁路文化博物馆的构思与布局，他们已做了精心设计，前期准备十分充分。习黎光比我小 15 岁，今年刚刚过了 50 岁的生日，他们是祖上为寻找生计从中原迁徙到关中的习氏家族。在渭南修建铁路文化博物馆有大量的工作要做，不仅是历史资料的收集整理，还要通过不同的渠道在民间广泛征集历史文物，更需要多方配合、全力投入梦想才能变成现实。我打电话给西安铁路局副局长张国顺，说明渭南筹建铁路文化博物馆的事，他安排我的老朋友、经验丰富的陈宇生也来到渭南共同参与这个有意义的活动。我们边看边聊边议，集思广益，想尽快拿出一个具体方案，抓紧组织实施。习黎光是一个文化人，讲起铁路一口气能跨越几十年，说到渭南的铁路史更是如数家珍，娓娓道来。

渭南老车站是陇海铁路一景，承载历史风云，留下许多记忆。陇海线东起连云港，西迄兰州西，全长 1779 公里。陇海铁路原名是陇秦豫海铁路，简称陇海铁路，它的前身是汴洛线。穿越郑州的京汉铁路建成通车前夕，清政府批准修建汴（开封）洛（阳）铁路线，督办铁路大臣盛宣怀于 1903 年 11 月与比利时铁路电车合股公司在上海签订了修筑汴洛铁路的借款合同，并于 1905 年 6 月由比利时公司开工修建，全长 185.4 公里。1907 年 3 月 21 日开封至郑州建成通车，1908 年 12 月汴洛铁路全线竣工投入运营。汴洛铁路建成和先前于 1906 年 4 月 1 日开通运营的京汉铁路无疑为沿线交通运输带来了很大方便，清政府决定将汴洛铁路向东西两个方向延伸。然而，在那个年代修筑铁路谈何容易，步履十分艰难，开封至徐州 200 多公里的铁路线竟用了 10 多年时间，郑州至潼关的铁路线于 1931 年 12 月才勉强通车。

1932 年 8 月，横跨中原的铁路线从潼关动工向西延伸，这条沿渭河南岸西行，经华阴过柳枝达华县，跨赤水河的铁路于 1934 年 7 月修抵渭南，时任铁道部长的顾孟余题写了“渭南车站”站名，雕刻在汉白玉制作的站牌匾上，至今还保存完好。渭南车站是陇海铁路进入陕西境内第一条铁路的火车站，有相当长一段时间国民政府要人都是从这里上下车出入陕西。据载，1934 年 10 月 12 日，蒋介石偕夫人宋美龄，带着张学良等文武官员乘陇海铁路花车从洛阳抵达渭南，时任陕西省国民政府主席邵力子等前来迎接。陇海铁路入陕后对关中的经济发展发挥了重要的推动作用，渭南首先成为关中东部地区的物资集散地，上海等地一些商贾与当地的工商业主相继在火车站附近开办工厂，兴建商铺、粮食集市，城区面积不断扩展，逐步成为关中一大重镇。

新中国成立后，国民经济迅速发展，治理黄河也列入了国家的重要议事日程。渭河发源于甘肃渭源县，穿过甘肃、宁夏、陕西，流经渭南、潼关流入黄河，全长818公里。1957年，修建三门峡黄河水利枢纽工程的方案确定之后，陇海铁路三门峡以西部分路段必须改线避开淹没区，渭南车站也随着陇海铁路线的改道而南迁，位于解放路的老车站不再使用。半个多世纪以来，这个见证渭南发展历史的老火车站依然保存完好，直到两年前它的站房、站台、股道，还有那座战争年代留下来的炮楼都面貌依旧，大家舍不得它们在人们的视野中消失。

离开老车站我们来到朝阳公园，绿树翠草簇拥着一台十分眼熟的蒸汽机车，大老远我们就看出它是大同机车工厂生产的“前进”蒸汽机车。蒸汽机车是我们的老伙伴，想起当年在蒸汽机车上烧火那阵子有说不完的故事。“前进”型机车是我们国家1956年试制成功的干线货运机车，1964年大同机车厂对其进行了一系列的技术改造并大批量生产，跑遍了各大铁路干线，在铁路运输中出了大力。时代在发展，技术在进步，蒸汽机车慢慢退出了历史舞台，现在取代它的是大功率电力机车和内燃机车，人们只能在博物馆才能看到它的身影，渭南完整地保存的是1983年4月28日出自大同机车厂的蒸汽机车，寄托着对铁路的无限情思。

一百多年来，铁路改变了人类生活的方方面面，人们留恋那些镌刻着岁月痕迹的铁路历史文物。渭南下功夫积极策划筹建铁路文化博物馆，让人们了解我国铁路的昨天和今天，了解更多的铁路知识，这是一个城市的铁路情结。

2014年11月9日

试验正在进行时

晚饭过后，河南城际铁路公司总经理杨树新打来电话，约我一起登乘试验检测车感受即将建成通车的郑（州）开（封）城际铁路新技术。第二天一大早，我们从路局招待所乘汽车出发赶往郑州东站，登乘就要开行的第一趟试验检测列车。

郑开城际铁路是《中原城市群城际轨道交通网规划（2009—2020年）》重点工程项目，2009年11月26日获得国家发改委批准建设。之后，铁道部会同河南省有关部门在郑州召开论证会并通过评审，郑州至开封城际铁路作为河南第一条城际铁路进入实质性运作程序。2010年9月23日启动钻探作业，拉开了郑开城际铁路建设的序幕。

河南处于黄河中下游，是中华民族的发祥地之一，文化底蕴厚重，旅游资源十分丰富，尤其郑州、开封更具有特色，在城市一体化建设中有着得天独厚的地理优势。郑州是河南省会，全国铁路交通枢纽，有纵贯南北、连接东西的发达铁路网。高速公路纵横交错，四通八达，交通十分便利。开封古称东京，七朝都会，有2700多年历史，是国务院首批公布的历史文化名城之一。郑州、开封实现一体化，两个城市实现优势互补，促进经济发展，改善了人们生活的方方面面。郑开城际铁路西起郑州东站，眼下东至开封宋城路站，全长 50 公里，建成通车将是郑州、开封之间安全、舒适、快捷的铁路通道，成为中原大地一道亮丽的风景线。

我们的汽车沿着京广快速路穿过闹市区很快到了郑州东站。郑州东站是我国（北）京广（州）、徐（州）新（乌鲁木齐）两大高速铁路的交会站，占地面积 240 公顷，是一座功能完善的现代化车站。进入站内，一列列子弹头高速动车在这里交会，整装待发，一个个面带微笑的“动姐”在迎候出行的旅客，一幕幕电子屏显示列车开行的方向，高铁郑州东站充满了现代化气息。7 时 55 分，我们的试验检测列车从郑州东站开出，我站在驾驶室紧盯前方，想看清列车经由的线路。可能是长时间不在司机驾驶室的缘故，不知怎么回事看到前方像是一列红皮车，不由自主地说道：“前面是不是有一趟车？”树新说：“不是车，那是一道声屏障。”这时，我突然明白过来，那怎么可能是车辆呢？我落伍了，思想观念已经跟不上时代的发展了。声屏障具有降低高速列车运行中产生噪声的功能，高速铁路经过的人群密集的地方都要安装声屏障，减少噪声污染。担当试验检测车驾驶的司机是张新成和刘强，是郑州机务段两个三十来岁的年轻人。再一问，他们都是郑州铁路职业技术学院毕业，要说我们还是校友呢，只不过他们学的是电力机车驾驶，我在 50 年前学的是蒸汽机车操纵，那个时候还没听说过有什么内燃机车、电力机车。同出一个学校门，学业大不一样，这些小年轻都赶上了好时候。别看他们年龄不大，也都是开了几年火车的老司机了，在技术上都是好样的。去年经过层层选拔，他们又到西南交通大学学习培训，考核合格后取得了驾驶高速列车的资格成为高铁司机。不一样就是不一样，他们的一招一式毫不含糊，动作熟练，起车平稳，呼唤清晰，这就是我们当代的高铁司机。

试验检测车出了郑州东站很快驶入了郑开城际铁路线，为减少耕地占用全线采用高架，是一道铺设在城市之间的空中走廊。从郑州出发到开封，中间设有郑信路站、绿博园站、运粮河站、宋城路站，这四个车站也都采用高架，每个车站的旅客候车站台都安装有屏蔽门，确保旅客乘车安全。我们乘坐的第一趟试验检测车，要求最高时速按 180 公里运行，8 时 20 分到达开封宋城路站，全程运行 25 分钟。时速若按 200 公里运行，郑州至开封一站直达全程运行只需 19 分钟，即便是中间有站停，30 分钟到达终点站也是完全可以做到的，到那时身居郑州、开封两地的人们会有一种同城的感觉。

8时35分，我们乘坐的试验检测车从宋城路站开出向郑州方向驶去。我和树新离开司机室，想好好看看高铁版的试验检测车设备。我对铁路试验检测车并不陌生，1996年我国铁路第一次大面积提速试验段就在郑州至漯河间进行，11月16日在这里创造了试验列车运行时速185公里的“中国铁路第一速”。1998年我国铁路进行第二次大面积提速试验，6月24日又在郑州至漯河间创造了试验列车运行时速240公里的新纪录，在中国铁路发展史上把“中国铁路第一速”又提高了55公里，并为我国铁路大面积提速积累了许多宝贵的经验。我作为中国铁路六次大提速的参与者，在试验检测车上亲身经历了那些激动人心的时刻，这些都将深深地印在我的脑海里。

高铁版的试验检测车与先前使用的提速试验检测车有很大的不同，那是把轨道、电务、接触网和车辆红外线连挂在一起进行综合试验检测，高铁版的试验检测车则是把各专业的测试功能融为一体，在高铁建成即将投入运营前全面进行试验检测，确保高铁列车运行安全。铁路试验检测车隶属中国铁道科学院统一管理，随着我国高速铁路的迅猛发展，我国高铁版的试验检测车现已有9列，2010年12月3日京沪高铁联调联试，国产“和谐号”试验检测车最高运行时速达到486.1公里，又一次刷新世界铁路运营试验最高速度。在郑开城际铁路进行试验检测的是南车集团青岛四方机车车辆公司生产的“和谐号”380AJ-0203检测车，共由8节车厢组成，今年6月出厂投入使用，采用了当前铁路最新检测技术，铁道科学院的项目总工程师宴兆晋向我们详细介绍了它的功能与运用。这是一列综合铁道试验检测车，装有最新技术的专用检测设备，同时还设置了列车专用网络、多媒体显示和数据综合处理系统，实现信息的精确采集与综合分析处理。运行中它能对轨道、接触网、信号、通信和轮轨动力学等项目，通过计算机实时进行检测，有关部门将根据其提供的检测数据做出正确判断，对行车设备实施整修，及时消除各种行车隐患。它像一台高速运转的CT机，能把高铁的五脏六腑查看得清清楚楚，不会放过任何病灶，有人形象地称它是高铁安全的保护神。

我们乘坐的试验检测车飞速前进着，一台台计算机屏幕显示的数据在不断变换，铁路两旁的景物一闪而过。大家围在一起谈论着中国铁路的昨天和今天，谈论着高铁给人们生活带来的新变化，欢笑声中你一言我一语憧憬着美好未来。

2014年11月19日

为铁军喝彩

我与朋友王留彦合编的《高原丰碑》，在贵（阳）广（州）高铁开通之时由中国文史出版社出版发行了。这本书收录了80多篇来自高铁建设一线的报道，多达40余万字，真实地记录了铁路建设大军挥洒汗水、披荆斩棘的动人场景，是他们在西南高原大山深处用双手谱写的一曲曲辉煌赞歌。贵广高铁开通运营，我们为铁军喝彩。

贵广高速铁路是一条以贵阳为起点，经由都匀、桂林、贺州、肇庆、佛山到广州，设计运营时速250公里、线下预留进一步提速条件的客运专线，这一路山连着山，峰接着峰，山多水多，地质条件十分复杂。贵广高铁全长857公里，其中隧道217座，累计长度461公里，桥梁510座，累计长度242公里。桥梁与隧道累计长度之和长达703公里，占贵广高铁全程的82%还多。2008年10月13日开工，一声令下，十几万铁路建设大军在黔桂粤大山深处摆开了长龙阵，展开了规模空前的大决战，展现出千军万马战犹酣的动人画面。

2004年冬天，我随中国铁路代表团到美国考察，在联合国总部看到一尊象牙雕，它艺术地再现了我国筑路大军不畏艰难困苦打通南宁到昆明的铁路大通道，架起一道高原彩虹，创造我国铁路史上的一个奇迹的情景。两年前的金秋过后，我来到天无三日晴的贵阳，恰逢贵广铁路有限责任公司董事长张建波要到沿线工地检查工作，我们便一同从贵阳出发向大山深处走去。我早有心奔赴建设工地，用手中的笔记录那一幕幕感天动地的场面，让它永远留在我记忆的长河里。

车出贵阳城很快驶入高速公路。远远望去，高速公路如同伸向远方的飘带缠绕着座座青山，我们时而在毛毛细雨中穿行，时而又迎来轻纱般的云雾，富有诗情画意。我们边走边聊，当然都是工程施工当中的事儿。建波告诉我，贵广铁路是由隧道和桥梁组成的，桥隧里程占全线的82%，过了桥就是隧道，出了隧道就上桥，最苦最艰难的就是开挖隧道，隧道通全线就能建成。接近中午时分，我们出了高速路直奔岩山隧道，这里是中铁五局的施工场地。

汽车停稳，一拨儿头戴防护帽、身着作业服的人便迎了上来。建波介绍说，岩山隧道是在他们手里建成的。走在前面的是中铁五局集团的副总经理兼指挥长黄武，紧随其后的是吕保良、张德忠……这是一支能打硬仗的铁军队伍。

岩山隧道地跨贵州榕江、从江两县，全长14693米，地质复杂，要穿越22个断层带，两次下穿寨蒿河，河床与隧道拱顶最薄的地方只有2.1米。尽管我不懂修铁路的行当，地理知识还是略知一二的，听到这几组数据真是一下子惊呆了，难怪有人说这是一座高风险隧道，是贵广铁路上的一只拦路虎。

开挖隧道单凭体力解决不了关键问题，要靠智慧和实干的完美结合实现技术创新，才能吃掉拦路虎。岩山隧道两次下穿寨蒿河，河床距隧道拱顶的距离只有2.1米，稍有不慎就会招来拱顶渗漏或坍塌，后果不堪设想，是他们从未遇到过的难题。黄武带领有关技术人员反复诊断论证，创造了一套弱爆破、短进尺、强支护、早封闭、勤量测的针对特殊地段采取的特殊方法，使隧道施工做到安全、有序、可控。隧道第一次下穿段采用大直径钢管桩地表注浆加固、钢筋混凝土咬合桩及钢筋混凝土盖板地表封闭、洞内加强超前支护的方式通过。第二次下穿采用钢管桩地表注浆加固和双层直径适度的导管超前支护，确保隧道施工安全，做到稳步推进。这项技术在实践中得到验证，已被专家王勇撰写成《岩山隧道下穿河段开挖沉降问题的分析与控制》的专著，使感性认识得到升华，形成指导实践的又一理论成果。

2012年8月5日，这条贵广铁路的“第一长隧”岩山隧道历时3年多的时间全线贯通，昔日从榕江到从江需要4个多小时的车程，现在乘坐汽车只需20

分钟。待贵广铁路全线通车时，列车3分钟就可以从这里通过，用个形象的说法叫“一闪而过”。

我们这次采访还到了百旺一号隧道，到了三都隧道，见证了创造人间奇迹的那一双双布满老茧的手。修筑贵广高铁难就难在开山凿洞上，参建的施工队伍有从战火纷飞的炮火中走来的原铁道兵——1984年这支“兵改工”后的英勇的铁军队伍的足迹遍布祖国大地，在现代化建设中建功立业；有知难而上征战半个多世纪，在一条条铁路线上挥洒汗水的筑路大军；有来自不同行业、不同地域，有丰富经验的工程施工队伍。他们正在用智慧和心血铸造一条新的钢铁长城，那一幕幕动人的场面感染了我们。

万水千山总是情。贵广铁路是一条穿越大山的高速铁路，施工现场充满了热烈的气氛，那一幕幕开山凿洞震撼山岳的场景感动着我。我寻思要让我手中的笔把贵广铁路建设创造人类奇迹的人和事记录下来，回到郑州很快与留彦联系决定策划编写纪实文学作品集《高原丰碑》。要让《高原丰碑》在短时间内问世，必须动员各参建单位的“笔杆子”，依靠大家的力量共同完成。征稿通知贴在网上，来自一线的报道像雪片一样飞进我们的邮箱：《长虹跨越北江水，铁骑飞架南沙涌》《击鼓角力战长隧，丰碑镌刻黔东南》《龙腾贵广线，苗岭铸丰碑》《峡谷飞虹，大美苗侗》《长缨在手缚长龙》……这些文字都从不同的角度反映了修筑贵广铁路的艰辛。

今年夏天，贵广铁路建设进入了冲刺阶段，我又一次来到施工现场采访。这里是被誉为“中原铁军”的中铁电化局郑州三公司主战场，他们的任务就是为贵广铁路架设高压送电线路。电是高速铁路的血液，电线路就是高速铁路的血脉，设计标准高，精度要求严，施工难度大，不得有半点儿疏忽。三公司的一拨儿年轻人创新施工方法，把27.5kV的高压电线路架设在大山深处，保证了贵广铁路的血脉畅通。

强将手下无弱兵，铁军面前无难事。经历了一个个春夏秋冬，走过了一个个日日夜夜，今天贵广高铁建成通车了，记录着铁路建设者不畏艰险勇往直前的文学作品集《高原丰碑》也由中国文史出版社出版发行，我们把这本书作为珍贵的礼物献给贵广铁路的建设者们。

2014年12月26日

挂牌之时所想到的

《中原铁道报》刊登消息：2014 年 12 月 18 日上午，奔流杂志社和郑州铁路局作家协会在郑州客运段隆重举行“文学创作基地”挂牌仪式。这是一件很有意义的事，我参加了挂牌仪式。文学创作基地是铁路与外界联系沟通的一个平台，大家通过这个平台可以更多地了解铁路，铁路也可以通过这个平台更好地展示新时期火车头精神的风采。

郑州铁路局遍地都有故事，到处都有创作素材，是文学创作的一片沃土。翻开《郑州铁路局志》，人们可以看到郑州铁路局辖区内最早的铁路线大冶铁路。新近编纂的《大事郑铁》第 1 页这样写道：“1893 年（光绪十九年）6 月大冶铁路开工，1894 年 12 月 7 日完工，1895 年初运营……”大冶铁路位于湖北省境内，长 18 公里，是清政府当年为将大冶开采的铁矿石输送到汉阳钢厂而修建的。2005 年 3 月 18 日郑州铁路局管界做了调整。在现在的管辖区域，全长 152 公里的道口到焦作的道清铁路也是于 1902 年的光绪年间开建的。1906 年，穿越中原大地、经由郑州的京汉铁路建成通车。1907 年，经由郑州的汴（开封）洛（阳）铁路和道清铁路先后建成通车，郑州的铁路枢纽构架初步形成，郑州铁路局在中国铁路发展史上的重要作用日渐显现。

百年铁路，百年辉煌。我国铁路员工队伍是一支组织纪律性强、接受先进思想较早的产业大军。中国共产党诞生不久，河南第一个党支部在洛阳机务段成立。1921 年 11 月 20 日，洛阳铁路工人点燃了反压迫、反剥削的怒火，爆发了陇海铁路工人大罢工，并取得了罢工胜利。1923 年 2 月 1 日，京汉铁路总工会在郑州宣告成立，遭到反动军警的疯狂镇压，总工会临时决定把办公地点迁至汉口江岸，举行京汉铁路全线大罢工。2 月 4 日上午 9 时整，总工会一声令下，郑州、武汉、北京等地汽笛长鸣，京汉铁路顿时全线瘫痪。敌人进行残酷镇压，2 月 7 日武汉、信阳、郑州、新乡等地的许多有志之士惨遭杀害，这就是震惊中外的二七大罢工。历史的辉煌激励着一代又一代铁路工人，培育传承了艰苦奋斗，无私奉献的火车头精神，在改革开放的滚滚洪流中，充分展现了新时期铁路工人奋力拼搏，开拓进取的精神风貌。

郑州客运段是郑州铁路局的一个窗口。半个多世纪以来，一趟趟列车从中原大地出发，跨越大江南北，奔驰在长城内外，汗水凝结了一个个骄人的荣誉，心血绽放出一朵朵文明之花。透过这个窗口人们可以看到郑州铁路局一道道亮丽的风景，透过这个窗口散发着铁路工人挥洒汗水的芳香。

1996 年下半年，中国铁路的决策者们做出了全国铁路第一次大面积提速的决定。这一年进入隆冬季节，提速试验在郑州拉开序幕，许昌至漯河间就是列车提速的试验段。一趟趟试验列车呼啸而过，一组组试验数据在计算机的屏幕上不断闪烁，11 月 16 日试验列车跑出了时速 185 公里的“中国第一速”，为 1997 年 4 月 1 日实施中国铁路第一次大面积提速提供了可靠保证。1998 年 6 月 24 日，试验列车又在许昌至漯河间创造了时速 240 公里的新纪录，为实施第二次大提速积累了大量的科学数据，我国旅客列车运行速度在不断提升。

2004 年 4 月 18 日，我国铁路即将进行第五次大面积提速。铁道部决定新修一条西北环线缓解郑州车站的压力，这是郑州铁路枢纽配套工程。接到指令，距第五次大提速满打满算只有 4 个月的时间，我深感工期紧、工程量大的压力，一旦出现卡壳，造成的影响不堪设想。尽管如此，我还是立下军令状，确保如期建成投入使用。任务落在了郑州铁路分局，交给了郑州工务段，时任段长张建波没有一点儿退路，留下的一个字就是“干”，拼命干！我了解建波段长，他是在摸爬滚打中锻炼出来的一员干将，干起活来什么都不要。前两次大提速时，他在许昌工务段担任领导，提速试验期间整夜整夜地不能睡，试验速度一天比一天高，试验数据一天比一天好，两次刷新纪录，将“中国铁路第一速”两次载入史册。强将手下无弱兵。58天，只用了58天，一条5.3公里长的西北环线建成通车了，比我预计的工期又提前了14天，这一奇迹镌刻在了郑州铁路局的历史上。

2007年4月18日，我国铁路第六次大提速将在这一天拉开序幕。2006年进入隆冬时节，郑州铁路局提速前的各项准备工作正在紧张进行中。11月3日，铁道部又通知全部更换郑州至商丘以东的张阁庄车站210公里铁路线上的26万根水泥轨枕，而且明令要求必须在2007年1月10日前完成。郑州铁路局正常情况每年更换轨枕的任务量只有5万根，要在两个多月的时间里更换26万根，相当于5年的工作量，这项工作的难度可想而知。摆在我们面前的路子只有一条：想尽一切办法，克服一切困难，一切抢在时间前面打赢这一仗。生产水泥轨枕的厂家安排好了，3家轨枕厂按计划生产合格产品，按时送往施工现场；集中全局5个工务基层单位的精兵强将，从郑州向东一字排开，保质量、保进度稳步推进；从路局到站段领导分片包干……11月17日更换轨枕的战斗打响了，中原大地风雪交加，寒风凛冽，施工现场彩旗迎风飘扬，劳动号子一浪高过一浪，施工进度平均以每天5公里的速度向前推进。到2006年12月28日14时30分，26万根新型水泥枕全部更换到位，比铁道部的要求提前了13天，比路局的要求提前3天完成任务。换句话说，他们42天干了5年的活儿，这些数据闪耀着无比绚丽的光彩。

郑州铁路局经历了6次大提速的磨炼，一个又一个人间奇迹展现在中原大地上。我是大提速的亲历者和见证者，昨日建设者的辉煌依然被传颂着，今天劳动者的新创举更让大地感动。

站在金灿灿的“文学创作基地”牌匾前，我思绪万千。抚今追昔，我们走进了新时代。时代呼唤健康向上的文学作品，文学创作要深深扎根于生活的沃土之中。光荣的使命，时代的重托，文学爱好者有责任饱蘸深情把中原大地的精彩描绘出来，用手中的笔墨留下岁月的记忆。

2015年1月5日

带着小将坐高铁

我们家有两个小将。外孙欣欣 11 岁，孙子浩浩 9 岁，俩人同在一个学校读书，都是我们疼爱的小调皮鬼。

玩是小男孩儿的天性，不管啥时候只要一说到玩，我们家这俩小将就高兴得不得了。这不，放假前在饭桌上边吃边说，说到寒假生活我说了句："放寒假我带你们去海边玩。"俩小将别的话不知道记住了没有，"去海边玩"这句话记得可清楚了，之后的几天还时不时地提醒我别忘了带他们去海边玩。我当然不会忘，对小将们的承诺肯定要落实，大人们的一举一动在小孩子面前都有潜移默化的作用。

放假的前一天，我买了几张高铁票回到家里，告诉小将们第二天一大早到郑州东站坐高铁。下午他们就把自己的行李箱整理好，要带的书、作业本和换洗的衣服装得满满的，晚上俩小将老早就躺在一张床上钻进被窝里睡觉了。

早上，不等叫醒，欣欣和浩浩就有说有笑各自穿好衣服起床了。吃过早饭，我们匆匆赶到郑州东站，还没来得及给他们讲候车大厅的功能，我们要乘坐的 G425 次列车就开始检票上车了。

这是一趟由郑州东始发开往南方的高速列车。学生刚刚放假，客流还没上来，乘车的人不是很多。7 时 48 分列车正点开动了，两个小将坐不住，跑到这个车厢看看，跑到那个车厢转转，看着什么都新鲜，看着什么都好奇。好奇是儿童的一大特点。其实，他俩并非第一次坐高铁，只不过时间长了昔日坐车的情形变得模糊了。这是一列我国南车集团青岛四方车辆公司生产的380A型动车组，最高时速可以跑到380公里。车厢座位分商务车，一等、二等座席，座位方向可做180°旋转，靠背角度也可根据乘客实际需要做适度调整，商务车和一等座席还配有电脑。看见车上的电脑，小哥儿俩像着了魔似的，摆弄起来十分熟练，不看其他节目就知道打游戏，俩人有说有笑，有说不完的话。我也弄不清他们哪儿来那么多话，问多了他们还有点不耐烦。少年儿童有他们自己的乐趣，随他们去就是了。在家里不敢让他们上网打游戏，怕沾染上不良习惯。上网也能上瘾，沾上了网瘾也是个麻烦事，有多少不争气的孩子上网成瘾荒废了学业。不知何因俩小家伙儿没玩多长时间就关上了电脑，又跑到前面车厢寻找他们的乐趣了。

这次外出我有个明显的感觉，小将们与我的距离拉大了。过去我们一同出去，他们总是拉着我的手到这儿看，到那儿看，或是围在我的身边说说这，问问那，亲情味儿特别浓。这次出来大不一样，似乎他们像是长大了一样，要与大人拉开距离，不想再让我参与他们的活动。孩子们都是这样，他们有自己的思维方式，一旦有了自己的见解，有些事是不愿意让其他人掺和的，我们的童年不也是这样吗？小将们慢慢长大了，应该有他们的思维空间、生活空间和成长空间，我们的任务是呵护他们健康成长。

列车沿着千里铁道飞驰，看着小将们活泼可爱的样子我打心眼儿里高兴。漯河西站停车，我坐在舒适的座椅上翻看着手机上的新闻，忽听一声招呼，抬头一看是驾驶这趟车的司机，他认识我，顿时我明白了，在郑州至武汉间的高铁司机都是郑州机务段的，他们中间有不少年轻人都认识我。30多年前我也和他们一样，也是郑州机务段的火车司机，驾驶着钢铁巨龙风里来雨里去，展示着青春亮丽的风采。

走进驾驶室，几句闲聊我得知他是1996年从宝鸡铁路司机学校毕业的王伟奇，学的是电力机车乘务专业，分到郑州机务段干了几年副司机，很快通过技术考试拿到了电力机车驾驶证。虽说现在还不满38岁，已是有十几年驾龄的老师傅了。说到他的家庭，他的父亲王有是郑州机务段的检修工人，我们都是老相识了，我干司机那会儿我们经常碰面，他那熟悉的面孔至今还保留在我的记忆中。2007年郑州铁路局用上了“和谐号”动车组，郑州机务段陆续从年轻司机中选拔那些责任心强、技术拔尖、行车经验丰富的青年司机，到西南交通大学学习高速动车驾驶新技术，担当高铁列车的驾驶任务，王伟奇就是其中之一。列车起动了，很快驶出了漯河西站，不到一分钟速度飙到306公里/时。王伟奇动作娴熟，目不转睛地盯着前方，操纵台微机屏幕上各种数据不断闪烁变换，列车运行一切正常。9时27分，列车正点到达信阳东站，我告别了王伟奇离开驾驶室回到我的座位上。我们家两个小将赶快跑到我身边，哼哼着也想到驾驶室里看个究竟。我说：“现在你们还小，啥都不懂，不能进去看。等你们长大了也学开火车，到那个时候的火车更先进，跑得更快。”小哥儿俩懂点事了，听了我这一番话，不再缠着去看司机叔叔开车了。

列车行进像飞一样，我这话一点儿也不夸张。我国高铁列车与现在世界上直升飞机的最高时速相差无几，同在一个速度等级上，把奔驰的高铁列车比喻成飞并不过分。我们乘坐的“和谐号”列车很快驶过了鸡公山、武胜关进入湖北省境内，青山绿水，白云蓝天，眼前是一片美丽的田园水乡自然风光。快到武汉了，我把小哥儿俩叫到跟前，想给他们讲讲长江的故事。上了长江大桥，我告诉他们，长江是我国第一大河，上面有很多桥，能过汽车，能跑火车，大轮船都是从桥下钻过去……浩浩突然插了一句：“爷爷，长江长不长？”欣欣毕竟大他两岁听说过长江，不等我回答接了一句：“姥爷，我知道，长江可长了，走都走不到头。”没等我讲完长江的故事，车就到武汉站了。一拨儿旅客下车了，又有一拨儿旅客上来了，列车又飞速地向长沙方向驶去。

车到长沙已是中午时分，午饭是车上配好的快餐，有饭有菜还有汤，两个小家伙吃得津津有味。我猜想是早上他们醒得早，午饭过后不大一会儿，俩人满脸困意，很快呼呼地半躺在座位上睡着了，睡得是那样的香甜。我们乘坐的“和谐号”列车满载着欢乐和梦想向着远方疾驰，说不定他俩的心在睡梦中早已飞到了海边。

2015年2月17日

陇海大院有真爱

39 年前，一场大病，酷爱体育运动的高新海成了高位截瘫的残疾人。他是不幸的，然而他也是幸运的。

1951 年高新海出生在郑州一个铁路工人家庭。父亲参加过抗美援朝，曾在郑州开火车，1960 年支援边疆建设远离家乡到了乌鲁木齐机务段，母亲带着他们兄妹几个一直生活在郑州陇海大院。高新海性格开朗，体格健壮，从小就喜欢足球运动，还是郑州火车头少年足球队的守门员呢。星期天、寒暑假，凡是休息日都能看到他和小伙伴们活跃在足球场上的身影，那些日子甭提多开心了。

1970 年已经长成大小伙子的高新海和同学们一样，带着美好的梦想下乡锻炼，来到郑州郊区的沟赵公社五七青年农场接受再教育。受家庭教育和环境影响，高新海很知道关心人、疼爱人，农场的青年人都喜欢和他在一起，大小事都要听听他的意见，大家亲切地称他“三哥”，这个称呼来自他在家排行老三。天有不测风云。1976 年初春，高新海疑似感冒发烧，他没有在意这点小病，照样出工下地，想凭着健壮体质硬扛过去。哪知事情并不是那么简单，几天过去了病情非但没有好转，反倒急剧恶化，转为急性横贯性脊髓炎，胸部以下完全失去知觉，失去了行走的能力，这意味着他将面临一条艰难的人生路。

高新海躺在床上再也站不起来了，这无情的打击顿时让这个刚强铁汉想到了很多。他想到了今后的生活着落，想到了治病所需要的资金来源，想到了如何摆脱对家人的拖累，他失去了生活的勇气甚至想到了死。

位于陇海路上的陇海大院始建于1913年，居住的是与铁路有着割裂不开情感的人群，“一人有难大家帮，邻里之间有真爱”成了大院多年来的良好风气，再难的事到了陇海大院就不是难事。高新海患上疑难病症的消息在大院传开了，一时间左邻右舍都来问长问短，帮助他寻医找药，哪怕有一线希望也要争取，期待着奇迹出现的那一天。更让高新海不能忘记的是这些好邻居们帮他重新点燃了希望之火，精神又重新振作起来，虽说再也不能叱咤在足球场上，可他完全可以用另一种生活方式享受生命的快乐。

重病的高新海成了邻居们的牵挂，儿时的伙伴们更加亲密了，大家都把照顾“三哥”当作义不容辞的责任，明确分工，不离不弃，还按政策规定帮他解决了生活资金来源问题，要让高新海与大家一起共享人间欢乐。这不是一天两天，这不是一年两年，至今整整39年了，14000多个日日夜夜，陇海大院演奏着一曲连绵不断的精神文明之歌。

从小在一起长大，今年已是65岁的樊石头是高新海的铁哥们儿，半个多世纪以前上学都在郑州铁路第二小学，同时进了郑州火车头少年足球队，还担任了这个小小足球队的队长，两个发小情同手足，比亲兄弟还要亲。突然间看到高新海只能躺在床上，心里怎么也不是滋味儿，他主动担起了护理高新海的任务。下了班就往高新海家里跑，给他翻身换尿布，陪他外出看病找医生，帮他做康复训练，这一干就是39年。退休以后的樊石头成了高新海的专职护理员，脏活累活他都干。邻居周喜荣是郑州市第三人民医院的医生，定时到高新海家给他打针换药。周医生年龄已大，把接力棒传给了也在医院工作的儿子任韬，一代新人成了高新海的忠实服务者。常思军是郑州铁路公安处的一名干警，工作有经验，办事有主见，思维敏捷，负责全面协调，大事面前都是商议之后听他决断，安排得有条不紊，表现出一个铁路警官的果敢和干练。这么多年，在陇海大院为高新海服务的人自觉形成了一个小团队。理发洗头有铁通公司的赵新义，洗澡搓身有退休员工王志平，做饭有郑州机务段的孙豫生，买菜、买面、买酱油醋有老邻居贾留成，对外联络是社区主任井勇的事，还有更多的在职和不在职的好心人刘万顺、杨继增、王家新、陈会云、许兰生、巴树森等，他们都是服务队的一员。 更可喜的是，与陇海大院一墙之隔的郑州 101 中学（原郑州铁路一中），几年前成立了志愿服务队，自觉加入了这个服务行列。 这是一个富有爱心的群体，这是一个品德高尚的团队！

陇海大院好邻居们的事迹慢慢传开了，感动了生活社区，感动了大河两岸，感动了中原大地。 2013 年国家一级作家、编剧孟宪明深入社区采访，根据陇海大院无私奉献好邻居的事迹，创作成《好好活着》电影剧本。“好好活着”是高新海的母亲临终前留给他的最后一句话，是妈妈在生命的尽头对儿子的一种期待。 这部影片上映之后，陇海大院的故事迅速传开，他们那一颗颗火热的心温暖了神州大地。

陇海大院的事迹以高票入选 2014 年度“感动中国”人物，“一场爱的马拉松，长跑三十九年，没有终点；一座爱的大院，满是善良的人，温暖的手，真诚的心，春去春回的接力，不离不弃的深情；鸽子飞走了还会回家，人们聚在一起，就不再离开”的颁奖词，是对陇海大院的最好褒奖。 让我们永远记住，郑州陇海大院有这么一群好心人。

2015 年 3 月 6 日

花开花落都是情

眼看进入 5 月，牡丹已到了花落之时，洛阳牡丹花会即将落下帷幕，突然接到电话，我的韩国朋友要专程到洛阳赏花。一时间我没了主意，不知怎么办是好。倘若推辞，怕伤了朋友的感情；如若到了洛阳，不见花开岂不让朋友扫兴留下遗憾？电话打到洛阳问个清楚，哥们儿回答，虽不是盛景也绝不会失望。我心里有了底，决定亲自驾车陪韩国朋友到洛阳看牡丹。

一大早，我把车停在宾馆门口，来自韩国的金容完、郑恩珠和常驻北京的方一钒坐上汽车，我们沿着高速公路向洛阳驶去。

2006 年我随同中国铁路代表团到韩国考察，结识了一拨儿韩国朋友，他们和我一样都是干铁路工作，也是同行吧。当年担任翻译的郑恩珠女士，现在是韩国铁道施设公团合作开发部的部长。她毕业于韩国有 100 多年历史的梨花女子大学，后又在中国留学，普通话说得十分流利。起初，我还以为她是在韩国工作的中国人呢，仔细了解才知道她全家一直生活在韩国，与中国没有一点儿血缘关系。金容完是她们的一把手，曾在职业高中学习铁路专业，参加工作先是在车站做基层工作，后来担任主管运输安全的领导。技术没有国界，铁路管理也是相通的，大家说起话来很容易沟通。

一路上大家谈笑风生，不知不觉到了洛阳高速路口，我的小学弟苗建国已在出口处等待。建国四十来岁，比我有才，2013 年初，他们一家三口到台湾，用了 16 天的时间骑自行车来了个环岛游。回到大陆，很快一本 20 余万字的《行之美丽》游记出版发行了，跟随他的笔触我也到台湾过了一把瘾。

洛阳是牡丹王国。驶入洛阳城一阵花香迎面扑来，以牡丹命名的园林不知有多少，每年牡丹花会来自各地的游人不计其数，洛阳以其特有的方式热情迎接八方宾朋。

国际牡丹园是多品种牡丹最为集中的地方，展示了洛阳人在牡丹花卉生长规律探索中的聪明和智慧，他们能让牡丹在不同时节绽放出不同颜色的花朵。在这里人们可以欣赏到象征热烈奔放的红牡丹、端庄大方的绿牡丹、纯真意切的白牡丹、自信凝重的黑牡丹……牡丹是我国栽培历史悠久的落叶灌木植物，它性喜温暖、凉爽、干燥，日照时间长。洛阳养植牡丹花卉始于隋朝，因其花朵硕大、姿色艳丽，十分招人喜爱。到了唐代，洛阳种植牡丹成为一种时尚，皇家花园有大片的种植区，品种繁多，唐代大诗人刘禹锡和历代文人名家留下不少赞美牡丹的诗句和文章。近些年，洛阳组成专门科研部门，研究牡丹生长习性，选送优良品种搭乘“神舟八号”飞船，营造不同的环境，用高新技术培育牡丹新品种，在人间展现更多的美丽。洛阳正在充分利用牡丹这张名片竭力打造新的品牌，为中原大地注入新的活力。

我与韩国朋友边走边聊。牡丹不单单在中国受到人们喜爱，在韩国同样也受人推崇，女士佩戴的金银首饰和丝巾、服装上很多都是牡丹花的图案，牡丹是吉祥如意的象征。金容完出生在韩国农村，父母都是耕种农田的庄稼人。20 世纪 50 年代，母亲出嫁时姥姥家陪送的嫁妆中有一对绣有牡丹花的枕头，色彩十分艳丽，光彩夺目，全家人都舍不得用，珍藏了好多年，金容完就是从这对枕头上爱上牡丹的。金容完步入社会经常参加外事活动，早就听说洛阳牡丹很有名气，这次她来中国最大的心愿就是要到洛阳一饱眼福，把美丽的记忆带回韩国。

国际牡丹园占地面积 380 余亩，栽培牡丹、芍药 500 多个品种，达 60 多万株。尽管大多花朵已经凋谢，仍有一些新品种鲜花盛开，五彩缤纷，依然吸引了大量游客，来自海外的游人更是赞不绝口。我和韩国朋友一边看一边谈论洛阳牡丹花展的特色，迎面走来一拨儿蓝眼睛、黄头发的外国游客，有男有女，两个洋娃娃天真可爱，像是一家人在赏花。我很想了解外国人眼中的牡丹，便用简单的英语和他们打了个招呼，对方停住了脚步向我微笑。我不会英语，对方汉语说得也很吃力，我们聊得挺费劲，有时一句话说上几遍双方还理解不了，郑恩珠赶忙上前为我们作翻译，有翻译用英语交流轻松多了。这个蓝眼睛的年轻人来自美国，他很喜欢洛阳这座城市，前年把夫人和两个孩子也都接过来一起生活。他说，他们来洛阳已有一年半的时间，喜欢这里的人，喜欢这里的水，更喜欢这里的牡丹花。他指着眼前的一切直伸大拇指，用生硬的中国话连声说："漂亮，漂亮！"他还告诉我，他有一个中国名字叫"黑胡椒"。我不知道他怎么取了个这样的名字，这可能就是文化上的差异。名字就是个代号，大家明白就行。

洛阳牡丹扬天下，花开花落都是情。洛阳艺术家们以牡丹为主题创作了许多绘画艺术作品，承载着古老的东方文化飞往世界。在丽景门文化街我们见到了颇有艺术造诣的何文玲女士，在她的"飞扬画室"，布满了精美的牡丹绘画艺术作品，如同牡丹盛开的百花园，那一曲曲悠扬的古琴声化作美好的祝福送给来自远方的客人。

2015 年 4 月 30 日

第二辑　人在旅途

如梦令·旅途

踏巷入村进寨
更游港台海外
美景不胜收
妙笔绘就真爱
乐哉，乐哉
挥洒人生豪迈

荷花飘香郝堂村

我对信阳并不陌生，那是我40年前常去的地方，不过从未到过平桥辖区的郝堂村。这次随求是杂志社的朋友孙广远到河南调研，在豫南大别山区亲身感受到了郝堂的乡村之美。

初秋的中原大地依然处在酷暑之中，我们来到郝堂上衣已被汗水湿透。环绕在村边的荷塘，荷花竞放，香气四溢，一座座民居古朴典雅，镌刻着岁月的沧桑，一棵棵粗壮高大、遮天蔽日的树上挂满了古老的故事，呈现在我们面前的是一幅小桥流水人家的美丽景象。接待我们的是村党支部书记曹纪良和平桥区工会副主席禹明善，他们都见证了郝堂村的历史变迁。

郝堂村位于豫南大别山区，占地面积约20平方公里，有18个村民小组，2300多名村民。我无法查证郝堂村的历史，从人们的言谈话语中可以断定，它和千千万万个村庄一样，一路走来经历了封建社会和战争年代。新中国成立后，小小的郝堂村也走过了合作社、“大跃进”、人民公社、“文革”、包产到户那段历史。在改革开放大潮中，他们正在摸索走出一条适合自己发展的道路。

我国有8亿农民，农村建设、农业发展、农民稳定是我国社会主义现代化进程的关键问题。早在20世纪50年代党和政府就提出建设社会主义新农村的要求，广大农民为“楼上楼下，电灯电话”的梦想日夜奔波。众所周知，那些年农村建设成效甚微而且发展也不平衡，当我们的“神舟”飞船能在太空自由翱翔的时候，我国有的山区农村还停留在解决温饱问题上。党的十六届五中全会又一次把农村建设提到了重要议事日程，做出了建设社会主义新农村的重大战略决策，为今后我国农村勾画出了“生产发展、生活富裕、乡风文明、村容整洁、管理民主”的新蓝图。怎样建设新农村，这是摆在各级政府面前的一个大问题，能不能建设好取决于能否对“新农村”概念做出正确理解。这几年各地在新农村建设中各显其能，一些地区、一些村寨把注意力放在“新”上，重点突出外在形式的“新”，像城市建设一样拆民居搞小区，花钱不少，效果不好，功能缺失，怨声载道。作为郝堂村的党支部书记，曹纪良干工作最大的特点是求稳，多年的经验让他养成了一种习惯：不跟风，细心看，看准了抓紧干。他请来了高人、能人结合实际规划方案，确立了把农村建设得更像农村的工作思路，因地制宜搞建设，因势利导求发展。

农村发展必须有资金做支撑。郝堂走的是村庄自主建设开发的路子，既不要政府投资，也不靠招商引资，完全依靠自己的力量开发建设新农村。一方面成立了集体经济性质的绿园生态旅游开发公司，将300多亩承包地流转至村集体统一安排进行新农村建设，土地增值收益归村民共享集体所有；另一方面，大力发展实体经济，经营有特色的农副产品，扩大经济来源，实现增产增收，增强自我发展、持续发展的动力。今年他们结合自身特点举办“民俗文化周”活动，弘扬传承具有鲜明特色的地域文化。修建30多公里的自行车道，成功举办“美丽乡村全国单车嘉年华”比赛，有500余名来自全国各地的选手前来参赛，展示了郝堂的建设成果。

在采访中，我们见到了自称深度参与郝堂村建设的禹明善。他身材中等偏高，说话带有浓浓的乡音，条理分明，逻辑性很强。细聊中得知，他于信阳师范学院毕业后在中学任教10年，后任五里店镇党委书记，在区政府多个部门任过职，现在是平桥区工会副主席，今年也50岁出头了，郝堂村走过来的每一步他都清清楚楚。

我们是从村民住宅建设开始说起的。他们认为，村民的经济状况有差异，如果采用统一规划建小区的办法建设郝堂村，村民的经济承受能力就是一个很大的制约因素，更何况世世代代留下来的习惯于散居的村民生活方式是很难改变的，也完全没有必要用强制性的手段扭转农村千百年来形成的生活习惯。生活方式的多样化，正是大千世界应具有的形态，倘若大家都住在千篇一律的高楼大厦里，过着老死不相往来的日子，那还不把人憋出病来？哪还能体现出民风民俗的独特风格？新农村建设的核心是因地制宜，创造性地开展工作，让大家富起来，让环境美起来，让生活乐起来。他们请来了大书画家孙君，为每户设计出改造方案，绝大部分不改变原住宅的布局结构，有条件的在外装修上稍作文章，起到画龙点睛的作用。重点在室内下功夫，做到干净整洁，增加舒适度。设计方案出台后村委会组织评审，然后全面实施。他们充分利用国家扶持政策，修路、架桥、建沼气池、通自来水、改造厕所等，公共设施按进度拨付资金，住宅改造每平方米补助 130 元，需要贷款组织贴息，所需资金给予保证。这一举措保持了郝堂悠久历史形成的村落布局：依山傍水，鸟语花香。

走进这个昔日不起眼的小山村，我被迷人的景色所吸引，更让我感到惊讶的是这里的环保竟那么有新意。我看惯了城市污水处理站的模样，一座座水泥池连成片，一台台水泵不停地转。郝堂村的污水处理却不是这样，有的住宅院落建有一个污水池，具备油水分离功能，加盖带有适度小孔的水泥板，填上 50 厘米左右厚的种植土，植入水中芭蕉或根系发达的蔬菜及其他植物，靠它们的根系吸收污垢净化水质进行集中排放。这种污水处理技术充分利用生物习性，不仅解决了环境污染问题，而且降低了环保成本，大有推广的意义。

社会老龄化的问题日益显现，郝堂村的花甲以上老人也越来越多，村委会的领导把解决养老作为稳定农村的切入点，成立了“夕阳红养老资金互助社”。这是一个由有爱心、有孝心的年轻人发起，以全村老人为主体经营管理的农村组织内部的互助金融组织。年轻人发展生产向互助社老人申请贷款，利息收入主要用于入社老人养老。农民土地、房产、林权等资产可以在养老资金互助社抵押贷款，资金互助社作为村社共同体的金融中心，为村民和其他合作经济组织提供信贷服务。4 年多来，夕阳红养老资金互助社资本金由开业时的 34 万元，发展到目前的 340 万元。入社老人由当初的 15 人扩大到今天的 210 人，入社老人收益分配从 2009 年的 300 元增加到 2012 年的 800 元。

农村医疗是村民健康的保证。在村卫生所，我们见到了这里的负责人代希文，他怎么看都比他的实际年龄小得多，实际上他也是六十有四的花甲老人了。代希文从小生长在这片古老的土地上，读初中时就喜欢看些医疗卫生方面的书，有过当医生的梦想。或许是命运的安排，还未成年的他就开始跟着有医术的老师学习，慢慢掌握了常见病的治疗和预防知识，在那个特殊的年月当上了“赤脚医生”，走村串户救治生命。半个世纪以来，他通过学习实践不断进步，成为一名名副其实的乡村医生。村委会十分重视农村医疗，安排资金新建了村卫生室，其中诊断室、观察室、处置室、药房等样样俱全，结构合理，经济实用，曾一度被称为信阳地区“最牛卫生室”。说它牛，牛就牛在外观造型上，红墙红顶大玻璃窗，红底白十字标志竖中央，醒目亮丽十分引人注目。村委会把乡村医生组织起来，建立了各项制度规范管理为民服务。村民有头疼脑热之类的小病随时可以在村里就诊，必要时医生还出诊登门服务，很是方便。小小卫生室发挥大作用，在当地引起很大反响，得到上级部门高度重视，并按照这个设计方案在信阳8县推广。现在，信阳地区村村都有卫生室，万树丛中一点红，成为大别山区的一大亮点。

今天的郝堂村青山绿水，溪流淙淙，青堂瓦舍，绿草莹莹，鸡逐鸭跑，蝶飞蝉鸣，为中原大地增添了无限魅力。据统计，这两年有30多名常年在外打工的年轻小伙儿回到家乡创业，有100多个村民又悄悄把户口迁回郝堂，18户村民开办“农家乐”接待八方来客。信阳师范学院还把郝堂确定为学生社会活动实践基地，让即将毕业的学生到这里学管理、长知识、增才干，培养踏实肯干的新型人才。

我们漫步在荷花飘香的乡村小道，静静地倾听朋友们讲述的故事，心中犹如一股清凉甘甜的山泉在流淌。

2013年8月12日

三坊七巷福州城

福州，我只知道这是一座古老的城市，是我国东南沿海重镇，早在2200年以前这里就形成了人们集聚的城郭。这次又到福州，朋友盛情安排我们到老城区走一走，那儿是福州一部厚重的史书。

能看出福州古老面孔的地方是朋友所说的三坊七巷，陪同我们前往的是姚云龙和钟永发两个年轻人，他们的历史知识都比我丰富得多。

车到南后街停下。姚云龙说，福州就是从这里起步走过了2200多年的历史，更让福州人引以自豪的不仅是它那带有浓重民族色彩的民居民宅，还有从古到今在这里涌现出来的那些照耀历史的名人，他们是林则徐、沈葆桢、严复、林觉民、左宗棠、郁达夫、冰心等，这些都是我国近代史上为我们大家所熟悉的大人物，还有诸多如王审知等在福州发展史上留下浓墨重彩的名人名家。简短的几句话，让我对福州古城有了初步的认识。

现在保留下来的“三坊七巷”并不完整，只有159座明清时期的大小宅院。我们的车就停在南后街门外的杨桥巷，它已失去昔日的面容，在又一轮的旧城改造中扩建为通畅的交通大道。古城旧址为步行街，穿过那座带有“南后街”三个镏金大字的石坊，我们走进了林姓大宅。这里曾是林觉民烈士的住处，后由冰心的祖父谢銮恩买下居住，大文学家冰心就出生在这里。她在《我的故乡》里写道："我生于一九〇〇年十月五日（农历庚子年闰八月十二日），七个月后我就离开了故乡——福建福州。但福州在我的心里，永远是我的故乡，因为它是我的父母之乡。我从父母亲口里听到的极其琐碎而又极其亲切动人的故事，都是以福州为背景的……"冰心 11 岁那年又回到了福州，12 岁考入福州女师，在离家不远的花巷里一所很大的旧家宅第读书。3 年的女师生活让她学到了不少知识，为今后走上文学之路奠定了坚实的基础。

走出冰心老人家的故居我们步入了郎官巷。这是宋代就有的民居古巷，据清《蓉城考古略》记载，宋朝刘涛居住于此，子孙几代都是郎官，故取名"郎官巷"。这里有保存完好的我国近代著名翻译家、教育家严复的故居，他亲笔写下的《赠白马王彪》还完整地保存在这里。严复生于 1877 年，那时清政府正在一步步走向衰败，他深知鸦片战争中西方列强以坚船利炮，使"东方帝国"的短板暴露无遗。他与众多有志之士形成共识，必须走出去学习西方先进的文化，取长补短走强国之路。他作为清政府首批派遣留学生到英国学习驾驶技术，在英国皇家海军学院学习两年半，成绩优秀，成为学院里的高才生。他翻译的《天演论》于 1897 年在天津出版的《国闻汇编》刊出，产生了始料未及的社会反响。翻译《天演论》的核心是结合中国当时的实际，向人们阐明国弱民散就要受气挨打，有"亡国灭种"的危险，唤醒民众要自强不息屹立在世界民族之林。严复治学严谨、翻译认真，每句话都要反复推敲，力求译意准确无误。戊戌变法后，严复又翻译了《原富》《法意》《群学肆言》《名学浅说》等大量著作，他第一次把西方的古典经济学和政治学理论及自然科学、哲学理论较为系统地引入中国，启蒙与教育了一代国人。当然，由于看问题有历史的局限性，严复也有他的不足之处，尽管如此严复仍是一个值得后人尊重、学习和纪念的人。

衣锦坊是"三坊"中的第一坊，带有"衣锦还乡"之意。果然如此。据载，宋朝陆蕴、陆藻等人都是从这里走出去做了他乡的显赫官员，日后衣锦还乡，荣耀乡里，得名"衣锦坊"。坊中嘉庆进士郑鹏程的豪宅依然保存完好，宅院清秀翠绿，虽不及苏州拙政园大，但其建筑风格、庭院设计、布局效果都可以与拙政园相提并论，尤其是水榭戏台更是独具一格。这是一个木构单层平台，四柱单开间，悬建在清水池塘之上，鲜花簇拥，如同仙境一般。对面为阁楼，是主人和亲朋好友常来看戏消遣的地方。更让人值得称赞的是它的建筑设计运用了声学原理，无论在哪个方位听戏看戏声音效果都极佳，充分展示了古代劳动人民的聪明和智慧。

隔着南后街与衣锦坊东西相连的是黄巷。据闽志记载，晋永嘉二年（308年）河南固始人黄元方避乱入闽落户于此，故称黄巷。看到这一段介绍我想起了与中原永远割裂不开的客家人，无疑黄元方也是千千万万客家人中的一员。客家人源于中原汉族，西晋以来因战乱或灾荒，中原人历经迁徙流落到我国南方及世界各地，逐渐形成了特色鲜明的客家文化。河南与客家人有着密切的血缘关系。2003年10月26日，备受海内外客属乡亲关注的第18届客属恳亲大会在河南省会郑州隆重举行，我有幸参加了那次不同寻常的盛会，倾听了来自近30个国家和地区的社会各界客属代表发自肺腑的怀念故乡的真挚情意，中原大地永远是客家人的家。

说到客家人不能忘记王审知。王审知祖籍河南固始，唐光启元年（885年）黄巢义军王绪占光州，王审知与其兄王潮、王审邽带领固始5000名乡民从义军入闽。王审知以其非凡的才能赢得大家的信任，带领民众慢慢过上了太平日子。乾宁五年（898年），朝廷任命王审知为武威节度使。王审知在治闽期间，崇尚节俭、选任良吏，兴修水利、发展农业，兴办学校、注重教育，发挥优势、拓展海上贸易，使福建经济、文化得以快速发展。梁开平三年（908年）梁太祖封王审知为闽王。据说王审知在福州为官32年，深得民心，现在民间用多种艺术形式缅怀他，他被后人尊崇为“八闽人祖开闽王”。1000多年来，王审知后裔在八闽大地繁衍生息，还向外播迁发展，仅台湾地区就有他的后裔50多万人。2012年10月26日，河南固始举行隆重仪式，迎接来自两岸三地的王氏宗族人请回的王审知金身塑像，闽王文化成为豫、闽、台一个重要的文化交流平台。我想，当年王审知与他的家眷肯定也住在三坊七巷，可惜未能看到他留下的足迹。

我们漫步在这古老的坊巷之间，透过一座座青堂瓦舍民居院落和表现不同时期的珍贵文物，用心灵感受着昔日福州古城的风雨沧桑。

2013年8月31日

不朽的周庄

我国著名画家陈逸飞的一幅油画《故乡的回忆》让周庄走向了世界，周庄也的确因其独特的水乡之美赢得了众人的称颂与赞叹。几天前我有幸去无锡，专程到周庄领略了这座千年古镇的风采。

有文字记载周庄始建于1086年，因邑人周迪功老人捐地修建全福寺而得名。由此可以看出周老先生捐地修寺之前，这里就已经有人聚集落户成为村落。关于这一点在史料上还可以查到，过去的周庄名为“贞丰里”。周老先生捐了200亩地建成了全福寺，百姓感其恩德，把贞丰里改名为周庄，这样算起来周庄的历史要有上千年了。一个村庄能延续千年香火不断，有顽强的生命力，自然有它非凡的魅力。我多次到过江浙一带，尤其是1977年我带着我的伙伴们到常州戚墅堰机车工厂修车，空闲时间到处跑着玩儿，跑遍了周边大小的景点，从不知还有个周庄。这次我才知道，能发现周庄之美的人，那就是现代画家陈逸飞，正是他的杰作才使得千年周庄露出了秀丽的真容。

陈逸飞1946年生于浙江宁波，1965年毕业于上海美术专科学校，1980年他怀揣38美元赴美留学，1984年获得艺术硕士学位。我没见过陈逸飞，从有关他的资料中可以看出，他是一个有梦想、有事业心而且很有个性的艺术家。他擅长油画艺术，他用自己的画笔把中国的姑苏小桥流水、江南田园风光展现给世界，让更多的人欣赏到了中国的自然之美。1984 年 38 岁的陈逸飞带着对故土的思念，创作了一幅以周庄双桥为素材的绘画作品《故乡的回忆》，连同其他 37 幅油画在美国石油大王阿曼德·哈默的画展中展出，引起轰动。1985 年哈默访华时将《故乡的回忆》高价买下，作为礼物送给我国领导人，使周庄名声大震，风靡中外。从此周庄成为中国大陆的一个亮点，每天来这里参观游览的中外游客络绎不绝，寂静的周庄沸腾了！

我们这次到无锡原计划星期天去周庄，有人提议休息日人太多临时调整为周五游览周庄，无疑这是一个好的方案。汽车跑到周庄整整用了两个小时，几个停车场都停放了不少汽车。司机说："今天还好，高峰日停车位都不好找。"我们下车走过周庄大桥，入口处已经挤满了游客，或三三两两，或成群结伙争相拍照。带队的张镇轩召集大家合影，等了好半天才找到合适的位置，为我们留下了难忘一瞬。

周庄的魅力在于水，水是生命之源，有水才会有灵气。来到周庄我印象最深的就是这里的水，它缓缓流淌，清波荡漾，穿插在青堂瓦舍之间，显示出无尽的生机。周庄水系呈两竖两横的"井"字形，与周边的淀山湖、澄湖等大小湖泊相连汇入白蚬江，永不停歇，形成典型的江南水乡景色。周庄能千年不朽凝聚着劳动人民的智慧，他们世世代代一贯遵循着因势利导、依水筑屋、以水成路、因水建镇的发展思路，因水而丰富多彩，从而创造了独特的生存方式。现在的周庄家家枕河，户户依水，船在水中行，人在桥上走，独具魅力。跟随游客的步伐我们走过"张厅"步入"沈厅"，这些昔日的大户人家能将船划进家门和大宅后院，停泊在自家池塘，表现出他们的富有。触景生情，我不由得想到意大利水城威尼斯。2001 年我带团到德国西门子公司学习电力机车交流传动技术，周末休息，公司威博先生要陪我们出游，建议到罗马古城欣赏历史文化。我与同伴商量决定去威尼斯游玩，威博很爽快地答应了我们的要求。经过 5 个多小时的行驶，我们从德国爱尔兰根出发，穿过奥地利到达意大利的威尼斯。这是一座泡在水里的城市，出行只能坐船而不能坐车，所有的车辆必须停放在城外的停车场。我们登上游船驶入市区，同行的翻译乔晓威指着家家户户门前的木桩问我们是做什么用的，我们都没有猜到它们的用途，最后乔晓威自揭谜底，那是用作拴船的桩子。威尼斯那些船都是机动船，一片喧嚣，不像周庄的小木船靠人工划桨前行，小船不停地向前划动只听到木桨的拨水声。周庄与威尼斯相隔万里之遥，它们都因水而闻名，是水为这两座城镇注入了生机和旺盛的生命力。

威尼斯吸引了大量的外国游客，同样周庄每天也有来自许多不同国家和地区的游客光顾。走出“沈厅”我碰到几位外国游客，一声“哈喽”彼此驻足凭借翻译之力聊了起来。这是来自伊朗的游客，在翻译的陪同下慕名而来，他们高度称赞周庄古老的文化底蕴和秀丽的水乡景色，让我想到我的另一位伊朗朋友华赞。华赞小我 12 岁，现在也是“中国通”，他对孔子、老子文化特别感兴趣，他写的《第三只眼看〈道德经〉》让我佩服不已，现在正致力于创办“老子大学”，让老子文化走向世界。等到我们再次见面，肯定邀请他到水乡周庄，了解更多的中国民居民俗文化。

周庄四面环水，船是这里世世代代的交通工具，许多游客争相乘船领略水乡风情。我眼望着一只只远去的摇船和一道道晶莹的水波，那些轻盈的身影与古桥、瓦舍融合在一起，构成了一幅充满水乡韵味的独特景色。

千年周庄孕育了千年文化。古往今来，历代文化名人如刘禹锡、柳亚子等在周庄著书立说，留下了许多宝贵的文化遗产，营造了浓郁的文化氛围。在周庄的古街古巷里，到处可以看到吟诗、绘画的后生们在用手中的笔墨，展示周庄的美丽景色，赞美水乡的无穷魅力，传承源远流长的历史文化。在一个传统的画室里，我看到一位年轻的画师正在精心作画，屋子里摆满了周庄不同景色的素描。在他笔下，古朴的太平桥、富安桥、双桥和外婆桥犹如满目沧桑的老人，正在向人们讲述古老的故事。我立刻买下这些当代新作，把我的爱慕之情融入其中。

千年的周庄，不朽的周庄，它如同镶嵌在神州大地上的艺术瑰宝将永放光彩。

2013 年 11 月 5 日

亲历特博会

三门峡地处河南、陕西、山西三省交界处的黄河金三角，独特的地理优势把周边运城、临汾、渭南联系在一起，三省四市共同举办了第二届中国特种商品博览会。我作为河南旅游文化研究会副会长，应邀出席了这次独具特色的特博会，又一次来到美丽的天鹅之城。

三门峡是我既熟悉又陌生的地方。1973年我从武汉来到郑州机务段工作，天天拉客车奔驰在郑州至三门峡之间，269公里的铁路线哪儿是弯道、哪儿是上坡下坡我都清清楚楚，还常利用在公寓休息的时间到处走走看看，当然对三门峡不生疏了。三门峡地处中原，历史悠久，早在远古时代中华民族的祖先就在这里繁衍生息，创造了灿烂的历史文化，这里流传着禹凿三门、紫气东来、周公分陕等许多美丽的传说。相传，三门峡因大禹治水使用神斧将山劈成人门、神门和鬼门而得名，这段历史传说给三门峡增添了许多神秘色彩。2500多年前老子在这里写下了著名的《道德经》，字字句句充满哲理。古往今来，岁月如梭，在现代化建设中，三门峡因其独特的地理区位优势，地方经济飞速发展，成为黄河岸边一颗璀璨的明珠。

我是乘坐高铁列车过来的，从郑州上车只用了一个小时多一点的时间就到了三门峡，市商务局副局长李军方专程接站，短短的十来分钟就把特博会的议程做了详细介绍。我下榻的金泉宾馆距我30多年前常住的乘务员公寓不远，不过当年的干打垒房舍早已荡然无存，展现在我面前的是一座座高楼大厦，充满了现代化气息。滚滚的黄河水从旁边流过，披着金黄色盛装的会展中心和体育中心把这颗黄河明珠装点得更加美丽。若不是那座高阳山依然存在，我还真认不出这就是我当年工作时常来常往的地方，让我极为熟悉的那片土地变得如此陌生。

初冬的三门峡是美丽的，垂柳随风轻荡，水域面积达2000多亩的天鹅湖引来了一群群来自西伯利亚的白天鹅。有的散落在树枝上细心观察周边的一切，有的结伴在水中追逐嬉闹，那些野鸭、红嘴鸥和叫不上名字的美丽飞禽也纷纷赶来凑热闹，似乎是专程赶来为特博会增光添彩的。

欢迎宴会一改过去的大鱼大肉、推杯换盏的场面，没有酒类，不摆香烟，采用自助餐的方式用地方特色风味招待八方宾客，充分体现了新理念、新会风。

第二天上午9点半，不摆鲜花、不放礼炮、简短务实的开幕式结束之后，我紧随与会宾朋步入会展大厅。三大展区1060个展位摆满了来自各地的特色产品，可谓琳琅满目，应有尽有。来自27个省市自治区、港澳台地区及东南亚部分国家的数千名客商参加了博览会。展区有五大板块，分为特色农副产品、特色食品、特色文化旅游商品、特色日用品、国家级和省级非物质文化遗产，努力打造展销、品牌、融资、贸易、创新五大平台。通过全国特色商品的集中展示在国内外产生重大影响，推动特色产业和民族工业的健康发展。

特博会上，陕县南沟村剪纸艺术的现场制作引起了人们极大的兴趣。一把剪刀，一张纸在艺术家手里娴熟飞舞，剪出的人物花鸟神态各异、栩栩如生，令人赞叹不绝。更让我佩服的是那些书法艺术剪纸，临摹艺术达到极致，连原件上的印章都能显示出来，真可谓一绝。南沟村剪纸协会会长、高级民间艺术师任更厚见我看得特别入神，热情地向我介绍南沟剪纸艺术的发展情况。陕县南沟村位于豫西丘陵地带，早在300多年前的清代这里就流行剪纸艺术，对一代代传承发展产生很大影响。现在南沟村居住有600余户2400多名村民，其中有360多人都从事剪纸艺术，被命名为“中国剪纸第一村”“河南文化特色村”，产品远销国内外，年产值达200多万元，是农村经济发展的一个亮点。

三门峡人杰地灵，是中华民族的发祥地之一，有着丰富的旅游资源。仰韶文化是中国先民创造的古老文化之一，展示了新石器时期人类活动留下的足迹。1921年，瑞典地质学家安特生和我国考古学家袁复礼在三门峡渑池县仰韶村共同首次发掘出中华民族的祖先在大约公元前5000年遗留下来的石器、骨器和陶器。大量的遗迹充分表明，那个时候人们就在这片古老的土地上繁衍生息，奠定了中华民族五千年文明史的根基，因此被称为仰韶文化，后来人们在这里修建了仰韶文化博物馆。1994年中国历史博物馆组织中国、美国、英国、日本等考古专家进行国际田野文物考察，又在仰韶村附近的班村发现了大量的珍贵文物，其中有数十斤5000年前的小米，成为中华民族悠久农耕文化的又一力证。

西周时期的虢国就在现在的三门峡市区。黄河造福人类，孕育了中华民族，也给人世间带来了不少灾难，治理黄河是人类千百年来的梦想。新中国成立不久，1952年10月30日毛泽东主席到河南视察黄河，发出了“要把黄河的事情办好”的伟大号召，三门峡水利枢纽工程建设很快被纳入规划。在前期地质勘探和考古中发掘了虢国古墓群，从230多座古墓中挖掘出9000多件青铜器、陶器等珍贵文物，在国内外引起了强烈的反响。随后考古工作又不断取得新进展，现已发掘出土文物近3万件，虢国墓地遗址成为中国20世纪考古工作的重大发现之一。现在虢国博物馆就建立在虢国贵族墓地遗址上，珍藏了大量的出土文物，再现了三千多年前的古虢国文明。

灵宝大枣是三门峡诸多农副产品中一个响当当的品牌。个头大如核桃，肉多味甜，维生素C含量高，很有药用价值，1914年获巴拿马金奖。30多年前我就知道灵宝大枣名扬国内外，常带些给家人、好友滋补身体。大王镇党委书记王胜民和副镇长王建峰陪同我们来到万亩枣林，尽管进入冬季绿叶早已随风而去，采摘的红枣也已远走他乡，但是枣林散发的芳香似乎还在飘荡。这是盛唐时期留下来的风水宝地。据林业专家考证，这片枣林还有30余株是唐代栽种的，其余大多都是明清时期种植的枣树，它们历经沧桑，年复一年地为人类奉献着鲜红甘甜的果实。大枣含有多种维生素，具有较强的补养作用，自古以来都能入药使用，保肝护肝、镇静安神、增强人体免疫力的功效较为明显。可以综合开发利用枣林资源，组织当地村民发展养蜂产业，枣树开花放蜂采蜜，既能生产优质蜂蜜，又能借蜂传播花粉改善果实品种，提高单产效益。枣熟季节开展旅游活动，组织游客采摘大枣，把旅游与经营结合起来，争取效益最大化。万亩枣林潜力很大，若能充分合理地开发利用自然资源，这片风水宝地就是一个金灿灿的聚宝盆。

三门峡有丰富的旅游资源。1957 年 4 月三门峡水利枢纽工程开工建设，1961 年万里黄河第一坝建成蓄水，改善了当地的生态环境，40 万千瓦发电装机容量产生的电能源源不断送往各地。三门峡是伴随着黄河水利枢纽建设发展起来的新兴城市，展现出无穷的魅力。站在大坝眺望远方，滔滔黄河水喷薄而出，气势磅礴；水库一望无际，滚滚而来的黄河水在这里停住了脚步，变得那样的清凌甘甜，哺育了野鸭水鸟，养肥了鱼虾；秀丽的天鹅湖引来了西伯利亚的大天鹅，它们不远万里从严寒北方成群结队来这里栖息，像友好的使者一样传递着不同地域大自然的信息……三门峡沐浴着黄河的温情，绽放出美丽的笑容。

亲历特博会使我感触多多，古老而又年轻的三门峡承载着历史的风云一路走来，留下了一串串人类古代文明的足迹。今天的三门峡又站在一个新的历史起点上，承载着黄河儿女的美好梦想走向美好的明天。

2013 年 11 月 18 日

水磨古镇展新容

又到油菜花开的季节，我又一次来到美丽的四川成都。

这是汶川大地震后我第三次到成都，先后去过都江堰和映秀镇，这次又要到水磨古镇，去看看重建后的藏乡羌城。水磨镇距成都76公里，离受到大地震重创的映秀镇只有19公里，也是那次大地震的重灾区。我到过映秀镇，站在大地震遗址前向逝去的同胞默默致哀，眼前顿时浮现出2008年5月12日14时28分那惊心动魄的一幕：刹那间地动山摇，美丽的映秀镇顷刻间变成瓦砾一片，成千上万个鲜活的生命瞬间消逝，真让人不寒而栗。

与我同行的施斌和高宝峰长期在成都工作，2008年施斌还在成都亲历了那次大地震，幸好他远离地震中心，当时只是感觉到天旋地转、摇摇晃晃，没有什么大碍。我们的汽车沿着通往映秀镇方向的高速公路飞速疾驰，漫山遍野的油菜花点缀着绿色大地，绿莹莹，金灿灿，一阵阵芳香扑鼻而来，给人一种惬意的享受。这里是绿色的海洋，这里是花的世界，我们荡漾在暖洋洋的春风里，又一次感受到大自然的美妙。在距水磨镇还有一段距离的地方，我们的车下了高速公路，顺着一条弯弯曲曲的柏油路向水磨古镇奔去。施斌告诉我们，“5·12”大地震使交通设施严重受损，这里是通往灾区的唯一通道，由于山体滑坡、桥梁垮塌致使这条道也中断了，抗震救灾的大军冒着一次次余震的危险抢通了这条路，才使得参加抢险的官兵和救灾物资源源不断进入灾区，诠释了时间就是生命的深刻含义。

汽车大约又走了半个小时，我们看到一段古城墙矗立在路边，上边镶嵌着“广东佛山援建汶川绿色新城水磨镇”几个汉字，显得十分醒目。我赶忙招呼小高：“停车！停车！”下了车我才知道已经到了水磨镇，这里是进入古镇的山门。

水磨镇是大山深处一座古老的村镇，相传早在商周时期这里就已形成了村落，那个时候这里就有“长寿之乡”的美誉。聪明的村民因地制宜在流经村里的小河上架起了一盘水磨，利用水的冲力作动力，转动石磨，碾米磨面，省工省力，尤其用水磨磨出的豆浆做的豆花特别好吃，十里八乡都知道这里有个小小的水磨村。久而久之，有水磨的小山村越聚人越多，日子也过得红红火火，人们习惯地称它为“水磨镇”。让人没想到的是2008年那一场大地震，山崩地裂，水磨镇霎时间被夷为平地，那座古老的水磨也倒塌在废墟里。抗震救灾的人民子弟兵打通道路进入水磨镇，挽救了所有能挽救的生命，搭建了一座座帐篷，让村民们有了临时的栖身之地。

汶川大地震牵动了全国亿万人民的心，一方有难，八方支援，来自祖国各地的援建队伍陆续入川，为这里的人们重建美好家园。援建水磨镇的大军来自广东佛山，这些精心挑选的能工巧匠个个身手不凡，他们要在这里努力打造出既带有历史传统文化色彩又具有时代风格的新水磨镇。佛山援建队请来了北京大学研究中国城市建设的专家们，他们一起结合这里的独特地形，参照特色明显的优美乡村构架造型，设计出一座滨水山地旅游小镇。他们以突出生态与文化自然元素为主导，将羌藏传统建筑风格融合到现代文化艺术之中，使浓厚的乡土风情、人文景观与山水田园风光和谐统一，形成独具魅力的川西小镇。这一构思很快得到上级部门的认可，援建大军风雨无阻，只用了600多天一座崭新的水磨镇就矗立在山水之间。家家户户从帐篷搬进了新居，个个笑在脸上喜在心头，大家都称党的政策好。是啊，只有共产党才能把老百姓的冷暖挂心上，只有社会主义中国才能凝聚人心形成合力，尽快战胜自然灾害，恢复老百姓的正常生活。

我们来到水磨镇时太阳已躲进了山包里，小高直接把汽车开进了镇中心广场，三座大水磨屹立在翠绿的大地上。看到它们，我们仿佛穿越时光隧道走进了那远古的时代，勤劳的人们正聚集在水磨旁，有说有笑地碾米磨面，和和睦睦地在一起劳作。大水磨是古代劳动人民智慧的象征。

水磨镇与映秀镇同属四川阿坝藏族羌族自治州汶川县，这里是羌族同胞聚集的地方。自古以来羌族人民以勤劳勇敢著称，能歌善舞是他们的骄傲，“没歌不行，没舞也不行”是这个古老民族的真实写照。千百年来羌族形成了粗犷、古朴、独特的歌舞风格，不同的时候有不同的歌舞形式，主要分为娱乐、祭祀、礼仪和集会性等。每逢过年过节、婚礼、生日等喜庆日子，男女老幼就会欢聚在一起翩翩起舞，放声歌唱，赞美新生活，期盼美好未来。在“水磨羌城”住宅小区，我猜想这里准是羌族同胞集中居住的地方，高达几十米的碉楼是羌族世世代代留下的标志性建筑，一排排具有浓郁民族风格的民居错落有致，大多住户的一层房屋都在经营这里的特色商品，或用美味佳肴热情招待八方来客。显然，这里已经成为一个开放的新景区，让更多的人了解羌族人的古老文化和现代生活。

我佩服建设者们的思维理念，他们把灾后重建的水磨镇定位为旅游新城，充分挖掘这里的旅游资源，营造湖光山色、风情四溢的优美环境，打造山清水秀的可持续发展的绿色经济，开辟以旅游为龙头的新的经济增长点，造福当地居民。

“5 · 12”大地震让水磨古镇遭受重创是不幸的，然而它又是幸运的。灾后重建给这座千年古镇带来了新的发展机遇，一个古老而又崭新的水磨镇正在向世人展现其迷人的魅力。

2014 年 3 月 27 日

夜色中的莫斯科

——俄罗斯旅游散记之一

改革开放打开了出国旅游的大门，出去走一走、看一看已是百姓的平常事，这次我们要去的地方是早已熟悉的俄罗斯。不过，这种熟悉对我来说只停留在课本和报刊上，还没有一点感性认识，很有必要去亲身感受那里的一切。

我们乘坐的航班应该在下午1点45分从北京机场起飞，乘客也按时登了机，可是飞机并没有正点起飞。这是一架波音777飞机，可容纳310名乘客，这趟航班的乘客有一半都是华人面孔，看上去大多都是出去旅游的。时针过了2点有了起飞的迹象，飞机慢慢进入跑道，2点15分腾空而起，只晚点30分钟还算是很幸运的。飞机晚点人们早已习以为常，大家表现得十分平静，只是耐心等待，不像坐火车晚点几分钟就有旅客抱怨，若晚半个小时准有人找列车员理论，还会在网上炒作一番。透过侧窗我向外张望，不大一会儿我们的飞机就穿过云层进入万米高空，向着莫斯科方向飞去。

时间过去了7个多小时，机舱里的显示屏出现飞机开始下降的信息，说明这架飞机很快就要到达莫斯科了。

我们到达莫斯科的时候若按北京时间已经很晚了，在国内已是我入睡的时间了，而这里夕阳还未远去，霞光普照大地。出了入关口继续往前走，在莫斯科给我们担任翻译的小崔已在出口处等待我们了。她个子不高，满脸稚气，东北口音特浓，说话举止落落大方，见面先来个自我介绍："我是导游小崔，'小崔说事'的'崔'，来自哈尔滨，现在莫斯科工业大学读研究生……"小崔的一番话真让我羡慕，有这么好的条件来莫斯科读研究生真是幸运。后来我才知道，小崔家住距哈尔滨不远的一个县城，家境并不怎么好，她学习努力，高中毕业考入黑龙江大学学习俄语，两年前来到莫斯科攻读研究生学业，家里无力支付昂贵的学费，她只能想办法自食其力，利用课余时间做兼职导游，放假都不能回国与家人团聚，日夜奔波在莫斯科的大街小巷。更让我们感动的是，当初她来到莫斯科的那些日子，囊中空空，一日三餐都是方便面。一个星期每餐只吃一包方便面，连个青菜叶子都不敢吃，这样怎么能行，长期下去还不把人吃出病来！好在家人又寄来了一笔费用才结束了她吃方便面的日子。现在好了，她干上了兼职导游，尽管收入并不丰厚，可这个吃过苦的女孩子已经很知足了。暑假是挣钱的好时机，国内游客一拨拨地来莫斯科，她送走一拨儿又接来一拨儿，有时连睡觉的时间都不够，全靠闹钟叫醒她，一个20岁出头的女孩子在异国他乡能生存下来要经受多大的磨炼！

我们乘坐的汽车出了机场，小崔的导游工作进入了正题："我们到达的机场是谢列梅捷沃机场，就是美国'棱镜'事件的主人公斯诺登在中转区滞留了40多天的那个机场……"莫斯科城区面积大约有2000平方公里，设有5个机场，可能导游都要向游客介绍谢列梅捷沃机场这段轰动全球的故事，它因"棱镜门"而知名度大增，更让斯诺登刻骨铭心。

莫斯科的天气很有个性，用小崔的话说是阴晴不定，雨是说下就下，天是说晴就晴，秋天更是多雨。我们出了机场不大会儿，雨点就悄悄打在车窗上。霞光躲在云层里，夜幕渐渐笼罩大地，我随身携带的时钟已是北京时间23点整，莫斯科时间才刚刚19点钟，我的睡意早已来临，无意欣赏沿途风光，其实也根本看不清道路两旁的一切，我真有点儿昏昏欲睡了。

机场距离莫斯科市区并不算远，老远我们就看到了五颜六色的霓虹灯，全是俄文字母组成，一个都不认识。半个世纪前我也学过3年俄语，但是毕竟根底不深，连单个字母也认不出来，更别说它们聚到一起是什么意思了。车进市区后速度明显放慢，各种品牌的汽车覆盖了大地，一串串红、黄、绿信号灯显示出极大的威力，所有的车辆都是走走停停，我马上意识到堵车了。这种堵车并非无序，而是车流量过大道路通行能力有限而造成的，没有看到司机加塞乱挤的现象，看来大城市的交通拥堵是世界难题。1997年我去法国，在巴黎戴高乐机场着陆，距市区三十几公里的车程竟跑了两个多小时，当时我挺纳闷，巴黎的交通管理怎么这么糟糕！要说莫斯科不应该堵车，据我了解，俄罗斯有1.43亿人，国土面积有1700万平方公里，莫斯科人口有2000万人，占地面积是郑州市区面积的近7倍，它的机动车保有量大约800万辆，是郑州的两倍多，道路宽达几十米，还有双向18车道的地段，无论从哪个方面说都不应该出现堵车，而且还特别严重。机场到我们住的酒店仅有70多公里，汽车竟然跑了4个多小时，汽车几乎是一步一步在挪动。夜色中的莫斯科给我留下的第一印象就是堵车，我在郑州常开车出行，从未遇到过这样的拥堵，到了莫斯科才明白什么是小巫见大巫了。

我们下榻的酒店终于到了。酒店大厅熙熙攘攘，几乎都是华人同胞，可能都是和我们一样刚到，他们正在办理入住手续。尽管人多，但是小崔不到10分钟就帮我们拿到了住房卡。回到房间简单洗漱后我就上床睡觉了。我常年养成了早睡早起的习惯，通常入眠时间不超过晚10点，早晨6点起床，中午再来上一个小时的午睡，形成了很有规律的生物钟。可能是过了瞌睡点儿的缘故，简单洗漱，冷水洗脸，那种瞌睡劲儿全跑了，躺在床上久久不能入睡，在思索中寻找初到莫斯科的感觉。

堵车是我没有想到的。交通拥堵在郑州也不足为怪，遇到车流高峰堵得心急火燎，过了高峰期道路还是顺畅的，而且即便是堵也不像莫斯科，有时汽车比步行还慢。值得肯定的是我没有见到莫斯科司机加塞，大家都是有序而行。我的脑海中像过电影一样，回想一路的行驶，未见一座高架，这可能是莫斯科堵车的一个根本原因。忽然我又想到我们入住的是一家四星级酒店，酒店的名字是“一只蚂蚁”。小崔在介绍一只蚂蚁酒店的时候，我还以为是闹着玩儿呢。小崔当时解释说俄文翻译过来就是“一只蚂蚁酒店”，我百思不得其解，怎么取了这么一个名字，只能用两国文化的差异来解释这个问题，想到这里我不知不觉进入了梦乡。

2013年9月26日

导游阿丽娜

——俄罗斯旅游散记之二

到俄罗斯肯定要去圣彼得堡。可能是职业习惯，每到一个地方总想看看那里的铁路。我们的安排是从莫斯科坐火车到圣彼得堡，这是一条旅游线路，莫斯科时间 22 时 15 分开，第二天 5 时 17 分到达，全程 649 公里要运行 7 个小时。

1825 年人类第一条铁路在英国问世，加快了欧洲工业革命的进程，很快铁路也在俄罗斯出现。1842 年初，沙皇尼古拉一世批准动工修建圣彼得堡到莫斯科的铁路，采用 1520 毫米轨距，于 1851 年 11 月 1 日建成通车。莫斯科车站是按火车开行的方向设置的，市区有九个车站，这意味着莫斯科有 9 条开往不同方向的铁路线，车站的站名都是以对方城市命名，开往中国、蒙古、朝鲜的火车与莫斯科开往西伯利亚的火车在同一条线路上，从亚罗斯拉夫站始发。我们乘坐的火车从列宁格勒站始发，在不同的方位还有白俄罗斯、喀山、基辅、萨维洛夫、库尔斯克、里加和巴维列茨 7 个车站。圣彼得堡是 1703 年沙皇彼得一世下令建造的，1914 年第一次世界大战爆发，沙皇政府将它改名为彼得格勒。1917 年俄国十月革命的炮声震撼大地，列宁领导的苏联诞生，1924 年列宁逝世后这座城市又改名为列宁格勒。1991 年苏联解体，列宁格勒又恢复原名圣彼得堡。20 多年过去了，莫斯科的列宁格勒车站一直未改名字，可能是大家对伟大的无产阶级革命家列宁的一种怀念吧。

我不清楚列宁格勒站在莫斯科的具体位置，只知道是在市区的繁华地段。我们到达列宁格勒站的时间已是傍晚，它不像郑州火车站夜晚灯火辉煌，站前广场熙熙攘攘，这里显然平静多了，与其他建筑没有太多的不同之处。然而，它经历了160多年的风风雨雨，现在依然不显得落后。车站有5个站台，停留的列车陆续开了出去，待发的列车又一趟接着一趟驶了进来，我在细心观察站里的一切，还为牵引我们乘坐的那趟列车的火车头照了张相，当时很想上去看一看，因语言不通无法如愿以偿。说心里话，我很想上去开上一会儿，体验一下在俄罗斯开火车的滋味儿。10多年前，我先后到德国、法国学习考察，经对方准许开过他们的火车，我那一篇《我在法国开火车》的纪实文章被多家媒体刊登。这里没有条件，只能是想想而已，我知道这种意愿不可能变为现实，便匆匆回到了候车的地方。

我弄不清楚是地球小还是缘分，回到候车区不大会儿就听到一个熟悉的声音，原来是我的老朋友陈宇生偕夫人也在这里候车。宇生比我小两岁，时任西安铁路局机务处处长。1998年我到宝鸡检查工作，宇生和当时西安铁路分局副局长汲万本陪同一起坐火车头登秦岭，感受宝（鸡）成（都）铁路之雄伟，回到郑州我按捺不住激动的心情，伏案写下了《初过秦岭》。打那以后，我在5年多的时间里，分别乘机车在西（安）（安）康、宁（南京）西（安）铁路线上穿越秦岭，又写下了《又过秦岭》《再过秦岭》，组成了《三过秦岭》报告文学，2006年10月17日《文艺报》整版刊登。远在异国他乡朋友相见，泪水湿润了我的眼眶，心想咋这么巧能在这儿碰上老朋友。话没来得及说几句就上车了，我们是同车前往圣彼得堡的。

这是一列软卧列车，与我国的软卧车厢相差无几，最高运行速度标注是160km/h，一天的乏困让我倒头便睡，列车在漆黑的大地上奔驰。

朦胧中听到有人下床走动，同行的伙伴说还有几分钟就到站了快起床吧。我们都是和衣睡觉下床便是，手掂洗漱用具赶紧出去想擦把脸，这时才发现车上没有洗漱间。想去卫生间，门口站着几个人，我看实在轮不上只好作罢，只有下车再方便了。

列车正点到达圣彼得堡车站，一个黄头发、大眼睛、高个头的姑娘站在车门口像是在寻找前来的客人。陪同我们的孙红走上前去，一把拉着姑娘的手向我们介绍，这是我们的导游俄罗斯姑娘阿丽娜，圣彼得堡期间的活动由她安排。阿丽娜出口不凡，流利的汉语拉近了我们之间的距离，大家亲切地称她“丽娜”。

丽娜出生在圣彼得堡，与父母生活在一起，曾留学中国学习汉语，姐姐已成家立业日子过得很温馨。早餐过后，我们跟随丽娜的步伐，听着她的讲述，慢慢欣赏圣彼得堡这座古老而美丽的城市。

圣彼得堡位于波罗的海芬兰湾东端的涅瓦河三角洲，它的创建与发展得益于彼得大帝。17 世纪后期，欧洲大国纷纷崛起，而俄国发展迟滞，落后于其他国家。1682 年出生皇家的彼得，这时已长成大小伙子了，从诸多的油画像上看，彼得一表人才，高大魁梧，精力充沛，很有气质。1689 年他成功地平定了姐姐索菲亚发动的宫廷政变，社会趋于稳定，然而落后的生产力却令他不安。1697 年他隐姓埋名扮成木匠到西欧国家考察，看到了许多东西，还在一家造船厂当了一段时间厂长，大长见识，很受启发。1703 年彼得大帝下令建造圣彼得堡这座城市，为人类留下了许多宝贵财富。

现在的圣彼得堡有 93 条河流、33 座岛、340 多座桥，素有“北方威尼斯”的美誉。那里的教堂、房屋大多都有二三百年的历史，看上去一点也不落后，它们坚固耐用，尤其是诸多的教堂金光闪闪、富丽堂皇，显示出神圣和力量。最让我感慨的是英依卡河大桥，自 1786 年修建至今没有维修过，依然坚固地承载着过往的车辆与人群。涅瓦河的铁桥有的桥面主体可以开闭，白天合拢让车辆自由通过，夜晚断开方便大型船只航行。这些伟大的杰作都是出自 18 世纪劳动者之手，不能不说是人世间的奇迹!

冬宫是游客必去的地方。“冬宫”二字大家都不陌生，但游览冬宫我还是第一次。这座昔日沙皇的官邸初建于 1754 年，经过众多建设者 8 年的汗水浸泡，于 1762 年竣工。1917 年俄国十月革命一声炮响，这座不可多得的建筑艺术珍品回到了人民手中。1922 年苏联政府成立艾尔米塔什博物馆，冬宫成为它的重要组成部分，珍藏着无数的稀世珍宝。丽娜带我们走进冬宫，津津有味地讲述着昔日皇宫的奢侈与辉煌，我知道如若每一件藏品都要认真了解，弄清其背后的故事，不是短时间能做到的，就凭丽娜起初介绍的几组数字，就让我惊呆了。冬宫现有各类藏品 270 多万件，其中绘画 15000 多幅，雕塑 12000 多个，版画和素描60多万幅，等等，350多间展厅展览线路累计30多公里。我们不得不走马观花，甚至有时连扫一眼的工夫都没有。我不知道经历了那场残酷战争的冬宫是如何完好无损地保存下来的，并让这些举世无双的艺术珍品展现给全世界。在油画展厅里我看到了荷兰画家保罗·波特早期的一幅油画，画面内容是一只目光呆滞、脖子上拴着铁链子的狗，旁边是房子，前面摆放着足够的肉食。我不懂油画艺术，更看不出作品所反映出来的作者的内心世界，丽娜站在这幅油画前做了这样的介绍：这是荷兰画家保罗·波特留下来的作品，只有熟悉他的人才能理解这幅画的寓意。保罗是荷兰17世纪中叶很有才气的画家，因婚姻的不幸过早地离开了人世。男大当婚，女大当嫁，保罗情窦初开到了谈情说爱的年龄，他心中有一个自己所爱的人，父母出于对儿子的爱也为他物色了一个妙龄女郎。尽管保罗不同意这门婚事，但在父母的压力下只有顺从地与这位他压根就不爱的少女结了婚。这是一桩没有爱情的婚姻，无爱的婚姻成了一条无形的锁链，保罗内心极度痛苦，于是创作了这幅名为《狗》的油画。他把自己的婚姻生活比作拴上铁链子的狗，有吃有住就是没有自由，他不能与自己相爱的人生活，心中充满了痛苦，英年早逝，21岁那年就走完了他的一生。这时我想到一位朋友曾经说过的一句话，人最大的痛苦是失去自由，这句话在保罗身上得到了应验。

在俄罗斯历史上，圣彼得堡也是一座英雄的城市。二战期间的1941年9月8日，德国法西斯军队发动了封锁圣彼得堡的战役，妄图靠饥饿和寒冷让苏联红军和人民屈服。这场不同于其他炮火相交的战争持续了900余天，城里饿死、冻死64万多人，苏联红军抓住有利时机发起大反攻，以16000多人的鲜血和生命为代价打败了法西斯侵略军，粉碎了敌人的阴谋，赢得了最后胜利。这是一场信念的较量，这是一场意志的较量，这是一场正义与邪恶的较量。70多年过去了，每年9月8日这一天，人们都要到二战胜利纪念碑前，以不同的形式纪念这场伟大的卫国战争，缅怀革命先烈。我们在圣彼得堡期间恰逢9月8日这一天，当我们走到二战胜利纪念碑前，人们正从四面八方陆续来到这里参加庄严肃穆的纪念活动，自然我们也停下了脚步，为消灭法西斯、争取和平的先烈致以崇高的敬意。在圣彼得堡女子学校门前，我们看到一群白发苍苍的老人也在聚会举行纪念二战胜利活动。他们当中有的胸前挂满了勋章满目沧桑，有的拄着拐杖凝视远方，似在满怀深情回忆那艰苦岁月不平凡的日子。我们站在一旁目睹了这一切，仿佛也听到了震耳欲聋的枪炮声。

我们与丽娜相处的时间并不长，但从她那里学到了不少新知识，这些知识的积累源于她那种勤学好问的精神，有一件小事给我留下了很深的印象。照相是人们生活中再普通不过的小事了，数码相机人人会用。然而，要照出艺术效果好、有较高欣赏价值的照片就不那么容易了。我们同行的建兴兄干啥事儿都很用心，摄影更是一把好手，出自他手的照片就是不一样。那天，在圣彼得堡女子学校塑像前，我们拍下许多照片进行对比，丽娜神情专注地翻看一张张照片的拍摄效果，建兴大哥细心讲述黄金分割法在摄影中的应用，虽说是讲给丽娜听，但我们大家都受益匪浅。

回国之后我又想起导游丽娜姑娘，她做事认真，学习勤奋，积累了丰富的知识，让我们对圣彼得堡的昨天与今天有了更多的了解与认识，我从内心感到圣彼得堡一游不虚此行。

2013 年 9 月 29 日

莫斯科见闻

——俄罗斯旅游散记之三

到了莫斯科，受时差的影响我半夜醒来，窗外一片寂静，夜色笼罩大地。莫斯科时间6点钟天已大亮，我起床洗漱完毕出门散步，雨水把世界洗得干干净净，没多大一会儿我就感到一身凉气，不得不回到房间加衣保暖。清晨的莫斯科室外温度只有6℃，是郑州大冬天的气温，我还是单衣单裤怎么能不冷呢?

宾馆的早餐花样并不少，挑了几片面包、青菜叶子和生番茄片，外加一杯冷牛奶，这就是我的一顿早餐。按照约定的时间导游小崔已在宾馆大厅等候，一辆奔驰面包车停在门口，我们上车后安排市内游览。

莫斯科得名于穿越市区的莫斯科河，早在1147年就有文字记载。我查阅了一些资料想弄明白“莫斯科”一词的含义，结果是不同的语言有不同的翻译，如斯拉夫语的“潮湿”“大桥的流水”，乌戈尔语的“牛的渡口”和卡巴尔达语的“密林”等，究竟哪个是它的本义看来很难说清楚。其实这些并不重要，名字就是一个代号，说出来大家都知道就行了。莫斯科是世界上绿化较好的城市之一，绿地面积超过市区总面积的一半。它也是个多雨的城市，一年365天有300天都有雨，而且很有特点，说下就下，说晴就晴，用导游小崔的话说就是阴晴不定。汽车在淅淅沥沥的雨中穿行，大大小小不同型号的车辆一闪而过，大多都是大众、奔驰、宝马、奥迪等外来车型，几乎看不到俄罗斯的民族品牌，偶尔见到一辆伏尔加或拉达车，也是破旧不堪，都是早年生产的。我知道俄罗斯的汽车工业这些年没有发展，在国际市场中没有立足之地。我国的自主品牌汽车如奇瑞、吉利、长城等在莫斯科大街上虽说不多但也能见到，尤其是宇通客车到处可见，已成了他们的旅游专用车。宇通客车是郑州宇通集团有限公司的拳头产品，这个在20世纪90年代异军突起的民营企业，20年前还是一个靠敲敲打打作坊式生产的小型企业，1993年改制后逐步发展成集团有限公司，走出了一条从“中国制造”到“中国创造”的创业之路，生产出不同类型、用途广泛的多品种汽车，销往海内外，连续多年产品全国销量第一。在俄罗斯这样一个工业大国，宇通客车能有一席之地，真让我这个来自宇通故乡的人感到自豪。

莫斯科的交通拥堵在我们到达的第一天就领教过了，汽车走走停停不足为怪。值得肯定的是，无论排队再长大家都依次行走无人加塞，表现出俄罗斯人很强的规则意识，我对莫斯科交通现状的评价是堵而不乱、慢而有序。我们在一个路口停车等待时，看见不远处有几十只鸽子整整齐齐一字排开站立在一条电缆上，很像是也在排队似的，杨建兴大哥风趣地说莫斯科的鸽子都知道排队，逗得大家哈哈大笑。

在莫斯科繁华城区，有一座与法国巴黎凯旋门外观造型相似的凯旋门，两座不同国家的凯旋门都与拿破仑有着密切关系。

拿破仑1769年生于法国科西嘉岛，10岁被送入军校学习，后又到法国皇家陆军学院专攻炮兵学。年轻时就显示出卓越的军事天才，18世纪末19世纪初成为法兰西第一帝国皇帝。他多次击败了保王党的反扑和反法同盟的入侵，捍卫了法国大革命的成果。他执政期间多次向外扩张，形成了庞大的帝国体系，创造了许多军事奇迹。1812年，拿破仑的野心极度膨胀，自认为所向无敌，率领64万大军进攻莫斯科，不费吹灰之力夺取了胜利并烧毁了城池。他万万没有想到这竟是莫斯科军民的一个巧妙计策，使其惨败。拿破仑在策划攻打莫斯科的作战方案时，忽略了莫斯科的冬天异常寒冷，他的军队在隆冬季节轻而易举地开进了莫斯科城，全城空空如也，身着单衣的拿破仑军队哪能抵得住寒风侵袭，在饥寒交迫中丧失了战斗力。此时俄军发起反攻致使侵略军遭受重创，不几天64万军队所剩无几，拿破仑带着他的残兵败将逃之夭夭，俄军乘胜追击夺取了最后胜利。1814年，莫斯科人为纪念战胜拿破仑的侵略、庆祝俄军将士征战归来修建了木质的凯旋门。1829年人们将已经腐朽的木质凯旋门拆除，用了5年的时间建成了今天我们所看到的这座高28米、镶嵌有反映俄法两军作战浮雕的凯旋门。它巍峨壮观，记载着历史的辉煌，见证了200年来俄罗斯大地的沧桑变迁。

法国凯旋门位于巴黎戴高乐广场12条大道的会集点，是拿破仑为纪念他在奥斯特里茨战役中战胜奥俄联军而修建的。这项工程于1806年破土动工，1836年7月29日落成。凯旋门高约50米，宽45米，装饰着100多块宣扬拿破仑上百场赫赫战功的浮雕，工艺精湛，栩栩如生，展示了法国古建筑雕刻艺术的精湛技艺。1997年冬天，我第一次到法国考察，目睹了这座宏伟建筑，感叹它的精美。可惜，拿破仑没能看到他的杰作竣工便驾鹤西去。1812年拿破仑兵败俄国元气大伤，1814年被反法联军赶下台，第二年复辟随后在滑铁卢之战中惨败被流放荒岛，1821年在病痛中走完了他51年的人生路。随着岁月的流逝，19世纪以来，凯旋门就成了法国举行重大活动的地方。1885年法国文学大师雨果逝世，人们在这里为雨果举行了隆重的葬礼；1919年7月14日，法国官兵穿越凯旋门，庆祝第一次世界大战胜利。法国每年国庆节，浩浩荡荡的游行队伍都要从这里出发，纪念那些不平凡的日子。

同样都是凯旋门，一座在莫斯科，另一座在巴黎，两座凯旋门都与拿破仑的名字紧紧联系在一起。拿破仑在他的生命历程中有过辉煌，也有过失败，他那轰轰烈烈一生的功与过、是与非，历史自有评说。

莫斯科大学是俄罗斯人的骄傲，也是毛泽东同志发表重要讲话的地方，我们当然要去看看这座世界著名的高等学府。可惜天公不作美，我们登上列宁山来到莫斯科大学，雨下得更大了。小崔说，学校管理很严格，游人只能在校门口欣赏它的建筑艺术，站在风雨中小崔讲述着莫斯科大学的昨天和今天。

莫斯科大学是俄罗斯著名教育学家罗蒙诺索夫于1755年创办的，至今已有250多年的历史了。学校设有23个系、15个教学和学术中心、11个科学研究所、180个研究生专业方向。现在有4300多名教授和教师、4800多名研究生，有7800多人拥有博士学位，167人为俄罗斯科学院院士，包括100多个国家的留学生在内，在校生有3万余人。莫斯科大学曾培养出11名诺贝尔奖获得者，1998年莫斯科大学世界排名第7位。这是一组多么了不起的数字！我们看到的学校建筑是二战结束之后重建的，1953 年斯大林决定在莫斯科建造“七姐妹”建筑（七大建筑），莫斯科大学校舍也在其中。主楼 32 层，高达 240 米，正面长 450 米，两侧为相互对称的 18 层副楼，各装有直径 9 米的大钟，整体效果气势轩昂、宏伟壮观，呈现出典型的欧洲建筑风格。

1949 年新中国成立后急需一大批懂经济、懂技术、懂科学的建设人才，我国派出大量的优秀人才出国留学。1957 年 11 月 17 日，毛泽东主席和邓小平、彭德怀、乌兰夫、杨尚昆、胡乔木等中央领导同志出访莫斯科来到莫斯科大学，数千名中国留学生和实习生汇集在学校大礼堂。当毛主席出现在大家面前时，全场欢声雷动，群情振奋。毛主席走上讲台向大家频频招手致意，并发表了著名讲话：“世界是你们的，也是我们的，但是归根结底是你们的。你们青年人朝气蓬勃，正在兴旺时期，好像早晨八九点钟的太阳。希望寄托在你们身上……”我在学生时期，学校老师在课堂上给我们讲过毛主席在莫斯科大学的这一段讲话，讲得我们热血沸腾，激励着我们努力学习，天天向上。

几十年过去了，今天我们来到莫斯科大学，沉浸在青年时代火热的学校生活之中，仿佛聆听到半个多世纪以前毛主席他老人家那已成旷世绝响的演讲，让我们又回到了那年轻时的岁月。

2013 年 10 月 6 日

《三套车》的故事

——俄罗斯旅游散记之四

说起俄罗斯民歌《三套车》，很多人都熟悉并且还会唱。我所讲的《三套车》的故事或许大家并不熟悉，而且这是一个真实的故事。

我们到达莫斯科的第二天，被安排参观特列季亚科夫斯基美术馆。这是一座有110多年历史的美术馆，收藏的是特列季亚科夫斯基兄弟二人共同捐赠的藏品。帕维尔·米·特列季亚科夫斯基与谢尔盖·米·特列季亚科夫斯基是19世纪俄罗斯的一对同胞兄弟，油画收藏是二人的共同爱好。弟弟谢尔盖·米·特列季亚科夫斯基英年早逝，去世前托付兄长帕维尔·米·特列季亚科夫斯基将自己的全部藏品捐献给莫斯科当局。1892年年逾花甲的帕维尔·米·特列季亚科夫斯基把他与弟弟共同收藏的2500多件珍品全部贡献出来，第二年8月特列季亚科夫斯基美术馆开馆问世，俄国十月革命胜利后将其收回国有。现在的特列季亚科夫斯基美术馆展品已经增加到55000多件，几乎涵盖了俄罗斯所有流派的艺术精品，成为俄罗斯最大的美术作品博物馆。

俄罗斯雨水尤其丰富，我们来到特列季亚科大斯基美术馆时雨下个不停，高大的帕维尔·米·特列季亚科夫斯基雕像屹立在风雨中，那双凝视前方的大眼睛显得格外炯炯有神。走进大厅，游客一拨儿挨着一拨儿，顺着固定的路线欣赏着一幅幅举世无双的艺术珍品，那栩栩如生的人物画像赢得了阵阵赞叹。实话实说我是画盲，不懂优劣，连其中的热闹都看不出来，更遑论它的艺术成就了。不过，在众多的藏品中有一幅油画让我至今不能忘记，那就是 19 世纪俄罗斯著名油画家彼洛夫精心创作的《三套车》。彼洛夫与普里亚尼仕 · 尼克服根据俄罗斯民歌《三套车》创作的油画内容完全不同，那是一个赶车的小伙儿正为财主要强买跟他生活多年的那匹老马而伤心落泪。彼洛夫的《三套车》画面是 3 个未成年儿童驾着三股套，迎着风雪拉着一副雪橇艰难地往前走。雪橇上有一只竖立的大木桶和一只横放着的小木桶，大木桶装满了杂七杂八的破旧杂物。爸爸在后面吃力地推着雪橇，妈妈背向雪橇好像怀中还抱着一个幼童有些跟不上趟儿，旁边那只小狗却是一副无忧无虑的神态在跑动……这是一个悲凉的场面，这是 19 世纪俄国穷苦贫民生活的真实写照。我很想把这幅油画装入我的相机，考虑到大凡博物馆是不允许拍照而不敢冒险，没有把它带回来是我心中一大遗憾。

导游在给我们介绍这幅油画的时候有一段画外音：《三套车》被特列季亚科夫斯基美术馆展出后的一天夜晚，有一位年迈的老妇人步履蹒跚地来到美术馆门前，大门紧闭怎么也推不开。她悲痛地敲门，边敲边喊还带有哭声，这不停的敲门声和哭喊声惊动了值班人员。大门打开了，值班人员赶忙问个究竟，原来老妇人是《三套车》作品中三位拉车人的母亲，中间的那个大儿子不幸去世，老妇人悲痛欲绝，每当想起大儿子都要痛哭一场。这一天她又想到深受痛苦折磨过早离开人世的儿子，强忍不住悲伤来到美术馆想再看看儿子的模样。美术馆有严格的纪律，下班闭馆值班人员绝不可放进任何人。值班人员听了老妇人的诉说，流着泪水找到馆长。馆长赶忙来到美术馆，看到老妇人痛苦的样子心里一阵心酸，破例陪同老妇人走到展厅《三套车》的作品前。老妇人眼望着逝去的大儿子画像痛说家史，念念不忘儿女们为了这个家的艰辛付出，泪水和话语感动了馆长和值班人员。老妇人走后馆长发话，今后只要老妇人来，无论何时都要开门请老人家进来。我很想从导游那里知道这位馆长的尊姓大名，或许她也不知道当年这位善良馆长的名字，也有可能她根本没有听懂我问话的意思，始终没有得到答案。现在我只能默默祈祷，祝福老馆长的在天之灵得以安息。

我敬佩《三套车》的创作者彼洛夫，他有一颗同情的心，一颗善良的心，他用自己手中的画笔，把他那个年代社会最底层受苦人民的窘迫情景真实地描绘出来，唤起人们的觉醒，这正是他的人格魅力所在。彼洛夫1831年生于俄国塔巴尔斯克城，自幼喜爱绘画艺术。我猜想他的家庭也不富裕，常与社会最底阶层的人接触，能了解到穷苦人的疾苦，而且富有同情心，才会创作出这样感天动地的作品。我在俄罗斯看到过无数绘画作品，大多都是达官贵人的肖像和他们的生活画面，很少看到描写平民大众艺术形象的绘画，而彼洛夫能把画笔投向受苦受难的布衣百姓，体现出他的创作理念根植于民众之中。

据介绍，彼洛夫是俄国批判现实主义绘画奠基者之一，他早年在创作中反映俄国农奴制改革后的社会面貌，揭示了教会的欺骗、商人的势利及城乡劳动者的痛苦。1866年他创作的《三套车》在社会上受到好评，引起很大反响，因此获得教授称号，在莫斯科美术雕塑建筑学校任教，1886年获得科学院院士称号。他早期的代表作《乡村传教》《投河的女人》《饮茶》《最后一家酒店》《猎人的休息》《捕鸟人》等，都深得俄国市民阶层的喜爱。

特列季亚科夫斯基美术馆收藏的大多是十八九世纪的艺术精品，当时他们收藏的原则是必须是名人真品，每一件都要经过严格挑选把关，并且于1872年在自己的寓所旁加盖展厅，自称画廊，专门收藏经典之作。今天我们能在这里看到如同《三套车》一样的艺术珍品，应该感谢特列季亚科夫斯基兄弟的艺术珍藏。

我们走出美术馆的时候，雨还在不停地下着，地面还有不少的积水。大家纷纷冒雨站在帕维尔·米·特列季亚科夫斯基雕像前照相，向积极传播人类文明的特列季亚科夫斯基兄弟表示崇高的敬意。

2013年10月7日

在列宁战斗过的地方

——俄罗斯旅游散记之五

我们这一代人大多都看过苏联电影《列宁在十月》，有的甚至看了很多遍，至今列宁那铿锵激昂的演讲还时常在我耳边响起："你们要用武力，我们就要消灭你们！这就是我给你的真理——我们真正的工人和农民的真理。"这是列宁在十月革命时领导武装起义向反动资产阶级发出的战斗号令。

没想到时隔96年的今天，我踏上了这片英雄的土地，在列宁战斗过的地方重温革命历史，心中有了更加深刻的感触。

俄罗斯历史悠久，长期受沙皇政府统治，广大人民生活在艰难困苦之中。1917年初俄国革命急剧发展，俄历2月18日圣彼得堡普梯洛夫工厂工人开始罢工，25日发展成反对饥饿、反对帝国主义战争、反对沙皇制度的总罢工。政府当局下令开枪镇压，激起人民强烈反抗，26日布尔什维克维堡委员会决定将罢工转变成武装起义，并迅速席卷全城，迫使末代沙皇尼古拉二世退位，结束了俄国300多年的沙皇政府统治，二月革命成功，成立了临时政府。不久，二月革命的胜利果实被投机钻营、反动的资产阶级窃取，独揽临时政府大权，人民群众又回到了苦难之中。1917年列宁从芬兰秘密回到圣彼得堡，策划领导武装起义，推翻资产阶级临时政府。10月25日，随着"阿芙乐尔"号巡洋舰的一声炮响，革命武装很快占领了冬宫，建立了世界上第一个社会主义国家。毛泽东同志高度赞扬苏维埃十月革命的伟大胜利，1921年中国共产党成立，他说："十月革命一声炮响，给我们送来了马克思列宁主义……"中国人民的命运从此开始发生了根本转折。

走进圣彼得堡市政府办公大院，导游阿丽娜指着镌刻在门口的一行俄文问我们内容是什么，我咋会知道它是什么意思呢？还是建兴兄功底深，他默默地看了一会儿说："这句话是'全世界无产者联合起来'，这是《共产党宣言》里的一句名言。"这时我才恍然大悟，多么响亮的经典语言，猜也应该能猜出来的。大院郁郁葱葱充满了生机，马克思、恩格斯的半身塑像矗立在道路两旁。我们怀着无比崇敬的心情，久久地站在他们的塑像前，他们把毕生的精力献给了人类的解放事业，在实践中创建了伟大的革命学说，指导我们不断从胜利走向胜利。

列宁当年的办公大楼前矗立着一尊高大的列宁塑像，他挥动右手，在昂首激情演讲："苏维埃政权是稳固的，工人和农民建立起来的政权是永久的，谁也不能妄想要他开倒车！"那激昂的声音仿佛依然在空中回荡。

据介绍列宁当年的办公室还保存原样，陈列着他当年的办公用具，如若是在工作日则允许游客进去瞻仰，可惜我们来这里时恰逢休息日，想要瞻仰只能等到下次再来，这次只能以手势与卫兵告别。

在列宁工作过的地方，那艘在十月革命中立下赫赫战功的"阿芙乐尔"号巡洋舰被作为革命文物保存下来，停泊在涅瓦河上供游人参观。"阿芙乐尔"号巡洋舰建造于1900年，1916年因作战受损被送到造船厂修理。在布尔什维克党和船厂工人的影响下，水兵们的阶级觉悟有了很大提高，逐渐趋向革命。1917年俄历10月25日，舰上全体官兵按照革命委员会的命令，将舰开到尼古拉耶夫桥待命。上午10时，列宁以革命军事委员会的名义起草了《告俄国公民书》，在"阿芙乐尔"号巡洋舰上向全国广播。而后晚上21时45分"阿芙乐尔"号巡洋舰向冬宫打响了第一炮，拉开了伟大的十月革命的序幕。苏维埃政权建立之后，"阿芙乐尔"号巡洋舰与它的波罗的海舰队肩负起保卫祖国、捍卫主权的神圣使命。卫国战争中法西斯德国进攻列宁格勒（圣彼得堡）时，舰上的九门炮被拆下部署在城市外围，组成波罗的海舰队独立特种炮兵连，扼守阵地。留在舰上的水兵们，用留下的一门主炮积极作战。后因情况危急，军舰自沉于港湾中。战后被打捞出来，1944 年被修复，1948 年根据列宁格勒市苏维埃执委会的决定，它被作为军舰博物馆永久地停靠在涅瓦河岸边。阿丽娜把我们领到“阿芙乐尔”号巡洋舰前，络绎不绝的游客争相参观这艘十月革命的功臣舰，我们还乘坐游艇从不同角度为它拍照，全方位地领略它的雄姿。

冬宫是与十月革命永远不能割裂的名字。冬宫始建于 1754 年彼得大帝时代，一直是俄国沙皇的皇宫，一代代沙皇家室在这里享受着荣华富贵。1917 年在二月革命中，冬宫被资产阶级临时政府所占据，结束了它作为皇宫的历史。1917 年 10 月，列宁领导的布尔什维克党与参加起义的群众攻占冬宫，摧毁了资产阶级临时政府的统治，从此冬宫回到了人民手中。1922 年苏联政府决定成立艾尔米塔什博物馆，冬宫成为其中的一部分。第二次世界大战期间，冬宫惨遭破坏，战后重新修复对外开放，数以万计的稀世珍宝吸引着来自世界各地的游客，现在它是与法国卢浮宫、英国大英博物馆齐名的世界三大博物馆之一。

冬宫是一座宝库，藏品数量惊人，有各类文物 270 万件。每件藏品都是人类的稀世之宝，举世无双，均为原版，其中包括出自达·芬奇、凡·高、毕加索等世界艺术大师之手的艺术珍品，史前文化和埃及艺术收藏品及大量意大利、西班牙、德国、英国、比利时、荷兰和法国的油画和雕刻。走进冬宫我眼花缭乱，每一件展品都是首次看到，长达 30 多公里的参观路线只得走马观花匆匆而过，留在心底里的只是震撼，为它那宏伟的气势和精湛的技艺所倾倒。

1924 年 1 月 21 日下午 6 时 30 分，一代伟人列宁的心脏停止了跳动，人们为了纪念他，把圣彼得堡改名为列宁格勒。今天我们千里迢迢来到列宁战斗过的地方，缅怀他的丰功伟绩，坚信列宁开创的伟大事业在人类社会的进程中必将更加壮丽辉煌。

2013 年 10 月 9 日

神秘的克里姆林宫

——俄罗斯旅游散记之六

克里姆林宫作为俄罗斯的政治中心，我猜想那里肯定戒备森严，是个神秘的地方。这次我到莫斯科游览了克里姆林宫，留下的感受与我想象的大不相同。

克里姆林宫位于莫斯科中心，与红场紧紧相邻。它历史悠久，始建于1156年，由教堂、宫殿、花园和多层塔组成，为数不多的现代建筑用于现在俄罗斯国家领导人办公和开会。它是俄罗斯国家政治中心，因为俄罗斯的重大决策大多都是在这里形成。克里姆林宫林木葱郁，花草繁茂，教堂耸峙，殿宇轩昂，享有“世界第八奇景”的美誉。

游客要参观克里姆林宫，必须先预约并按照约定的时间才能入宫。这一天我们早早就来到克里姆林宫的入口处，导游小崔安排好我们参观的有关事项，大家排队依次通过安检口。首先映入我们眼帘的是沉睡多年的枪炮武器，都是1812年俄军打败拿破仑留下的战利品。1812年6月24日夜晚，不可一世的法皇拿破仑突然向俄国发动大规模进攻。9月7日双方激战，俄军放弃莫斯科给了拿破仑一座空城，接着开始部署反击法军的战略。进入10月的莫斯科连下大雪，法军衣着单薄，饥寒交迫，完全丧失了战斗力，俄军于10月下旬向法军发起反攻，10月24日拿破仑带着残兵败将仓皇逃遁，留下这些枪炮被人耻笑。

克里姆林宫大礼堂是一座现代化建筑，1960 年动工，1961 年 10 月投入使用，无论从规模还是从造型上看它都是俄罗斯最为壮观的宏伟建筑。 大礼堂为白色大理石外墙，内设 6000 个舒适坐席，还有 800 间办公室，采用最现代的光电音响和传译技术，既能召开大型会议，又能举办大型舞剧演出活动。 它凝聚了现代建筑特点和俄罗斯传统建筑风格，不愧是建筑史上的又一杰作。

过了大礼堂再往前走，导游小崔指着不远处黄色墙面的大楼说，那是总统普京办公的地方，当然有穿着警服的人员把守，游人是不可以靠近的。 楼顶矗立一根旗杆，如若有总统旗升起，表明总统在办公室，如果看不到总统旗，则表明总统不在克里姆林宫。 我向高处仰望，看到总统旗在迎风飘扬，想必普京刚刚忙完 G20 峰会，可能正在办公室忙着处理国家大事。 我站在总统办公楼前请同伴为我照了相，留下一段关于克里姆林宫的记忆。

克里姆林宫是以教堂为主组成的建筑群，一座座金顶大教堂引人注目，我对教堂没有一点研究，认识不到它蕴藏的历史文化，因而草草而过。 不过，其中天使报喜教堂还是给我留下了较深的印象。 这座教堂始建于 16 世纪初，造型别致美观，顶部有 9 个金色圆顶，在太阳照耀下闪闪发光，500 余年过去了，它依然坚固如初。 任凭外面世界风云变幻，教堂里面依然烛光摇曳，庄严肃穆，虔诚的教徒们安详地祈祷做礼拜。 据说这里原是古代皇族子孙的洗礼与结婚之地，人们希望求得良好祝福，永享荣华富贵。

克里姆林宫的“钟王”与“炮王”吸引了不少游客。 克里姆林宫里白色金顶的伊凡大帝钟楼，是我迄今见到过的规模最大的钟楼，它高 81 米，藏有 50 多口铜钟。 钟楼外面陈列着一口重达 200 多吨的大钟，高 6.14 米，直径 6.6 米，可谓世界之最，有“钟王”之称。 钟王是 18 世纪由俄国的能工巧匠花费两年的时间铸造而成的，配料以铜为主，添加有锡的成分，还有少量的黄金与白银。 据说由这些元素融合而成的大钟音色好，声音传得远，如若敲响，几十公里以外都能听到它的声音。 不过，史料上没有记载钟王何时被敲响过。 我也没有看到那巨大的钟锤，没有特制的钟锤是无法敲响它的，难怪《美国百科全书》称它是“世界上从未敲响的钟”。 我们看到的钟王已破损脱落一大块，据说历史上克里姆林宫曾发生过一次大火，灭火中钟王受到水的刺激冷缩而破损。 这究竟是不是它受损的真正原因，现在无法考证。 但是仔细分析致使钟王这样损害的巨大外力，只能是其遭受火灾在高温的环境中遇水局部急剧冷缩，造成其破裂掉块。

“炮王”重约40吨，口径近1米，炮筒长5米多，能爬进去3个人。炮王始造于1540年，直到1586年才完工，经历了8任沙皇。现在看起来这完全是一种摆设，毫无实用价值，不知道当年沙皇出于何因制造它，是实力的显示，还是其他？的确，这是一门从未使用过的大炮。

克里姆林宫有着近千年的历史，是一部厚重的史书，为人类留下了一笔宝贵的财富。千百年来它也经历了一次又一次战争的洗礼，尤其是能在第二次世界大战的炮火中完好地保存下来，不能不说是个奇迹。确实，二战中的德军把克里姆林宫作为摧毁的重点，可又为什么它能躲过那场毁灭性的灾难呢？史料告诉我们，这要归功于当年苏联的警备司令斯皮里多诺夫少将。

二战的炮火很快蔓延到离莫斯科不远的地方，苏军得到确切情报，克里姆林宫是德军重点打击的对象，千方百计保存这一人类遗产是苏联政府的重大责任。1941年6月24日，克里姆林宫警备司令斯皮里多诺夫少将向苏联人民委员会副主席贝利亚递交了一封秘密信函，开头写道：“根据您的指令……”这是一封极其保密的信件，是斯皮里多诺夫少将根据苏联人民委员会的要求制定的一套保护克里姆林宫的具体方案。主要内容是在莫斯科市整体背景基础上进行伪装，增大敌机空袭时寻找克里姆林宫的难度，降低对宫内楼房俯冲瞄准轰炸的可能性。采取的手段是借助颜料和粉末，消除克里姆林宫里面各教堂金顶的闪光，在克里姆林宫附近广场上，布设各种各样的模拟物迷惑敌人。克里姆林宫内塔楼上的红星和教堂上的十字架都被蒙上布套，塔楼整体和教堂圆顶都被涂成黑色，参照克里姆林宫城墙尺寸，仿造出各种伪装模型。这一巧妙的伪装蒙蔽了德军的眼睛，使克里姆林宫躲过了狂轰滥炸，没有遭受毁灭性的打击，得以完好地保存下来，二战胜利后克里姆林宫恢复了本来面目。

今天我们来到俄罗斯的心脏克里姆林宫，说它神秘其实并不神秘。它犹如一位满面沧桑、精神矍铄的老人，再现了历史的辉煌。

2013年10月15日

景色迷人的夏宫

——俄罗斯旅游散记之七

圣彼得堡有冬宫还有夏宫，而且夏宫更有独特的魅力。我们到达圣彼得堡时正是2013年二十国集团领导人第八次峰会召开之际，从冬宫到夏宫要经过峰会的会议中心，再往前走就是闻名遐迩的夏宫了。

夏宫是彼得大帝18世纪初的又一杰作。1704年彼得大帝下令在这里建造一座规模宏大的宫殿，供沙皇家室夏季消暑之用。彼得是一个心细并且标准要求很高的人，他不满意俄国设计大师的理念，专门请来法国建筑师以巴黎凡尔赛宫为蓝本，参与夏宫的设计与施工。他亲自参与整体规划，亲自到法国考察凡尔赛宫，明确提出结构、功能及工艺水平等都要超过凡尔赛宫。可以说，在那个时候彼得就有争一流、创最佳的思想。建成后的夏宫完全可以与凡尔赛宫媲美，大家都称夏宫是俄罗斯的凡尔赛宫，确切地讲它比凡尔赛宫更胜一筹。1997年我到法国考察曾到过凡尔赛宫，只记得宫里藏有大量的油画、雕像之类的艺术品，并没有感到其神奇之处，可能是我不懂艺术的缘故吧。

下了汽车，导游阿丽娜指着那座金光闪闪教堂式的建筑说："那就是夏宫。"我心里猛然一震，脱口而出："好漂亮哇！"生怕错过机会，赶紧掏出相机让同伴给我留了个影，我自己又在不同的角度来了几张风景照，寻思着不一定什么时候会派上用场。

我们刷卡进入夏宫，几条通道弄得我们一时间找不到北了，竟然向出口的方向走去。阿丽娜有点不知所措，她清楚门票卡是不能二次使用的，我转身从出口出来又走到入口处，怎么刷也不管用，这时走过来一个工作人员让我从另一个通道进入宫内。建兴大哥领着我们的同伴，用手势比画着告诉宫里的另一个管理员，意思是走错了方向出了宫，还要再进去参观。这位管理员看看刚才刷卡的时间，知道是搞错了，微笑着让大家重新入宫，这一善解人意的举动给我们留下了很好的印象。

1917 年俄国十月革命胜利，建立了苏维埃政权，夏宫被收归国有。1934 年这个曾作为俄国沙皇夏天休闲避暑的地方改为国家博物馆，数以万计的珍贵文物在这里珍藏展出，通过它们向人们诉说着人类文明史的发展。80 余年来，人们从这里了解俄罗斯的历史文明，了解欧洲的历史文明。可能是我读书时世界历史这一门课没学好，宫里的无价之宝我只是一看而过，看不出其中的奥秘，真正让我感兴趣的是它那迷人的景色。

夏宫占地面积有 1000 多公顷，约合 15000 多亩，因地形南高北低，园区分为上花园与下花园。上花园面积不大，河流与湖泊众多，为下花园储备了丰富的水资源。夏宫在构思设计上有它的独到之处，设计师充分利用地理优势，把上花园取之不尽的水资源作为下花园喷泉水的来源，这不能不说是个创举。设计师利用上、下花园地理高度之差，让下花园的主广场自然形成了两个造型不同的瀑布和 60 多个大小喷泉，利用自然压力差日夜不停地喷射晶莹水柱，构成一幅“大珠小珠落玉盘”的壮丽景色。当然，我这是引用唐代大诗人白居易《琵琶行》的美妙诗句来描绘夏宫喷泉群的壮观。可惜白居易在世时彼得大帝还未出生，白老不可能到此赏景了。我敢说，假如时光可以任意安排，白老爷子真能来这里目睹胜景，准会给后人留下脍炙人口的诗篇。

300 多年前彼得大帝所用设计师的高明之处，是他们会把能利用的自然条件都充分利用，使夏宫喷泉永不停歇。凡尔赛宫的喷泉水源不足要关闭，没有游客要关闭，关闭的时间要比开放的时间多。夏宫的喷泉群不用水泵不用电，大大小小的喷泉按照设计者的意志不停地展示它们的艺术魅力。从这一点也可以看出彼得大帝要强的性格。据说在建造夏宫喷泉时，彼得大帝给施工设计人员出了个难题：喷泉必须喷涌不息！聪明的设计大师给我们留下了这一杰出的作品，让彼得大帝超过凡尔赛的梦想得以实现。这一成果不仅体现了彼得大帝的设计理念，更体现出劳动者的聪明和智慧，是人类文明发展进程中的又一亮点。

夏宫的构思与建造堪称一流。在这15000多亩的土地上，人们不仅能欣赏到300年前金碧辉煌的古代建筑，更能享受到大自然给人们带来的和谐气氛。它面临的波罗的海为这片古老的土地带来了丰富的雨水，大地郁郁葱葱，生机盎然。象征和平的白鸽成群结伙，时而飞翔，时而在人群中踱来踱去悠闲自得。鲜花丛中一对对情侣互诉衷肠，蓝天为他们做证，大海向他们祝福。

异乡的海韵，他国的风情，眼前的一切让我想到了很多。

我出生在祖国内陆，从小向往大海，渴望有一天能亲身感受到大海的温情。1985年初秋，已是36岁的我到锦州脱产学习，一个星期日的早晨，我们同学4人乘火车到葫芦岛游玩。葫芦岛是一个风景秀丽的海岛，位于辽宁渤海之滨，那个时候从锦州坐火车到那里只有一个小时的车程。下了火车我们直奔大海，那是我有生以来第一次见到大海，它是那样的美：碧波万顷，一望无际，天水相连；海风吹拂着海面，在阳光照耀下波光闪烁；海水不时地拍击着岸边的礁石，激起层层浪花；远远望去，几艘渔船正在撒网捕捞，构成一幅美丽的图画。回到学校我奋笔疾书，用手中的笔记录下了当时的喜悦心情。这次我来到波罗的海，碧蓝的海水勾起我无尽的记忆。大海，如同那苍茫无垠的大地一样，凝聚着无限的生命力。我和玉华老弟选准位置，以波罗的海为背景“咔嚓”一声，把这美妙的时刻化作我们心中的永恒。

夏宫是大自然美景和艺术大师精美作品的完美融合，不愧是留在人世间的一颗璀璨的艺术明珠。

2013年10月17日

名人也有烦恼

——俄罗斯旅游散记之八

俄国著名作家列夫·托尔斯泰所著《安娜·卡列尼娜》的开篇语“幸福的家庭都是相似的，不幸的家庭各有各的不幸”已成为经典，中国有句“家家都有一本难念的经”也是家喻户晓。这次我到俄罗斯普希金城，了解到一些关于普希金的故事，没想到名人也有烦恼。

普希金 1799 年 6 月 6 日出生在莫斯科一个贵族家庭，童年时代接受贵族教育，由法国家庭教师管教。他的农奴出身的保姆常常给他讲述俄罗斯的民间故事与传说，使得他从小就领略了俄罗斯语言的丰富，并且对民间创作产生了浓厚的兴趣。1811 年普希金进入离圣彼得堡不远的皇村贵族学校读书，12 岁开始其文学创作生涯。在皇村学习期间他受法国启蒙教育思想的熏陶，初步形成了追求自由的思想，反对沙皇专制。普希金毕业后供职于圣彼得堡外交部，被民主自由思想所感染，创作了许多诸如《自由颂》《乡村》等反对农奴制、讴歌自由的诗歌。普希金在文学创作上绝对有天赋，他的作品如同开了闸的河水滔滔不绝，在社会上产生很大的影响，成为文学界的一颗新星。他的作品无情地抨击了沙皇专制，当然遭到了当局的迫害，先是流放后是幽禁，等等，这些都没有阻挡普希金前进的脚步。

普希金的名气越来越大，不知有多少女孩子都爱慕这位才华横溢的诗人，而普希金看中的只有芳龄 18 岁的娜达丽娅。

爱美之心人皆有之，普希金爱上娜达丽娅没有错，娜达丽娅的美倾倒了许多小伙子。 1828 年普希金向娜达丽娅求婚遭到拒绝，几经周折 1830 年他再次求婚终于梦想成真，二人步入了婚姻的殿堂。

这是一桩不和谐的婚姻。 婚后的普希金慢慢陷入了困境，从未有过烦恼的他开始为这个家庭犯愁。 普希金被大众所爱是因为粉丝们与他有共同的语言和爱好，但诗歌对于娜达丽娅来说如同乏味的公文，毫无兴趣可言。 他们说不到一起，想不到一起，二人之间的距离越来越大，普希金埋头搞创作，娜达丽娅天天陶醉在舞厅。 更让普希金头疼的事是经济上的拮据，他要维持体面的家庭生活不得不靠借贷，他婚后 4 年欠债已有 6 万卢布，这是沙皇当局能击垮普希金的一个很重要的因素。

1836 年普希金创办了文学杂志《现代人》，培养了一大批优秀作家，并且成为俄罗斯进步人士的喉舌。 普希金的创作活动令沙皇政府极为不满，他们用阴谋手段挑拨法国籍宪兵队长丹特斯与他的关系，以致他们成为情敌并决一死战。

1836 年 11 月 4 日，普希金收到一个纸袋，打开一看是 3 封“绿帽子协会”的信件，内容是授予普希金绿帽子最高勋章。 与此同时，普希金的好友也收到了内容相同的信件，普希金受到极大的羞辱。 况且普希金也多少听到一些妻子娜达丽娅的风流事，自然心里很不是滋味。 不过，他不相信娜达丽娅是那种人。

这里应该重点说说法国籍宪兵队长丹特斯。 娜达丽娅常出现在舞会等交际场所，接受一些男人献来的殷勤，打情骂俏说些不该说的话。 丹特斯个子高高，谈吐风趣幽默，反应敏捷机智，一副漂亮的面孔更增添了几分魅力。 他的出现让娜达丽娅更为开心，娜达丽娅的美貌也让丹特斯想入非非，两人的接触招来不少风言风语，至于他们之间有无出格行为谁也说不清。 自从普希金收到那封信之后，坐卧不安，茶饭不香。 他是一个有尊严的人，坚信妻子是一个清白的人，不会做出那些有损于他们名誉的事，他决定向丹特斯发出挑战，用自己的力量彻底铲除心头大患。 1837 年 1 月 27 日，这场决定两位斗士命运的决斗在距圣彼得堡不远的黑山进行。 其结果完全可以预料，普希金哪是丹特斯的对手，一声枪响，普希金倒在血泊中，再也没能站起来。1月29日，年仅38岁的普希金含恨而死，俄国诗歌的太阳陨落了。

普希金去世后娜达丽娅并没有嫁给丹特斯，她为丈夫普希金的死感到非常痛苦，带着他们四个年幼的儿女在贫困中拼命地挣扎。7年后她嫁给了一个淳朴善良的军人兰斯科依，51岁那年娜达丽娅走完了她的人生路程。

普希金的婚姻是不幸的，娜达丽娅的命运是痛苦的，纵观他们走过的人生之路，是婚姻改变了他们本应幸福的生活。

普希金少年得志成为俄国早期一位伟大的诗人，娜达丽娅貌美无比，是苍天给了他们令人羡慕的优势。他们都在寻找幸福，这没有一点儿错，错就错在他们的婚姻上。如果他们各自都能找到如意的伴侣，有共同的志向和语言，悲剧是不可能发生的。普希金深深地爱着娜达丽娅，这是上帝给他的权利，娜达丽娅并没有像普希金那样执着地爱着普希金，她有权利追求自己的幸福，本不应成为夫妻的他们却成了夫妻，以至于在二人共同的生活中，普希金是那样死心塌地地爱着娜达丽娅，但娜达丽娅竟与另有企图的异性打情骂俏，让丈夫招来杀身之祸。这是他们婚姻生活的可悲之一。

普希金与娜达丽娅婚姻的可悲之二，从二人的结合可以看出，娜达丽娅起初并不爱普希金，在普希金29岁第一次向她求婚时她拒绝了，普希金31岁那年第二次向她求婚，不知何因娜达丽娅接受了他的求爱，二人成为人人羡慕的一对夫妻。可是在这貌似幸福的婚姻中普希金得到了满足，娜达丽娅却感到精神空虚，惹来不少闲言碎语，让普希金的敌人有机可乘，阴谋得逞。

普希金与娜达丽娅婚姻的可悲之三，普希金选择配偶只注重相貌，他爱娜达丽娅是因为她美如天仙，他没有考虑过妻子只有美貌而没有爱慕自己的那颗心，婚姻是难以长久的，即便不破裂也是不会幸福的。与其貌合神离，不如当机立断，各自都去寻找幸福的另一半，绝不可拿生命做赌注酿成悲剧。

人世间就是这样，凡人有凡人的烦恼，名人也有名人的烦恼。我站在普希金塑像前久久思索，人生真正的幸福是精神富有，名人也好，富人也罢，精神空虚带来的只能是烦恼和痛苦。写到这里，我借用列夫·托尔斯泰的名言略加修改作为这篇文章的结尾：幸福的婚姻都是相似的，不幸的婚姻各有各的不幸。

2013年10月23日

AE994 次航班从郑州起飞

——祖国宝岛台湾行之一

这是花开的季节，我们相约结伴同行到祖国宝岛台湾观光。近几年来，大陆与台湾的交流逐步扩大，来往愈加方便，去年 6 月 28 日郑州作为台湾自由行的开放城市，郑州与台北开通直航，极大地方便了两岸同胞。这次我们乘坐的 AE994 次航班，就是从郑州新郑国际机场直飞到台北桃园机场。

台湾位于亚洲东部、太平洋西北侧，面积 3.6 万多平方公里，约有 2300 万人居住。台湾自古以来就是我国不可分割的一部分，历史上曾被西班牙、荷兰、日本先后占领过，1945 年抗日战争胜利后，台湾重新回到了祖国的怀抱。1949 年之后，由于众所周知的原因，台湾与祖国大陆两岸同胞交往受到多种限制，到台湾去只能是一种愿望。记得我上小学的时候，课本里就有《美丽的台湾岛》一文，那个时候我们都有到台湾看看的想法，有时还想到我们长大了祖国也就统一了，我们这些人也许有的会工作在台湾，这些天真的想法只能是一种梦想。半个世纪过去了，我梦想成真很快就要登上台湾岛，也称得上是一次圆梦之旅吧。

航班计划 17 时 30 分起飞，我们及早动身从家里乘车向新郑国际机场出发。新郑机场距郑州市区仅有二十几公里，1997 年建成通航后吞吐量连年递增，国家投资于 2007 年完成了改扩建工程，通航能力大幅度提高，被国家民航局确定为全国八大区域性枢纽之一。2013 年 3 月，国务院批复《郑州航空港经济综合实验区发展规划》，新郑机场新一轮扩建工程相继开工，港区建设如火如荼。我们行驶在通往机场的高速公路上，看到郑州至机场、许昌的城际轨道交通铁路正在架梁，不久的将来一条从郑州东站开往机场的快速铁路通道就要建成，列车单程运行时间仅需 14 分钟。机场铁路建设更是一片繁忙，施工现场巨大的“中铁电化局集团承建”横幅让我为之一震。这支被誉为“中原铁军”的精兵强将，正在用他们的智慧和汗水打造新的丰碑。位于东侧的机场扩建各项配套工程也在抓紧施工，一个设施先进、功能完善、规模空前、辐射各地的新机场即将展现在世人面前。我们提前到达候机大厅，一个个旅游团队也陆续到达候机大厅，有返回台湾、港澳的旅游团体，也有到台湾、港澳探亲或旅游观光的大陆游客。候机厅显然小了些，旅客满满当当的，一个个领队高举小彩旗，不停地晃动着召集他们的队员。我们几个还好，坐在长条靠椅上耐心地等待边防检查，办理出关手续。

改革开放为我们走出国门创造了便利条件，出境游成了一种时尚。据报道，祖国大陆出境旅游人数年年增加，提升了人们的生活质量。同时也应该看到，一些出境游客的不文明行为所产生的负面影响也逐渐凸显，因此而引起的纠纷事件时有发生，有损大陆游客的形象。大声喧哗、随意插队、乱扔垃圾、随地吐痰等这些看似不起眼的小事，都属于不文明行为，那些毫无意义的争辩所导致的吵闹打架更是令人反感。近日我在网上看到一段视频，两女子坐高铁发生口角以致对骂，竟发展到互殴。她们旁若无人，动拳动脚，嘴里还不干不净，难以入耳，败坏社会风气，哪有文明可言。近期国家有关部门颁布了《中国公民国内旅游文明行为公约》和《中国公民出境旅游文明行为指南》，从维护环境卫生、遵守公共秩序、保护生态环境、保护文物古迹、爱惜公共设施、尊重他人权利、讲究礼貌待人、提倡健康娱乐等八个方面做了明确的规定，关键是抓好落实，改变游人不良习惯，树立好的形象。在机场候机大厅，我看到有的旅游团领队临行前在耐心宣讲文明出游的规定，以引起大家高度重视，不做有损于国人形象的事。以我之见，培养良好的习惯要从小事抓起，从现在做起，即便是在自己家里也不能乱扔垃圾、随地吐痰。冰冻三尺非一日之寒，好习惯是慢慢养成的。今年 4 月 22 日，网上曝出一对年轻夫妇带着一个 4 岁幼童到香港旅游，幼童在大街上随地便溺引起热议。通过这一事例，大家都要受到教育，维护环境卫生人人有责，不仅自己做到不违规，还要管好孩子讲卫生，讲文明。新加坡在治理公共卫生上有严格的处罚规定，乱扔垃圾被发现要受到300新元（折合人民币1500多元）的罚款，哪怕是乱吐一次口香糖，也会受到如此严厉的惩罚。凡是去过新加坡的人都会感觉到那里干净整洁，新加坡的管理方式值得借鉴。

通过了边防检查和安全检查，我们静静地等候登机通知。过了一个小时还没有通知登机的迹象，航班就是这样，晚点是正常现象。哪像火车说什么时候开就什么时候开，尤其现在坐高铁，若不是极端天气或特殊原因影响，正点率准是百分之百。我们期待着飞机能像高铁一样，认真抓抓正点率，不要让旅客再为晚点犯难，把时间白白浪费在机场。

我们还是幸运的，正当我感到登机无望而不得不耐心等待时，机场通知AE994次航班开始登机了，大家排队依次登上摆渡车向着停机坪驶去。

这是一架台湾中华航空公司的波音747飞机，分上下两层，可容纳400余人乘坐。落座之后我打量机舱设施，可谓是设备一流，音乐、影视节目可以任意点播。过道上的服务人员彬彬有礼，帮助旅客摆放好随身携带的行李，并一一安排大家对号入座。旅客全部登机，机舱门关闭，一位空姐走来，我轻声问道："今天航班有多少人？"她回答："390人。"几乎坐满。从经营的角度讲，飞机载客量大小与运营成本成反比，载客量越大运营成本越低，载客量越小运营成本越高。据悉，波音747飞机最大载客量超过500人，是目前运营成本较低的飞机。

18时40分，飞机慢慢移动驶向跑道，这预示着AE994次航班即将起飞了。进入跑道飞机轰鸣声加大，我猜测机长已接到起飞指令，18时45分，AE994次航班加速腾空而起，向着台湾方向飞去。

我是第一次飞往台湾，有着不一样的心情和新鲜感。从机舱显示屏上的模拟航线看，我们乘坐的AE994次航班从郑州新郑国际机场起飞，先是向着上海方向飞去，接近上海后右转直飞台北桃园机场。20时45分，飞机开始下降，我打开机窗遮阳板俯视下方，夜色笼罩大地，什么也看不到。不一会儿渐渐有了灯光，星星点点，疏密不均。又过了一会儿脚下是一片光明，21时15分飞机在台北桃园机场着陆，我们踏上了美丽的宝岛台湾。

2014年5月12日

站在野柳看大海

——祖国宝岛台湾行之二

我们到达台北已是夜晚时分，迎接我们的是淅淅沥沥的小雨，海风吹来略有一丝凉意。

台湾是典型的亚热带海洋性气候，空气湿润，此时正值梅雨季节，阴雨连绵。我在郑州临行前上网查看台北天气，预报这一周天天有雨，到达台北受到雨水迎接也就不足为怪了。下榻的宾馆是汽车旅馆，我还是第一次享用，感觉挺好。一层是车库，可停放一台大巴旅游车，二层为住室，日常生活设施样样俱全，确有温馨之感。我看了看手表，时针已接近23时，早已过了我正常入睡时间，若是在家这时我准是在梦乡周游，于是我顾不上看这看那倒头便睡。

一觉醒来天已大亮，手机显示还不到5点半。起床洗漱后来到餐厅，富有台湾风味的早点小吃琳琅满目，花样繁多，心想炊事人员肯定起得很早为我们操劳。这时，刚好一位年轻的炊事人员走了过来，一问才知他们一夜未睡，送走我们这一拨客人他们下班休息。辛苦，太辛苦了！

我从小深知炊事人员的不易。我是长垣人，长垣是有名的厨师之乡，我爷爷生前围着锅台转了一辈子，父亲从小跟着爷爷学手艺，干的还是厨师这一行，吃了不少苦。现在许多企业作息实行“九五制”，上午9点钟上班，下午5点钟下班。我父亲的工作时间却是“五九制”，早晨5点钟顶着星星离家上班，晚上9点钟披着月光下班回家，在我幼小的心灵里就打上了爸爸最辛苦的烙印。父亲休息日在家和我们一起吃饭，最常说的有三句话：什么时候都不能说饭不好吃；不管在哪儿都不能剩饭；在外不许和炊事人员吵架。他最知道干他们那一行的辛苦，爸爸的三句话成了对我们的约法三章。不管走到哪里，每到用餐我就想到老父亲的教导，老爸这三句话是我一生中的一种生活准则。

台湾四面环海，看海是一件很容易的事，到野柳地质公园看大海却别有一番情趣。

用过早餐，我们来到野柳地质公园。野柳地质公园位于台北县万里乡的北海岸，不少游客比我们先来一步，他们都在细细地欣赏千百年来大自然留下的杰作。他们的谈话中不少夹杂着乡音，一听便知来自中原河南，说不定我们还是同机到达的呢。雨还在不停地下，时大时小，大家只好撑伞而行。

我站在野柳狭长的海岬上，眼望着无际的大海漂来的浪花，引起我许多美好的回忆。我生长在中原大地，人过三十了还只是在电影、电视和照片上见过大海，能真真切切地到海边看一次大海，成了我的愿望和梦想，我好像天生对大海就有一种特殊的感情。我喜欢那辽阔的海域，宽广无垠，无遮无拦，如同人的宽广胸怀，没有烦恼只有快乐；我喜欢那汹涌的波涛，滔滔白浪似千军万马伴随雷鸣般的轰然巨响奔腾而来，拍击海岸势如破竹，如同刚毅铁汉，没有退却勇往直前；我喜欢那晶莹的浪花，海风轻轻吹过海面形成朵朵浪花，晶莹剔透，珠玉一般，如同纯洁的心灵，没有邪念充满善良；我喜欢那黎明的日出，东方欲晓，一轮火红的太阳从海平面冉冉升起，开启新的一天，照亮群山大地，如同心中燃起的希望，没有黑暗永远都是金灿灿。至今我还清晰地记得第一次看到大海时的情景。那年我36岁，领导安排我到锦州学习，一个星期天的早上，同班同学小赵约我们一起坐火车去葫芦岛游玩。下了火车走了大约半个小时的光景，我们就到了海边。这是我第一次和大海面对面，海是那样的美，碧波万顷，一望无际，天水相连，海风吹拂着海面在阳光照耀下波光闪烁，海水不时地拍打着岸边的礁石，激起层层浪花，远处几艘渔船正在撒网捕捞，这一切构成了一幅美丽的图画，深深地印在了我的脑海。我喜欢大海，我喜欢大海里的一切。

野柳景区的独特之处就是那些布满岸边的奇形怪状的岩石，这些不同形状博得人们喜爱的岩石，在地质学上称为蕈状石，都是饱经风霜自然形成的，它们因其形状的不同而得名，有烛台石、姜石、棋盘石、鲤鱼石……全长1700多米的海岬给人们带来无尽的奇思妙想。最引人注目的是那尊“女王头”，它那高耸的发髻、尊贵的面容，早已成为野柳公园的象征。在这个充满童话故事的世界里，只要你能想象到就能找到形状相似的海岩石。那些已经被命名的仙女鞋、海狗石、龙头石、蜂窝石、豆腐石、壶状石等，不都是根据它们的长相而得名的吗？正是那些具有丰富想象力的先行者发现了这块无与伦比的宝地，才使得这片狭长的海岬闻名遐迩，成为宝岛台湾又一游览名胜。

最让我感到惊奇的是附着在一块巨石上的浮雕，看上去简直就是台湾岛的缩影，似乎是技艺高超的艺术家在这里雕琢而成。当然，我们不能对这里的每一块岩石的含义都能了解，只要近似于人们的想象，它就是一件了不起的宝物。

这些大小不一、形状各异的蕈状石，都是经历了千百年的风风雨雨和海水冲刷的产物，是岩石风化及地壳运动等作用造就的野柳各种独特的自然景观，它们完整地记录了大自然的演变过程。有人统计过，野柳海岬上奇形怪状的蕈状石大小有180多个，可别小看了这些蕈状石，它们展现在人们眼前的年龄都在数十万年。这些蕈状石都是岩石受海水数十万年的侵蚀，岩石中那些质地酥软的砂石慢慢消逝，留下坚硬的结核，有的因地壳的运动变化而露出水面，经过长期风吹、日晒、雨淋，形成不同形状的蕈状石，展示出大自然的魅力。蕈状石是有生命的，它和自然界的其他生物一样也会生老病死。在海水的不断侵蚀下，蕈状石的颈部会越来越细，一旦承受不了头部的压力会自然断裂，结束其漫长的一生。野柳的“女王头”就是很典型的一例，它那细长的脖颈留有海水侵蚀的痕迹。

野柳岸边奇形怪状的蕈状石把大地装点得绚丽多彩，又给人们留下了无尽的遐想，这是我到宝岛台湾的一大收获。

2014年5月15日

登上台北“101”

——祖国宝岛台湾行之三

“101”是台北原国际金融中心的简称，因地上有101层，约定俗成大家称之为“101”。在这里人们只要说起“101”，就知道说的是矗立在台北市区的那一座高达509米，集金融、贸易、商务、观光、购物等于一身的摩天大楼。登上“101”，已成了台北观光旅游的重要内容，若是不去还真是一大缺憾。

雨水把台北冲洗得干干净净仍不停歇，我们的汽车在雨中穿行，我仔细观察映入眼帘的一切。台北是台湾省的政治、经济、文化中心，许多街道都是以大陆城市命名的，有贵阳街、柳州街、桂林路、衡阳路等，看到这些字眼我心里有一种亲切感。我们的汽车停在距“101”不远的停车场，下了车还要走上一段路才能到达“101”。我边走边看，临街还有不少小吃店，充分体现了民以食为天的理念。更有趣的是，小吃店的取名独特别致，什么“撮一顿”呀，“啃壹锅”啊，还有“我家牛排”“胡须张”等，这些店名可能都是随口而出，既随意又极有个性。走到一家“双人徐”的快餐店门前，我一看这店名挺有意思，又是我们徐家开的店，尽管不认识店主人，但天下徐姓也是一家，我停住脚步掏出相机，让同伴田保民给我咔嚓来上一张，将画面定格在流淌的时光里，心想找个机会我得炫耀一番，看这店名取得多棒！经营企业和店铺取名也是一门艺术，倘若取一个毫无特色的名字，人们看几遍也不一定能记得住。像这样有个性、有特点的店名扫上一眼立马就能记在心里。店面不在大小，取个好名字也有助于经营。

前来“101”观光的人真不少，排着队等电梯。游客虽说不少，依然秩序井然，没有加塞、拥挤的现象，大家都自觉依次进入电梯，一拨儿接着一拨儿攀升。轮到我们上电梯，刚一站稳瞬间灯光一闪，我的影像被装到了数码相机里。我知道，这是公司的一种经营策略，凡是走到这个位置的游客都会留下影像，一出电梯便会从投影屏幕上看到自己的形象，如果想花钱购买能当场打印，很快就会拿到满意的照片。坐上电梯仅用了 39 秒我们就到了第 89 层，这是一部被载入吉尼斯纪录的世界上速度最快的电梯，它每分钟可运行 1010 米，相当于时速 60 公里。我双脚刚迈出电梯口，抬头看到屏幕上我留下的身影，交了 300 元新台币，取回两张我与“101”电脑合成的珍贵照片。难得来一趟，花钱照张相还是很值得的。

“101”设计奇特，地下 5 层，地上 101 层，外观犹如劲竹，节节高升，建筑设计出自大师李祖原之手。出生于 1938 年的李祖原，1966 年获得了美国普林斯顿大学建筑艺术系硕士学位，1978 年回到台湾，在同行中出类拔萃，业绩不凡，1994 年又到大陆拓展业务。郑州裕达国贸大厦就是由他设计建造而成的，大厦高耸入云，气势宏伟，是郑州的一座标志性建筑。

20 世纪末，台北银行和产业界有意识要打造一座世界第一的代表性建筑，决定由著名建筑大师李祖原牵头设计台湾的摩天大楼。李大师运用建筑学原理，巧妙地将观赏艺术融入其中，设计方案很快得到认可，出资人一致通过。1998 年 1 月 13 日破土动工，历时 5 年零 10 个月，耗资 580 多亿台币，高 509 米的“101”于 2003 年 11 月 12 日建成并投入使用。它力压群雄，作为世界第一高楼让台北引以为豪，之后世界其他地方又有新作高出 509 米，但现在的“101”仍不逊色，依然名列世界前茅，而且还是优秀之作，同样受到人们的热捧。它毕竟有过独领风骚的记载，是中华民族历史上的一个奇迹，在人类发展史上留下了浓重的一笔。

高大建筑物的设计建造需要多学科知识的运用，尤其在台湾这个多地震的地区，必须考虑解决抵御强震时晃动摆幅过大的问题。据介绍，“101”仅打地基工程就花费了 15 个月，挖出土方 70 多万吨，基桩由 382 根钢筋混凝土构成，中心巨柱为双管结构，依据不同部位的受力大小，调制不同的钢结构和水泥，增强整体结构的受力强度。 深深扎根于基础根部的 8 根巨型支柱，从地下层贯通地上 90 层，宛如力大无比的壮汉，牢固地把“101”主体固定在基础上，抵御强震的破坏。

由于风力和自然界其他外力的作用，任何超高建筑物都会发生晃动摇摆的现象，只不过人们感觉到的程度不同。 台湾是个海岛，“101”必须具备抗强台风的能力，把晃动摆幅控制在安全范围之内。 在大楼内，我们亲眼看到在第 88 层至第 92 层悬挂着一个巨型钢球，重达 660 吨，专家称之为“调质阻尼器”。其功能是当“101”遇到外力作用时，吸收大楼的振动，再将能量传递散发到下方的弹簧系统，平衡风力和地震造成的晃动，降低破坏力，减少自然灾害造成的危害。 据说这是目前世界上最大的阻尼器，也是世界上唯一向游客开放的阻尼器。

我们佩戴着语音导览机，边走边看边听“101”的介绍，大长见识。 导览机内存有汉语普通话、闽南语、粤语、英语、日语、德语、韩语 7 种语言，可根据需要任意调试，内容丰富，滔滔不绝地讲述着有关“101”的故事。 我站在观景台环望四周，很想拍一张鸟瞰台北的照片，但到处都是雾蒙蒙的，俯视景观实在找不到合适的画面只好作罢，留下了一些遗憾。

第 89 层专设购物柜台，有展示台湾盛产的红珊瑚制品，更多的是旅游纪念品。 我详细地查看商品介绍，有一株截至目前采摘到的最大的红珊瑚陈列在柜台让游客一饱眼福。

“101”最高是地上第 101 层，面积 200 余平方米，是供接待贵宾或 VIP 客人使用的。 普通游客也可以升至 101 层观景，不过，登顶费用太高，需花 101 万新台币（折合人民币 214500 元）才能进入第 101 层，不知有谁会花费这么多钱登顶一游？ 我们能随大众登至第 89 层观景就很知足了。

2014 年 5 月 16 日

日月潭的“阿婆茶叶蛋”

——祖国宝岛台湾行之四

到台湾肯定是要去日月潭的。日月潭位于台中南投县鱼池乡，是台湾唯一的天然湖，由玉山和阿里山之间的断裂盆地积水而成，群山环抱，碧波荡漾，充满了诗情画意。

台湾是一个海岛，山地和丘陵面积占全岛面积的2/3以上，海岛气候温和，雨量充沛，植物生长茂盛，满眼翠绿，到处郁郁葱葱。我们乘坐汽车在绿色的海洋中穿行，不大一会儿就来到日月潭这个闻名于世的旅游胜地。

日月潭四面环山，自然形成。湖水清澈透底，湖面辽阔无垠，拉鲁岛坐落其中，岛的北半部圆如太阳，南半部弯似新月，故称日月潭。日月潭有许多美丽的传说，表现出人们对美好生活的向往与追求。日月潭的原住民是邵族，目前人口仅有280余人，尽管他们人数不多，但也是我们中华民族大家庭中的一员。传说邵族的祖先曾居住在阿里山。有一天，一拨儿邵族青年男女追逐一只白鹿来到日月潭边，发现了这个美丽的地方，惊喜无比，便安顿下来不走了。日月潭的水土养育着这个民族，他们辛勤劳动，能歌善舞，过着平和安逸的日子。据说台湾当局鼓励他们生育，一对夫妇每生育一个孩子就会得到一笔抚养费，以使他们的生活水平不致降低。2009年莫拉克台风使这个部落遭受重创，邵族民众受到包括大陆同胞在内的爱心人士捐助，重建家园，生产自救，生活很快恢复了正常。

我们乘坐游船荡漾在青山绿水间，时而有快艇划破水面，留下一串串晶莹的浪花；时而传来一阵阵欢乐的歌声，祝福美好未来；时而又能看到成群的鱼儿，在水中追逐嬉闹……日月潭给人们带来无尽的欢乐。

游船划到拉鲁岛的岸边停了下来，船主给了一个小时的时间让我们感受原住民的风情。岛屿不大，一拨拨穿着民族服装的青年人在树下又唱又跳，他们用这种方式迎接远方的客人，用欢快的歌舞感谢大陆同胞的爱心奉献。来自四面八方的游客有的很快融入其中，伴随着优美的旋律翩翩起舞，歌声、笑声此起彼伏，我们亲身感受到邵族朋友的一片盛情，大陆和台湾同胞永远是一家人！

凡是到过日月潭的人，都要尝一尝这里的“阿婆茶叶蛋”。

在台湾说到“阿婆茶叶蛋”，可谓无人不知，无人不晓，创造这个奇迹的就是日月潭今年84岁的老阿婆邹金盆。俗话说，靠山吃山，靠水吃水。邹阿婆从小生活在日月潭湖畔，过着平平淡淡的日子，18岁那年在岸边摆摊卖一些小商品贴补家用。我不敢说年轻的邹金盆是个天才的生意人，但我可断定她是一个有心人。在日常的守摊儿过程中，她发现有时来客多了撑船人忙得顾不上吃饭，认准这是个商机，就萌生了煮茶叶蛋卖的念头。煮茶叶蛋既简单又省事，价格低廉，属于大众食品。很快她的这一想法变成了现实，开局市场销路不错，销量不断增加，不长时间一天下来能卖数百个鸡蛋，苍天给了她一个很好的机遇。时间长了，她也不断摸索规律固守住这个阵地，用上好的原料科学配方，精心加工，努力打造好品牌，使得“阿婆茶叶蛋”名气越来越大，收益相对稳定。2008年7月，台湾当局开放了大陆居民直接赴台旅游的大门，日月潭游客日益剧增，邹阿婆泡制的香菇茶叶蛋突然火爆起来，每天销售量翻倍上升。当年18岁的邹金盆已是78岁的老阿婆，她不得不动用全家的力量“操戈上阵”，姑娘、儿媳都参与其中忙得不亦乐乎。销量再大，人员再忙，“阿婆茶叶蛋”也不偷工减料，保持味道鲜美的特点。我吃过阿婆的茶叶蛋，挤到经营茶叶蛋的小亭子前，隔着窗口向里面张望，几个人都在忙着包装冒着热气的茶叶蛋。销售窗口茶叶蛋供不应求，旅客需要排队等待，这也算是日月潭一道亮丽的风景线吧。

离开了“阿婆茶叶蛋”的售卖小亭子，我在深思阿婆经营的秘诀究竟是什么。普普通通的茶叶蛋竟然在这一个地方卖了60多年，长盛不衰，仔细推敲，奥妙有四：一是善抓机遇，不失时机地占领市场。当年的邹金盆是为生计摆摊经营，可她在日常生活中善于观察，能够发现商机，这是她与众不同的一点。日月潭景区的形成可以追溯到若干年以前，结伴来这里的游客历来都不少，在这里借助旅游摆摊开展经营者大有人在，为何其他商人没有发现经营茶叶蛋的商机，而偏偏被邹金盆抓住机遇，且经营了半个多世纪，越做生意越红火，这不正是她的独到之处吗？抓住机遇，发展自我，值得借鉴。二是人尽其才，要选好适合自己经营的项目。邹阿婆18岁摆摊学做生意，我敢说她没有高学历的资本，她也不会有干一番大事业的奢望，力所能及，卖个茶叶蛋就很满足了。她的茶叶蛋明码标价10元台币（折合人民币2.12元）一个，利润不薄，平均每天到日月潭的游客有上万人，每年获得的利润不是一个小数目。三是勤劳致富，扩大生产满足市场需要。阿婆面对与日俱增的市场需求，从家庭内部挖掘生产潜力，婆媳、母女两代人坚守茶叶蛋经营，从原料选择到加工销售一条龙服务，付出的艰辛可想而知，有耕耘才会有收获。四是诚实守信，“萝卜快了照洗泥”。阿婆虽说学历不高，可她懂得诚信是市场经营的灵魂，茶叶蛋再抢手也不简化作业程序，辛辛苦苦打造的品牌不能倒。我亲眼看到她们的加工现场，像是一条流水作业线一样按部就班，鸡蛋从煮锅里出来装入袋子，按购买数量交给顾客，众人一致称好。现在日月潭旅游区又新增了几家专卖茶叶蛋的商户，形成了商战中的竞争局面，但“阿婆茶叶蛋”依然独占鳌头，享有盛誉，成为旅游饮食文化中的一景。

回来几天我还在回味“阿婆茶叶蛋”，因为小小茶叶蛋，蕴藏大学问。

2014年5月17日

陨落的歌星

——祖国宝岛台湾行之五

邓丽君，这个在20世纪80年代风靡歌坛的巨星，不知有多少人陶醉在她那甜美的歌声中。这次到台湾我有幸走进邓丽君纪念馆，对这位久负盛名的歌手有了更多的了解。

邓丽君祖籍是河北邯郸大名县，母亲是山东东平县人。1949年邓丽君的父亲邓枢原携家眷来到台湾，1953年1月29日，邓丽君出生于台湾省云林县。也许她天生就是一个歌唱家，5岁学习芭蕾舞，8岁就接受启蒙老师李成清的歌唱指导，一点就通，一学就会。小学时的她对唱歌就表现出极大的兴趣，经常参加演讲、朗诵、歌咏比赛和文艺晚会，歌唱艺术天分逐渐显露。1964年年仅11岁的邓丽君在台湾参加广播电台举办的黄梅调歌唱比赛，以一曲《访英台》一举夺冠。后经专业训练，她的演唱技巧和表演艺术得到很好发展，以清纯活泼的可爱形象赢得了众多观众的掌声。1969年起她全身心地投入到演唱艺术中去，并涉足影视，深受众人喜爱。

邓丽君胸怀大志，不满足于在台湾已取得的成功，她要登上更大的舞台。1974年3月，邓丽君在母亲的陪伴下到日本谋求发展。初来乍到，人生地不熟，语言沟通亦有障碍，每天忙忙碌碌。有一次，邓丽君接到演出任务需到录影棚拍摄镜头。她和母亲早上5点钟起床，按规定6点钟准时到达，现场却空无一人。7点30分过后工作人员才陆陆续续到场，直到9点钟摄像机才开始转动，母女俩只好在一个角落耐心等待。快到中午时分，翻译告知稍等便可录制。谁知这个“稍等”又是几个小时，夕阳西下，时针已指向下午5点多钟，翻译通知可以进场录影了。邓丽君换上演出服饰演一个小护士，前后只有十几秒钟的镜头，她们却苦苦等了十几个钟头。尽管如此，邓丽君没有表露出丝毫埋怨情绪。她善解人意，从不抱怨。她刻苦学习，很快在日本发行了用日语演唱的歌曲专辑，第一次尝试，销售量竟达十几万张。1974年7月1日她发行的第二张专辑《空港》，总销售量突破70万张，还获得了日本唱片大奖新人奖。邓丽君在日本学习期间，多次到亚洲各地举办个人演唱会，发行专辑唱片，都赢得了好评。1976年3月香港成立了邓丽君歌迷会，邓丽君将全新的舞台经验带入香港，开辟了舞台表演融入演唱会的先河，率先在香港利舞台举办首次大型个人演唱会，全场座无虚席，高潮迭起，博得阵阵掌声。之后，她又到新加坡、马来西亚等地巡回演出，场面火爆，场场爆满。这颗冉冉升起的歌坛新星，格外引人注目，成为绽放在演艺界一朵艳丽的鲜花。

进入20世纪80年代，邓丽君的演唱生涯渐渐走向巅峰。1980年，邓丽君在美国纽约、洛杉矶等地巡回演出，场面火爆。她优美的歌声也传到了神州大地，大江南北的民众被她那婉转悠扬的歌声所陶醉。从此，邓丽君这个名字在中国大陆迅速传开，她的演唱专辑也成了歌迷们的抢手货，不少“粉丝”下功夫学习模仿邓丽君的演唱艺术，并以她的成就为追求的目标。1983年是邓丽君步入歌坛的第15周年，她在东南亚的巡回演唱结束于2月底再次应邀赴美，在著名的赌城拉斯维加斯恺撒皇宫演唱。她是第一位在此签约演唱，并且演唱会盛况空前的华籍女歌手。这一年她到处巡演、发专辑，演唱艺术事业达到人生中的最高峰。邓丽君在香港发行唱片500多万张，创下当时华语歌坛纪录；推出的第二张粤语大碟《漫漫人生路》，面世不久便享誉“金唱片”；她在香港红磡体育馆举办六场演唱会，场场满座，共计10万观众，获得最高票房。邓丽君在歌坛享有崇高声誉，足迹遍布全球，参加和举办的演唱会不计其数，获得的奖项数也数不清。1995年3月23日，邓丽君在香港参加亚洲电视台庆典活动，为她的香港生活画上了一个句号。

我五音不全，不懂得演唱艺术。不过，我和亿万歌迷一样也是邓丽君的

“粉丝”，她那清泉般的歌声一直在我耳边回荡。我认为她的演唱技巧有四大特点：一是音质甜美，她演唱的歌犹如泉水叮咚，悦耳动听，滋润心田，听她的歌是一种精神享受；二是吐字清晰，她演唱的歌曲，字正腔圆，每句歌词都听得清清楚楚，十分轻松；三是情真意切，她的歌声发自肺腑，向人们传递的是内心情感，字字句句打动心灵；四是落落大方，演唱是肢体表演与口腔发音的完美结合，她在舞台上演与唱融合在一起，动作协调，轻松自如。这是我一个门外汉对一个著名歌星的点评，或许这也正是她的艺术魅力所在。

1995 年步入中年的邓丽君身体状况每况愈下，她要暂时离开她不愿离开的舞台，做一次短时间的休整和调养，养精蓄锐，以备日后重返歌坛。

邓丽君参加香港亚洲电视台庆典活动不久后来到泰国，在清迈静心修养。5 月 5 日她给家人打电话还互相问候，5 月 8 日她患的气喘病再次发作，不治身亡，年仅 42 岁。这一天她的生命赞歌拉上了帷幕，一颗闪烁在歌坛的巨星就这样陨落了。

邓丽君虽说已经离世，但她的歌声依然在飘荡。世界各地年年都以多种形式纪念这位 20 世纪的歌坛巨星：1995 年我国大陆发行多种邓丽君演唱的专辑，悼念歌星邓丽君；1996 年邓丽君日本经纪人西田裕司撰写的邓丽君传记《美丽与孤独：和邓丽君一起走过的日子》出版；2001 年 10 月 23 日，香港天文学家杨光宇以“邓丽君”为 42295 号小行星命名；2005 年凤凰卫视推出 5 集大型纪录片《何时君再来》，纪念邓丽君逝世 10 周年；2010 年 12 月 22 日，邓丽君音乐生活馆在北京开馆；2013 年 1 月 26 日，同一首歌传媒集团授权举办邓丽君歌曲全球巡回演唱会，全球演出 60 场，纪念邓丽君的 60 岁生日……人们忘不了这位曾经活跃在舞台上的年轻歌手，她是中国的，更是世界的优秀的演唱艺术人才。

在邓丽君纪念馆，我眼望着她留下的一件件遗物和一张张照片，不由得耳边又响起了那美妙的歌声：“小城多可爱，温情似花开，悠悠春风映桃李，雨露尽关怀……”一个用歌声给人们带来快乐的人，人们永远不会忘记她。

2014 年 5 月 22 日

阿里山的红桧树

——祖国宝岛台湾行之六

一首优美动听的歌中唱道:“高山青,涧水蓝,阿里山的姑娘美如水,阿里山的少年壮如山……”受这首歌的影响,有许多人对阿里山充满了憧憬,阿里山也成了我向往的地方。

这次去台湾我还真到了阿里山。阿里山位于嘉义市以东70多公里处,海拔2000多米,云海林涛,无限风光。伴随着美妙的歌声,我们的车驶入了云雾笼罩的茫茫林海。

《阿里山的姑娘》是祖国改革开放以来唱响大江南北的优秀曲目,会唱这首歌的人不少,知道这首歌背后故事的人并不多。1948年上海国泰电影公司要拍摄影片《阿里山风云》,这是一部以台湾风光为背景的电影,内景在上海拍摄之后剧组到了台湾拍摄外景。一天导演张彻突然想到配上主题歌影片会更精彩。张彻很有才华,懂音乐,会作曲,那让谁作词呢?演员邓禹平文学功底很深,还是小有名气的诗人,就把作词的任务交给了他。几天工夫,一首由邓禹平作词、张彻作曲,旋律优美的《高山青》的主题歌创作完成。1950年《阿里山风云》在台湾与观众见面,动听的主题歌《高山青》广为传唱。20世纪80年代初朱逢勃在大陆首唱,1984年香港歌手奚秀兰在中央电视台春节联欢晚会上高歌一曲《阿里山的姑娘》(原名《高山青》),此歌立刻传遍了神州大地。几十年过去了，这首歌经久不衰，百唱不厌，它也把阿里山带给了世界。

到阿里山我们是慕名而来。在台湾有一首耳熟能详的童谣："一二三，到台湾，台湾有座阿里山……"有人说,来台湾不到阿里山，就不算来过台湾。可见阿里山在台湾众人心目中是多么重要。在我的朋友圈子里，凡是到过台湾的，一准是要来阿里山的。2012 年夏天，我的文友穆兄到台湾写了不少文章，在《走马观花游台湾——阿里山》一文中写道："大巴沿着盘山公路前行，沿途漫山遍野的槟榔树很像椰林。约在海拔 800—1400 米的迷雾缭绕之间，是阿里山茶园，海拔 2000 米以上是桧树……"这里穆兄提到的桧树，是一种四季常青的名贵树种，耐寒、抗干旱，寿命长达上千年，尤其红桧树被称为森林骄子，材质优良耐腐蚀，散发出一种悦人的香气，是绝好的上等木材。桧树惹人喜爱，常被作为善良的象征出现在不同的文学作品里，扶正祛邪，弘扬正气。世界名篇《灰姑娘》《白雪公主》《小红帽》的作者德国著名童话大王格林兄弟在《桧树的故事》里，用童话的语言，借助桧树的善良品质，鞭挞邪恶，弘扬正气，教育人们多做善事，构建和谐。阿里山是桧树的故乡，20 世纪初其惨遭日本人的砍伐所剩无几，但顽强存活的"三代木"依然坚守阿里山，迎接四面八方的游客。

1894 年中日甲午战争清政府失利，1895 年 4 月 17 日李鸿章代表清政府与日本签订了不平等的《马关条约》，中国割让台湾岛给日本。日本占领台湾后很快发现了阿里山的红桧树和扁柏等一大批珍贵树种，特别是那些粗壮高大的红桧树让他们看了眼红。1900 年日本政府派大员全面调查阿里山森林，精心制订了一个砍伐林木规划，修建了从海拔 30 米的嘉义北门通往海拔 2216 米的阿里山沼平、干线全长 71.4 公里的森林小铁路，毁灭性地采伐桧树、扁柏等名贵树种，30 多万棵红桧树被他们砍光运往日本，人们再也看不到以伟岸的红桧树为主的原始森林了。在阿里山博物馆，我们看到西尾克三郎提供的照片，画面是当年小火车在阿里山奔跑的情景，几十万棵珍贵木材就是通过这条铁路线运往日本的，它又一次暴露了日本侵略者的掠夺本性。1945 年第二次世界大战结束，抗日战争取得胜利，台湾等地回归中国，阿里山开展了大规模的植树造林活动，只能植树不准砍伐，找不到桧树苗只能用杉树等树种替代。我们到阿里山看到的全是人工林，到处郁郁葱葱，云雾缭绕。

岁月给人们留下的痕迹是刻在脸上的，皱纹记录着人们所经历的风风雨雨，而林木的年龄是印记在年轮上的，从年轮的多少可知树木年龄的大小。当下，阿里山茂密森林中仅存有几棵红桧树，其中有一棵高 45 米，胸围12.3米，有 2300 多年树龄的老红桧树，人们称它是阿里山的“香林神木”。千百年来，它一路走来，见证了阿里山的风风雨雨，向游客讲述着它的过去与现在。

红桧树有着顽强的生命力。在阿里山有一处被称为“三代木”的自然景观，在一棵古老的红桧树上又生长出两棵红桧树，三世同堂，犹如祖孙三代共享大家庭的温暖。“三代木”是一个自然景观，第一代的老红桧树生长了 1500 年，遇上了一次大的自然灾害，躯干横倒在地，但生命并没有停止。经过了 250 年之后长出第二代树苗，并且茁壮生长。又过了 300 年，第二代逐渐根老壳空，再度萌发的新苗被称为第三代，现又长了一丈多高，枝繁叶茂，盘根错节。可能再过若干年，在第三代的枝干上还会生长出新的红桧树，这样下去子子孙孙无穷尽也，留给我们子孙后代的将是更加壮丽的景色。

阿里山的景色美如画。我们在茂密的森林中穿行，置身于清溪碧水间，漫游在这人间仙境，尽情地享受着大自然的美。透过一层层轻纱般的薄雾，我陶醉在无尽的遐想之中。

2014 年 5 月 29 日

海风吹拂西子湾

——祖国宝岛台湾行之七

我们到达高雄已是下午 5 点多钟，据说夕照西子湾是高雄的一大胜景。可惜，阴雨伴随我们走了一路，海风也一时无力吹散天上乌云，我们无法看到太阳公公洒在人间的万丈霞光。尽管如此，西子湾仍不失其景色的美丽。

高雄是台湾最大的港口，隔海相望就是厦门港了，距厦门仅有 102 海里，真可谓一步之遥。西子湾很大，位于高雄市的西部，与海港浑然一体，长长的防波堤是它的重要标志。下了汽车，我们漫步在海滨广场，这里是西子湾的中心区，凡是游客绝对都要来这里赏海景，吹海风，沐浴大自然的灵气。我们沿着长长的海堤，吹拂着习习海风，边走边听西子湾的故事。

西子湾有一座十八公庙，这是康熙二十三年（1684）当地居民为大陆 18 位渔民修建的一所祠堂。那一年，大陆一艘渔船漂泊到西子湾遇险沉没，18 位渔民凭着他们的水性和毅力，顽强地战胜了风浪踏上了海岸。没有了渔船，一时不可能再回到大陆，只好在西子湾垦荒耕种，安顿下来有了生计。他们和当地住户和睦相处，你来我往亲如一家，很快融入了这个群体，过上了安稳日子。谁知好景不长，大陆来的 18 位渔民硬是被凤山县衙官判为叛民惨遭杀害，他们作为冤假错案的牺牲品暴尸荒野。西子湾的人都知道这18位渔民心地善良、乐善好施，不是什么叛民，冒着风险将他们收尸入殓，安葬在西子湾的山麓，还修建了一所祠堂以示纪念。常常有后人进祠堂供奉求得平安，留下了许多美好的传说，这18位渔民被封为“十八王公”。300多年来十八公庙香火不断，1982年迁址重建，1984年9月16日竣工。新建的十八公庙巍峨挺拔，气势磅礴，每天都接待络绎不绝的八方游客。

“打狗英国领事馆”也是西子湾的一个景点。刚一听到“打狗英国领事馆”这个名字特别纳闷，仔细追问才知道“打狗”一词和狗一点关系都没有，至于“打狗”一词的来历，是当地方言的演化。高雄属于早开发的地区，它与台南、台北、嘉义等地一样历史悠久，高雄是因盛产竹子而得名。而原住民发音“竹子”接近“打狗”，只要说到“高雄”乍一听就成了“打狗”，久而久之“高雄英国领事馆”就成了“打狗英国领事馆”，现在“打狗英国领事馆”也堂而皇之地登上了高雄旅游胜地的宝座，凡来之，必去之。

“打狗英国领事馆”建在西子湾的鼓山坡，是清朝时期外国人在台湾建造的第一座领事馆。

1857年，英国驻厦门翻译官斯文豪首次访问台湾，发现有不少世界珍稀动植物，那个时候他已经意识到台湾的重要价值，台湾是个宝岛。1860年英法联军进逼北京，吓坏了清朝统治者，咸丰皇帝带着后妃、皇子及一批王公大臣仓皇逃往承德行宫，北京陷入了极端混乱之中。京城守军屈膝求和，不敢抵抗，英法联军不费吹灰之力进了北京城。清政府在英法武力威胁和沙俄诱逼下签订了丧权辱国的《北京条约》，其中，清政府同意开放高雄、安平、淡水、鸡笼四个港口，英国率先在台湾设立领事馆，斯文豪被任命为副领事。1865年英商天利洋行在台湾建造的首栋洋楼竣工，1867年被英国政府租用设立“打狗英国领事馆”，斯文豪升职为首任领事。

“打狗英国领事馆”的建筑是西方巴洛克风格与中国传统建筑艺术的成功结合。巴洛克原意是“畸形的珍珠”，运用到建筑学中也是一种创新。巴洛克建筑风格起源于17世纪的意大利。这种建筑风格摒弃了僵化的古典形式，追求自由奔放的格调，将原本罗马人文主义的文艺复兴建筑风格添加新的华丽、夸张的雕刻艺术，给人以耳目一新的感觉，一度在欧洲广泛流行。“打狗英国领事馆”采用的红砖外观、竹节落水管都是清朝末年的建筑特色；其独特的花栏、石雕和圆拱别具一格；半圆拱外墙整体效果极好，转角处拱大柱小双柱并立，既坚固又美观；拱门式的廊道与橘红色瓦片地板，把中西方建筑艺术巧妙地融为一体……展室里保存了大量的文物、历史资料，还有形象逼真的蜡像，再现了当年领事馆工作的场景，其中有一组蜡像给我留下了很深的印象。

蜡像表现的场景是一个留有胡子、戴着金丝眼镜的西方医生正在给一个衣着普通的市民查看眼睛，前面还有一群布衣百姓像是等待看病，或是观看西方医术的究竟。旁边桌子上放着大小不一、颜色各异的玻璃瓶，里面装有不同的药水或其他东西，托盘里有镊子、剪刀之类的医疗器械，人物造型栩栩如生，再现了当年情景。我不知道西医何时传入中国，但有一点可以肯定，在那个年代民众有病大多是找中医求治，领事馆把西医带入中国还是一件新鲜事，自然引起众人极大兴趣。中医也好，西医也罢，都是人类对物质世界的一种探索，各有各的优势与特点，在医治病患中可根据不同疾病及其发病原因有选择地进行医治，充分发挥各自的优势，有效地消除病痛。二者也可结合起来，既针对治病原因迅速缓解病痛，又能针对发病条件达到改善机体环境防止复发的作用。实践证明，中西医优势互补是医治病痛的有效方法。

“打狗英国领事馆”经历了近150年的风雨洗礼，如今还保存完好地矗立在西子湾的山水间。我登上鼓山站在“打狗英国领事馆”眺望远方，心旷神怡。阵阵海风扑面而来，翠绿的青山、湛蓝的海水、银色的沙滩、巨大的海轮，可谓美不胜收，心里乐滋滋的。

2014年6月1日

逛夜市

——祖国宝岛台湾行之八

我们到达高雄后有一项特殊的安排——逛夜市。当时，我还纳闷这夜市有什么可逛的，熙熙攘攘的，没有多大兴趣。不过这夜市是台湾很有名气的六合夜市，有 60 多年的历史，并非我想象中的乱糟糟的，很值得一逛。

六合夜市位于高雄的六合二路，原本是大港埔空地的小吃摊，就是我们所说的地摊或是大排档。追溯其历史，可以从 20 世纪 40 年代末说起。高雄位于台湾的西南部，台湾海峡的南口，一派热带风光，常年无冬天，是一座美丽的海港城市。20 世纪 40 年代末，历史为高雄带来了新的发展机遇，夜晚的喧嚣声打破了往日的沉静，在大港埔一片空地上有人摆出了小吃摊，供人们闲暇之余消遣，初试牛刀真是不错。生意人有一种灵性，善于发现商机，一传十，十传百，小吃摊越聚越多，吃客自然也是越来越多，很快成了气候，到了 1950 年这里的夜市逐渐规模化，而且大有继续扩大的趋势，最后发展成今天闻名于世的六合夜市。现在的六合夜市只占六合二路 380 米长的路段，大小摊位却有 100 多家，小吃摊是六合夜市的主力军。

六合夜市位于步行街，我们的车只能停靠在离它不远的地方，下了车我们走了几步便融入了茫茫人海中。大陆许多地方都有夜市，郑州、开封的夜市还很红火。我有一个早睡的习惯，很少逛夜市，这次到六合夜市还真有些新鲜感。我和伙伴们顺着步行街边看边走，这是在做市场调查，看看各家的经营品种及卫生条件。吃什么倒不重要，我们最担心的就是卫生状况，怕把肚子吃出毛病来。总的来说六合夜市的管理算是好的，环境、食品卫生都能说得过去，这也是它能发展到今天的主要原因。据说，当初脏乱是夜市的一大特点，市场管理部门下了很大功夫，年年检查、评比、整顿，建立了夜市摊位标准，不达标者被淘汰出局，积极整改到位者发证允许营业。夜市管理常态化、制度化，步入了规范管理的轨道。夜市小摊位经营商品各有侧重：有专门经营饮料的，鲜榨果汁、各种奶茶，还有绿豆汤、薏仁汤，品种繁多，应有尽有；有专做豆花经营的，花生豆花、绿豆花、芋泥豆花等，据说这家豆花店已有66年的历史。豆花就是我们北方的豆腐脑，只不过地域不同，叫法各异，我知道在四川豆花很普遍，能派生出很多风味小吃，尤其在成都。我猜想这家以经营豆花为主的小摊位说不定其摊主就是来自四川，把家乡的小吃带到了台湾。他经营有方，品种多、价格合理，顾客选择余地大，自然生意就好做。

夜市有个名为“大漠夜栈”的摊位，一番门庭若市的景象吸引了我。摊前人来人往，玻璃橱窗上的“新疆野烤，大漠风味”格外醒目，经营品种全是烧烤，有烤牛肉串、羊肉串、鸵鸟肉串、鸡心串、鸡肉串、鱼肉串……凡是能吃的都拿来烤制。我知道，烧烤在郑州深受食客的青睐，每当夜幕降临，大小烧烤出摊招揽生意，一些饭店门口总有烧烤食品，也算是饭店经营的一个补充吧。

木瓜牛奶是众人喜爱的一道名吃。现在人们生活水平提高了，提倡穿衣讲漂亮，饮食讲营养，讲究膳食合理搭配，注重科学烹饪。木瓜富含17种以上氨基酸及钙、铁元素，进入人体可将脂肪分解为脂肪酸，有助消化，促进人体新陈代谢，具有抗病强体之功能。众所周知，牛奶含有大量的微量元素，常饮牛奶能促进人体的生长与发育。木瓜与牛奶融为一体，是当下一种时尚。六合夜市多有专售木瓜牛奶的摊位，其做法却不尽相同，大体有四种让人眼馋。一是选用3两左右木瓜削皮切成块，放入果汁机，再加入牛奶半斤、冰淇淋1杯和适量白糖搅拌几分钟，倒入容器内，味道好极了；二是木瓜半个削皮切块，牛奶半斤，加入蜂蜜、柠檬打汁饮用；三是木瓜半斤，牛奶2斤，加入碎冰块和适量白糖，打汁饮用，凉甜爽口；四是根据口味将适量木瓜、龙眼干和红枣倒入锅中，加水文火慢煮成糊状，再加适量纯牛奶，可以放凉常温饮用，也可加入碎冰块冷饮。由此可见，木瓜牛奶还能派生出其他若干种做法，满足不同人群的口味，让人们享受美食的快乐。

我们几乎巡视了一遍，在一家烤海鲜的摊位坐了下来，看来看去要了3串烤大虾，外加几杯饮料、水果，慢慢品尝其中的味道。我没有吃出烤大虾的味道有什么可赞美的，只不过与我以往吃虾的做法不同。我是很少吃烧烤的，多是水煮虾，味道相差无几。台湾的水果吃起来却是大有不同。早就听说台湾盛产水果，其品质、味道可称上乘，在大陆市场上台湾产水果价格太贵，很多人都不敢问津。到了夜市我们特意点了几种有特色的水果品尝，有莲雾，有凤梨，有杨桃，还有一些叫不上名字的，这次水果吃得还真让我长了些学问。

凤梨在台湾负有盛名，在南投我们吃过，我还以为是菠萝，不管怎么看和菠萝都没有两样，它们是因地域不同而叫法不同。唯一的区别是削了皮不用在淡盐水里泡就能食用，含糖量高，甜度大，香甜香甜的，很好吃。在六合夜市我才知道，凤梨与菠萝本不是一家，它们的叶子不一样，花也不一样。凤梨是因叶子像凤尾而得名，果实汁液丰富，芳香可口，饭后食用帮助消化。它还有利尿、消暑、解酒、降血压的功能，常食凤梨大有益处。我还有一个大的收获，知道了凤梨不是长在树上，而是多年生草本植物的果实，花期长，颜色鲜艳，有观赏价值。早在17世纪，欧洲有的富贵人家就在室内种植凤梨，培育开花，令人赏心悦目。

品尝了台湾水果的滋味，我们又到了一家专做鳝鱼面的摊位，每人来上一碗鳝鱼面，真爽。

2014年6月2日

大海的诱惑

——祖国宝岛台湾行之九

根据行程安排，我们这一天到台湾南部的垦丁，领略那里的自然风光。

这次去台湾，从季节上来说还不适合下海游泳，心里也没想过这事。可是到了垦丁，映入眼帘的银色的沙滩、蔚蓝的海水和晶莹的浪花充满了诱惑。我没有多想，毫不犹豫地投入了大海的怀抱。好舒心啊！真让我过了一把瘾。

垦丁现已被开发为一座风光秀丽的地质公园，占地面积30多平方公里。早在清朝年间这里还荒无人烟，杂草丛生，连个地名都没有。光绪三年（1877）朝廷招抚局从广东潮州一带招收一大批壮丁（民工）渡海来这里垦荒，种植谷物，休养生息，逐渐有了人气，得名为“垦丁”。现在的垦丁可谓今非昔比，秀美的山水不仅引来大批游客，还是当今影视拍摄的极好外景地。2008年由魏德圣编剧并由其导演的跨国爱情故事片《海角七号》在台湾上映一炮打响，投资4500万元（新台币），票房收入突破4亿元（新台币），还获得了2008年第28届夏威夷影展最佳影片奖，影片外景就是在这里拍摄的。当然，这部影片的成功之处还是它的故事情节曲折感人，不过也不能排除外景选得好，增添了影片的感染力。正是《海角七号》在屏幕频频出现，近些年垦丁掀起了一股旅游热潮，无形的广告效应很快把这片曾经无人问津的沙滩荒地变成了深受众人喜爱的游览胜地。

偌大的垦丁有许多景点让游客流连忘返，有猫鼻头、龙銮潭，还有“最南点”，都给我们留下了难忘的印象。最南点是台湾岛的最南端，树有一座海螺状的意象标志，“最南点”三个大字镶嵌其中，凡是来这里的人都要以它为背景照张相，显示曾经到过这个地方。我也不例外，站在这个标志物旁拍照留念。登上观景台，一望无际，三面都是蓝色海洋，细看简介方知这里原来是台湾巡防署的一个军事据点，用于查缉非法走私、偷渡等不法海上行为，属于军事禁区。2012 年解禁改为民用对外开放，成为最南点的观海平台，是台湾唯一可登高瞭望三面海域的观海平台。正前方是巴士海峡，左侧是太平洋，右侧是与大陆福建省一海之隔的台湾海峡。站在这里可以看到因天气变化时而风平浪静，时而波涛汹涌的海上景观。

距最南点不远处是一片银色的沙滩，不少游客光脚在此嬉闹。有两个年轻人泡在海里，一会儿被海浪托起，一会儿又顺势落入水中，忽高忽低，好不惬意。体育运动我有三大爱好：打球、爬山和游泳，从小就有戏水的兴趣，回想起儿时和小伙伴们偷偷下河游泳，快乐极了。那一年我在铁路小学读书，放暑假时我们几个年龄大小不一的伙伴，背着家人悄悄来到河边学游泳。我学着别人的样子两手五指并拢，像青蛙一样两臂用力划水，两腿同时又伸又缩。起初掌握不好，动作不协调身体总是下沉，弄不好还会呛上几口水。好在水浅，呛了水赶快站起来，大家伙儿都是这样，玩得高高兴兴的。慢慢地掌握了技巧，我们都学会了游泳，累的时候也知道踩水，借以恢复体力。我这个人对水特别感兴趣，每年暑假最快乐的事就是下河游泳。记得走进初中的第一年夏天，郑州铁路局游泳池建成开放，我和同桌刘冰小学都在一个班，也都有游泳的爱好，是一对亲密的小伙伴。有一天下午最后一节课下课，我们俩跑步到铁路游泳池，花一毛钱买了两张票，一直游到快上晚自习才跑回学校，把两条湿漉漉的游泳裤晾晒在讲台旁边，心想老师不会来查晚自习。谁知道晚自习快下课的时候，我们的班主任桂老师来了，一眼就发现了游泳裤，很生气地问道：“这是谁的？”我俩赶快乖乖站起来承认错误。桂老师看我们态度挺诚恳，严厉地说：“以后不准你们去游泳，如果再去叫你们家长来！”这事无论如何不敢让家人知道，吓得我们再也不敢去了，只有到了星期天，我们不舍得花钱就结伴到河里或水库玩水。长大参加工作我在武汉江岸机务段，住在长江边，夏天傍晚我多半是在长江游泳，那些日子真过瘾。现在，我喜欢游泳，而且特别喜欢在江河湖海里游泳，大连、青岛、日照、连云港的海滨浴场我都光顾过，在青岛海滨游泳还有被海蜇亲吻的经历。30 年前我在锦州学习，两年的时间里可没少下海游泳，连兴城、葫芦岛都是我们星期天常去的地方。

这次来台湾，考虑到季节不适本来没有下海游泳的打算，没想到垦丁沙滩这么招惹人。我把裤腿挽得高高的，光脚踏入水中，海水是温的，没有一点凉意，我便毫不犹豫上岸脱下衣裤跳入海中。

好长时间没在海里游泳了，洁净的海水没有一点儿污染，真美。我连头都没回直接向大海深处游去，一道道波浪迎面而来，我也随着波浪在水面上起伏，如同一叶扁舟在大海中漂荡。同行的伙伴们站在岸边不时地向我招手，示意不要到太远的地方去，我知道这是对我的一种关心，生怕发生意外。这一点我是十分清楚的，尤其初来这里不知道周边环境，不敢大意贸然行事，要时时小心谨慎。再往前游似乎风浪大了一些，波浪一个接着一个，我意识到该往回返了。恰在这时一个海浪打了过来，我全身急剧下沉，左脚碰上礁石，顿时一阵疼痛身体失去平衡，想脚踩礁石缓口气。谁知道这巨大的礁石竟如刀山，上面的附着物好比利刺一般，没有我的立足之地，只好作罢，稍一稳定我便调头向回游。一回头看见我们同行的郭保林也在水里，他也挡不住大海的诱惑，在这里亲身感受台湾海峡的风浪。保林比我小一岁，原在省司法厅工作，和我一样也已退休。他游泳比我有瘾，大冬天每天都坚持在野外游泳，20 年来坚持不懈，身体可棒了。算是遇到知己了，我们俩在水里一前一后，一会儿向这儿游，一会儿向那儿游，尽情地享受大海的拥抱。

时间不早了，岸上的同伴招呼我们去看北回归线，我们依依不舍地离开这个实在是不愿意离开的地方。我们的车沿着海岸奔跑，我眼望着无垠的海面，无尽的海浪一排排接踵而来，由远及近，不断拍击着银色的沙滩，构成一幅美丽的画面。

2014 年 6 月 5 日

坐在台湾的火车上

——祖国宝岛台湾行之十

我与铁路有着一种特殊的感情，是个地地道道的“老铁路”，到台湾肯定要尝尝坐火车的滋味。

台湾修建铁路的时间几乎与大陆同步。世界上第一条铁路诞生于英国，推动了欧洲工业革命的进程。然而，铁路在中国的命运就没有那么幸运了。大约在19世纪40年代前后，关于铁路的信息也传到了中国，清朝一些官员为之振奋，连连上书朝廷要求恩准在中国修建铁路，被称为“筑路派”。他们的奏本很快招致一些人的反对，说修铁路利小害大，百般阻挠，形成了反对派。在两派无休止的争论中，1881年不足10公里的唐（山）胥（各庄）矿山铁路几经周折建成投入使用，至此，铁路的优势才逐步被人们所认识。1897年修建平（北京）汉（口）铁路的奏折终于被朝廷批准。1876年，时任福建巡抚的丁日昌到台湾视察后上奏朝廷，强调了修筑铁路的重要性，时任直隶总督兼北洋大臣的李鸿章等也认为在台湾修筑铁路“功用最大”，“无事时运货便商，有事时调兵通信”。1885年中法战争结束，台湾首次被单独设省，首任巡抚刘铭传再次以加强防务、开展商务为由上奏朝廷请求修筑台湾铁路并获得批准。1887年3月刘铭传主持动工修建了台北至基隆的台湾第一条铁路，轨距为1067mm，被称为窄轨铁路。 现在台湾铁路总长大约4500公里，其中70%都是窄轨铁路。

1894年中日甲午战争清政府失利，1895年4月17日李鸿章代表清朝政府与日本签订了不平等的《马关条约》，中国割让台湾岛给日本。 1899年日本统治者发现阿里山的珍贵树种红桧树，决定修一条森林铁路砍伐木材运往日本。1921年长达66.6公里从嘉义到二万坪的铁路线修通使用，1924年又延伸了4.8公里升至海拔2216米的沼平，至此全长71.4公里的阿里山森林铁路全线贯通。阿里山森林铁路共穿越49座隧道，跨越77座桥梁，轨距762mm，是世界三大登山铁路之一。 二战胜利后，中国收复台湾，终止了阿里山的森林砍伐，保留了这条铁路。 现在阿里山森林铁路专供游客观光，人们乘坐火车一路攀升，可以尽情地欣赏阿里山醉人的风光。

太鲁阁是花莲县很有特色的地质公园，这几年游客猛增，2013年日均来这里旅游的人数超过了2500人，行驶在我们前后的旅游车一辆接着一辆，浩浩荡荡，很是壮观。 离开太鲁阁我们要去宜兰县的苏澳镇，这段路必须改乘火车。正合我意，如若不坐坐台湾的火车还真会留下遗憾。

花莲至苏澳是一条非常美丽的风景线，乘坐汽车沿途可饱览太平洋海景与峭壁山色。 早在清朝时期花莲至苏澳的公路就已打通，称为“临海道路”，全长118公里。 几十年来，这条公路不断改造拓宽，运营条件得到改善，游人越来越多，沿途风景秀丽，景色独特，是著名的景观公路。 2010年10月21日，台风“鲇鱼”肆虐，同时受东北季风的影响，台湾连降大雨、暴雨致使这条公路塌方，一辆游览车坠入海中，夺去了包括19名大陆游客在内的26人的鲜活生命，令人痛心疾首。 台湾现在明令规定，来往于花莲与苏澳间的游客必须改乘火车，因为人的生命安全高于一切。

火车站位于花莲县新城，1975年7月26日建成投入使用，1979年开始办理客运业务。 进入21世纪台湾的旅游业发展很快，到太鲁阁的游客逐年递增，太鲁阁的名气越来越大，有人建议把新城改名为太鲁阁，这一建议很快得到有关部门认可并于2007年得到批准，新城火车站自然变成了“太鲁阁车站”，走到新城车站就可以看到“新城（太鲁阁车）站”几个醒目的大字。 车站规模不大，正在改造扩建。 候车厅摆放着一排长条椅供旅客临时休息，乘客不多，看样子候车的都是游客。 从这里坐火车到苏澳，票价239元新台币，折合人民币50多元。 不大一会儿检票进站，乘客排队依次持票通过磁卡机验票进入车站月台，业内人士一看便会知道，铁路轨距是1067mm。站内只有两个站台，我们乘坐的列车计划停靠在第二站台，两个站台都有旅客在等车。10时15分，我们乘坐的5683次列车正点到达，我抓紧这停站的1分钟，两只眼睛不停地跟着缓行的列车，寻找悬挂在车厢上的方向牌，可惜等到车停稳也没看到，不知道这趟车的始发站与终点站究竟是哪里，我照了张相匆忙上车。

10时16分我们乘坐的列车向着苏澳新站驶去，我有心看看车厢内部的设施。车厢显然比大陆火车车厢里面的空间小多了，列车全长12节，每个车厢设有56个座位，细算载客定员应是672人。我从头走到尾，全车都是硬座车，既没有卧铺车也没有餐车，没有见到一个列车服务人员。车厢的左上角镶有“ET唐荣制造”等字样，右上角标有其他诸如空调、暖气之类的标识。“唐荣”是以台湾民营企业家唐荣命名的台湾车辆股份有限公司的简称，起家于1940年，起初只能做一些钢铁加工的粗活，慢慢发展成能生产铁路车辆和公路车辆的大企业。在车上还可以看到台湾日常的文明乘车和铁路安全宣传，每个车厢都张贴有“请支持礼貌乘车运动”和“平交道前停看听，莫为贪快把命拼”的宣传画，以此来增强乘客文明乘车和穿越铁路的安全意识。列车运行速度不高，根据我的观察约在每小时80公里。列车穿行在群山之中，一会儿钻隧道，一会儿过桥梁，中间还停靠两站，我们这次63公里的行程用了整整一个小时。

到了宜兰县的苏澳新站我第一个下车，跑步到前端想看看台湾的车站作业程序。我弄不清是终点到达还是中途换挂机车（火车头），牵引这趟车的机车正准备摘钩，我与司机说了句：“我们都是同行。”司机招手一笑，驾驶机车缓缓驶向远方。

台湾铁路已有100多年历史，1998年动工修建台北至高雄的高速铁路，使用的是1435mm标准轨距，全程345公里，2007年3月2日通车，时速300公里，列车运行大约1个半小时。现在台湾铁路有1067mm、762mm和1435mm三种轨距，这些数字记录了台湾铁路发展的昨天和今天。

2014年6月18日

台湾的红珊瑚

——祖国宝岛台湾行之十一

珊瑚是我很早就知道的一种海产品，形状如同树枝，原以为是生长在大海里的植物。 后来，有人说它不是植物而是动物，我挺纳闷，动物怎么能长成这样，无头无尾四肢不分？ 既然人家说它是动物那就是动物吧，我也跟着说珊瑚是一种动物。 凡是这种事，我是从来不动脑筋的，人云亦云，怎么说都行。 它是植物也好是动物也罢，都与我无关。

这次我们到台湾又有人提出珊瑚是植物还是动物，我像小学生一样抢答说：“动物。”随即听到：“错！”我懵了，难道它是植物不成？ 这时朋友揭秘：“珊瑚既不是植物也不是动物，它是动物的一种分泌物。”在东海珊瑚博物馆我很认真地看了关于珊瑚的介绍，其中大有学问。

我们到达台东第二天上午的安排是参观东海珊瑚博物馆。 进了博物馆，工作人员十分热情，先是把珊瑚的生成讲述一遍，然后引领我们欣赏琳琅满目的红珊瑚制品。 珊瑚品种繁多，唯独红珊瑚质地优良，最为珍贵。 我无心细看红珊瑚的各种制品，倒是对它的生长过程有浓厚的兴趣。

珊瑚是人类很早发现的海中物种，因它的形状像树枝而把它误认为是一种植物。 到了 20 世纪 20 年代，有人发现珊瑚不是植物，而是海生珊瑚虫这种腔肠动物的杰作。

在物质世界里，凡属动物都有新陈代谢的功能，只不过是形式不同罢了。腔肠动物珊瑚虫以海洋里细小的浮游生物为食，在生长过程中能吸收海水中的钙和二氧化碳，分泌出石灰石变为自己生存的外壳，被科学家确定为碳酸钙骨骼。珊瑚的骨骼犹如树枝，每个分枝中心都有一根角质的骨骼中轴，软体包围在骨骼外面，无数的珊瑚虫则围绕着这根轴生长，时间越长这棵珊瑚树越大。

大海里的珊瑚很多，红珊瑚却很少，因为红珊瑚的生长条件要求是很苛刻的。红珊瑚适合在20℃左右温度的海水中生长，水温在23℃至25℃时红珊瑚生长旺盛，水温低于18℃则不利于红珊瑚的生长。台湾海峡是最适合红珊瑚生长的海域，据说世界上80%的红珊瑚都产于台湾，在台北“101”大楼我见到了至今采摘到的最大的红珊瑚树，是世界之宝。台东红珊瑚博物馆也珍藏了不少珍贵的红珊瑚树及其制品，标价不菲，令人咋舌。

红珊瑚树的标价已经让人望而止步了，红珊瑚的工艺制品更是昂贵。红珊瑚文化在人类传统文化中历史悠久，尤其印第安土著民族和一些国家的游牧民族对红珊瑚更是喜爱有加，甚至把它作为护身和祈祷上帝保佑的寄托物。我国自古以来就把红珊瑚看作吉祥富有的象征，把它与琥珀、珍珠并列为宝，甚至代表高贵权势。清朝官吏的顶戴花翎是根据其官位的高低赏赐的，其中由红珊瑚和满红鸡血石制作的红顶是最高官位和品级的代表。清代皇帝在行朝日礼仪中，经常戴由红珊瑚制成的朝珠。西藏喇嘛高僧多持红珊瑚制成的念珠，日本天皇视红珊瑚为其国粹，东方佛典《金刚经》把红珊瑚列为七宝之一，还有人说它是红色黄金，是宝石中唯一有生命的千年灵物。古罗马也把红珊瑚奉为神灵，称其具有防止灾祸、给人智慧和止血、驱热的功能，可见红珊瑚在人们心目中是多么宝贵。

我国大陆海域广阔，生长的珊瑚种类也很多，无论在黄海还是渤海我从未见到过红珊瑚。近30年来，我多次到东南沿海地区，市场上珊瑚工艺制品琳琅满目，令人眼花缭乱，在我的印象中全是白珊瑚，没有见到过其他颜色的珊瑚和珊瑚制品。坦率地讲我根本不懂珊瑚，更不知世界上还有红珊瑚。我本以为珊瑚都是白色的，且越是洁白越是珍贵。这次到台湾走进珊瑚博物馆，我才对珊瑚略知一二。珊瑚虫是寄生在珊瑚礁石上的一种海洋性动物，也就是说珊瑚礁石是它生存最基本的条件，没有珊瑚礁，珊瑚虫便没有栖息的地方。我国大陆海岸线长，海域辽阔，有许多是沙底，是很好的天然浴场，恰恰这样的海洋条件不适合珊瑚虫的生存，尤其红珊瑚更是娇贵，其他珊瑚能生存的海域它也不会轻易落户。三亚、厦门、日照、青岛、大连、锦州等这些海滨城市都有质地良好的沙滩浴场，是游泳爱好者的天然乐园，我想这就是我在大陆见不到红珊瑚的缘故。

我国大陆十分重视珊瑚的保护，根据自然条件于1997年8月25日批准设立了福建东山珊瑚自然保护区，把东山县管辖的岛屿划分为核心区、缓冲区和科学试验区，面积达70多平方公里。十几年来珊瑚保护区成效显著，因其受多种暖流的影响，海洋生物资源十分丰富，现已查明有1242种海洋生物在这里繁衍生息，其中珊瑚种类有18种。我在一份资料中找了很长时间，这18种珊瑚中没有红珊瑚，不能不说是一种遗憾。

红珊瑚是海洋低等无脊椎动物，生长慢，寿命长，幼虫附着后10余年才能成熟，无性生殖，每年夏季产卵，喜在有硬地、水清、低光照、无沉淀物的海水中生活。红珊瑚生长周期很长，20年才能长一寸，300年增加1公斤。它那缓慢的生长速度远远跟不上人们需求量的增长，既不能养殖又不可再生，每年红珊瑚的采获量锐减，红珊瑚虫享受重点保护的待遇，导致红珊瑚工艺制品价格一路攀升。台东红珊瑚博物馆有藏品也有商品，来自各地的一些游客纷纷解囊购买各种红珊瑚工艺珍品，丰富生活，增添乐趣。

物以稀为贵，红珊瑚正因为它的稀少、罕见而显得格外珍贵。

2014年6月20日

打球享受快乐

——祖国宝岛台湾行之十二

这些年我打乒乓球上瘾，三天不打球浑身发痒。这次到台湾我知道没有条件打球，连球拍都没带，没想到在台东真打了一场球。这是一场不同寻常的比赛，又让我结识了一个新球友。

这次陪同我们台湾之行的导游是性格活泼开朗的黄忠华，他比我小7岁，自然是老弟了。我们到达桃园机场的那天晚上，我们与黄忠华第一次见面。出机场上汽车他先来了个自我介绍："我叫黄忠华，不是'三陪'而是全陪，这几天大家在台湾的活动全由我来陪同……"几句幽默的开场白一下子拉近了我们之间的距离，我们都称他"黄导"。

黄导的祖籍在江西，20世纪50年代初他的父亲从香港辗转来到台湾，他是1957年出生在台湾的第二代了。军校毕业在部队干了23年，离开部队在台湾亚洲大学教了几年书，又干起了导游这一行。毕竟曾是大学老师，知识面宽，说话风趣，很快我们就熟识起来。几天过去了，我们越处越熟，彼此也聊些各自的家庭生活和兴趣爱好。巧了，我和黄导都喜欢打乒乓球，况且他从小就有这个爱好，在部队经常打，还是赛场上的高手呢。离开部队他也没有丢下，常出现在赛场上。说到我们俩的爱好还有个小插曲。那天我们聊起日常生活，他问我平日里喜欢什么活动，我回答说最喜欢打乒乓球，要在郑州我是每天都打，这是我生活中很重要的组成部分。我说：“你呢？”他回答说：“喜欢打桌球。”我满以为是斯诺克呢，可能是日常用语习惯，他也没有理解我所说的乒乓球与他的桌球是一回事，直到有一天在高雄我穿了一件蝴蝶牌的运动衫，才弄明白我们俩有共同的爱好。当时甭提我心里有多高兴，就在那天我俩敲定安排时间打一场球，好好过把瘾。

爱上乒乓球是我刚上中学的事。那一年我国运动健儿容国团在世界乒乓球锦标赛上第一次荣获冠军，人心振奋，尤其我们这些血气方刚的小青年很受鼓舞，很快掀起了一场乒乓球热。半个多世纪过去了，至今我还记得当年的情景。1962年我考入郑州铁中，全国的乒乓球热正处于高潮，学校的西围墙内侧用砖砌了十几个水泥台，成了我们大家练习的地方。每天下午自由活动时间，同学们争先恐后占台子，21分为一局，打输就换别人上，这样轮换着打。有时为了争得1分，弄得脸红脖子粗，挺伤感情的。我们这些个子矮小的同学，经常被高年级的学生吓唬得不敢吭声，赢了球也得下去换别人打。后来我们几个要好的同学约好，中午在家吃完饭赶紧到学校打球。那个时代，同学中家境困难的较多，都想方设法给家人要点钱攒起来，凑够数到体育商店买个球拍，爱惜得不得了。我用的那个球拍记不清攒了多长时间，好不容易攒够一块六毛钱，买了一个最便宜的底板，又过了一段时间攒够了一块钱，又买了一张带颗粒的胶皮粘贴上，就是这个球拍一直陪伴我到司机学校毕业参加工作。那个时候既没有老师教，也没有专业培训班，全靠悟性，动作都很不规范。当时看不出来，现在看起来经过专业训练的就是不一样。

我喜爱打乒乓球，参加工作后却只能作为一种回忆，再也没有打球的条件了。1990年我出任郑州机务段段长，机务段有3000多名职工，乒乓球爱好者也很多，时不时地我也抽时间和他们同乐。段工会工作很活跃，副主席杨乃森熟人多热心肠，每年都要组织乒乓球赛，有时我也参加，不求输赢，只求快乐。1992年乒坛名将邓亚萍从巴塞罗那奥运会载誉归来，老杨联系请到邓亚萍到郑州机务段做了一场精彩的“奋力拼搏，为国争光”的报告会。会后我和邓亚萍还打了一场乒乓球，被大家传为佳话，至今记忆犹新。

能坚持打球是我从工作岗位上退休之后。朋友圈子里都知道我有乒乓爱好，聚在一起就是打球，很快又形成了一个“快乐乒乓”的平台，只要我在郑州天天都打上两个小时，健身强体，快乐生活。现在打球成了我生活的必需，连续几天不打球身上不舒服。到台湾几天打不成球我有点“饥饿感”，黄忠华的出现似乎可以让我“饱餐”一顿，我不断问他何时能安排痛痛快快玩一把。看来，黄导心里有数，回答我到台东肯定能让我打成球。他家就在台东，这里有他的生活圈子，球友也不少。

到达台东夜幕降临，黄导把我们的住房一一安排好，赶紧坐出租车回家带上行头，又开着他的私家车回到宾馆。知道我没带球拍，他拿了两个球拍让我先挑，看我哪个使用顺手。经常打球的人都知道，球拍就像战场上战士手中的枪，能否打好仗武器起了决定性的作用。台湾乒乓球手使用的球拍与我们的球拍不一样，方形底板，单面反胶，球板把有棱有角，握到手里十分别扭。我倒不在乎顺手不顺手，只要能打出出汗就行了，不求输赢，图个快乐，赢也高兴，输也高兴。我拿着一个很旧的球拍，黄导开车我坐旁边，边走边握住手里的球拍想尽快适应，否则手上会磨出泡来。汽车跑了十来分钟，我们到了台东县体育中心，乒乓球馆鏖战正酣，黄导不住地与场上来人打招呼，他们都是这里的常客了。还好，还有一张球台空闲，可能是黄导事先电话预约专门为我们留了一张。我张口就说打 30 局，大约需要两个小时的时间，黄导默许，赶紧换上运动装，一身短打。我是上衣运动服，下身穿长裤，脚蹬黑皮鞋，各自准备好，一张球台我们站两头。就这样，我们开打了。

黄导动作娴熟，攻守自如，不愧是乒坛老将。我也不示弱，紧紧咬住比分，第一个 10 局我们 5∶5战平，我是大汗淋漓，黄导也是直冒汗。稍作休息喝了几口水，我们又开战了。这个时候我手里的球拍感觉不是那么别扭了，打得也比较主动，打了 5 局我略占上风，看样子黄导真累了，攻球明显力度不够，不想再打下去了。我毫无退却之意，心想好不容易逮住这次机会，怎么着也要打上 20 局过把瘾。平时打 20 局是我的底线，打 30 局是常事，有时甚至打更长时间。黄导看我态度坚决，一下子来劲了，连连得手，20 局下来我负于黄导，黄导有很多技巧值得我学习。应该特别感谢的是他给我创造了这次锻炼的机会，到我这个年龄锻炼身体比什么都重要。

对于体育竞技比赛项目来说，双方技艺越接近越有趣，我们享受的是过程，我和黄导打球真是一种快乐。

2014 年 6 月 27 日

漫步深圳湾

这次到深圳，晚餐过后，朋友李付宁建议我们到海边走走，我当然同意了。我尽管不是在海边长大，可对大海一往情深，每次与大海亲密接触都会留下一段难忘的记忆。

坐上汽车，李付宁和他的伙伴王振勇就给我讲起深圳这几年的变化。一幢幢高楼大厦拔地而起，一条条宽广的大道在不断延伸，长达5公里多的深圳湾大桥连接大陆与香港，极大地方便了两地交往，他们要带我去的地方就是深圳湾。

深圳的夜晚是美丽的。下了汽车，付宁让司机把车开到前面等着，这段路我们要步行走过，慢慢品味这座年轻的城市。今日的深圳早已看不到当年小渔村的踪迹，香港近在咫尺，隔海相望，两岸灯火通明，相互辉映，浑然一体。傍晚的深圳湾人来人往，有一身短衣短裤跑步锻炼的，有三五成群脚踏单车强身健体的，有一家三口散步休闲的，还有年轻恋人偎依在一起憧憬未来的……我们沐浴着轻柔的海风，漫步在深圳湾的沿海大道上。付宁手指远方对我说，那就是通往香港的深圳湾大桥，每天数以万计的汽车从这里通过。我早就知道深圳湾大桥，只不过还没有走过这架桥。大桥是2003年8月动工修建的，2007年7月1日建成通车，这一天恰逢香港回归祖国10周年纪念日。桥面宽近40

米，设计为双向 6 车道，两侧还各设一条应急车道，车辆行驶时速可达 100 公里，极大地方便了深圳与香港的交往，15 分钟左右两地车辆可以到达对岸。现在广东沿江高速公路已开通，广州到香港的距离只有 100 多公里，车辆运行时间大大压缩。大桥采用了隔音降噪、减震吸尘等新技术，在我国建桥史上留下了浓重的一笔。

夜幕下的深圳湾大桥显得更为壮观，如一串明珠把深圳与香港连接起来，两座高高耸立的桥塔灯光闪烁，源源不断的过往车辆犹如空中银河缓缓流淌。我知道，这是我国桥梁建设者的又一杰作。半个世纪之前，我们在江河上架桥就是一件很难的事，在海上架桥更是连想都不敢想。新中国成立不久，为连接被长江阻隔半个世纪的京广铁路大动脉，我国于 1953 年成立了中国铁路大桥局，在苏联专家的帮助下建成了武汉公路、铁路两用大桥，结束了武汉长江两岸火车、汽车坐轮渡的历史。毛泽东同志欣然命笔，留下了“一桥飞架南北，天堑变通途”的光辉诗篇。60 年来，我国的桥梁建设者以开拓进取的精神，创造了一个又一个辉煌。他们冲出亚洲走向世界，在越南、缅甸、印度、南非、澳大利亚等国家和地区，用中华儿女的智慧和汗水努力打造中国品牌，享誉国际市场。毋庸置疑，中铁大桥局在深圳湾大桥建设中充分发挥了主力军作用，他们的名字将镌刻在历史的丰碑上。站在深圳湾我眼望着这一串璀璨的夜明珠，唤起我心中无尽的遐思。

红树林是深圳湾的一大特色。我们沿着海滨大道边走边聊，付宁手指一片树林说：“那是红树林自然保护区，其他植物怕水，唯独红树林里的物种耐盐水，在海边越长越旺。”顺着他的手指方向我看清楚了，它们的树干都呈淡红色。

红树林是以红树科植物组成的海洋木本植物群落，因树干是淡红色而得名。红树林群落约有 50 多种木本植物，深圳湾红树林自然生长的有海漆、木榄、秋茄等，是极为珍贵的海岸物种。红树林具有调节海洋气候和保护海洋生态环境的作用，是多种候鸟的栖息地。据统计，每年有近 200 种、10 余万只禽鸟来这里歇脚或过冬，我们亲眼看到树上还有不少白鹭在静卧休息。有资料介绍，我国白鹭有 20 多种，它们习性温和，生性胆小，见人走近即飞，是国家二级保护动物。白鹭是卵生鸟类，多以林中树杈为家，每年 5 月至 7 月繁殖，孵化期为 24 天至 26 天，我们看到栖息在红树林的众多白鹭中，肯定有正在孵卵的母白鹭。可以想象到，大热天里一只白鹭静卧在树杈上20多天不得动弹，不辞辛苦，任劳任怨，为了后代的延续与成长付出辛劳，忍受痛苦的煎熬，在它们身上同样也体现出母爱的伟大。

1984年国家确立深圳湾天然红树林为自然保护区，招来国内外专家学者研究探索其发展规律，使其展现出无穷的魅力。1986年世界野生生物基金会主席、英国女王的丈夫菲利普亲王随女王访华时，特意南下深圳登上红树林观鸟亭，饱览深圳湾湿地风光。1989年丹麦野生生物基金会主席、丹麦女王的丈夫亨里克亲王来到深圳，兴致勃勃地称红树林是“绿色明珠”。深圳湾的红树林如同一道海岸线上的绿色城墙，为这座年轻的城市增光添彩，成为标志性景观。

深圳本是一座不起眼的小渔村，水泽密布，船来船往，是个典型的南方水乡。“圳”在客家语中是沟的意思，因其有一条较深的水沟，这个小渔村便得名“深圳”。1979年3月深圳建市，1980年8月26日全国人大常委会批准在深圳设立经济特区，它像一个博大胸怀的巨人张开双臂，招贤纳士创业发展，八方人才云集深圳，为经济腾飞注入强大动力。30多年来，深圳在改革开放春风的劲吹下奇迹般地腾飞起来，2013年地区生产总值跃居城市第五位，人均突破2万美元。深圳湾的变化是深圳的一个缩影，漫步深圳湾我们可以清晰地看到深圳走过的路，这是一条成功的路，这是一条辉煌的路。

我喜欢大海，更喜欢大海一样胸怀宽广的深圳人，因为只有大胸怀才能成就大事业。

2014年7月2日

汉中石门

我曾去过汉中，这次应朋友之约又来到汉中，给我印象最深的就是石门了。

汉中位于陕西省西南部的汉江上游，北依秦岭，南屏大巴山，气候温和，土地肥沃，自古以来就是兵家必争之地。三国时期，汉中是魏蜀两国兵戎相见的主战场，蜀丞相诸葛亮在汉中屯兵 8 年之久，度过了他一生中最呕心沥血的岁月，留下了许多美谈。

说到三国我们不能不感谢《三国演义》的作者罗贯中，是他的一部杰作把三国中的小人物刻画得栩栩如生，让三国的故事家喻户晓。元末明初我国的小说创作进入了一个新的时期，罗贯中以其深厚的文学功底和非凡的观察力、想象力，创作了我国第一部流传最广、影响最深、魅力最大的古典章回体小说，为世界文学宝库增添了灿烂的光彩，被《大英百科全书》称为“第一位知名的艺术大师”。流传下来的三国故事固然很多，有虚有实，真假不一，传说中的“空城计”查无实据，很有可能就是罗贯中的虚构之作。然而，“明修栈道”确有其事，至今古栈道依旧残留在汉中石门，一直向北绵延数百里。

石门大约是战国时期为修褒斜栈道而开凿的，是世界上最早的人工凿成可以通行车辆的隧道。门洞长 13.6 米，宽 4.2 米，南口高 3.45 米，北口高 3.75 米，在当时可谓工程浩大。2000 多年前既无炸药又无挖掘机械，只得用最原始的火烧水激的办法组织施工，不知经历了多少艰难险阻，挖掘了多少年才完工，其施工难度可想而知。褒斜栈道因南口名“褒谷”（位于汉中市城北），北口名“斜谷”（在眉县），沿谷成道而得名。它是我国古代横跨秦岭，连接关中、巴蜀凿石架木而成的栈道，全长 250 公里，是兵家行军必经之路，同时又是商旅往来的要道。巴蜀的物产通过栈道运抵关中，唐时在褒斜道上建了 11 个驿站。褒斜道地处秦岭深处，在崇山峻岭之中，水流湍急，树密草深，凝结了古代劳动人民的汗水。石门的开凿成功与古栈道的修通有力地证明了中华民族的勤劳与智慧，是中华民族古代文明的又一奇迹，历史上“明修栈道，暗度陈仓”的典故就发生在这里。

这个典故出自司马迁的《史记·高祖本纪》。公元前 206 年秦朝被推翻后，项羽依仗强大的兵力，迫使先入秦都咸阳的刘邦退出，自己率兵进入，并称西楚霸王，封刘邦为汉王，让他统治偏远的汉中和巴蜀地区。刘邦自知兵力不如项羽，只得忍气吞声。张良送刘邦到褒中（今陕西褒城）。此处群山环抱，沿途都是悬崖峭壁，只有栈道凌空高架，以度行人，别无他途。张良观察地势，建议刘邦待汉军过后，全部烧毁入蜀的栈道，表示无东顾之意，以消除项羽的猜忌，同时也可防备他人的袭击。这样，就可以乘机养精蓄锐，等待时机，再展宏图了。刘邦依计而行，烧掉了沿途的栈道。张良此计，可谓用心良苦，它为刘邦的巩固发展和日后东进赢得了良机。刘邦入汉中后，励精图治，积极休整。同年 8 月，有人起兵反项，刘邦认为这是个出兵关中的好时机。大将韩信提出了“明修栈道，暗度陈仓”的计策，建议派人去修栈道以迷惑敌方，刘邦采纳了他的建议，并开始修复栈道。守卫关中的秦降将章邯讥笑刘邦不知要修到何年何月。实际上，韩信暗地里正为攻打陈仓积极地做准备。不久，韩信迅速出兵，攻下了陈仓。章邯得知后非常恐慌，但为时已晚。借道于陈仓，刘邦军队很快攻打并占领了关中，为以后建立汉朝奠定了基础。

罗贯中在《三国演义》第 117 回借用“明修栈道，暗度陈仓”的战术，设计出魏国大将邓艾灭蜀的故事。三国后期，魏国最为强大。263 年，魏国司马昭执政，他一心想灭掉蜀国，便派邓艾、诸葛绪和钟会带领十几万大军分路攻打蜀国首府成都。钟会率 10 万大军从大道进军，诸葛绪率军从另一路攻打，邓艾只带领 5000 人选定无人走过的山路，一路披荆斩棘先后攻占江油城，拿下绵竹，直逼成都。蜀国皇帝刘禅忽接战报邓艾兵临城下，措手不及只好投降，蜀国被灭掉。这时钟会和诸葛绪还远离成都，不得不佩服邓艾有勇有谋。

石门是褒斜栈道的组成部分，有心之人将隧道开通的过程以文字的形式刻于山崖之上，激发了过往文人和石匠题刻的情怀，在东西两壁及褒河两岸悬崖上凿有汉魏以来大量的题咏和纪事。仅石门内壁就留石刻 34 件，连同石门南北山崖和河石上的石刻总数达 104 件。石门这些石刻是珍贵的石头书，特别是汉魏石刻属国内珍稀之物。据史料记载，建安二十年(215)七月，曹操于阳平关(今勉县)打败张鲁兄弟之后，曾在汉中停留五个多月，为接风洗尘，游览了褒谷的大好风光。这一天，风和日丽，天高气爽，野花飘香。曹操带领文官武将及侍从三十多名，经花村(现河东店)沿峡谷乘舟溯河而上，直奔石门。在这里，他们尽情地观赏如锦似画的山水。上游，滔滔褒水一泻而下，巨浪如一头凶恶的雄狮，向河中阻挡它前进的巨石撞来，顿时银花四溅，气象万千。曹操完全被大自然的神奇造化所吸引，不由得心旷神怡，豪情满怀，心想，难怪当年的张良、郑子真都在这里隐居，真乃天堂也。曹操触景生情，诗兴大发，停立船头，索来文房四宝，奋笔疾书“衮雪”二字形容这气势磅礴的自然景观。

魏王题诗，文武官员争着观看，都看出“衮”字少了三点水，又都碍于面子默默无语。这时有一侍从挤到前边，不知深浅地问道：“丞相大人字写得苍劲有力，别具一格，但……”曹操明知他要说什么却欲言又止，便催促道：“说下去。”侍从接着说：“但……但是‘衮’字缺……”曹操说：“缺什么？缺三点水是不是？”曹操用手一指滚滚激流说：“这不是水吗?”在场的文官武将如梦初醒，恍然大悟，不由得哈哈大笑。有人还把这个故事编成顺口溜：“狂涛巨浪流石边，‘衮’字旁边不用点。”这“衮”字的写法从此代代相传，直至今天还有人写“衮”不加三点水。曹操的“衮雪”二字很快被雕刻在石门的岩石上，这块带有曹操手迹的岩石作为珍宝被收藏在汉中博物馆。

石门是一部博大精深的史书，记载着褒河两岸那些风起云涌、时代变迁的动人故事，传承着中华民族悠久的历史文化。

2014 年 8 月 8 日

华夏有台湾

这几年大陆到台湾观光的游客越来越多，还有不少青年朋友到台湾骑着自行车环岛游，别有一番情趣。我的学友苗建国带着夫人和儿子，一家三口花了16天的时间骑行1000多公里，领略了宝岛的民俗民风和自然风光，写下了20多万字的《行之美丽》的游记，记录了他们一路走来的真情实感。全书内容广泛，包罗万象，可谓是一部新版美丽台湾岛的百科全书。

我今年5月初到过台湾，是一次轻松愉快的旅行，看了建国的《行之美丽》才知道，他们这一趟台湾行还真费了不少周折。在现代的年轻人眼里台湾已不再神秘，中学时代的苗建国就已听惯了来自台湾的校园歌曲，那个时候他就有一个埋藏在心底的梦想，随着年龄的增长这种梦想与现实的距离愈加缩小。4年前，这个当年风华正茂的小伙子已为人父，他期盼有一天能带着家人骑行台湾，共同分享旅行的幸福。

自从有了这个想法，苗建国就想方设法去实现。对大多数人来说，台湾行还真不是一件容易的事，那个时候的我一说起去台湾都认为这只能是一种幻想。没想到我这个小学弟就是有那么一股子劲，2012年元旦刚过，他的骑行台湾计划进入倒计时，又是咨询，又是打听，几经周折，于2012年10月31日他们一家三口总算拿到了台湾出入境许可证，紧接着又办理了入台证及其他证件，确定2013年1月27日到达台北。没想到接二连三地又出了一些麻烦，令他们焦急不安。经过不懈努力他们的骑行台湾计划如愿以偿，2013年1月27日上午，他们乘坐的航班如期经香港转机在台北桃园机场着陆，开始了这次难忘的台湾环岛之旅。

自行车运动是一种很好的健身方式，大陆自发组织成立了许多骑行团队，他们中不乏与我同样年过花甲的老将，大家在闲暇之余游走在山水之间，尽情地享受骑行的快乐。我也很想加入骑行队伍，但自感年事已高下不了决心参与其中，不知骑行还有其中的奥妙。体质是一个重要方面，除此之外更专业的是骑行者的坐骑。这不是普通的自行车，“工欲善其事，必先利其器”，倘若自行车不配合岂不功亏一篑？苗建国一家是做了充分准备的，他们早已备好三辆专用的自行车，拆卸打包同机托运到台北，并事先与桃园机场附近的一家专业车店联系好，随到随装抓紧赶路。车店的老板吴国将为人热情、做事认真，连午饭都顾不上吃把三辆自行车组装妥当，又坚持开车再送他们一程到岔路口，以免走错路出现不愉快，他的热心与细心给我留下了很深的印象。

为人热情、做事认真是台湾同胞的普遍特点，我到台湾后也有同样的感受。苗建国在他的书里用《“微笑之乡”——中坜市》谈到初到台湾的第一印象。在家千般好，出门一时难。初到一处自然有许多不便，但他无论遇到什么困难都能得到热情帮助，问题很快得到解决。在中坜车站托运自行车，拆车装袋遇到不顺，旁边一位素不相识的大哥得知他们是来自大陆骑行游的客人，赶忙支招，并动手帮忙把车装进袋子里，又把他们送进车站。这虽说是一件小事，然而在这样的小事上却能反映出中坜助人为乐的好风气。

建国一家三口骑行到田中镇已是下午3点半钟，还没顾得上吃午饭，随便找了一家小店想解决肚子问题。店不大，饭厅倒也宽敞，还挺干净，过了吃饭点人也不多。三人坐下来说定要上三碗汤面条，这时从里间走出一位老婆婆，她就是这家饭店的老板。老婆婆按着客人的要求做好了汤面，他们边吃边聊如同一家人。老婆婆已是82岁高龄，养育6个孩子，儿孙满堂，不愁吃不愁穿，生活很安逸，待在家里闲不住开了这么个小饭店。她不图挣什么钱，寻的是快乐。人老了不能寂寞，有点事干，延年益寿，生活才有滋有味。看了书中的《八十岁阿嬷的店》，我想到一个问题：一个人来到人世间追求的是什么？毫无疑问追求的是幸福。什么是幸福？以我之见，满足是人生最大的幸福。老阿婆没有什么追求，她能有一个事儿干就是最大的满足，她生活得很幸福。

活到老学到老是常在我们耳边响起的一句话，这句话说起来容易做起来难。在苗建国的书里介绍了98岁获得哲学硕士学位的赵慕鹤先生孜孜不倦求学的故事，实在令我敬佩。赵慕鹤是一位具有传奇色彩的人物，1911年出生在山东金乡县，1948年到了金门后又到台湾，1955年通过普考进入高雄女子师范学校任教。他勤奋学习，苦心钻研书法艺术，创立了“鸟虫体”书法艺术。1977年退休后仍坚持学习。87岁那年，他考入台湾空中大学文化艺术系，4年后毕业，93岁在医院做义工，96岁又考入台湾华南大学哲学研究所，98岁获得硕士学位，被载入吉尼斯世界纪录。2011年100周岁的赵慕鹤先生将其《三国演义》开篇词书法作品捐赠给大英图书馆典藏，并在伦敦度过了百岁生日。2012年他在香港举办个人书法展，深得好评。这一组数字记录了赵先生的心路历程，他生命不息，学习不止，是我们学习的楷模。

骑行16天的台湾环岛游很快过去了，苗建国在《眷眷不舍》一文中讲到眷村的故事。眷村是1949年百万国民党军人及其家眷撤退到台湾之后，国民党政府安置他们所建的定居点，有530多处，大家习惯地称之为“眷村”。出生在1956年在眷村长大的刘台平先生于2013年初出版了《眷村》一书，客观地介绍了眷村的昨天和今天。《眷村》见证了台湾60年的发展，也承载了两岸60年的情感与记忆。1949年，一百多万国民党军人及其家属带着不同的乡音、记忆和创伤，从大陆撤退到台湾。60年来，他们心中带着重返大陆的期望，在眷村从暂时落脚到落地生根，从第一代到第二代乃至第三代人。而眷村也从暂居之所逐渐变为故乡。刘台平作为眷村的第二代人，在书中用文字讲述了眷村60年生活的点点滴滴。从父辈们的战争记忆到眷村生活的邻里是非，从亲人的生离死别到回家探亲的苦辣酸甜，平实的文字中处处显现出他及其父辈们对故土的眷恋，对亲人颠沛流离的无奈。刘台平在书中更希望通过新一代人的往来，加强海峡两岸在经贸、文化方面的交流，加深理解，使两岸关系向着更好的方向发展。

苗建国所著《行之美丽》一书用大量的笔墨从不同的侧面客观地反映了台湾的点点滴滴，读后我感触多多。台湾是中华民族的神圣领土，华夏有台湾是我们的骄傲，和平统一是两岸同胞的共同期盼。

2014年9月2日

朱仙古镇

在学校读书时就听我的同学说到过朱仙镇，从那时起“朱仙镇”这三个字便深深地印在了我的脑海里。前几天我几个朋友在一起又说到朱仙镇的那些趣事，一商量立马开车来到这座曾经有过辉煌历史的中原古镇。

朱仙镇位于古都开封西南方向，从卫星导航仪上看距郑州我们的出发地有92公里，顺着郑（州）民（权）高速公路驶入开封县境内右转不多远即到。朱仙镇的得名源于公元前258年，相传威猛过人的朱亥用智慧帮助魏国公子信陵君率兵击退秦国进攻，被奉为有功之臣的“仙人”，封朱亥家乡为朱仙镇。

步入朱仙镇，首先映入眼帘的是那座经历了700多年风风雨雨的大石桥。石桥并不大，称其大石桥有点名不副实。桥长仅有30米，宽6米，高约5米。其结构为五孔拱桥，又称五孔桥，桥身均用长60厘米、宽20厘米、高20厘米的红石砌成。大石桥始建于明朝初期，在1934年11月出版的《岳飞与朱仙镇》一书中有这样一段描述：“镇内有贾鲁河道，镇北门西数十步有大石桥一座，跨城墙有门洞五，俗称大石桥，即镇中最北之贾鲁河桥也……”可见大石桥在朱仙镇的历史作用也不可小觑。我们现在看这座石桥可以说是微不足道，可是在700多年前的明朝初期其已算是一个不易之作了。尽管它的规模不大，但在当时人们眼里已很了不起了，能完好无损地保存到现在更是有其骄傲之处。

朱仙镇的发展可谓饱经沧桑。唐朝时期，朱仙镇因贾鲁河从镇中穿过，逐步发展成为中原地区的一个水陆交通要道和商埠之地，河两岸商铺林立，商贾云集，商船来来往往，一派繁荣景象。清朝时期，朱仙镇与景德镇、汉口、佛山齐名，被称为四大名镇。朱仙镇在历史上是兵家必争的战略要地。1140年，金兀术率兵南下占领汴梁（今开封），在朱仙镇相遇岳家军，岳飞与儿子岳云奋勇作战，金兵遭到重创，“朱仙镇大捷”被载入史册。1480年，人们为纪念岳飞抗击金兵的功绩，在朱仙镇修建一座占地27亩的岳飞庙，殿堂恢宏庄严，碑亭林立，刻绘塑铸，丰富多彩。明代于谦在诗中写道：“匹马南来渡浙河，汴城宫阙远嵯峨。中兴诸将谁降敌，负国奸臣主议和。黄叶古祠寒雨积，清山荒冢白云多。如何一别朱仙镇，不见将军奏凯歌。”现在游客慕名前来拜谒，岳飞庙成为朱仙镇亮丽一景。

朱仙镇悠久的历史造就了深厚的文化底蕴，起源于唐朝的木版年画依然是朱仙镇一大盛景。在大石桥头木版年画一条街，我们走进正在印制年画的万同老店，见到了掌门人张继中，他是老店的第六代传人。

朱仙镇木版年画起源于唐朝，兴于宋代，鼎盛于明清。北宋初年，宋都汴梁是全国的政治、经济、文化中心，各地商贾纷纷拥入京城，活跃在民间的绘画艺人把传统的年画艺术推向繁荣。北宋万历年间毕昇的活字印刷术问世，京城年画艺人如虎添翼，很快把活字印刷术与年画制作融合在一起，木版年画问世京城。北宋末年，京都沦陷，大量年画艺人流落江南，京城的木版年画业不得不迁址45里之外的朱仙镇。朱仙镇如同一片沃土养育了年画艺术这棵大树，重新回到火红的年代。朱仙镇年画十分讲究用色，以矿物、植物作原料，自行手工磨制颜料，磨出的颜料色彩非常纯净，印制的年画明快鲜艳，久不褪色。朱仙镇年画以其构图饱满、线条粗犷简练、造型古朴夸张、色彩新鲜艳丽而著称，深受人们喜爱。明代与清朝是朱仙镇木版年画的鼎盛时期，据史料记载当时朱仙镇有300多家从事这一行业，进入晚清逐渐萧条。

万同老店是年画一条街上仅存的为数不多的年画传统作坊之一，一位年过半百的老艺人在神情专注地用木版套色，制作精美的年画艺术作品。我们看了许久，他是那样认真，一丝不苟地一遍遍刷色，一张张套印，我们不忍心打扰这位忙于工作的长者，扭头进了后院想探出点奥秘。一位中年画师正伏案作画，他就是这家老店的当家人张继中。交谈中我们得知，张继中出生于1966年底，那是个不堪回首的年代。万同年画老作坊在“破四旧”中遭到毁灭性的打击，大量珍贵雕版被当作“四旧”焚毁。张继中的父亲张连生心如刀绞，冒着风险珍藏几块心爱之物，盼望有朝一日东山再起。张继中从记事那天起，听到家人讲述最多的就是绘画中的那些事，最值得家人自豪的是祖上传下来的万同年画作坊。它创立于明末清初，是朱仙镇著名的老店之一，兴盛时期木版多达千余块，从业员工上百人，以门神、财神、灶神、神话故事、戏曲年画为主打产品，采用传统的手工水色套印，线条粗犷，形象夸张，被誉为“中华绝活”。进入20世纪，张氏家族经营的万同年画作坊更加红火。张继中的曾祖父张军富是远近闻名的大师傅，万同年画作坊的名气远超其他，成为张氏家族的祖传事业，代代相传。“十年浩劫”万同年画作坊大伤元气，从高峰跌入了低谷。

日复一日，年复一年，神州大地沐浴着改革开放的春风万物复苏，濒临失传的朱仙镇年画艺术勃然兴起，木版年画社、研究会、博物馆等相继问世，朱仙镇又恢复了昔日的繁荣。受父辈的熏陶和家庭的影响，张继中从小爱上了绘画艺术，在学校专攻美术专业，立志在传统绘画艺术上有所作为。1995年学业有成的张继中深入民间潜心研究，挖掘蕴藏在这片沃土中的艺术精髓。不知是张继中悟性强，还是受家族遗传影响，年纪轻轻的张继中出手不凡，出自他手的传统年画作品深受众人赞扬。在不断的探索中，他坚持理论与实践相结合，把感性认识上升到理性认识并从中得到升华。1996年3月，即将步入而立之年的张继中当选为朱仙镇木版年画社社长，并开辟了一块属于自己的试验田，在实践中创新，在创新中发展。2007年具有百年历史的老字号“万同年画作坊”重新开业，张继中不负众望，推陈出新，他花费心血开发出来的《朱仙镇木版年画故事集》《牛郎织女木版年画故事集》《朱仙镇木版年画珍藏本》，以及磁卡年画、汴绣年画等作品，远销20多个国家和地区，朱仙镇的年画艺术走向了世界。

朱仙镇已有2200多年的历史，一路走来留下了一串串古老传说。在万同年画作坊我与张继中谈古论今，谈得更多的是对未来的憧憬，他们要以绘画艺术的创新和发展为依托，携手古镇艺人努力把朱仙镇打造得更加富有魅力。

2014年10月11日

这里的水路九连环

这次又来到宜昌，让我感触最深的当然是清江画廊自然保护区的自然风光了。细细品味，清江的山，清江的水，清江的风土人情都让我留恋。

我曾不止一次地来过宜昌，那个时候凡是到过的地方都是有钢轨的铁路线，看到的是一列列呼啸而过的火车，听到的是行进中火车隆隆的响声。现在我离开工作岗位后到处走动，采风写景，以文会友，时间安排得满满当当的。这次到宜昌说是要去清江画廊，是一个我不曾听说过的地方，点击手机上网查看，山清水秀仙境一般，方知是隐藏在大山深处一个美丽的地方。

清江画廊风景区位于宜昌长阳土家族自治县，清江养育了土家人，是名副其实的土家族的母亲河。早餐后，我们乘汽车从宜昌铁路疗养院出发，一路穿行在青山绿水间，弯弯曲曲的山路让我不由得想到了李琼演唱的《山路十八弯》："这里的山路十八弯，这里的水路九连环……"那高亢优美的歌声又在我耳边响起。

1999 年央视春节联欢晚会上，湖北歌手李琼的《山路十八弯》唱响了祖国大江南北。这首歌的词作者之一佟文西长期生活在湖北，是作家更是诗人，对音乐情有独钟。1986 年他凭借深厚的功底考入了天津音乐学院文学专业，1989 年毕业后他把更多的时间留在深山丛林中，走进大自然和民族风情浓郁的地方，创作出许多深受大家喜爱的文艺作品。1990年6月，他与几个朋友到长阳采风，汽车在山间小路上颠簸，眼前的秀丽山水让他突发灵感，文思泉涌：“这里的山路十八弯，这里的水路九连环……”一首很好听的歌曲就这样创作出来了。歌里“十八弯”的原型地就是长阳弯弯曲曲的山路，“九连环”水路是八百里清江水的真实写照，李琼的美妙歌声充满了长阳大地的山水之情。

大约一个半小时的光景，我们到了让长阳人引以为豪的清江画廊风景区。清江两岸峰峦叠嶂，翡翠般的岛屿星罗棋布，碧绿的江水波光闪烁，不愧是东方的多瑙河，停靠在清江岸边的一艘艘游船等待着来自四面八方的游客。我们登上1号游船，这是一艘豪华游船。游船分上下两层，坐满了操着不同口音的游人，大家兴致勃勃地欣赏着风景如画的清江景色。清江发源于湖北利川县西部亭山西麓，流经恩施、宣恩、建始、巴东、长阳等县，在宜都市陆城镇注入长江，全长423公里，是长江第二大支流。清江旅游景区的开发应归功于隔河岩水电站。1987年1月，清江隔河岩水利枢纽工程作为国家重点工程项目开工建设，拦水大坝长653米，坝高206米，装机容量120万千瓦，1995年全面竣工，年发电量为30.4亿千瓦。隔河岩水电站集发电、蓄水、防洪于一身，为鄂西山区建设发挥了重要作用，同时也优化了清江流域的自然环境，塑造了“八百里清江美如画，三百里画廊在长阳”的自然景色。

我们的游船贴着水面在清江里漂荡，游人不时地走动，又是照相，又是摄像，要把这里的山山水水装进镜头带回去。我们几个也是一会儿上一会儿下，选择不同的画面和角度尽情地照呀照，每到一处都唯恐错过拍照的最佳时机，所带相机一刻也没闲着。中午时分游船驶到武落钟离山码头，这是船家特意安排游客下船游览并进行午餐的地方。我们的午饭早已预定在中意餐馆，刚一落座饭菜齐上，十菜一汤，荤素搭配，色香味美，给人增添了不少的食欲。德福老兄又把刚买的玉米白酒打开助兴，香气四溢，建军老弟为大家一一斟上。我有点迫不及待地先来上一口，纯正的玉米老酒略带甜味，口感不错。据说玉米酒是土家人的祖传，是他们以玉米作原料用传统的酿造工艺制作的上等好酒。每逢节假日、喜庆日子和重大活动都少不了玉米老酒，积淀了属于土家族的独特酒文化。

武落钟离山又名佷山，是土家族先民巴人的发祥地。相传土家族先祖廪君就诞生在这里，在《世本》和《后汉书》中，都有关于巴人先祖廪君事迹的记载。武落钟离山是武落山与钟离山的合称，“落”是长阳方言中的量词单位，武落山就是有五座山峰的意思，与其相连的还有钟离山，久而久之，人们把它们合称为武落钟离山。这些年在武落钟离山周边地区经常出土一些有重要考古价值的文物，印证了文字记载中的历史事件。1981年在武落钟离山山脚下的仓坪又发现了一个古城遗址，有年代十分久远的碗、罐、铜镜、银镯等，以及在这之前发掘出来带有符号图案的十万块古代土砖，都是古老土家族先人在这里繁衍生息的见证。

午餐过后距登船的时间还早，有人提议登山远眺，这个建议正合我意。我这人爱动不爱静，爬山、游泳、打乒乓球是我体育锻炼的三大爱好。2007年我已58岁，带了几个小青年在东北五大连池爬药王山。我一步两个台阶一路领先，与几个下山的长者在半山腰相遇，其中一人看我爬山浑身是劲，指着我说：“这个小伙子行。”我停下脚步一说年龄，他比我还小了两岁，大家一笑而过。每逢爬山我都要走在前面，走得出汗，甚至是大汗淋漓，这完全是出于锻炼身体的需要。武落钟离山海拔只有300多米，不大一会儿我们几个就登上了山顶。我环顾四周，清凌凌的清江水缓缓向东流去，远处一座座青山满眼翠绿，具有鲜明土家族特色的吊脚楼点缀其中，构成一幅美丽的图画。

太阳偏西了，游客陆续登上游船返回，船舱里电视屏幕正在播放《山歌好比清江水》大型文艺演出的实况。这是2007年10月12日中央电视台为清江画廊量身定做的以清江画廊为天然背景举办的歌舞演唱会。长阳清江如节日一般，央视著名主持人董卿、朱军、张泽群、管彤都来了，李谷一、斯琴格日乐、李琼等重量级的歌唱家、歌手和在这里成长起来的土家族歌手纷纷登场，台下热情的观众不断响起阵阵掌声。节目丰富多彩，有男女声独唱，有情歌对唱，还有二重唱，优美的旋律在江水中流淌，高昂的歌声在大山里回荡。

清江是一首抒情诗，清江是一曲优美的歌。这里的山路十八弯，这里的水路九连环，十八弯弯出了土家人的金银寨，九连环连出了土家人的珠宝滩。勤劳智慧的土家族儿女能歌善舞，山歌飞出村村寨寨，这边唱来那边和，人们用歌声赞美新的生活。

2014年10月19日

酒香茅台镇

几天前我与朋友留彦到贵阳，顺便又去了一趟茅台镇，那里也有我们的朋友，当然也是文化人喽。回来之后我和文友们一起谈论起茅台与茅台镇的事，设想要写一篇关于茅台镇的文章，大家都很支持。在具体写作上有人说应该写“酒乡茅台镇”，也有人赞成我写“酒香茅台镇”，思来想去我还是写成了“酒香茅台镇”。

茅台镇距离贵阳并不远，也就是200多公里，一路都是高速公路，用不了多长时间就到了。早餐过后，7点半我们准时从贵阳出发，司机小伍对这一路可熟了，哪段路程正常情况要跑多长时间说得八九不离十，像火车司机的运行时刻表一样准确。过了一座座山，过了一道道河，我们的汽车行驶到仁怀服务区，小伍征求我们意见到服务区稍作休息。车门打开一股酒香扑鼻，这是茅台酒在迎接远道而来的客人，这浓浓的酒香久违了。半个多世纪前我们家附近就是郑州酒精厂，那些年酒精厂生意很红火，酿酒原料以红薯干为主，上学路上都能看到酒精厂堆积如山的红薯干。每逢酒精厂出酒糟，散发出来的酒香弥漫大街小巷，大家习惯了这样的环境，感觉也是一种享受。这些年，在激烈的市场竞争中，郑州酒精厂的生产经营每况愈下，市场上早已看不到他们那些年生产的“郑州大曲”“邙山白”酒，偌大的酒精厂也变成了高楼林立的住宅小区，昔日那种浓浓的酒香也已远去。

10 点多钟，我们的车驶入茅台镇。 茅台镇位于仁怀市赤水河畔，这里群山环抱，青山绿水，是茅台酒的故乡。 来到茅台镇肯定要到茅台酒厂。 没见面，贵州省作家协会副主席、酒厂企业文化部部长姚辉就把我们安排在酒厂文化城，他正在开会无法脱身，只好用电话把我们安排好。 酒的起源至今还是个谜，有人说酒的出现不是人类的发明，而是大自然的恩赐。 地球上最早的酒应是落地的野果自然发酵而成，人们发现了它，有人像第一个吃螃蟹的人一样吃出了好味道，在漫长的历史过程中又开发出众多品种不同的酒类饮品。 我国酒的起源可以说与中华民族的文字出现几乎同步，甚至还会更早一些。 在迄今出土最早的甲骨文中就有“酒”字和与酒有关的“醴、尊、酉”等字，在出土的文物中酒器出现在青铜器时期，从这一点可以说明酒比酒器出现得更早，有了酒才会有酒器。 曹操的著名诗句“何以解忧，唯有杜康”在世上广为流传。千百年来，酒给人们的生活带来欢乐，深受青睐。

茅台镇是祖国西南的一个重镇，赤水河从这里流过，使它有了水陆交通便利的条件。 历史上茅台镇就是一个八方商贾云集的地方，很早以前茅台镇的酿酒作坊便星罗棋布。 据史料记载，公元前 135 年汉武帝派遣唐蒙出使贵州来到仁怀一带，在宴会上喝到茅台镇生产的枸酱酒赞不绝口，便携带一些回到长安敬献皇上。 汉武帝饮后连连称赞其“甘美之”，立即把它定为宫廷用酒。 在茅台酒厂的文化城，进了大门就是一尊骑马挎刀的汉武帝塑像，2000 多年前汉武帝无意之中为茅台酒做了广告，“甘美之”就是最好的广告词。

茅台镇之所以能生产出上乘好酒，是与它得天独厚的自然条件分不开的。从科学的角度分析，茅台镇海拔平均高度 880 米，年平均温度 16℃，年降雨量 800—1000 毫米，每年无霜期 300 多天，冬暖夏热，十分有利于酿酒微生物的栖息与繁殖。 在长期的实践中一代又一代酿酒大师不断探索，在特殊的自然条件下用赤水河水酿制出来的酒有一种迷人的芳香。 茅台酒素以色清透明、入口柔绵、清冽甘爽、回香持久的特点著称。 1911 年 2 月 15 日美国国会通过决议，决定在巴拿马运河建成通航的 1915 年在旧金山举办巴拿马万国博览会。 这一年，中国将茅台酒与其他产品一起送往美国参展。 起初茅台酒陈列在农业馆，夹杂在棉、麻、食油中不被人看好。 于是有人提议将茅台酒搬到食品加工馆陈列，在搬移的过程中不知是有意还是无意，一瓶茅台酒摔掉在地，陈列大厅顿时酒香四溢，引来众人赞许，茅台酒当之无愧地荣获国际金奖。后来这件事一直被传为佳话，若是无意摔碎酒瓶那是歪打正着，若是有意则是一种营销策略，达到了宣传的目的，让茅台酒走出国门闪亮登上国际舞台。关于这件事，历史传说中有两个版本，更多人说是当时我国参与展览的人有意识地将茅台酒瓶打破的，否则茅台酒不可能被更多的人认可。其实，有意也好无意也罢，这都不重要，能达到目的就是成功。1952 年 9 月，我国有史以来第一次举办评酒会，在各地推荐选送的各种酒类中又筛选出 103 种酒样，经过来自全国的酿造专家、评酒专家及学者认真品评，茅台酒名列榜首，成为我国的国酒。

茅台酒赢得了市场，赢得了赞誉，不知有多少人想在异地生产同样的酒质都没有成功。几个月前，我的一位朋友给我带来两瓶试制酒，说是专门从茅台镇聘请的茅台酒厂高级技师，完全使用茅台酒的配方和酿造工艺在我国北方酿制出来的酒，我约几个朋友共饮怎么也喝不出茅台酒味。当时我就想起了战国时期晏子出使楚国讲过的一句话："橘生淮南则为橘，橘生淮北则为枳。"同样，茅台酒也是不可复制的，离开了茅台镇这样的环境是酿造不出醇正的茅台酒的。

从文化城出来已到了中午时分，姚辉在招待所安排好了午餐，还特意备了茅台酒，来到茅台酒厂想不喝茅台酒都不行。来的都是文化人，有湖南来的，有贵州其他地方来的，大家聚在一起推杯换盏。湖南来的刘总诗兴大发，一首绝妙的七绝令大家齐声叫好。几杯烧酒下肚，我也凑上一首："文友相聚在茅台，国酒芳香醉心间。大家同饮赤河水，传承文明两肩担。"我们有责任传承历史悠久的酒文化，有责任传承中华民族的历史文明。

千年茅台，百年辉煌。明年是茅台酒获巴拿马国际博览会金奖 100 周年，我用《酒香茅台镇》这篇文章提前为国酒茅台送上一份祝福。

2014 年 12 月 29 日

农历二月到扬州

出了常州，我和多年摸爬滚打在一起的伙伴们乘着汽车径直向扬州驶去。常州距扬州只有100多公里，沿高速公路用了一个多小时我们就到了扬州。

扬州历史悠久，也是文化古城，它地处要冲，交通便利，土地肥沃，物产丰富。隋唐以来经济繁荣，到了清代名气更大，众多文人名流会聚扬州，吟诗作画，形成具有特色的扬州文化，众所周知的“扬州八怪”就是当时这里文化名人的群体代表。坐落在扬州驼铃巷“八怪”之一金农故居的扬州八怪纪念馆，收集陈列了大量的作品、文物，集中展示了扬州八怪的成因和艺术成就。人们在这里通过大量的文史资料、珍贵文物，可以解读那个时期产生扬州八怪的时代背景、经济背景和文化背景。

郑板桥是我们大家熟悉的“八怪”之一，他生于扬州，名燮，字板桥，自幼聪颖好学，是清代的大文人。郑板桥一度曾在外地做官，因灾荒被革职回到扬州，重操旧业仍以卖画为生。跌宕起伏的人生经历让他悟出了很多道理，创作出“吃亏是福”“难得糊涂”等富有哲理的书法作品。郑板桥处事公道，谦让为先。相传他任知县期间，一天突然接到在家务农的弟弟郑墨的来信。信中说，家里因翻修旧宅为争夺隔墙与邻家互不相让引起官司，请求哥哥出面打赢官司。这件事郑板桥心里十分清楚，郑家与邻居共用的那堵隔墙是祖上留下来的，契约上就明示属郑板桥自家所有，理由、证据都很充分，要打赢官司是件很容易的事。然而，郑板桥并没有按照常理简单处理这封来信，而是换用另一种思维方式化解了邻里之间的矛盾，实现双方共赢。郑板桥看完来信，考虑再三给弟弟回信，表明态度要豁达谦让，邻里相处不能斤斤计较，还赋诗一首："千里捎书为一墙，让他几尺又何妨？万里长城今犹在，怎么不见秦始皇！"同时寄去条幅一张，上面写道"吃亏是福"，并加自注："满者损之机，亏者盈之渐。损于己则益于彼，外得人情之平，内得我心之安，既平且安，福即在是矣。"郑墨接到哥哥来信自感羞愧，当即撤诉向邻居表示再不相争，邻居也深受感动，于是两家重归于好，和睦相处。

扬州八怪是一个群体，是人们对扬州才艺人的统称，在这个圈子里的人远不止八个，展出的作品出自多人之手。他们以"八怪"之名，饱尝冷暖，辛勤笔耕，用汗水和智慧为古城扬州绘制了一张富有文化魅力的名片。

来扬州不能不到瘦西湖。瘦西湖以自然风光旖旎多姿而扬名。关于瘦西湖名字的来历说法不一，版本各异，有据可查的却只有清代诗人汪沆的诗作。瘦西湖早期本是古扬州的护城河，后因年久失修河水被截断失去护城的功能而变成了湖。清代杭州诗人汪沆有一次到扬州游览，诗兴大发，信笔挥毫写下《红桥秋禊词》的绝妙诗句："垂杨不断接残芜，雁齿红桥俨画图。也是销金一锅子，故应唤作瘦西湖。"从此"瘦西湖"的大名便风行天下并延续至今。汪沆《红桥秋禊词》诗作的具体写作时间很难查证，从查询的资料中推算瘦西湖的来历也有二三百年了。汪沆是我国历史上的文学大家，著有《湛华轩杂录》《小眠斋读书日札》《新安纪程》等作品。

现在的瘦西湖早已被开发成公园，一年四季来自全国各地的游人络绎不绝。走进瘦西湖公园，我看到一座高高的白塔耸立在远处，乍看与北京北海公园的白塔没有两样，这里却大有故事。清朝时期扬州盐业兴旺，富起来的盐商们纷纷沿着瘦西湖岸边建起了亭台楼阁。扬州瘦西湖美景闻名于世，引来不少达官贵人。相传1784年乾隆皇帝第六次坐船游览扬州瘦西湖，大加赞赏眼前景色之余，似乎还有遗憾之处，叹息少了一座白塔。说者无心，听者有意，财大气粗的扬州盐商们为讨皇上喜欢，当即花大量银子买来北海白塔的图样，连夜用盐包堆成了一座白塔，这就是流传人间的"一夜造塔"的故事。这个故事固然有些夸张，有虚构之嫌，不过耸立在游人面前的白塔实实在在是北海白塔的复制品，为瘦西湖又添一盛景。

瘦西湖的确很美。景多，人多，故事也多。大虹桥、小金山、望春楼、五亭桥、熙春台等背后都有一堆故事。来到湖边犹如步入人间仙境，亭台楼榭错落有致，十里湖光独具风韵。这里夏天有夏天的情趣，春天有春天的魅力。我的伙伴们毫不吝啬，拿着手机、端着相机拼命地拍呀照呀，恨不得把瘦西湖都装进镜头带走，好让朋友分享扬州之行的快乐。当然，我手中的相机也没闲着，幸好内存卡容量大，否则真的装不下这绝妙之景。

早春二月的扬州烟雨蒙蒙，为瘦西湖蒙上了一层轻纱，给人们以朦胧之感。随着游人的步伐，我和伙伴们踏上一座九曲桥，不少游客驻足照相留下美好记忆。站在此处向前看就是有名的二十四桥，早在1000多年前大诗人杜牧就留下了“二十四桥明月夜，玉人何处教吹箫”的优美诗句。远远望去，二十四桥是一座造型很美的白玉拱桥，如同一个婀娜多姿的美丽少女亭亭玉立。扬州是水的世界，也是桥的故乡，自古以来有关扬州二十四桥的传说更多，有的还带有神话色彩。故事中的二十四桥究竟在何处、什么模样谁也说不清，给人留下的只能是一个古老的猜想。眼前的二十四桥是扬州城建规划中的现代建筑，它的构思和设计是根据传说中的二十四桥而建成的。桥的规模不大，桥宽2.4米，两头各有24层台阶，两边各有24根栏杆，桥体为汉白玉雕琢，可谓小巧玲珑。有了这座桥，美丽的传说变成了现实；有了这座桥，人们多年心中的疑团化为乌有；有了这座桥，水城扬州更具魅力。

离开扬州已是夕阳西下，我和伙伴们坐上车向着南京方向疾驰，两边金灿灿的油菜花撒下一路芳香。

2015年4月1日

海上看金门

我又一次来到厦门。这次来厦门，行程安排其中一项是金厦海域游金门，确切地说只能是海上看金门，不是游金门。游金门是我们的一种愿望，一种期待。金门，大家都有一种神秘感，由于众所周知的原因厦门与金门眼下还不能自由来往，尽管是在海上看金门，我们也都有浓厚的兴趣。

午餐过后稍作休息，大巴车准时停在了厦门铁路疗养院大榕树旁边。我们依次上车，建军老弟清点人数，一个不少，汽车出了大院向着轮渡码头驶去。祖籍河南开封通许县的导游李营营如数家珍，向我们一一介绍厦门的风土人情。她生在厦门，长在厦门，毕业于厦门理工大学，对于厦门要比家乡熟悉得多。厦门是一座古老的城市，早在1800多年前，这里就是同安县政府所在地。1921年爱国华侨陈嘉庚创办的厦门大学举世闻名，是一所多学科的综合性重点大学。沐浴着改革开放的春风，厦门发展日新月异，成为风景秀丽的海滨城市，被誉为“东方威尼斯”。

我们乘坐的大巴车很快行驶到龙虎山路，再往前走是造型别致的演武大桥，远远望去像舞动着的银灰色飘带，蓝天、大桥、海水与错落有致的建筑物融合在一起，构成一幅美丽的图画，不愧是厦门的又一经典之作。我佩服大桥的设计者，他们用独特的设计把景观美感与城市交通有机地结合起来，巧夺天工，为厦门又增添了新的美景。演武大桥于2009年9月6日建成通车，是目前世界上距海平面最近的跨海大桥。我问导游小李为何取名演武大桥，她说，这里原是古代演武场的遗址，大桥建成后便得名演武大桥。上了大桥，小李指着右手方向说，那座高高耸立的红顶大厦就是厦门大学校区的主体建筑，中西建筑风格巧妙地结合在一起，独具匠心，堪称一绝。厦门大学绿树成荫，碧水荡漾，花园一般，为来自全国和世界各地的学子们创造了良好的学习环境，能考入厦门大学也是一种荣耀。现在，厦门大学在校生有近4万人，专任教师2300多人，其中教授、副教授占专任教师一半以上，厦门大学正在向着世界一流高等学府努力迈进。听着小李的介绍，我们的汽车不知不觉到了码头。我看离开船的时间还早，便坐在休息大厅打开手机查阅资料，很想多知道一些有关金门的事。

金门辖有金门岛、小金门岛、大担岛、二担岛等12个岛屿，海水低潮时大陆距大担岛还不足1.8公里，是离我们最近的地方，若是天空晴朗能见度好，两岸的行人都能互相看得见。我每次来到厦门，也都很想登上金门岛看看，一直未能实现。这些年两岸关系逐渐缓和，两岸互通也有了很大方便，毕竟还没有完全放开，想登上金门岛还是很不容易的。网上查阅，厦门已开办了“金门一日游”活动，游客可以通过旅游公司到金门观光旅游，不过，要拿到通行证还需要一番周折。先是个人报名，出发前3天以上向旅游公司提报所需要的资料，办理妥当后方能随旅游团登上金门岛，哪像我们来厦门，说来就来，说走就走。我不停地查询网上信息，小李招呼我们验票上船，这时距开船时间还有20分钟。

游船分为3层，我们的座位在2层，通风好，视线也好。我站在船头遥望远方，海风拂面，心旷神怡。游船正点起航，缓缓离开了码头。右侧不远处就是美丽的鼓浪屿，这个仅有1.9平方公里的海岛平均每天要接纳4万多游客。岛上高高耸立的郑成功塑像，身披盔甲，面向大海，显示出势不可当的英雄气概。这是人们为纪念郑成功收复台湾于1985年在鼓浪屿为他树立的塑像。50多年前，我们在学校读书时，课文里有一篇《郑成功收复台湾》的文章，那个时候我们就知道他是很了不起的民族英雄。1662年4月，郑成功率领2.5万名将士，乘坐几百艘战船浩浩荡荡从金门向台湾进发。经过9个多月激战，打败了侵略者，把荷兰殖民统治者赶出了台湾，人们永远不会忘记这位民族英雄。

游船向着金门方向航行，耳边不时传来“前面就是金门大担岛了”的声音。我手拿相机站在最前面，寻找最佳时机拍照，旁边不少游客又是“长枪”，又是“短炮”，不停地“咔嚓咔嚓”照个没完。我知道他们手里都是专业照相设备，分辨率要远远高于一般“傻瓜”相机，用上长焦镜头照相效果的确好，拍照的人和景都清清楚楚的。我用普通照相机照了几张，实在不理想，照出来的远景都模模糊糊的，只好作罢，等着游船再靠近些。那些手持普通照相机的游客也都凝视前方，等待时机寻找最为理想的拍照画面。

船上发动机的声音渐渐减弱，我知道这是柴油机卸载了，我们乘坐的游船进入滑行阶段。慢慢地大担岛上的树木和标志变得清晰了，尤其标语牌上的字清楚地映入眼帘。游船不再往前航行，停在海面上一动不动，给游客充足的时间拍照。有人说，前面就是两岸的军事分界线，游船不能再往前走，停在这里的海面上看金门是最近的位置。我和大家一样，手里掂着相机跑来跑去，不断变换角度想拍摄出理想的画面。这时，小小的“傻瓜”照相机显示出其优越性，灵活方便，拍摄纪念照有使不完的劲儿。

游船的发动机又轰鸣起来，船头渐渐向左移动，我们开始返航了。站在甲板上，我望着逐渐远去的金门大担岛在沉思。金门是祖国的宝岛，和平统一是两岸同胞共同的愿望，我们期待再到厦门来，能自由自在地登上金门岛，与那里的同胞们手拉手倾诉衷肠，共同展望美好未来。

我们期待着这一天。

2015 年 5 月 9 日

古老的客家土楼

福建土楼早已成为当地一景。这次我们是从厦门乘汽车来到福建靖南县的，这里被称为“土楼王国”，拥有大大小小的土楼15000多座。村民居住的还是古老的土楼，景观奇特，自然引起了人们的极大兴趣，来这里旅游的人无不赞叹这独特的民居瑰宝。

这是一个名为田螺坑的地方，一个硕大的四圆一方土楼群就坐落在这里，人们形象地称它“四菜一汤”，我们从这里追溯福建土楼的历史。

土楼是客家人的杰作。我不知道这个地方为何取名田螺坑，导游张淑满的一番话似乎让我找到了答案。土楼起源于西晋末年，距今大约有1700多年，那个时候中原一带兵荒马乱，征战不断，包括河南在内的黄河流域一部分汉人背井离乡来到江西、福建、广东寻找新的生计。由于他们长期生活在中原，民风习俗与这里的原住民有明显差异，被称为“客家人”。历史上客家人有5次大的迁徙，只要有战乱，大批的客家人就会带领家眷大举迁徙形成移民。迁徙中的客家人无论到什么地方都属弱势群体，只能在人烟稀少的穷山僻壤寻求落脚之地，在扎根落户的地方随意起个名字便于对外交往。田螺坑的客家人是1400多年前从河南洛阳一带迁徙过来的中原汉人，可以想象到那个时候这里可能是半山腰的一片洼地，湿漉漉的有田螺生长，客家人很随意地把它叫作“田螺坑”，于是地图上就有了田螺坑之名。

田螺坑的土楼坐落在海拔700多米的山坡上，站在高处俯视，4座圆楼从四个角落拔地而起，一座方楼矗立其中，恰似现代餐桌上的“四菜一汤”，难怪人们这样称呼它。据介绍，位于中间的方形楼取名叫步云楼，建于清朝嘉庆年间，大约有200年的历史。周边4座分别为和昌楼、振昌楼、文昌楼和瑞云楼，平均年龄都过了古稀之年，看上去还结实得很。里边住着300来户人家，家家户户都有自己经营的小摊位，游客们熙熙攘攘挑选着自己喜爱的小商品。他们靠旅游甩掉了贫困的帽子，小日子过得都挺开心的。

我这人有个毛病，遇事爱打破砂锅问到底，瞅着时机尽可能地多打听一些有关土楼的事。土楼建筑很有学问，是中华民族建筑史上的一朵奇葩。从建造的地理位置上看，土楼都是建在半山坡上，当地雨量充沛，再大的雨水也不至于把土楼淹没，起到了防洪的作用。从结构上看，土楼一般建有三层，也有五层土楼，不管多少层只在第一层留有一个通往外界的门，夜晚或遇到外来侵扰时，只要大门紧闭袭扰者休想进来，可以说是一夫当关，万夫莫开。从功能上看，一层是厨房，有水井，有灶具、炊具，设计合理；二层是仓库，储藏粮食及其他物品；三层及以上是卧室，每层都是通走廊，大家共用。上下楼层的楼梯也都是共用，根据需要楼梯设置数量也不一样。从建筑材料上看，山石为基础，墙体采用三合土，由黏土、沙土和石灰按一定比例掺和而成，厚度在1.5米左右，“四菜一汤”的土楼墙体厚度为1.8米，有很强的保温作用，冬暖夏凉。所用木材遍地都有，质地优良，结实耐用。瓦是黏土烧制而成，耐腐蚀，耐风化。这一切都体现了我们先人的聪明才智，为土楼注入了强大的生命力。改革开放之后，福建土楼慢慢打开大门，迎来大批的游客。1985年联合国教科文组织派专家慕名而来，他们赞叹不已，称田螺坑土楼群是“世界上独一无二，神话般的山区建筑”。

我不知道福建土楼是何时第一次迎来远方客人的，从与土楼的主人们聊天中可以得知，旅游业成就了他们的梦想。这里旅游资源的开发利用成了他们经济收入的主要来源，田间耕作早已成为副业，他们不再靠天生存。土楼的主人对经营很有研究，能让游客花钱花得高兴，感觉花得值。当下，照相机不再是奢侈品，出行旅游都要带上照相机，更何况手机的照相功能一点都不差，照相是旅游中最为平常的一件小事。在这普通的小事上，土楼的主人们照样也能从中发现商机。我和同伴们在互相拍照的过程中，他们手持高档相机也从另一个角度悄悄为我们拍照，并很快打印出来拿到我们面前，看中了自然会花钱买下，看不中人家也不会强卖。我当然要买下他们为我拍照的那张照片，是情意更是纪念。

距田螺坑土楼群不远处还有一座裕昌楼，其结构与众不同，堪称一绝。裕昌楼建于元末明初，迄今已有700多年的历史，楼高5层，共有270个房间，建筑面积达6358平方米，土木结构。它的绝妙之处是第三层的回廊支柱都是顺时针朝一个方向倾斜，第五层的回廊支柱则是逆时针朝另一个方向倾斜，最大倾斜15度，建成至今完好无损，被称为“东歪西斜”楼。从河南洛阳迁徙过来的刘氏家族已在这里居住了25代人，他们见证了裕昌楼的昨天和今天。导游张淑满像老师提问学生一样问：“它的回廊支柱为什么会东歪西斜？”我不假思索地说：“肯定是地壳发生变化造成的。”小张扭头一笑说：“恭喜你，答错了。”一不小心我被小张忽悠了一把。张淑满也是客家人后代，1000多年前张氏家族的先人们带着老小家眷从河北清河迁徙过来，他们祖祖辈辈生活在这里，了解土楼的历史，熟悉这里的一切，小张道出了裕昌楼东倒西歪的秘密。

土楼建筑的优势显而易见，千百年来有多少建造师都想有所创新，有所突破，实在是找不到下手的地方。相传建造裕昌楼时，两个徒弟不想走老路按师傅的意见办事，于是偷偷在楼内的回廊支柱上打起了主意，搞成了东倒西歪的模样，而且700多年来安然无恙。这不能不说是民居建筑的一个奇迹，至于它的科学道理无处可查，我们这些门外汉更是不得而知。有一点可以肯定，它既然有如此强大的生命力，自然有它的理论依据，否则裕昌楼不会让世人好奇，成为客家土楼家族中的佼佼者。

土楼固然很土，却是留在人世间的不朽之作，承载着千百年来客家人经受的风风雨雨，是绽放在人类历史长河中的绚丽花朵。

2015年5月18日

第三辑　岁月拾零

有的人梦想很小
小到只要一个安乐窝
抛去浮华
尽享天伦之乐
有的人幸福很浓
浓到只要和心爱的人
执子之手
一起慢慢变老
有一天我们都会明白
不管富贵还是贫贱
静待岁月
一切安好

在中原大地收获梦想

台湾学者到大陆进行学术交流我应邀参加，不期而遇的王任生先生的简短致辞触动了我的心灵，我决定要写这篇文章了。

王任生是世界名人，台湾商界巨头中的“三王”之一，他创办的“丹尼斯”品牌已遍布中原，给人们生活带来了许多便利，连我家的小不点儿都知道“丹尼斯”。他的成功不仅仅是创造了那么多的财富，更重要的是他有一颗年轻的心，65 岁从台湾回大陆闯市场，这种心劲不能不让人佩服。

1935 年王任生出生在河南洛阳地区新安县孙都村一个富裕家庭，后来跟随父亲在外闯荡。1948 年中原大地战火纷飞，王任生的父亲时时牵挂着远在洛阳的全家人的安危。一天父亲把王任生寄放在郑州育幼院，连夜出城往家赶，没想到这次分别竟然再难相见。小任生回到家里不见了父亲，心中很痛苦，便踏上了艰难的寻父之路。茫茫大地何处去寻？他走东串西，风餐露宿，饥一顿饱一顿地找了一年多仍得不到父亲的音信。好不容易打听到父亲去了台湾，他便毫不犹豫地混在人群中也漂洋过海到了海峡对岸，还是没有见到父亲的影子，这年他才 14 岁。

到了台湾的王任生不可能再回来，只好投亲依靠担任台东师范学校校长的三哥王泳，并就读于这所学校，17 岁那年毕业在一所小学里任教。王任生憨厚淳朴，做人讲道德，做事讲诚信，18年的教书育人生涯赢得了赞誉，赢得了信任。一个偶然的机会，他结识了一位学生的家长、有名的企业家蔡宝鼎，并应聘常去蔡家为其子进行课后辅导，关键时刻还能帮蔡家处理应急事务，深得蔡家好感。赶巧蔡家经营的一家圣诞灯饰工厂厂长一时空缺，蔡宝鼎夫妇不谋而合一致推荐王任生出任厂长兼业务经理。35岁的王任生摘掉了“孩子王”的帽子，在一个崭新的领域施展才能。

是金子在哪儿都要发光。王任生初试牛刀出手不凡，无论是在生产管理还是在产品经营上，都给蔡宝鼎交了一份满意的答卷，他成功了。三年过后，蔡宝鼎决定带着他的家眷和生意移居美国发展，建议王任生独立门户依靠自己的力量撑起一片蓝天。王任生拿出了自己的全部积蓄创办了圣诞灯饰厂，第一年就创下了100万美元的外销业绩，挖到了第一桶金。王任生在生产经营的道路上越走越宽广，品种越来越多，雪球越滚越大。1976年他与另外两个同伴共同创办了东裕电器公司，经营规模一年一个样，年年都有新变化，在国际市场上声名鹊起。1985年台湾品牌的吊灯占美国市场份额的90%，其中有1/3是东裕的产品。东裕电器走在了同行业的前列，冲出台湾走向世界，王任生犹如商界的一颗新星在台湾冉冉升起。

拳拳赤子心，报得三春晖。王任生离家出走到台湾，无时无刻不在想念他的家乡，想念亲人。1987年，王任生辗转香港见到了他日夜思念的老母亲。阔别39年的母子俩不知有多少话要说，老母亲的唯一希望是他能早日回到故乡生活，回家乡创业。1990年年迈的王母走完了她的人生路程，王任生回家乡为母亲送葬，并遵照母亲的心愿将圣诞灯饰厂迁至洛阳，设立河南东裕电器公司，为家乡的闲散劳动力安置3万多个就业岗位，增加了地方税收和财政收入，改善了家乡的经济状况。王任生办企业有一发不可收的势头，在大陆办厂取得成功后又在深圳、香港创办东裕灯业有限公司，与台湾东裕电器公司、美国圣诞世界公司和泰国东裕工业公司组合成世界最大的圣诞灯生产企业，他因而也获得了“圣诞灯大王”的美誉。谈到洛阳圣诞灯的事，我的脑海里闪现出昔日的记忆。铁路是大众化交通运输工具，河南铁路货运量位居全国前列，运输能力十分紧张，许多货物外运很难挤上车，因此铁路部门招来不少抱怨。那年圣诞节之前，大宗物资要走铁路运输，王任生的圣诞灯也要往外发运，尽管铁路部门千方百计安排运力也满足不了需要，这件事还惊动了上级领导，铁路部门无奈只好少运其他物资多装灯，按期把圣诞灯送到国外市场。

得中原者得天下，自古以来中原就是兵家必争之地。在激烈的市场竞争中，中原更是商家的必争之地。20世纪后期，著名的郑州商战愈演愈烈，自然是有人欢喜有人愁，名噪一时的郑州亚细亚伤痕累累，不得不偃旗息鼓。这场商战给人以启示，让更多的人警醒；它使一些人退却，更让一些商家鼓足勇气。商战的硝烟还未完全散去，丹尼斯的大旗在中原大地悄然升起，这是王任生的又一力作，他要在商战中有所作为。

今天的丹尼斯在中原大地已经成为响亮的品牌，“到丹尼斯去”代替了“到亚细亚去”。据不完全统计，目前河南省境内丹尼斯百货有20余家，丹尼斯大卖场有60多家，丹尼斯便利店有500多家。综观丹尼斯的发展之路，我没有找到王任生经营诀窍有什么与众不同，“诚信第一，永续经营”是他经营脉络的主线。当初他用这种极为普通的经营理念在中原大地撒下的种子，如今已长成枝叶繁茂、硕果累累的参天大树，为家乡人送来缕缕芳香。

有耕耘就有收获。前几天，我与王任生在中原福塔会面，握着他那粗壮的双手感到浑身都是力量。这位淳朴憨厚、年近八旬的老人，讲述了许多他不平凡的经历，字字句句都折射出宝贵的人生哲理。现在，他一面在中原大地收获梦想，一面又在新的领域播撒希望，来年准是一片灿烂辉煌。

2013年7月31日

小小"村官"责任大

全面建设小康社会，最艰巨、最繁重的任务在农村。河南是农业大省，农村人口约占全省人口的70%，河南的农村建设尤为重要。2010年7月，河南省委决定选派5789名机关优秀党员干部分赴全省各地，任村党支部"第一书记"带领村民奔小康。河南省人民政府办公厅刘建民随着第一批驻村干部来到了位于豫西山区的栾川县合峪镇孤山村，走上了他的创业之路。

前几天我与朋友们从郑州驱车来到孤山村，见到了村党支部"第一书记"刘建民和他的农民伙伴。这位刚刚步入不惑之年的年轻人看上去十分干练，架在鼻梁上的那副深度近视镜折射出他的聪明和智慧，说起话来快言快语，字字句句透露出强烈的使命感和责任心。

"我是2010年'7·24'洪灾过后来到孤山村的……"刘建民从他来到孤山村的第一天说起。三年前的栾川县遭遇了多年不遇的特大暴风雨，山林被毁，河水暴涨，道路中断，房倒屋塌，从省城来的刘建民几经周折才来到他的新家。家门口的那条河山洪翻滚，架在河上的小桥早已被冲得无踪无影，沿河进村的唯一通道被冲得不像样子，别说过车，连步行都很吃力。面对这满目疮痍的小山村，他上任了，成了小山村一位名副其实的"村官"。

刘建民中学毕业那年到了部队，一干就是20年。虽说没有打过仗，但作为营长的他常年和战士们一起摸爬滚打，练就了说干就干、雷厉风行的军人作风。2006年他复员到省政府办公厅干安全保卫工作，设备检查、夜间巡视、措施防范样样得心应手，做梦也没想到会来到这山沟沟儿里当了“村官”。村干部领着他深一脚浅一脚地来到属于他的办公室兼卧室，进门就是一张床，旁边有一张办公桌，条件虽说与省城无法相比，可在孤山村也算是最好的了。他没有过高的要求，有个睡觉的地儿就行。

孤山村位于距离栾川县城30多公里的深山区，这里山峦叠嶂，满目翠绿，辖属大大小小20个自然村，分成4个村民小组，星星点点绵延10多公里。他来到孤山村安顿好之后，就走村串户摸实情去了，他要拿出一个实实在在改变山村面貌的规划。这里的路，大多是走的人多了，时间长了自然形成的石子路；这里的水，是常年不断的山涧溪流，资源丰富；这里的人，憨厚朴实，蕴藏着极大的潜能，有很好的工作基础。跑了一圈，他的第一感触是这里的路太难走了，再好的东西既出不去也进不来，这时候他对“要致富先修路”这句话有了更深层次的理解，没有路不可能走出穷圈子。村委会上，他把工作思路和盘托出，阐明“第一书记”的责任，关键是抓好落实。一席话说得大家心里亮堂堂的，就这么定了，先把路修好！

修路谈何容易，难就难在资金上，这可不是一笔小数目。刘建民心里比谁都清楚，这片贫瘠的土地无法让孤山村富起来，哪有钱修路。他急忙回到郑州给省政府一些职能部门汇报，争取政策与资金上的支持。刘建民毕竟在干部岗位上工作多年，政策性、原则性都很强，反映情况一五一十，得到了有关职能部门领导的理解和支持，筹措的专项资金陆续到位。不当家不知柴米贵，刘建民成了孤山村的当家人深知这笔钱来得不易，恨不得把一分钱掰成两半花。他把这些钱看得比什么都重要，坚持能不花的坚决不花，能少花的必须少花，为了集体事业的发展节约每一分钱。他把村民们组织起来参与修路，他身先士卒，干的都是体力活，把钱用在必须该用的地方，以最少的投入修筑桥涵堤坝，建成了乡村公路，实现了他“村村通”的梦想。

农村穷与富关键是当家人的思路。刘建民摸清了孤山村的基本情况，这里山地多，森林茂密，有发展种植业、养殖业的天然优势。他来自省城，知道现在人们的饮食爱好，山菇、木耳等深受大家的青睐。他专门划出一块地，组织村民学习蘑菇种植技术，请来专家、能人传授食用菌的种植和管理技术。谁知一炮打响，现在孤山村几乎家家户户种蘑菇，产品源源不断销往各地。山里原有的核桃树、板栗树，经过改良品质提升，也成了他们经济来源的又一重要渠道。山里水好空气好，适合中药草生长，他们出台优惠扶持政策，鼓励村民大力发展药草种植，拓宽经济增长渠道，实现增产增收。鸡和鸡蛋是人们的日常消费品，他们因地制宜在半山坡新建一座现代化养殖场。当下一期工程已竣工投产，存栏 1 万多只成鸡，每天可收鸡蛋 1200 多斤，销售收入旺季一个月下来就是十几万元，年底这些鸡全部作为肉鸡上市，再购置鸡苗饲养，形成很好的产业链条。在这个养殖场，我们亲眼看到二期工程即将投入使用，将有 4 万多只良种鸡入住，收入利润可翻两番。我们环场看了一周，发现现在的鸡舍也用上了空调。这种空调是把引来的山泉水均匀地喷洒在房顶，达到散热降温的目的，让温度保持适中，给鸡禽生长创造良好的生活环境。

当家人要会过日子。我们进入了信息时代，工作、学习、生活都离不开电脑，然而在孤山村大家对电脑还十分陌生，有的从未摸过电脑。刘建民想到了政府办公厅早已淘汰还睡在仓库里的那些旧电脑，何不把这些留着无用，弃之可惜的办公用品重新派上用场，让废物重新登场发挥作用呢？他把自己的想法向领导做了汇报，领导连连点头称赞是个好主意。可别小看了这些旧电脑，在省城没有用，在孤山村却成了宝贝，村委会、小学校都是它们的用武之地。不花一分钱，孤山村的信息化建设向前迈了一大步。

采访就要结束了，从刘建民身上我感觉到了一种巨大的力量，这就是责任的力量。刘建民当“村官”历时只有 3 年，他的汗水没有白流，昔日的孤山村今天大变样，道路修通了，路灯装上了，集体经济发展了，一个可容纳 200 家农户的村民新居小区建成了，2012 年村民人均收入比 2009 年增长了 1200 元，今年还会有更大突破，刘建民也被大家誉为好“村官”。刘建民用他的一言一行诠释了“责任”二字，“村官”虽小责任大，有耕耘才会有收获，只要尽心尽责，就会受到人民群众的信任和爱戴。

2013 年 8 月 20 日

封面设计的故事

打开电脑，这两年我的散文书稿又写了30万字，不由得又有了出书的念头，自然又想到了封面设计。

我的前4本书中的3本是出版社安排封面设计，出版发行之后总是觉得有些遗憾。第4本散文集《我行吾咏》的封面设计，是请在郑州铁路局有线电视台任职的谭志浩设计的，毕竟我们是多年的朋友，他常在报刊上看我的文章，能完全理解我的要求，初稿出来果然效果不错，我肯定选用。我把这本散文集的书名确定为《我述悟声》，就打电话让谭志浩设计封面。不几天，封面清样便发到了我的邮箱，色泽鲜亮，背景是网上下载的黄河壶口瀑布，汹涌澎湃，寓意着我写作的激情。我题写的“我述悟声”书名显得刚劲有力，彰显出一种办事果断的性格。无论是画面布局还是色彩搭配，我都很满意。

一天，一个陌生的电话打进来，说是几经周折才找到我的联系方式。他是中国铁道出版社的房世武，现任中国铁道出版社副社长刘忠民托他给我捎来了一本他们新近出版发行的《百年轨迹》画册，这是一本以火车头为主要内容介绍中国铁路发展的照片集。刘社长是我20多年的老朋友了，他知道我在蒸汽机车上烧过火，开过火车，对火车头有着特殊的感情，这本画册肯定是我的钟爱。打开《百年轨迹》我爱不释手，一气呵成写出了我发自肺腑的《百年轨迹》的读后感《铿锵岁月》。电话又打给忠民社长，十分感谢他送给我的珍贵礼物，突然话题一转又说到我出书的事儿。我正在整理文稿准备再出版一本散文集，忠民真诚希望我能在中国铁道出版社出书，我如梦初醒。2005年以来，我分别在中国工人出版社、中国青年出版社和大众文艺出版社出版发行了4本散文集，这本散文集尽管我已与一家出版社取得联系并确定了出版意向，我还是决定改由中国铁道出版社出版发行，这是我的铁路情结所决定的。

读物出版封面设计至关重要。设计师要熟悉了解作者的内心世界，结合作品内容方能设计出较为理想的封面图案。我的《我行吾咏》封面是请郑州铁路局有线电视台的谭志浩设计的，这次我又打电话请志浩帮忙。志浩比我年轻许多，热心助人，电脑技术又全面，我把要求告诉他，并把我题写的书名“我述悟声”字样通过电子邮件发了过去。不几天，志浩就设计出7套方案让我挑选。都很好，我从中选定一个。浅绿色底衬，虚幻的壶口瀑布作背景，右上角自上而下排列着“我述悟声”四个行草汉字。我把封面设计图案与书稿以电子邮件的方式发给了刘社长，很快得到回复，由罗桂英出任这本书的责任编辑，按程序组织出版发行。

那天下午，我刚进办公室手机铃声响了，是罗编辑打来的，说的是封面设计的事儿。题写书名我用了“声”的繁体“聲”，不符合有关规定，需要改写成简体字。从汉字书写艺术的角度我喜欢用“聲”，尤其用行草书写出来苍劲有力，给人以美感。既然有规定不能这样写那就改吧，出版社委托北京一家专业设计公司来修改。我又重新题写了简体“声”字发给北京负责封面设计的王黎静，还用网上下载的壶口瀑布照片艺术处理后作背景，谁知小王说这样会招来争议的，问能否换个背景。无奈，我只好把我去贵州拍摄的黄果树景区的瀑布拿来作背景，经过处理还行，效果一点儿也不差。

我之所以看重封面设计，是因为它是作品内涵及作者内心世界的外在表现形式。我用“我述悟声”作书名，其含义是我在述说生活感悟的肺腑之声。我出生在一个普通的铁路工人家庭，父母都是不识字的“大老粗”，他们一门心思就是让我长大成为一名火车司机，从小我就把人生目标定在开火车上。1968年我从学校毕业走上工作岗位，一步步登上了火车司机的宝座，直到退休和火车头打了40多年的交道。离开工作岗位后我充分享受着一个退休员工的生活，经常外出走动，接触面更加广泛，产生了一些新的感悟，回到家里把所见所闻用电脑键盘敲打成文字储存起来，隔三差五在报刊上露露面。我还在互联网上建立了自己的博客网站，网上交流，以文会友，交了许多志同道合的朋友。大家都说“字如其人”，我题写书名的本意是要通过自己的书法，展现我的做事雷厉风行的性格、为人诚实守信的品德。背景采用滔滔河水，寓意我热爱生活，激情写作，犹如汹涌澎湃的波涛奔流不息。这既是一种自我激励，更是一种鞭策。我认为，人的一生是短暂的，每一个人都要珍惜在人世间的分分秒秒，时光不要浪费，年华不能虚度，在有限的生命里绽放出无限灿烂的火花。我记不清是什么时候有了写作的爱好，只知道在读初中那些日子里，课余时间就喜欢记一些自认为有意义的事儿，收集整理穿插在作文里，时常受到老师的夸奖。1985 年我到锦州学习，星期天和同学们到葫芦岛去玩，回到学校写下《赶海》一文，在《青年》杂志上发表，竟然还获了奖。1998 年 8 月，我第一次到宝鸡登乘火车头穿越秦岭感慨万千，回到郑州奋笔疾书，一篇《初过秦岭》打开了我散文创作的闸门，写作的激情像潮水一样涌了出来，历时 5 年完成了《三过秦岭》的写作，2006 年 10 月 17 日《文艺报》全文刊登，给了我极大的鼓励。这些年，我大部分时间都与电脑相伴，把我的心路历程化作美好的文字记录下来，在遥远的未来回忆起过去的时光会更有意义。

《我述悟声》是继《我心永恒》《我的太阳》《我书我心》《我行吾咏》之后我出版发行的第 5 本散文集，我喜欢岁月留下的这些足迹，把它好好珍藏在我的记忆里。

2013 年 8 月 26 日

小小印章传友情

电话是肖鹏打来的，说是他和我的老朋友胡洋在一起，席间谈到我又一本散文集《我述悟声》已出版发行，都想要这本新作。我说这事好办，我抽空送书到户，以文会友，共叙友情。

胡洋是1985年从长沙铁道学院毕业被分配到洛阳机车工厂的，从基层普通一员一直走到第一管理者的领导岗位，可谓那拨儿大学生中的佼佼者。洛阳机车工厂是以机车大修为主的国有企业，我在校学的就是机车专业，后来又管火车头，自然和机车工厂联系不少，我所在的郑州铁路局机车大修多半都在洛阳，从那时起我和胡洋就常来往，我们是多年的朋友了。前不久我又到洛阳机车工厂，回忆往事大家对胡洋的工作给予很高的评价，留下很好的印象。2010年1月胡洋来到湖南株洲，出任南车集团电机有限公司董事长兼总经理，这可是一副沉甸甸的担子。胡洋以温和著称，从不摆架子，很容易沟通，这是当代领导者很重要的一个因素。去年我到株洲第一次在电机公司见到胡洋，他温雅中透露出刚毅，专业知识愈加丰富，谈笑风生，诙谐幽默。谈到企业管理充满了辩证哲理，说到底企业管理实际就是管理者对人的管理，概括他的谈话叫“刚柔结合”，既要讲原则又要讲灵活，企业管理一半是科学，一半是艺术。所谓科学是管理的原则性，必须坚持，钉是钉铆是铆；所谓艺术是管理的灵活性，讲究工作方法，以情感人，情理交融。这是他长期工作的经验总结，是管理中的经典。他是一个学者型的领导，我不是学者，但我喜欢与学者打交道。

京广高铁开通为大家出行提供了便利的条件，从郑州坐上车不到4个小时我就到了株洲，下榻九方宾馆，我们约定第二天上午9点见面。公司党委副书记余斌和宣传部长朱剑飞专程接我，胡洋和党委书记周军军等在办公楼前迎候，他们做了充分安排，要举行一个赠书仪式。

赠书仪式设在六楼会议室，投影字幕与图片显示了我的过去与现在，胡洋的简短讲话拉近了我和大家的距离，之后要我谈谈工作感受。我在工作岗位上工作了41年，掂过锹把子，拿过笔杆子，从事过体力劳动，又从事过脑力劳动，一路走来感触多多，讲了我对工作"五心"的真情实感。一是对企业要有爱心。企业是员工的家，作为一个员工连自己的家都不爱怎么能谈得上干好工作呢？一个企业、一个单位岗位有不同，没有好与不好之分，再好的岗位若是不热爱都不是好岗位，再苦再累只要热爱就是好岗位，爱岗敬业是每一个员工应具备的条件。二是工作要热心。满腔热情地工作，创造性地劳动，发扬主动干的精神，才能干好本职工作，结出丰硕果实。在我们身边有许多忘我劳动的工作者，他们就是凭着那股热情不断创造人间奇迹，推动时代发展和社会进步。三是知识学习要专心。学习改变命运，知识决定人生，终身学习，终生受益，人活在世上不能一天不学习。尤其在科技创新、时代飞速发展的今天，知识陈旧不更新迟早要被淘汰，要落伍。业务学习要专心致志，技术学习要精益求精，只有这样才能在激烈的市场竞争中立于不败之地。四是设备操作要精心。微机技术的普遍应用是现代化大生产的显著特点，机械制造业生产流程也采用微机技术，无论是过去还是现在，设备操作都要按程序精心操作，稍有疏忽就有可能造成不可弥补的损失，精心操作设备是每个员工必须具备的基本素质。五是要有一颗感恩的心。事业的成功是个人努力与他人帮助的共同结果，没有外部力量的鼎力相助目标是难以实现的。有人说事业成功了要感谢朋友，失败了要反思自己，这句话很有道理，寓意深刻。感恩是事业成功的基础，大家都常怀感恩之心，相处就能和谐，就能营造良好的工作和生活环境。我的"五心"之说引起了共鸣，党委书记周军军做了精彩总结。

周军军1963年出生，1981年毕业于常德师范中文系，被分配到株洲电力机车厂，做过中学教师、厂报编辑、党委秘书，常发表一些文学作品并多次获奖，也是一个文化人。他认为现代企业发展要靠文化，用先进的文化影响员工，引导员工，凝聚众心，为企业发展提供不竭动力。他与胡洋配合默契，十分注重企业文化建设，电机公司形成了浓厚的文化氛围，企业发展年年都有新变化，成为南车集团的骨干企业。会后我笑着说:“周军军，你的名字应改一个字，叫周军长……”一句玩笑话逗得大家哈哈大笑，这笑声充满了对他们这对黄金搭档的褒奖和信任。

一般来说文人都有共同的爱好，对文字有一种特殊的感情。我还算不上文人，但多少沾点文气，他们特意请大名人叶剑平为我刻了一枚印章，鸡血石章料，精美的篆字让我爱不释手。叶剑平，斋号“上善堂”，毕业于湖南师范大学，中国书法家协会会员，中国铁路书法家协会理事，20世纪80年代以来他的篆刻、书法作品，多次在中国文联和中国书法家协会等单位主办的国家级专业展览中入展并获奖。回到郑州我在网上搜索，叶剑平建有新浪博客，打开博客大量的书法、篆刻作品让我大开眼界，博友10万多次点击，评论赞语连连，让我更加感到这枚小小印章的珍贵和真诚的友情。我衷心地祝愿叶剑平这位还没见过面的朋友在艺术创作的大道上越走越宽广。

2013年11月7日

用心灵感悟生活

傍晚时分我正在评论网友博客，郑州铁路局作协主席、刑侦专家王仲刚打来电话，经研究确定，请我与铁路局基层文学创作骨干互动交流，没啥说的我肯定去。仲刚20世纪70年代就踏入文坛，至今小说、散文、纪实文学、影视作品写了一大堆，让我望尘莫及，佩服至极，况且我们还是多年的老朋友。

这是我第一次参加这样的活动，来自全局基层单位的50多名文学创作者个个身手不凡，常在报刊发表作品，展现了新一代铁路儿女的风采。我与大家并不陌生，那年文联组织“太行采风”，我们一路同行，谈笑风生，彼此都留下了很深的印象。这次活动仲刚要我谈谈散文写作的一些感受，我不懂散文创作的奥妙，讲不出大道理，实话实说都是些自己的切身体会和真情实感。

文学是一种交流。散文是文学创作中的一种文体，用这种形式抒发作者的内心所想，在这个平台上互相交流对生活的感悟，无疑是一种很好的方式。追溯散文的起源，可以说自从人类有了文字就有了散文，我国的《论语》《道德经》《孟子》都有作者对生活的思考，都属于散文的范畴。散文形式多样不拘一格，是一种最自由的文体。不过与其他文体一样，散文有其自身的基本要求：一是思想性，内容要健康向上，给人以启迪；二是艺术性，语言要精彩、精练，读起来是一种享受；三是可读性，要有吸引力，让读者爱看、爱读，品出味道。这是我对散文的一种理解，也是我的一贯追求。

回顾我走过的路程，参加工作开过火车、干过秘书，更多的时间是从事企业管理。1998 年我已接近不惑之年，开始了系统的散文写作。那年秋天，我到宝鸡检查工作，跟车穿越秦岭在观音山车站停车，宝（鸡）成（都）铁路盘山而上，一列列钢铁巨龙呼啸而过震撼了我的心灵，顿时我萌发了写铁路的念头，一篇散文《初过秦岭》很快成形并见诸报端，很有成就感，慢慢地享受到了写作的快乐。越写越有兴趣，到现在我已出版了 5 本散文集，累计 150 余万字，还加入了中国散文家学会和中国作家协会，并出任中国铁路作家协会副主席。散文创作是我生活中坚守的一个阵地。

谈到我这些年写作中的感受，主要有五点：

一是热爱生活。生活是文学创作的源泉，文学创作源于对生活的热爱。热爱生活首先对企业要有爱心，热爱自己的工作岗位，干一行爱一行，干一行干好一行。工作有成绩，生活才有乐趣。工作是人生活中的一个重要组成部分，工作有热情创作才会有激情。

二是培养兴趣。兴趣是最好的老师，我的写作完全出于兴趣。中学时期我常常利用课余时间记录一些有意义的事，并且把这些事例作为写作文的素材，文章有血有肉有滋味，深得老师赏识。走上工作岗位这种兴趣依然很浓，有时半夜想到一件事来了灵感，就起床打开电脑敲打键盘，很快形成一篇文章。退休后甚至看电视看到兴头上也能产生灵感，立马动手就写，兴趣是我写作的不竭动力。

三是善于学习。这方面我做得还很不够，也在尽力去做。在信息时代的今天，网络知识非常丰富，互联网就是一座庞大的知识宝库，门类齐全，有取之不尽的宝藏。网上的散文吧、散文诗、散文欣赏、散文集、散文随笔等都是很好的学习平台，只要善于学习，勤于学习，写作能力很快会得到提高。我于 2008 年建立了博客，每天都要通过博客与网友交流学习，拓展了知识面，学到了不少新知识。

四是真情感悟。散文的特点是通过自己的所见、所闻、所思感悟生活的本质，只有用心灵感悟才能创作出好的散文作品。1925 年 7 月，出自当代散文家朱自清之手的散文《背影》，描述了父亲送别儿子的经过，通过朴素真切的语言，表现了父亲的一片爱子之心和儿子对父亲的思念之情。我深入一线看到工人们那种忘我的劳动精神也深受感动，创作出《大山深处小站人》《大山人的情怀》等散文作品，先后被报刊采用。

五是坚持不懈。看准了就要坚持沿着这条路一直往前走，坚信会不断创作出新的作品。2007 年，我在网上看到一篇《娘，我的疯子娘》的作品，虽说只有 5000 多字，却触动了我的心灵，流着泪我写下了读后感《感动最伟大的母爱》，还在网上查寻这篇文章的作者与写作背景。《娘，我的疯子娘》的作者是湖北红安县农村的王恒绩，初中毕业他只身到武汉打工挣钱贴补家庭，业余时间创作出感天动地的作品，先后被国内外 40 多家网站和 76 家报刊转载，并获全国敬老好文章一等奖。之后，他坚持不懈地写，从建筑工地小工到餐馆洗碗工、厨师，现在是《爱情婚姻家庭》杂志社的编辑。他的人生之路充分说明信念比什么都重要，坚持才能成功。

散文结构自由洒脱，形式多样纷繁，语言朴素优美，既好写又不好写，入门容易，真要写出有意义、有影响的好作品也不容易。我在网上看到一篇散文《无言的辉煌》，作者彭春兰，全文只有一千多字却令我难忘。文章开头写道："人生百求，人生百态。在三峡工程建设工地上，我看到的人生风景线，诉说的是无言的辉煌。"作者从建设三峡大坝的主人送给的礼品说起，这是一枚来自地层深处的花岗岩芯，"这些花岗岩将用自己的肌体永久地托起巍峨大坝，默默地忠实地信守奠基石的神圣职责"。作者触景生情，联想到工地上风风火火的建设者，一辈子献身水利的指挥员，被誉为"钻山虎""隧道通"的突击队长，开铲车的毛头小伙，他们为了大坝早日建成，抛家舍口把汗水洒在工地上；百万移民大军"告别世居的家园，抛弃将到手的硕果"，为工程让路，让大坝造福……他们都如同小小花岗岩芯一样，没有华贵的外表，只有美好的心灵，用忠诚与坚实铸就永不消褪的美丽色泽，点点滴滴化作无言的辉煌，构成一道充满情致和魅力的人生风景线。互联网就是优秀文学知识的大海洋，常读常新，我们从中可以汲取无尽的营养。

在散文创作的道路上我只是一个新兵，这仅仅是我的一点体会与感受。

2013 年 11 月 23 日

太行赞歌

巍巍太行山绵延千里，伟岸挺拔，历尽沧桑，留下了许多美丽的传说。太行山下的河南辉县孟庄镇是一片古老的土地，这里人们正在传颂着范清荣和范海涛父子俩的故事，几十年来他们把自己的聪明和智慧化作巨大的力量，带领村民摆脱贫困走上了富裕之路，实现了祖祖辈辈的千年梦想。他们不愧是新时代的太行英雄，他们用真心真诚和满腔热血谱写了一曲英雄赞歌。

一

走进孟庄镇，展现在我们面前的是一派热气腾腾的景象，孟电集团旗下的发电厂、水泥厂、编织厂生产繁忙，别墅式的农民住宅小区满眼翠绿像花园一样，宽敞的柏油大道四通八达……昔日的小山村变成了一座现代化的小城镇，人们过上了无忧无虑、美满富足的新生活，这一切都凝聚了范家两代人的心血。

辉县地处河南、山西交界处，北依太行，南眺黄河，据载这里是古代中国的凡国或共国之地域。早在北宋时期，穆桂英带领杨家将率兵大战洪州城留下美谈。金朝贞祐三年（1215）这里有座清辉殿，故称辉州，明朝洪武元年（1368）废州改县，辉州便改名为辉县。千百年来，人们世世代代在这青山绿水之间辛勤劳作，休养生息，创造了有特色的地域文化，在中华民族的历史上留下了浓重一笔。

辉县人杰地灵，英雄辈出。抗日战争时期，出生在辉县高庄乡的郭兴，16岁参加了八路军，18岁任太行五分区武工队长和辉县抗日政府区长，他带领武工队员以常人难以想象的胆略和睿智，像一把匕首一样插在敌人的心脏，灵活作战，出奇制胜，曾获“太行山特级战斗英雄”称号。他和他的战友们个个都是好样的，一次又一次谱写了英勇战斗的篇章。新中国成立后，以郭兴为原型的文学作品和电影《平原游击队》先后问世，主人公双枪李向阳家喻户晓。2013年9月22日，当年的武工队长、现已91岁高龄的郭兴又一次来到辉县，追昔抚今，想起在对敌斗争中浴血奋战的伙伴们，看到翻天覆地的新变化，他感慨万千，他永远忘不了这片对他有养育之恩的热土。

1933年农历九月初一，范清荣出生在辉县孟庄镇南李庄的一个贫苦农民家庭，他的降生给全家人带来的不是喜悦而是更大的忧愁，本来就已是清汤寡水的饭锅里又要加上一碗水，父母艰难地抚养着一个个小生命，日子一天比一天难熬，不久母亲患病离世。1938年2月，日本鬼子进犯中原，辉县沦陷，在日本侵略者的铁蹄蹂躏下民不聊生，日子过得更加艰难。1940年，辉县天旱地裂又闹蝗灾，庄稼颗粒无收，眼看人都活不下去了，父亲无奈狠心地把弟弟就近送人找到一条活路。第二年春上，不满8岁的范清荣跟着父亲和哥哥不得不出走逃荒要饭。走啊走，讨啊讨，走过了一山又一山，讨过了一村又一村。那个年月天下穷人都一样，自己家还吃不饱呢，哪还能顾得上施舍别人。父亲带着他们兄弟二人忍饥挨饿好不容易逃到了山西霍县，感到无路可走，实在没有办法父亲只好找个买家，忍痛割爱要把小清荣卖掉。清荣懂事早，非常理解父亲的难处，为了活命不由分说跟着陌生人走了。到了这个新家，主人让他把上衣脱掉仔细检查身上有没有毛病，发现小清荣年幼挑担致使右肩低左肩高，怕他干不成活执意退回，第二天便带着清荣在一孔破窑洞里找到父亲，说明清荣两肩高低不一样换走了哥哥。十指连心，兄弟俩都是父亲的心头肉，哥哥走了父亲心里很不是滋味，时常暗暗流泪。哥哥到一个陌生的家，无时无刻不在想念自己的亲人，没过两天，哥哥带着一个没舍得吃的烧饼悄悄来到破窑洞给了父亲。爹爹哪舍得吃啊，转手给了小清荣。清荣打记事儿起都没吃过这东西，咬一口香喷喷，怎么也不舍得一下子吃完，几天过后才吃完了这个一辈子不能忘记的烧饼。我们采访的时候，老人家两眼湿润，说起72年前的那一个让他刻骨铭心的烧饼。那不是一个普通的烧饼，那是哥哥送来的骨肉之情！

父亲领着小清荣在他乡靠讨要度日，历尽人间艰辛仍走投无路，1944年不得已又回到了南李庄，天天泡在苦水里总算熬到了解放。土地改革那一年，范清荣一家和广大贫苦农民一样分到了土地和房屋，从此过上了新生活。经受过严冬的人最能感受到太阳的温暖，这时已长成大小伙子的范清荣是一个知恩并懂得感恩的人，他深深懂得是共产党救了他们全家。他常说的一句话是"没有共产党就没有我的今天，听党的话跟党走，党叫干啥就干啥"，这朴实无华的言语折射的是一个翻身农民对党无限忠诚的朴素感情，干起活来浑身有使不完的劲。他参加了民兵组织，时时处处走在前，拥护党的政策，积极工作，表现出极大热情。

1954年范清荣加入了共产主义青年团，不久担任乡团支部书记，带领全乡青年工作样样都很出色，都说他是一个好苗子。其实，范清荣也有自己的困惑与烦恼，最大的困难就是不识字，干体力活他一个能顶几个，再苦再重的活都能拿下来。可是他斗大的字不识一个，简直是个"睁眼瞎"，好多事都耽误在没文化上，难为得直冒汗。范家上数几代人都是面朝黄土背朝天的农民，养家糊口都是饥一顿饱一顿，哪里有钱进学堂，到了范清荣这一代连活命都成了问题，更别说上学了。现实生活让他深深体会到，干事没有文化不行，创业没有知识不成。恰在这时，村里办起了扫盲班，范清荣生怕耽误似的抢先报了名，不知从哪儿找来一张草纸对折裁开缝成本子，又把别人扔掉不用的铅笔头捡起来再用，这就是他的全部学习用具。他珍惜每一堂课，天一黑就撂下手里的活，总是搬着凳子第一个进课堂，唯恐去晚了漏听老师讲课。没有课本，老师自编教材由浅到深先教识字；没有黑板，他们临时卸掉一块门板；没有课桌，两腿一并膝盖当作课桌写字用，这就是最原始的中国式教育。扫盲班的学生年龄参差不齐，已20多岁的范清荣像小孩子一样，课堂上认真听，认真记，一笔一画地写，跟着老师一句一句地念，像是幼童牙牙学语。放学回到家里躺在床上还像过电影一样默记刚学到的字，白天空闲时蹲到地上捡个树枝或瓦片写写画画可认真了，他知道能这样安稳学习来之不易。范清荣凭借天赋与勤奋在扫盲班里收获了许多，学习结束能看报纸了，大概知道里边写的是啥意思了。多少能识点字，这在20世纪50年代初期可不简单了，也算是个文化人。范清荣怀有一颗感恩的心，把满腔热血都倾注在工作上。他坦荡无私，勤勤恳恳，赢得了群众信赖和组织信任，1955年国庆节那天他光荣地加入了中国共产党。

男大当婚，女大当嫁。范清荣入党那年已经是二十好几的大小伙子了，也到了谈婚论嫁的年龄。他人缘好，威信高，自然来说媒的人也不少，他偏偏看中了邻村的农家女子顾族荣。顾族荣1938年生于一个贫困农户家庭，她和范清荣一样饱尝了人间疾苦，两人一见面很能说得来，相互认准了都是值得依赖的人，1956年他们结为伉俪，恩恩爱爱，相濡以沫，一同走过了57年的风雨历程。这57年是他们勤恳创业的57年，是他们恩恩爱爱幸福生活的57年，是他们努力工作回报社会的57年。

二

范清荣工作勤奋、觉悟高、原则性强，很有组织能力，1957年底出任南李庄党支部书记。他心里明镜一般，这是责任，这是一副沉甸甸的担子。他边工作边学习，不断汲取知识的力量，不然难以挑起这副沉重的担子。

1957年是我国社会主义建设进程中重要的一年。新中国成立之后，经过了三年的经济恢复医治了战争的创伤，拉开了社会主义建设的序幕，这一年完成了第一个五年计划的各项任务，农业走上了合作化道路，土地归集体所有，实现了土地从私有制向公有制的转变，推动了大规模的农田水利建设和农业机械化的进程，有效地改变了中国农村经济文化极其落后的面貌，人民群众大干社会主义积极性空前高涨。然而，随之而来的人民公社和“大跃进”运动，脱离实际，违背了事物发展的规律，农业生产遭到重创，中国出现了严重经济困难，南李庄又回到了贫困之中，范清荣这位只有20多岁的带头人陷入极度的苦闷之中。

范清荣在思索，眼下遇到的是我们前进中的挫折，任何事物的发展都不会一帆风顺，这点痛算什么。他没有被困难吓倒，他要带领大家走出一条新路子。日历翻到了1967年，这是“文革”正乱的年代，范清荣无心去搞那些“不打粮食”的事，他的责任是想办法让大家吃饱饭，他萌生了建造纸厂的念头，要在发展工业生产上做文章。没过多少日子，一个土法上马的造纸厂在南李庄出现了。虽说是作坊式的手工生产，产品也很粗糙，但在那个物质匮乏的年代，有东西就不愁卖。产品销售还很顺畅，集体经济得到初步发展。有一天不知是谁冒了一句说新乡合河乡建了一个机械造纸厂，说者无心听者有意，范清荣有了新想法，不由分说带了几个人专程到合河乡取经去了，在这里他重新看到了希望。回到南李庄，他们一班人认真分析了扩大造纸规模的优势和不利因素，最大的困难是缺乏资金，这不是什么大不了的事，最后研究决定还是建一个机械造纸厂。话容易说，干起来就不那么容易了。十几万元的钱从哪来？进了一家门就是一家人，范清荣有事总要和妻子商量，帮他拿拿主意。回到家里范清荣说起建机械造纸厂的事儿，顾族荣非常支持，毫不犹豫地说把家里值钱的东西先卖掉，其余部分动员大伙儿凑一凑。第二天一早，范清荣把家里商量的想法给大伙儿一说，全村都行动起来了。有的把养了几年的牲畜换成钱拿来了，有的把家里拾掇拾掇卖废铁把钱拿来了，有的老太太把积攒的私房钱拿来了，有的把孩子们的压岁钱拿来了，还有刚过门的新媳妇把结婚压箱底的钱也拿来了。众人拾柴火焰高，1969 年 7 月 1 日南李庄新一代的造纸厂试车投产了。

机械造纸产量翻倍增长，人们沉浸在喜悦当中。可是新的问题又出来了，如何把产品运往市场？造纸厂急需配备汽车才能满足运输需要，买汽车可不是说话的。那几天范清荣沉默不语，他是在琢磨怎样少花钱多办事。他打听到县工业局有人会组装汽车，花钱买配件组装汽车能省不少钱，就这么办。他把懂行的师傅请到南李庄，派人买来一大堆解放牌汽车零配件，先后组装成两台解放牌载重汽车。这下子南李庄“鸟枪换炮”了，十里八乡都来学习效仿，小造纸厂成了辉县一大亮点，带动了地方经济的发展。

那些年范清荣带领村民们一手抓纸品生产，一手抓农耕，抓啥啥成。开荒种粮、种菜，养殖喂猪、养鱼，样样都是行家里手。南李庄发展多种经营，集体经济大变样，1976 年范清荣出任梁村公社（现孟庄镇）党委副书记。

20 世纪 70 年代蓬勃兴起的“五小”（小煤矿、小钢铁厂、小化肥厂、小水泥厂、小机械厂）工业改变了我国工业经济结构，扩大了中小企业在工业企业中的比重，更好地利用了当地资源，增强了地方经济实力，改善了县域经济的面貌，从单一的农业经济转向以农业生产为主兼顾工业，适度提高了农业外收入水平。乡镇企业管理者对客观事物认识的能力不尽相同，导致“五小”工业发展也不平衡，梁村公社轧钢厂一直不温不火，步履艰难到了揭不开锅的境地，100 多名员工半年没发工资，厂里还欠外债十几万元，成了个大包袱。公社书记张世清思来想去，决定让范清荣去接替管理改变现状。1981年深秋的一天，张书记把这个想法用商量的口气找范清荣征求意见，没想到他二话没说接受了这个任务。在范清荣脑海里只有一句话："党叫干啥就干啥"，是共产党救了他们一家，有什么可挑可拣的。领导者首先是会用人，把人用好是首要任务。张书记之所以让范清荣出山，看中的是他敢于担当，有办法、有能力挑起这个大梁。

范清荣离开了公社办公室来到破败不堪的轧钢厂，他流泪了。

市场不相信眼泪，流泪没用，要的是真抓实干。他与领导成员交心了解问题的症结，他到生产车间察看现场管理，他找工人骨干倾听群众意见。短短几天，他走遍了厂里每一个角落，情况摸得一清二楚。

问题找到了，轧钢厂长期不景气的关键是班子缺少主心骨，企业没有凝聚力，人心涣散，工人出工不出力，机器转不动，原有的产品质量差卖不出去，这样的工厂不垮才怪呢。

办法有了。他把全厂的人召集起来，亮出他的施政纲领，天上不会掉馅饼，只有大干才能大变。他和工人一起4天4夜完成了设备大修，干完了计划40天才能干完的活，这不能不说是个奇迹。范厂长的工作精神让大家看到了希望，不多时轧钢厂一派生机，钢花飞舞，铁水滚滚，产品销售有了新出路，当年工人领到了盼望已久的那份工资。1983年轧钢厂不仅还清了欠款还盈利83万元，到了1985年产值达到8000多万元，实现利税1080万元，轧钢厂越来越红火。这一切都得益于张书记那双慧眼，得益于范清荣的胆略和才智，得益于全厂朴实无华的工人兄弟的辛勤劳动。

三

是金子在哪儿都要发光。1987年我国改革开放进入一个新的历史时期，辉县"五小"工业蒸蒸日上，孟庄镇（时为孟庄乡）电力能源出现限供局面并日趋紧张，28个行政村、14个乡办企业用电告急，要求尽快解决用电问题的请示报告雪片般地落在了乡领导的办公桌上。那阵子，各地拉闸限电极为普遍，国企用电还找不着地方哪还能顾得上乡企？孟庄用电只能靠自己，乡党委决定自办发电厂，这是唯一的出路。建电厂不是烧炭炼钢，必须有一拨儿懂技术、会管理的专业人才，对于他们是一个全新的领域，是一块更硬的骨头，让谁去挑这个头是摆在领导面前的一个难题。

在这节骨眼上，乡党委书记赵启忠想到的自然是范清荣，他是唯一的人选，班子领导一通气不谋而合，眼睛都盯在了范清荣身上，看准了只有他去领头，办电厂的计划才会落到实处，孟庄镇用电才会有着落。此时的范清荣还在轧钢厂与大家一起研究新产品的开发，也在为电力不足发愁呢，没想到他又要到孟庄当“电公”了。

一阵急促的电话铃催促范清荣赶往乡党委，赵书记开门见山直接布置任务，范清荣还是那句话：党叫干啥就干啥。这座1.2万千瓦的火力发电厂的建造任务就这样落在了范清荣的肩上。

范清荣没上过学，在扫盲班里摘掉了文盲帽子，用他肚子里的那点“墨水”去抓电厂建设，在一般人眼里是天方夜谭。可他就是凭着敢于担当的精神担起了厂长的责任，在开工前20天把行李铺盖搬到了杂草丛生的工地，他明白这是一场艰苦的攻坚战。1987年8月28日，孟庄电厂破土动工，人拉肩扛，机器隆隆，施工现场一片繁忙。乡里建电厂谈何容易，最大的困难就是没有钱，筹集到的资金离预算的数字还差一大截。过惯了穷日子的范清荣，用他自己的算盘策划这点钱的用场，能不花的不花，能少花的少花，凡是力气活组织大伙儿搞义务大会战，把钱省下来用在最需要的地方。这一招还真灵，面积12亩、深1.8米的晾水池，14000多立方米的土方工程量，专业工程队计划两个月完工的工程，他们20天拿下；通往储煤场的1028米穹圈小铁路计划几个月才能完成的工程量，他们只干了40天，小铁路通了；隆冬腊月豫北太行山下气温零下18℃，滴水成冰，范清荣带领150多名安装队员毫不退缩，攀爬在几十米高的脚手架上顶风冒雪抓紧推进。穷则思变，他们硬是这样用对事业的执着和超常规的办法，10个月零20天建成了一座火力发电站。并网发电那天，孟庄这片古老的土地上喜气洋洋，大家奔走相告，孟庄人的梦想实现了。不到一年的时间，一座1.2万千瓦的火力发电厂拔地而起并网发电，这个神话般的奇迹永远载入孟庄镇的史册。

能源是生产发展的保障。1992年孟庄又一次出现电力紧张，范清荣召集大家献计献策，咬紧牙关一股劲又上两台1.2万千瓦机组。1994年10月4日机组并网发电，1997年4月5日机组交付使用，2001年6月6日机组投产运转。这是一组用汗水浇灌出来的数字，彰显出范清荣和他的伙伴们自力更生、艰苦创业的精神。

电厂规模不断扩大，范清荣掌握了发展经济的主动权，创业的劲头也越来越大，心想守着大山这么好的自然条件，修路建房有多少水泥都不够用，别人能干的事咱们也能干，于是他又萌生了建水泥厂的念头。说干就干，他们就地取材在孟庄建起了水泥厂，同时派生出来的编织厂也挂牌建成，从此“孟电”品牌水泥源源不断销往各地。孟庄电厂像滚雪球一样越来越大，品种多，效益好，短短几年发展成孟电集团，犹如一颗冉冉升起的新星绚丽多彩。

事物的发展总是这样，旧的问题解决了，新的矛盾又来了。

“五小”工业的迅速发展，无疑壮大了地方经济，随之也带来了环境污染问题。孟庄电厂的大步跨越也带来了不少烦恼，每天要消耗上千吨煤炭，产生大量的废水、废气、废渣，构成了环境污染的巨大威胁。尤其那些令人头疼的废渣露天堆放，风刮灰粉满天飞，屋里办公桌上天天都是一层灰，这成为范清荣的一大心病。有一天他不知听谁冒了一句中科院建材研究所研制成功一种添加剂，掺和到原煤里燃烧后的废渣是生产水泥的好原料，这种新工艺称为“煤净化燃烧一炉两用”。采用煤净化燃烧新工艺，电厂每天产生的那些废物都可以再利用，一举多得。他找人弄清了这种新工艺的来龙去脉，派技术人员到中科院登门联系合作，投资1000多万元上这个新项目。中科院来了十几个专家精心设计并安排施工，用了一年的时间，“煤净化燃烧一炉两用”新技术在孟庄应用成功，与之配套的电除尘替代了水除尘，不仅节省了大量用水，并且除尘脱硫率高达75%以上。用废渣做原料生产出来的水泥，成本低，质量好。中科院的“煤净化燃烧一炉两用”新工艺第一次在孟庄大地得到了验证，很快在20多个国家和地区获得专利。

四

人都有衰老的那一天，都有干不动的时候，这是自然规律，谁也无法抗拒。孟电集团一天天壮大，范清荣的年龄也一天天在增长，眼看就是70岁的人了，他在琢磨交班的事了。

创业难守业更难，这些年辛辛苦苦创下的这笔巨大资产交给谁能守住这个摊儿呢？他一个个分析了自己儿女的现状，实话说都很出色，都在不同部门的领导岗位上，他不舍得让他们离开，左思右想决定让老二范海涛接替这个班。

海涛 1962 年出生，也到了不惑之年。他 17 岁到县化肥厂干了几年最重的活，出大力流大汗，大冬天棉袄能让汗浸透，回家没有说过一个累字，没有叫过一声苦。那年春上老妈为他拆洗棉衣，掂着板结的棉絮问海涛咋回事，海涛才说出干的是拉板车的活，一车石头几百斤，一天要拉 36 趟，再棒的小伙子也吃不消。就是那一年海涛累倒了，躺在医院里半年没出来。大病治愈出院，身体还需要一段时间调养，于是在家休息。海涛闲不住，跑到附近机动车驾驶员培训学校学会了开汽车，刚好县公安局缺少汽车司机，海涛作为临时工上班了。海涛生在经济困难时期，上学读书又赶上“十年动乱”，没有系统学习应该学到的知识。不过他有一个聪明的大脑，反应敏捷，工作勤快，遵守纪律，敬业爱岗，很快被领导发现是块好材料，专为局长开车。公安局长是个特殊的岗位，只有上班时间没有下班时间，越是节假日越忙活，不分白天黑夜随时有事随时就得出动，给局长开车也得和局长一样别想过正常人的生活。每次出车回来，海涛都把车擦洗干净，出车在外得空还是擦车，他开的车啥时候都是干干净净的。海涛五年如一日勤恳工作，局长发现他是个好苗子，一次招工扩编海涛穿上了警服，实现了他多年的梦想。

海涛在外工作是好样的，在家孝敬父母也众所周知。多少年来只要他在家，老父亲晚上临睡觉前，总是海涛给老人家洗脚，直到现在从来不变。一滴水能反映出太阳的光辉，小事儿可以见精神。常年坚持为老人洗脚算不上什么大事，这件普通小事却彰显出范海涛的人格魅力。

在人生的道路上，范清荣干啥啥成，是个能成事的人才，他这种基因在海涛身上同样也体现出来，在全县的公安队伍里，范海涛干得出类拔萃，被列为重点培养对象和后备干部人选。2002 年初，经过大家推荐、组织考核，海涛拟提拔到领导岗位。恰在这时，范清荣与妻子顾族荣反复商量下决心让海涛回来守住这份产业，他有能力接好这个班。范清荣把自己的想法向上级党组织做了汇报，征得同意，范海涛依依不舍地离开了公安局，于 2002 年 4 月出任孟电集团党委书记兼总经理。

刚刚进入 21 世纪的中国大地，乡镇企业发展如火如荼，电力供应的紧张局面再度出现，范海涛接手孟电集团的第一件事就是扩大生产，尽快缓解电力不足的局面。海涛年轻有远见，意识超前，他和老爷子商量，摆出了充分理由要再上一台 5.5 万千瓦的发电机。范清荣听他说得头头是道，喜在心里，放手让他大胆去干，明确表态："这事你拿注意，定下来就干，有困难一起解决。"当年8月，5.5万千瓦的7号机组开工建设，只用了7个月的时间，7号机组就转了起来。并网发电那天，时任新乡市委书记的连维良到场祝贺，高度赞扬他们创造的"孟电速度"，7号机组投产比4台1.2万千瓦机组同时的发电量还要多。

2003年，我国公路、铁路、机场、港口等交通基础设施建设进入快速发展时期，范海涛看准了水泥市场需求量将会有一个大的突破，"孟电水泥"原有的日产2×1000吨的水泥厂生产线产能远不能达到理想要求，急需扩大再生产。他毫不犹豫敲定立项，上了两条日产2×3000吨熟料干法水泥生产线实现产值、效益新突破。10月24日，新建工程开工启动，新乡市委书记、市长专程赶来见证了这具有历史意义的时刻。这项浩大的工程仅用了8个多月就建成竣工，于2004年7月3日交付使用，孟电水泥市场占有份额大幅度增加。

敏锐的范海涛对市场的需求了如指掌，他预感水泥市场将会出现大的需求量。正当他确立的水泥项目紧张施工之际，2004年1月7日，国务院召开常务会议研究通过了我国《中长期铁路网规划》，到2020年我国铁路营运里程达到12万公里，新建铁路1.6万公里，其中客运专线1.2万公里，未来的水泥市场前景十分看好。正如海涛所料，他们新上的日产2×3000吨水泥生产线投产后产量一下子翻了两番，孟电水泥每天从孟庄出发被送往各大施工现场。一个企业家要有长远眼光，必须干在今天，看到明天，想着后天，适时开发市场产销对路的新产品，这个企业才会不断发展，长期立于不败之地。

五

人们对物质世界的认识总是有限的，任何事物都有其两面性，既有喜的一面，也有忧的一面，甚至产生的负面影响大于效益的增长。20世纪后期，乡镇企业的"五小"工业如雨后春笋，各地地区生产总值猛增，工业产值也频频传来捷报，随之而来的高能耗、高污染却令人困惑不堪。辉县"五小"工业污染排放遮住了蓝天，尘霾挡住了白云，被人们诙谐地称为"灰县"。节能降耗、治理环境成了当前和今后一个时期的重要任务。"十一五"规划纲要明确提出了节能和减排两个约束性目标，电力工业则是节能减排的重点领域，关闭小机组、投产大机组的"压小上大"成了各地的硬任务。孟庄电厂8台机组发电容量累计17.5万千瓦，属于"压小"之列，这是孟电人20年努力打拼的结果，更是范氏两代人心血与汗水的结晶。他们为之奋斗投入资金10亿元之多，付出的辛劳无法计算。眼下摆在范海涛面前的有两条路：一是等待观望，能拖一天是一天；二是当机立断，率先“压小上大”争取主动，把蓝天白云还给大自然。海涛选择了后者，他把这个想法告诉了老爷子，得到的回答是：“那还有啥说的，就这样办吧。”海涛知道老爷子就是这种性格，还是那句话：党叫干啥就干啥。他也清楚这些小发电机组是他们用20年心血换来的成果，他们怎么能舍得把它们说炸掉就炸掉，这是一种痛苦的选择。话又说回来，没苦哪有甜，今天的痛苦是为了明天的幸福。

定下来的事马上办。“压小上大”并非容易，那些日子海涛带领一班人制定了详细方案，小机组炸掉后安装两台30万千瓦发电机组，首先要安排好水泥厂、编织厂、污水处理厂的临时用电；施工期间电厂1000多名职工分别组织培训和留守，工资待遇不变，保持队伍稳定；联系专业爆破公司制定爆破方案，爆破一次成功；同时向政府有关部门汇报发展规划，争取政策，抢抓机遇，尽早实现2×30万千瓦机组并网发电。这一切海涛都做了详尽安排并付诸实施。2007年国庆节过后，海涛认真听取了爆破方案的进展情况，逐一检查了1万多个炮眼位置，认为一切就绪，确定10月26日实施爆破。

定向爆破不同于其他施工，要慎之又慎，确保万无一失。10月24日，海涛从郑州请来了全国有名的爆破专家王百姓做指导，确认无误再进行实施。王百姓是我国公安战线上的一名老兵，从事爆破专业30多年，积累了丰富的经验。他来到孟庄电厂仔细察看了爆破前的各项准备工作，炮眼差有1万多个，一句话：“准备工作不彻底，不能如期爆破！”王百姓的一句话像响雷一样震耳欲聋，而且说得是那样确切、肯定，连补救的办法都没有。大家都熟悉王百姓，他1969年参军入伍，从军16年，1985年转业到河南省公安厅，处事果敢，责任心很强，说话掷地有声，绝不含糊，现场定向爆破决不能儿戏，准备工作差一点都不行，没有什么可讲的。海涛看他态度如此坚决头都蒙了，若是不能如期爆破则会失去2×30万千瓦机组的审批，带来的是生产恢复无限期拖延，电厂损失巨大。海涛两眼含泪动情地反复说明这次爆破不能延期，不然后续工作全部打乱，电厂完全处于被动，孟电集团几年都翻不过身。一席话讲得王百姓热血涌动，他想了个超常规办法，拿起手机一个个联系，通知郑州有资质的爆破公司抓紧赶到辉县孟庄，范海涛组织人员搭起7个工作台供爆破公司打眼装药。那会儿，海涛只嫌表针走得太快，不知不觉到了26日凌晨，3万多个炮眼全部打好到位，王百姓检查完毕准许装药插上雷管，所有闲杂人员远离现场，保卫人员上岗紧盯。这时天早已大亮，爆破现场鸦雀无声，似乎一声咳嗽就会天翻地覆一般。

70多岁的范清荣老两口在家里站也不是坐也不是，他们辛辛苦苦创办的10亿产业将瞬间付之一炬，范清荣心里越想越不是味儿便失声痛哭。他不是心疼这几个钱，回想走过的这20年实在是太不容易了。老人家深明大义，他明白“压小上大”是时代发展的必然趋势，一个有50多年党龄的老共产党员决不能有任何含糊。泪水只能在家里流，他不能去现场，怕一时控制不住自己的感情而影响工程进展，他默默地忍受情感上的折磨，把痛苦化作一种正能量全力支持电厂的技术改造。

范老爷子与电厂的一草一木割舍不开，作为儿子的范海涛何尝不是。自打来到电厂那一天，无时无刻不在为电厂的发展操心，电厂每向前走一步也都凝聚着他的汗水。“破”是为了“立”，今天的爆破是为了明天更大的发展，心里再舍不得也必须这样干，面对困难，只能前进不能后退。

10月26日上午，在国家发改委、河南省政府领导现场监督下，在中央电视台现场直播摄像机的见证下，10点整，随着一声令下，一个个高大的冷却塔按照预定的方向轰然倒地，悬在大家心上的石头落下了。

孟庄电厂是淘汰技术落后高能耗、高污染小火电的第一家民营企业，在同行中带了个好头，展现出一个民营企业家干事创业的胆略和胸怀，在社会上引起了强烈反响。2007年11月22日国家发改委批复，同意孟庄电厂2×30万千瓦机组扩能改造。海涛继承了老爷子的秉性，“艰苦创业，志在一流”是他们的座右铭，这次改造从设计上就瞄准顶端技术，引进当今最先进的除尘、脱硫、脱硝技术，把污染降低到最小限度，让白云在蓝天飘荡。

2011年3月5日，孟电集团两台30万千瓦机组全部投产并网发电，为经济腾飞插上了翅膀，当年上缴国家税金实现翻番。

六

范海涛从父辈手里接过接力棒，不仅是孟电集团的第一管理者，还是南李庄党支部书记，他没有忘记父辈的教导：什么时候都不能忘记父老乡亲，少数人富不叫富，大家富才是富。他把农村美、农民富作为追求的目标，实施富民工程。孟电集团生产规模逐步扩大，创造了许多就业岗位，范海涛安置南李庄和周边一些乡村闲散劳动力进厂务工，靠劳动致富，从根本上保证农民收入增长。2010年初，经过深入调查和测算，范海涛有一个想法，拿出1.9亿元彻底改造南李庄，新建新型的农民住宅小区，让农民也过上城里人的生活。这个设想一出口，好像是不谋而合，全家人都说这个主意好。海涛安排有关人员设计规划做好预算组织实施，这是一件好事，好事要办好也要做好工作，让每个村民都明白才不至于出现不同的声音。4月1日，范海涛和村“两委”召开全村村民大会，海涛开门见山直奔主题说：“咱们南李庄有351户人家，条件不一，住房凌乱。现在要统一规划建新社区，按我家现在住的房子那样盖，每户面积大小、样式都一样，两层叠加别墅还有地下室，孟电集团出资不收村民一分钱。过渡期半年，或投亲靠友，或找房租住，每月每户租金按300元补偿，共计1800元，会后就能领取。现在要说的就是一件事，请大家抓紧腾房，越快越好，早动工，早建成，早入住。”海涛这一席话说得大家喜笑颜开，甭提多高兴了。散会之后只用了5天，整个南李庄村空无一人，施工队伍随即开进村里，10多万平方米的村民住宅新区从动工到回迁入住刚好半年的时间。

乔迁新居是一桩喜事，村民郑玉林特意选在社区落成迎娶儿媳妇，喜上加喜。儿子成亲那天，他请人撰写一副对联贴在家门口，上联是“进社区住别墅兴高采烈”，下联是“感范公报梓里共享成果”。郑玉林也把海涛拉到家里来喝喜酒。海涛来了指着那副对联说：“玉林啊，不要感谢我，不要感谢我们范家。咱是共产党员，咱所做的一切都是执行党的政策，要感谢党，大家都说共产党好，就是俺最大的满足。”

采访中我们专程到南李庄新村走了一趟，一排排别墅造型别致、整整齐齐，道路两旁绿树成荫，村中花园鲜花盛开，不时还传来清脆的鸟叫声。村民们彬彬有礼，看我们走来像是一拨儿文化人便主动迎了上来，说起新村建设的故事。都说当初范书记要为大家建新房，谁也不敢相信天下有这么好的事，做梦都没有想到啊。人家范书记说话算数，没让村民出一分钱都住上了城里人才能住上的房子，听说光这一项范书记就花了1.9亿元。都说天上不会掉馅饼，这么大的馅饼掉在我们南李庄，谁家能不高兴？我们说，能让我们进到家里看看吗？几个村民争着拉我们进家去。好气派哦，复式住房，上下两层，暖气、自来水免费使用，天然气费用由天然气公司收取。几厅几室我都没数清，主人说楼上楼下有270多平方米，楼下还有地下室60平方米。我们说，能去看吗？房主边说边把我们领到地下室，我一看何止60平方米，步量测算足有70平方米以上，让我们这些城里人都羡慕。村民王金珠说了一句话："这辈子做梦都没想到能住上这么好的房子，美丽乡村是我家，农村不比城里差。"这句话充满了自豪感，也是南李庄村民的共同心声。

走到一处新建的平房，村委会主任段继富告诉我们，这是南李庄敬老院，是孟电集团为老年人办的一项公益事业。敬老院功能齐全，每人一室带有卫生间，冬有暖气夏有空调，70岁以上的老人都可以入住，每人每月生活费标准450元，有食堂，有诊所，有保健，有服务，象征性收取入住者每月200元。不是村里缺少这几个钱，是通过这种方式让儿女们尽尽孝心。在多功能活动室里，我们看到几个无忧无虑的老人正在乐呵呵地打扑克，有说有笑，满脸幸福。

这次采访我们还听到了许多范家父子扶贫帮困、助残助学的故事，他们用于慈善事业的资金远远超过了自家所用的数目。小蒲水村是与孟电集团相邻的贫困村，这些年在范家的帮扶中面貌大变，全村有150多人考上大学，培养了12名研究生，普通的农家子弟杨录军还考上了重庆第三军医大学的博士生；贺少峰是原阳县草坡村的一个农家孩子，父母体弱，家庭贫困，小少峰面临失学，范家得知后便主动资助帮其渡过难关，他考上大学攻读医药学科；老工人杜兴的女儿患糖尿病住院治疗，范家人悄悄送钱治病；工人王保国的孩子得了白血病，范家人送去救命钱……采访中，范氏父子俩都不善言谈，他们就是凭着对党的忠诚和坚定的信念，用实干创造了一个又一个奇迹，用汗水改变着家乡的面貌，用爱心赢得了人们的赞誉。2000年以来，新乡、辉县市委市政府先后4次做出向范清荣学习的决定，范清荣被评为全国劳动模范，范海涛获得全国五一劳动奖章，2013年范海涛还被评选为全国道德模范。

采访结束了，脑海里不断浮现出看到的一幕幕，我们看到的比听到的更感人、更精彩。范家父子在事业上完美地实现了接力棒的传递，孟电集团正沿着正确的道路又好又快地发展。这是一种信念的传承，一种精神的传承，一种道德的传承，一种力量的传承！

2013年12月27日

附录
《太行赞歌》采写札记

采写《太行赞歌》纯属偶然。那天，求是杂志社的朋友王留彦打来电话，说他们在辉县调研发现孟电集团的范清荣和范海涛父子俩事迹很感人，想约我一起采访写篇报告文学，我随口答应便相约同去。

孟电集团起步于1987年，当时乡镇企业如雨后春笋，小煤矿、小钢铁厂、小化肥厂、小水泥厂、小机械厂等遍地开花，孟庄乡电力能源显得尤为紧张，范海涛的父亲范清荣临时受命建一座属于孟庄乡的小电厂，来满足乡办企业的用电需要。电厂建成并网发电之后，在范清荣的带领下又建起了水泥厂、编织厂，形成集团式的社会化大生产。2002年范海涛子承父业，脱下警服出任孟电集团党委书记兼总经理。现在的孟电集团像滚雪球一样，规模越来越大，技术不断升级，产值逐年提升，效益年年递增，成为豫北大地的一颗明珠。

我们采访了孟电集团现在的掌门人范海涛、奠基人范清荣、默默无闻的顾族荣等人，并召开不同类型的座谈会，走进南李庄新社区听取广大村民的反映，目睹农民新居的巨大变化。采访结束后回到郑州，我打开电脑敲打键盘，很快出手一篇报告文学《太行赞歌》。

这几天，我一直沉思在《太行赞歌》的采写过程中，深入探讨范清荣、范海涛父子成功的秘诀是什么。我认为，坚定的信念是他们成功的基石，听到的那一句句、看到的那一幕幕都打动着我的心灵。

感动之一，坚信党的领导，听党的话，党叫干啥就干啥。在采访的过程中，我们听到范氏父子说得最多的就是听党的话，党叫干啥就干啥。是啊，范清荣出生在贫穷落后的旧中国，从他记事时就跟着父亲逃荒要饭。父亲为了他们能活命，万般无奈先把范清荣不懂事的弟弟送人，又把小清荣卖给了山西一户人家，谁知买家没有看上小清荣，换走了哥哥。解放了，范清荣一家分得了土地和房屋，才算有了一个安稳的家，再也不用去逃荒要饭了。他感激共产党，没有共产党就没有他的一切，认定要跟共产党走。他也是这样教育自己的孩子，时时处处要听党的话。几十年来，“党叫干啥就干啥”是他们做事的准则，入团、入党、入社范清荣走在前，办造纸厂，管理小钢厂，建电厂、水泥厂和编织厂等发展集体经济，范清荣义不容辞，克服种种困难，完成了党组织交给的任务。“党叫干啥就干啥”是贯穿于他们生命中的一条主线，这正是他们能干事、能成事的根本所在。

感动之二，识大局顾整体，服从国家需要不能讲价钱。1987 年范清荣接受了新建电厂的任务，经过 20 年的努力孟庄电厂从 1.2 万千瓦的发电机组容量发展到 17.5 万千瓦，在辉县可谓是首屈一指。然而，孟庄电厂依然没有走出“小”的圈子，属于“压小”的范围。是毁掉小电厂重建新电厂，还是维持运行等等看，这是摆在范氏父子面前的两条路。当时国家还没有明令禁止小电厂关停，只是提倡走规模发展的道路，观望一阵子还是可以的。父子二人没有等待观望，认为长痛不如短痛，毅然决然选择了炸掉小电厂，开辟新天地。孟庄电厂从 1987 年的 1.2 万千瓦装机容量起步，到 2007 年装机容量达到 17.5 万千瓦，固定资产 10.3 亿多元。这是他们范家两代人带领 1000 多名员工 20 年间的汗水结晶，若是瞬间毁掉，放到谁身上都是一件很痛苦的事。范氏父子还是那句话，“党叫干啥就干啥”，毫不犹豫地做出了痛苦的选择。2007 年 10 月 26 日，在电厂引爆的过程中有多少人流下了眼泪，留在范氏父子心里的痛更是无法言表。从这件事可以看出他们的大局意识、责任意识是多么强烈，关键时刻，讲大局，讲政治比什么都重要。17.5 万千瓦电厂的爆破换来了 2×30 万千瓦节能减排的新电厂，范氏父子在“压小上大”中又带了一个好头。

感动之三，坚持群众路线，两代人三任村支书。范清荣这个来自普通农民党员的南李庄党支部书记，1957 年从他上任带领大家艰苦创业，一干就是 18 年，集体经济稳步发展，南李庄成了远近闻名的先进村。1975 年因工作需要，范清荣到公社任党委副书记离开了南李庄，之后 15 年内南李庄换了 7 任党支部书记，最短的只干了一天，一个好端端的先进村被折腾得不成样子。村里不仅花光了原有的积蓄，还欠了一堆债，村干部家几乎天天有人登门讨债，南李庄一度成了“难理庄”，乡政府只得派驻工作队解决难题。工作队深入调查研究，广泛听取群众意见，决定报上级党组织批准，任命范清荣的妻子顾族荣为南李庄党支部书记。这位敢于担当的老党员不辱使命,发动群众先后建起了水泥预制厂和小型轧钢厂等村办企业,两年盈利50多万元,南李庄又日益红火起来。我们采访顾族荣时,老人家又回忆起当年的情景,创业初期她没有向组织伸手要过一分钱,家里的钱物倒贴进去不少,再苦再难总算把厂建起来了,说到这里顾族荣两眼闪着泪花。这泪水中既有苦涩又有甘甜,我们从中体会到了她付出的艰辛。现在,范海涛从父辈手中接过接力棒,成为南李庄的党支部书记,他带领乡亲们走上了一条小康之路。一家两代人三人任村支书,他们靠着坚定的信念带领群众实现了致富梦想,表现出一个共产党员应有的胸怀和高贵的品质。

感动之四,致富不忘群众,带领大家实现共同富裕。我们在采访中,从范家两代人那里听到最多的是"少数人富不叫富,大家富才是富"这句话。改革开放营造了经济发展的良好氛围,让一部分人先富了起来,范氏家族艰苦创业也得到了他们应该得到的那一部分,实事求是地说他们富了。不同人有不同人的财富观,范氏父子想的是要让南李庄的村民都过上好日子。2010年初,经过调查和测算范海涛有一个想法:拿出1.9亿元改造南李庄,新建农民住宅小区。只用了半年的时间,南李庄社区建成了,351户村民统一两层复式别墅,面积有270多平方米,还有六七十平方米的地下室,连暖气和自来水都免费使用,比城里人住得都安逸。我们走进农户家里,他们个个兴高采烈,都说做梦都没想到这辈子不花钱能住上这样好的房子。"少数人富不叫富,大家富才是富"的理念,深深根植在范清荣、范海涛父子心里,这些年为群众办了许多实事好事,让周边的人充分享受到改革开放的成果,赢得荣誉和信赖,为我们党增了光添了彩。

感动之五,小事彰显品德,懂得感恩的人事业才能成功。在采访范老爷子时,老人家说了一件事让我至今不忘。范清荣老人说,范海涛是一个大孝子,常年以来每天睡觉前都是海涛为老人家洗脚,现在孙子大了接替了海涛尽这份孝心,若是孙子不在家还是海涛为他洗。为老人洗脚固然算不上一件大事,但是,小事可以见精神,小事可以彰显一个人的品德。父爱重如山,母爱深似海,一个连自己父母都不爱的人怎么能爱员工?没有员工的努力打拼,这个企业又怎么能发展起来呢?我不由得想到2004年春天山西潞安矿业集团煤炭运销公司开展的"我给母亲洗脚"征文活动。我不知道是谁创意开展这场有意义的道德教育,从一篇篇洗脚有感的体会中可以看出,通过这项活动的开展,企业在两个文明建设中都收到了良好效果。员工李伟栋在《我给母亲洗次脚》中这样写道:"我看到了母亲的双脚，十分惊诧于这双脚的造型：每只脚就像雕刻家笔下的杰作，一件痛苦的艺术作品。她五个脚趾上下重叠、变形、扭曲在一起，皮肤的毛细血管清晰地印证着她走过的岁月，印证着她承受的苦难。这脚就是她不屈人生的缩影……”王素琴写道：“是爱，伴着母亲从昨天的青春美丽走向明日的风烛残年。但母亲是不会后悔的，因为她在用她的爱证明了一个母亲的伟大的同时，也证明了女性的伟大。”龚富堂在给母亲洗脚的过程中，体会到“天下母亲都一样，给予孩子的甚多，而孩子尽一点点孝心，有时哪怕是一两句话老人家就特别感动，特别知足”。我又一次翻开这些用泪水写出的肺腑之言，感受到构建知恩必报氛围的巨大力量。范海涛坚持常年为老父亲洗脚，是他良好道德品质的展现，更是他事业成功的根基。

打开我的采访笔记，密密麻麻地记录着范氏父子一路走来的不平凡的人生轨迹，父子两代人圆满完成了接力棒的交接，老一辈辛辛苦苦创下的辉煌业绩在新一代手里更加辉煌。这是一种信念的传承，一种精神的传承，一种道德的传承，一种力量的传承。

写作能净化人的心灵，也能从中受到教育、得到启迪。采写《太行赞歌》，让我的心灵受到一次很好的洗礼，历尽沧桑磨难铸就了范氏父子坚定的信念与刚毅的性格，他们那艰苦创业、自强不息的精神展现出中原汉子铮铮铁骨的高大形象。

2014 年 4 月 28 日

我的玉章哥

玉章哥是我们家族里与我最亲近的兄长，比我大十几岁，他爷爷和我爷爷是亲兄弟，我们算是堂兄弟了吧。我们父辈之间留下来的这份血缘亲情，让我和玉章哥如同亲兄弟，都有一种不是亲兄弟，胜似亲兄弟的感觉。

玉章哥原本在家乡以种地为生。半个多世纪以前，我的家乡河南长垣是有名的贫困县，至今我还记得对家乡的印象：土地盐碱化十分严重，到处都是白茫茫的，长出的庄稼棵棵营养不良，亩产甚微，遇上旱涝灾害还会颗粒不收，家乡人一年到头连饭都吃不饱，有的不得不外出寻找新的生计。玉章哥成家立业之后，也不甘心在家过这样的贫困日子，20 世纪 50 年代后期独自到外漂泊闯荡。那个时候边远艰苦地区相对劳动力缺乏，玉章哥走走停停到了兰州，正赶上青海柴达木大柴旦化工厂招收工人，他二话没说报了名，跟随大伙儿揣着美好的梦想一起到那遥远的地方。

柴达木盆地位于青藏高原北部，是我国四大盆地之一，他要去的大柴旦海拔 3170 多米，气候寒冷，人烟稀少，是藏族和其他少数民族居住的地方。坐了几天的汽车，来自四面八方的追梦者总算到了他们从未听说过的大漠高原。这个地方干旱少雨，空气缺氧，同路来的有不少人因气候不适应无奈又离开了柴达木。玉章哥咬紧牙关硬是挺了过来，他心里明白，能找到一份工作是多么不容易，再苦也比在盐碱地里刨食强。

玉章哥出走青海那年我在郑州的一所小学读书，收到他的第一封信是我念给我的父母听的。信里他没有讲大柴旦的艰苦，没说高原反应带来的不适，尽说好的一面，怕老人家惦记不放心。我们谁都不知道柴达木是什么样子，从来信中知道玉章哥找到了一份好工作，终于摆脱了家乡那个穷地方，打内心为他高兴。玉章哥很知足，每次回家探亲总是先到郑州，晚上一家人围在一起说这聊那，十分开心。我最喜欢听他讲青藏高原的风土人情，憨厚纯朴的藏族同胞，赶着成群的牦牛、羊群，头顶蓝天白云，唱着那高亢悠扬的藏族民歌，非常惬意。其实，玉章哥工作的地方并不像他在信中描述和探亲回来讲述的那样令人向往。2011年5月我到青海德令哈采访，那里距柴达木只有70公里，两地自然条件差不多，一望无际的戈壁滩不见一点绿色，一片荒凉。冬天气温达零下20多摄氏度，寒风飕飕刮得人都不敢出门。高原缺氧明显，走起路来稍稍一快头都是晕乎乎的。这些苦他从来是不会说的，也许这些在他身上就不是苦，有什么苦还能比饿肚子更苦呢？

1968年初玉章哥休假回家，正赶上“文革”乱哄哄的，学也上不成了，便带我一起回长垣。嫂子一家人高兴极了，家里有啥好吃的都先让着我，生怕我过不惯农村生活。侄子沛然比我小两岁，领着我今天跑这儿玩，明天跑那儿玩，很开心。那个时候，物质生活匮乏，粮油等生活必需品都是计划供应，买油要油票，吃粮要粮票，穿衣要布票，我们家乡更没有摆脱贫困，嫂子在家领着孩子们紧紧巴巴过日子，晚上都是用红薯充饥，吃的是红薯馍，喝的是红薯汤。眼看着要过年了，家里剩的面也不多了，玉章哥怕我吃不好，专门坐汽车回郑州，在贸易市场不惜花高价买了50斤小麦面粉，骑着他放在我家的自行车带回长垣，供家里过年享用。春节期间，从祭灶到元宵节20多天里，我不是在姑姑家就是在玉章哥家，偶尔也到舅舅家，都受到特殊照顾，吃的要比他们的孩子好，这也是当时我心里很不安的事。他们都不富裕，我的到来又给他们增添了不少麻烦，我的心里总不是滋味。

元宵节过后不几天，玉章哥也快该回青海上班了，我们决定骑着自行车回郑州。那天一大早，嫂子给我们做好饭，好让我们吃好早赶路。玉章哥骑着自行车，我坐在后面，我们俩轮换着骑，轮换着坐，中午时分赶到了黄河柳园口，从这里坐渡船过黄河到开封，然后才能到郑州。当时黄河上的渡船很少，等到下午两点多钟我们才赶上一班船，这是我记忆里第二次坐船过黄河。第一次是我朦胧记事的时候，母亲带我从郑州回家乡，也是走开封这条路，必须在柳园口坐船渡黄河。隐隐约约还能记得，上船就听有人招呼："大人都坐在甲板上，小孩子坐在船舱里。"儿时坐船留在记忆里的就这么一丁点儿。时隔十几年我和玉章哥又坐渡船，还是过黄河，还是在柳园口，我们上船扶着自行车，渡船缓缓地从北岸驶向南岸。我们下船骑车进开封已是傍晚时分，在一家小旅社安顿住下，第二天下午回到郑州。这次故乡之行给我留下许多美好的回忆，尤其不能忘记的是玉章哥给我的那份浓浓亲情。

玉章哥在青海工作了 30 多年，年满 60 岁退休又回到了故土长垣，我们常有电话联系却很少见面。2005 年金秋时节，我到长垣检查黄河大桥设备质量，回到县城看时间还早，便决定顺便回家乡邱村看看玉章哥，陪同我一起回家的还有时任县委书记的刘森和乡党委书记张军杰。一进家门，玉章哥红光满面迎了出来，满头黑发，精神矍铄，说话面带微笑，看不出已是 70 多岁的老人。院子里一口压水井，旁边种满了茄子、辣椒、黄瓜之类的蔬菜，这都是哥嫂闲不住的成果。嫂子说，我们天天有事干，种这点菜一年四季全家人都吃不完。刘书记站在厨房门口略有所思，好像发现了什么似的，然后对张军杰说："这个小院不大，收拾得挺干净，乡里要抓一抓村容村貌建设，邱村很有基础，可以先搞个示范村，在全乡推广，逐步扩大。"没想到玉章哥的小院管理、家庭种植还得到了县委书记的充分肯定和赞扬。一晃几年过去了，这些小事还常常浮现在我的眼前。

几天前，忽然接到沛然的电话，说玉章哥突然患病离世，走完了他 83 年的人生之路，我深感悲痛。今天我专程赶来为玉章哥送行，愿他在另一个世界里快快活活、幸福安乐。

变换的是岁月，不变的是亲情。岁月可以带走我的泪水，永远带不走我的思念，我的好哥哥玉章一路走好。

2014 年 1 月 4 日

小孙和她的《太阳雨》

这里所说的小孙是孙秀霞，她和我的好伙伴肖鹏是一对恩爱夫妻，现在都在北京工作。小孙也是我的一位文友，自打她开了博客，我们常在网上交流，她写的第一篇小说《太阳雨》就是我在她的博客中看到的。长达6万字的中篇小说，从2012年6月20日到2013年5月6日分17次发在博客上，字字句句都给我留下了很深的印象。我敢预言，只要她沿着这条路一直朝前走，将来准是我们作家队伍里的一名女将。

2001年3月初肖鹏来到我身边，我们形影不离，在一起工作了3年多的时间，那个时候我常忙里偷闲写点小文章，后来出版了一本散文集《我心永恒》，留下我许多生活中的记忆。2008年4月18日我开博又有了一个新的平台，陆续结识了一大批文友，小孙就是其中之一。我们相互点击博客开始于2010年4月19日，那天我打开电脑，看到网名sunxx点击我的《母亲的生日》博文并送来美好祝福。这是第一次出现在我博客中的新网友，当然我也要打开对方的博客看看，并且回敬评论喽。点击sunxx博客发现已有4篇博文，都是同一天发布，一看就知博主是第一天开博。那时我还不知sunxx是孙秀霞的博客网名，就在最新发帖的博文《邀请函》下留下了“青春的梦想已成现实，昔日的情谊依然留恋”的评论。《邀请函》这样写道：“虽然时间像把锋利的小刀，在你我脸上或眼角镌刻出道道细纹；虽然生活的历练让我们云淡风轻，不再激昂，但是，一起成长路上，共有的欢声笑语像梦般萦绕；年少的痴狂、青春的梦想、成长的渴望如昨日之灯，照亮梦想，点燃希望……”这是他们同学聚会发出的邀请，安排时间同学相聚再叙当年友情。慢慢地我知道了 sunxx 是小孙的博客，成了我关注的重点，常常在她的博客上添加我的肺腑之言。

小孙的博客大多是随笔、散文，内容丰富，包罗万象，都是生活中的感悟，真情实感，读起来朗朗上口，很有味道。2012 年 6 月 20 日，小孙在博客上发小说习作《太阳雨》，鲜活的人物性格、精彩的语言描述吸引了我。我一口气读完，似乎发生的那些事儿就在身边，故事里的主人公林成、小陈都活灵活现，个个背影都很熟悉。我真没有想到小孙还能写小说，不简单！小说是以塑造人物形象为中心，通过故事情节的叙述和环境的描写，反映社会生活的一种叙事性的文学体裁，生动的人物形象、完整的故事情节和人物活动的具体环境是小说必须具备的要素。说到底，小说就是讲故事，这些故事都来源于现实生活，对现实生活中发生的事，通过整理、提炼和安排，又比现实生活中发生的事更集中、更完整，更具有代表性。小说的创作有一定的难度，所讲述的故事更具有真实性、艺术性、逻辑性、可读性，给读者以启迪。当然，作家的风格与写作手法不同，其作品的特点也不同。金庸的武侠小说以打斗著称，他笔下的武功描述有着丰富的文化内涵，传承了中华民族武林文化的历史文明。莫言的农村题材小说从另一个角度把农村里那些再平常不过的事写得那样新颖，给人一个新的视野。诚然，我还不能把小孙与那些文学大家相提并论，他们经过十几年、半个多世纪甚至更长时间的磨炼成了文学大家。小孙才是一个刚步入不惑之年的小年轻儿，她的作品更是鲜为人知，仅是在自己的博客上露露面，没有得到更多人的认可，还谈不上成功。用她自己的话说：“这是我写的第一篇小说，我忘记了写作时的艰难，觉得开了头，又收了尾，就是收获。好像一个工程，不管质量如何，不管别人怎么看，实物摆在了那里——尽管稚嫩。”寥寥数语可以看出她有一个好的心态，无论别人如何评价，反正她是写成了，洋洋洒洒 6 万字，字里行间都流淌着她的真情，这也是心血和汗水的结晶。同样，看完之后不管别人怎样评价，我认为她是成功的。凡是作家都有“第一篇”，未必他们的“第一篇”都能得到许多人的认可，正是他们自己认为成功了才坚持不懈，写啊写，越写越好，成了名人、名家。

小孙的《太阳雨》是写两个普普通通的家庭在现实生活中发生的一些故事，试图通过这些故事的描述，阐明我们面临的生活并非都是美丽和芳香。苦与乐都是生活，那些磕磕碰碰、坎坎坷坷也是不可避免的，人不可能时时都顺心，事事都如意。大家都要保持一个好的心态，少些牢骚和抱怨，多些感恩和包容，用良好的心态营造幸福的环境。幸福不是索取而是内心的充实，快乐不是因为拥有得多而是计较得少，热爱生活才能享受生活。《太阳雨》共分 15 个章节，以我之见，其故事情节完整，主题思想深刻，人物个性鲜明，构思角度精巧，环境描写逼真，语言精练流畅，初次创作能写到这个程度实属不易，也显示出她的文学功底和观察事物的能力非同一般。

好的小说创作情节曲折，跌宕起伏，扣人心弦，关键的地方还需留有悬念，让读者读起来爱不释手，甚至饭可以不吃、觉可以不睡也要把它看完，尽快知道故事的发展过程。大家熟悉的《苦菜花》《烈火金刚》《平原枪声》以及都梁创作的《亮剑》等作品，都是我们非常喜欢的好作品。固然小孙的《太阳雨》也有不足，但决不能因有不足而否定其成功之处。小孙很知足，“习作只是我的一个爱好，好在不用它来糊口，有朋友喜欢、认可，足矣”。我看得出，文学创作是小孙的一大兴趣，在她的博客里目前有 106 篇博文，这些都是她对生活的感悟和提炼。继她的习作《太阳雨》完成之后现在又在创作小说《爱恨交加》，生活的气息更加浓郁，也更富有人生哲理。

小孙有着丰富的想象力，是一个很有文字功底和潜质的文学爱好者，只要坚定不移、不知疲倦地沿着这条路往前走，充分发挥潜在的能力，梦想必然会变成现实。我期待着小孙有更好更多的作品奉献给读者，我更期待着她能成为大家所喜爱的作家。

2014 年 2 月 9 日

情深意更浓

我正与河南记协秘书长金志毅谈论稿子上的事，手机铃声突然响了，一看是我多年的媒体朋友施书芳打来的，说他的大作《路痕》即将出版，想让我抽时间为他作序。都是老朋友了，那还有啥说的，我们约在第二天下午 3 点办公室见。

接近约定时间我听到轻轻的敲门声，猜想准是书芳到了，我知道他的时间观念特别强，时间安排得十分紧凑。书芳比我小 20 岁，1991 年毕业于郑州大学新闻系，先是在电台任职，1997 年到大河报社从事新闻报道，在我眼里他也是个资深记者了。我与书芳第一次见面是在 2002 年 3 月 1 日，郑州铁路局在宝丰机务段隆重举行最后一台蒸汽机车退役仪式，这标志着郑州铁路局从此结束了蒸汽机车牵引列车的百年历史，从那天起郑州铁路局全部是内燃机车和电力机车牵引列车。郑州铁路局有着百年历史，蒸汽机车在这片古老的土地上，风里来雨里去叱咤风云整整一百年，临别之时大家依依不舍，许多工人师傅来到现场，抚摸着即将离去的蒸汽机车倾诉衷肠。施书芳与众多媒体记者专程到宝丰采访，当然我这个与蒸汽机车打了几十年交道的“老铁路”也是新闻媒体的采访对象。至今我还记得，书芳问我这些不再使用的蒸汽机车怎样处理，我回答道：我们打算建一个火车头博物馆，把我们报废的各种类型的机车集中存放，供游人参观游览，传承百年铁路的历史文明。这一信息很快在报纸上露面。我出生在铁路工人家庭，对火车头有着不一样的感情。初中毕业我考入郑州铁路司机学校，学的就是蒸汽机车专业，自参加工作后在蒸汽机车上工作了6年多的时间，与蒸汽机车朝夕相处，形影不离，艰苦的岁月锻炼了我坚强的意志。从事管理工作之后还离不开火车头，不管走到哪里我首先去检查的是火车头的管理是否到位。我还写了一篇关于火车头的文章托书芳在《大河报》发表……这都是10多年前的事了，见了书芳，昔日的往事一下子涌上心头，好像这些事就发生在昨天，依然历历在目。

书芳即将出版的《路痕》长达40多万字，收录了他从事新闻工作以来采写的新闻报道和采访札记，有消息，有通讯，还有专访和人物特写，字里行间都流淌着他对事业的爱，字字句句都是发自肺腑的真情实感。接到书稿我深思他的“路痕”命名，猜想这么多年他侧重分管采写报道工交系统，与路有着密切的联系，他把满腔热血都倾注到路的发展上，透过路的变化我们可以清晰地看到河南乃至全国的经济腾飞。这路有公路，有铁路，还有航空之路，无论哪条路都与我们的生活息息相关，都是人们十分关注的。

路的起源与人类的诞生同时。有人说自从有了人就有了路，鲁迅先生说：“其实地上本没有路，走的人多了，也便成了路。”不过，路与路不同，观念和管理上的不同造成路的质量有差异。河南具有“中原”之称，理应为贯通南北、连接东西形成四通八达、畅通无阻的发达的公路交通网络，然而，那些年河南的公路建设令人头疼，不敢恭维。在《中央媒体如此戏说河南交通》一文中，书芳这样写道：“上世纪80年代初，一位中央首长乘车从北京出发，行至山东境内时，因路面平整，一路上睡着了，结果车一颠，这位领导醒了，第一句话就是：‘到河南了。’这件事很快流传开了，无疑听起来让河南人满脸羞愧。路在人们生活和社会发展中具有不可替代的作用。俗话说：‘要致富，先修路。’一个地区如若没有便利的交通条件，无论如何也不可能富起来！”

20世纪30年代初期，德国为了战争的需要，修建了从科隆到波恩的人类第一条高速公路并发挥了重要作用。60年代以来高速公路建设迅速发展，很快形成了区域性网络，推动了人类社会进步。我国第一条高速公路出现在台湾，全长373公里的“中山高速”于1978年10月建成通车。我国大陆沈阳至大连全长375公里的高速公路，于1990年9月1日竣工并交付使用，其安全、快捷的特点对人们的生活产生了很大影响。与此同时，国道连（连云港）霍（霍尔果斯）高速河南境内的郑州至开封段也动工修建，带动河南进入了高速公路时代。施书芳以一个记者的敏锐，见证了河南高速公路的发展，以犀利的笔锋记录了河南高速公路建设的辉煌。2001年时任交通部部长的黄镇东先后两次到河南考察，书芳有幸随行采访，全面反映了上级领导对河南交通设施建设的关注和殷切希望。他在面对面采访时任河南省委副书记、常务副省长的李成玉之后，公开报道省政府关于全省高速公路建设规划，让亿万人民看到了充满希望的中原大地。今日再看书芳那些报道，当年一个个中原梦如今都已变成现实：高速公路通车里程连续多年全国第一，普通公路新增通车里程年年也是全国第一。公路交通十分便利，河南早已形成以郑州为中心的一个半小时城市群经济圈，3小时可达全省任何一个省辖市，6小时可达周边六省任何一个省会城市。改革开放为我们带来了新的发展机遇，古老厚重的河南走进了新时代。

在我的印象中河南的航空事业并不起眼，看了书芳关于河南航空的报道我大吃一惊。郑州新郑国际机场是人们出行和走出国门的重要通道，1997年8月28日建成投入使用，很快出现了运力紧张情况，国家不得不投资进行扩建。2006年4月3日，郑州新郑国际机场一口气开通了从郑州至巴黎、洛杉矶、墨尔本、雅加达、吉隆坡、胡志明市和槟城的7条国际航线，创造了航空史上的奇迹。现在的郑州新郑国际机场以独特的区位交通优势，于2013年3月7日被国务院批准建设航空港经济综合实验区，一个占地140多平方公里，设施完备、功能完善的新港区即将展现在世人面前。

书芳与铁路有着特殊感情，在《路痕》中他用大量的篇幅介绍了郑州铁路局一路走来的点点滴滴。得天独厚的地理优势让郑州铁路局成了全国铁路交通的枢纽，郑州也正是因为有了铁路才逐步发展成屹立中原的省会城市，人们还送了它一个美称，亲昵地称它是“火车拉来的城市”。打开《路痕》我很快看到他的采访札记《总书记寄语“中原之星”》，一下子把我的思绪拉回到那个火红的年代。2000年7月4日，郑州铁路局与青岛四方机车车辆厂、株洲电力机车厂和株洲电力机车研究所决定联合开发研制动力分散型动车组。我作为这项工作的主管领导深知有压力更有风险，毕竟是第一次吃螃蟹。可能是年轻，干啥都有一股冲劲，干事只知道前进不知道后退。我带领一拨儿专业人员奔波于郑州至株洲、青岛之间。青岛、株洲的参与人员更是以极大的热情提前完成了研制生产任务，2001 年 9 月 21 日，我国第一列动力分散型“中原之星”动车在株洲电力机车厂建成，时任铁道部部长的傅志寰和时任郑州铁路局局长的冯凌云到场参加交接仪式，郑州铁路局用上了我们自己开发生产的动车组。

坦率地说“中原之星”的成功开发带有一定的试验性质，2001 年 11 月 18 日投入郑州至武昌间运行，成了一道亮丽的风景，深受旅客青睐，趟趟爆满，国内外媒体争相报道，新加坡《联合早报》称之为“中国之星”。“中原之星”早上从郑州出发，晚上从武昌返回郑州，实施朝发夕归运行时刻，车上总是挤得满满的。根据客流调查我们决定扩大“中原之星”编组，由 6 节车厢扩编为 14 节。2002 年 9 月 28 日由 14 节车厢组成的“中原之星”重返运营，德国西门子公司很快派员登乘，我在车上向老外们介绍了“中原之星”的特性，他们连声称赞：“了不起，了不起！”

不可否认，“中原之星”固然有其自身不足，无论从运行速度上还是从运行品质上都有不尽如人意的地方，不过它也确实让我们积累了不少经验，取得了多项科研成果，锻炼了队伍，是一项值得引以自豪的成就。

书芳的《路痕》还记录了郑州铁路局经历 6 次大提速中的一些人和事，那一张张熟悉的面孔，那一次次感天动地的瞬间都铭刻在我的心里。

1996 年下半年，铁道部领导筹划全国铁路第一次大面积提速，郑州铁路局管辖的郑州至漯河间为大提速试验区段，通过列车提速试验取得大量数据作为提速的科学依据。11 月 16 日，在第一次大提速的准备中，试验列车在郑州铁路局管段创造了时速 185 公里的当年“中国第一速”；第二次大提速，1998 年 6 月 24 日又创下了时速 240 公里的新纪录；第五次大提速，我们日夜兼程仅用 58 天建成郑州西北环线；第六次大提速，我们迎风冒雪 42 天更换线路轨枕 26 万根，相当于 5 年的工作量……这些都永远留在了我记忆的长河里。我经历了 6 次大提速，留下了许多感慨和赞叹。

书芳的《路痕》让我们从路的变化，再一次感受到中原大地跳动的脉搏，坚信未来不是梦，明天更美好。他描写的是路，抒发的是情，我们一路走来，情深意更浓。

2014 年 2 月 18 日

许战国的幸福生活

河南尉氏农村有个许战国，在别人看来早就是名人了，只不过我信息不灵，昨天才从湖北卫视《大王小王》栏目里知道了这位名不见经传的人物。

许战国1965年出生在河南尉氏县一个普通农民家庭，至今走过了一条艰难坎坷的人生路。也正是这些不幸与困苦锻炼了他的坚强意志，让他享受到了人生的幸福。

许战国生下来与正常人一样，一天天长大，一天天懂事，谁知到了3岁以后他的身高慢慢定格了，刚刚1米多点儿。起初父母并不知是什么原因，等到他与同龄人的身高差距越来越大的时候，父母才知道这孩子摊上大事了，抱着他到这儿治到那儿看都无济于事，只有听天由命了，他真的“袖珍”了。别看许战国人小，志气还挺高，他也有自己的梦想，长大以后要干出一番事业，不能低人一等。到了该上学的年龄，他也和小伙伴们一起走进了学校大门，没想到同学们看他个子小都远离他，背后还总是指指点点甚至说一些带有侮辱性的话，小战国的自尊心受到了极大伤害，很有自卑感，常常一个人孤独地抹眼泪。战国虽然身体有残疾，智商一点也不比别人差，在一个人的世界里他逐渐悟出了一些道理，环境不能改变但可以努力去适应，自己的容貌无法改变但可以改变心态。他要生存，他要活得幸福！

读完初中他辍学了，可是他的梦想并没有破灭，他要和正常人一样享受生活，实现人生的价值。许战国的父亲在村子里也算是一个文化人，而且有一副热心肠，乡里乡亲的有个啥事找到他写写对联什么的，他从不推辞，随叫随到，战国也都跟着在旁边看。许战国是个有心人，心想：自己是弱势群体中的一员，别的干不了，写字总还可以吧。他在旁边看父亲写字不是看热闹，是在看门道，研究笔锋特点，细心观察字的整体架构、运笔不同速度的艺术变化、转折用力的大小、落笔停顿的时间长短，以及软笔、硬笔的不同手法，他都一一记在心里。战国对书法有极大的兴趣，他一边看父亲写字，一边用手比画，回到家里模仿练习，在实践中摸索提高。他找来一些名家字帖，认认真真临摹，时间长了写出的字得到不少人的称赞，周围的邻居街坊和他的同学伙伴渐渐地看出战国的才能，逐步转变了对他的看法，以往那些闲言碎语慢慢也都消失了。许战国有一颗好奇心，干啥事都有兴趣。有一次他下地干活，在地头见到一枚很不起眼的印章，横竖都看不懂是啥字，在他心里是个结。那天，他去县城向一位老私塾先生请教，经老师这一点拨才发现这是一枚汉代篆刻印章，它的出土又一次印证了尉氏是一片文化底蕴深厚的古老土地，也让许战国眼前一亮，激发了新的学习兴趣。他把篆刻艺术作为一门新的学科，又是写，又是刻，弄到半夜还没有一点睡意，没多长时间他的篆刻印章令人刮目相看。这个世界就是这样，人的才能决定社会地位，有德有才才能得到人们的尊重。

成功源于勤奋。随着年龄的增长，许战国已经不满足于家乡的生活，他要到大都市发展实现自己的人生价值，他深信走出去发展的空间会更大，机遇会更多。1987 年战国已是 22 岁的小伙子，他只身一人来到郑州，立志要依靠自己的力量闯荡世界。他不怕吃苦，白天在街头卖艺，晚上在亲戚家开的大排档打工，深夜研究书法篆刻艺术。一次偶然的机会，许战国在紫荆山公园写字，刚巧被郑州一家印章公司的王经理看到。老王慧眼识才，看许战国身手不凡，当即聘请他到印章公司工作。现在的许战国已落户郑州，他有一个漂亮贤惠的妻子，有一个善良乖巧在大学读书的宝贝女儿，有一个幸福温馨的港湾。我在电视里看到许战国的妻子、姑娘身高都在 1.6 米以上，三人说话风趣幽默，充满了浓郁的温馨气息，真是令人羡慕的“吉祥三宝”。节目临近结束，许战国把他准备好的一幅书法作品“大王小王，您的希望”送给栏目组，展示了他的艺术成就。

许战国身残志坚，这些年他把全部精力投入到书法艺术研究和学习上，2011年荣获河南省书法大赛第一名，被选派代表中国文化部到俄罗斯参加文化艺术交流活动。他的作品多次被海内外知名人士和专业机构收藏。

许战国有爱心，还有一颗感恩的心，经常参加一些社会公益活动，回报社会，报答朋友们的关爱。近些年有些儿童神经系统失调导致发育障碍，社交能力、语言能力都比同龄人明显低下，患上了“自闭症”，家长感到十分头疼。社区和卫生部门积极采取措施，举办公益活动加以引导，帮助他们恢复健康。许战国经常参加助残、助教等公益活动，用实际行动回报社会。去年秋天郑州市金水区要举办一场别开生面的“爱从春天来，阳光小雨人”儿童康复活动，希望许战国前来参加。许战国有一副热心肠，9月30日上午准时来到人民公园，他认为有这样孩子的家庭是不幸的，然而孩子都是无辜的，让不幸的人在困苦中消除自卑感，化苦为乐。他现身说法讲述自己的成长经历，告诉孩子们要克服心理障碍，树立坚定信心。他用爱温暖人心，帮助孩子们从心理阴影中解脱出来，鼓励大家自强自立，走出孤独。他当场挥毫写下“爱从春天来，阳光小雨人”“大爱无疆”“温馨人家”等诸多作品，还为大家演唱了歌曲《爱拼才会赢》《红红好姑娘》，为活动增添了绚丽色彩。

今天的许战国已成为社会名人，他的楷书、行书、草书、隶书和篆刻艺术成为绽放在百花园里的奇葩，他的社会活动应接不暇，是个名副其实的大忙人。昨天我按照网站提示拨通电话，想安排时间作深度了解，接电话的刘女士说战国又去了天津接受采访，无奈我只得根据占有的素材写下这篇文章，传递正能量。苍天是公平的，无论是谁，有一分耕耘才会有一分收获，幸福永远属于勤奋的人。

2014年3月10日

爱在春天里

傍晚时分，河南省爱心基金会秘书长张书勇打来电话，说清明过后要举行青年画家边红举绘画作品捐赠仪式，安排我们这些老朋友前来参加。这是河南省爱心基金会和河南人民书画院共同主办的一次大型公益活动，充分运用爱心基金会的平台募集资金开展积极的社会爱心活动，救助弱势群体，构建和谐社会。

春天的中原大地一片翠绿，风和日丽，到处鲜花盛开，五彩缤纷。我如期来到河南博物院，彩虹门下人头攒动，熙熙攘攘，书勇带领一拨儿小年轻儿跑前跑后还在忙碌着会前准备，边红举和几位老画家站在一旁谈笑风生，像是在交流绘画艺术中的亲身感受。这是我第一次与边红举见面，没想到这位刚过不惑之年的年轻后生在中国书画界已小有名气，他的作品早已漂洋过海，在美国、加拿大、澳大利亚、法国等多个国家和地区展出，被名家收藏。中原大地真是藏龙卧虎，人才辈出。

边红举1971年出生在河南荥阳，这是一片古老的土地，公元前205年西楚霸王项羽与汉王刘邦在荥阳的争霸之战留下了“楚河汉界”的典故。荥阳文化积淀丰厚，雄才大略的郑武公、法家鼻祖申不害、“三绝”文人郑虔等历史文化名人都在这里留下了许多著名诗篇，唐代大诗人刘禹锡、李商隐就长眠在这里。受多种因素的影响，边红举自幼爱上了绘画，梦想成为大家喜爱的画家。他爱自己的家乡，他爱荥阳的山水花鸟，常常独自一人到自然界写生，画山，画水，画林，画鸟，用心灵感悟大自然的生命。他也常把创作出来的作品与名家之作相比，从中找出不足，请教名师作画技巧，力求在绘画艺术上有新的提高。这些年来他得益于谢瑞阶、郭怡踪、沙清泉等老一辈艺术家的指点，绘画技艺大有长进，进入一个新的高度，省内外大赛经常榜上有名，一些作品还被收录到《中国当代书画家优秀作品集》《书画魂》《世界华人庆奥运书画作品集》等中，边红举这颗绘画艺术的新星正在冉冉升起。

学海无边，艺无止境。在一片赞扬声中边红举没有停滞不前，他知道在艺术的道路上永无止境，他要用他的汗水和智慧创造更加美好的未来。绘画不同于其他，关键是要学会观察，牢牢抓住事物的本质，才能展现艺术的魅力。他经常出没深山老林，细心观察各种植物一年四季的变化。他沿着溪流寻觅，聆听山泉的呼唤。他透过晨曦在林中察看鸟的各种动作，要让它们在自己的画笔中活灵活现。风雪严寒磨炼了他的意志，春夏秋冬成就了他的事业。如今边红举的作品深受人们青睐，他画出来的鸟栩栩如生，很有灵性；画出来的山气势磅礴，格外峻峭；画出来的林郁郁葱葱，层林尽染；画出来的水清澈透底，碧波荡漾。他把大自然的美艺术地再现于画作中。

河南爱心基金会的任务就是动员社会力量，搭建爱心平台，救助弱势群体，构建和谐社会。刚满 40 岁的张书勇是个热心肠，热心于社会服务。他肩负秘书长的重任，走基层、进企业，满腔热情传递正能量。他坚持“爱心无大小，关键在行动”的理念，基金会成立短短两年来就募集资金上千万元，设立了 12 类专项基金，在全省范围内开展“爱心一对一帮扶行动”“万斤大米进低保”“雅安之爱拥抱春天”“爱的交响捐赠支教”等救助活动，用爱心温暖人心，用爱心点燃希望。信阳张湾村小学位于大别山区，教学条件十分简陋，在校学生全是留守儿童。得知这一信息，他报请领导把张湾村小学列入重点帮扶对象，联系兄弟单位联手进行资助。去年新学年开学之后，书勇与有关人员从郑州专程来到张湾村小学，为他们送去了急需的学习用品，鼓励孩子们刻苦学习，健康成长，长大报效祖国。

河南周口地区乡村经济收入多是靠劳务输出，留守儿童辍学较多。2002 年从淮阳师范学校毕业的年仅 20 岁的李灵，看到农村大量留守儿童辍学在家，心里很不是滋味儿，便萌生了办学的念头，立志要用自己学到的知识建设家乡，改变家乡。在家人和亲戚朋友的支持下，她办起了周口淮阳许湾乡“李灵希望小学”。她既是校长又兼任课老师，很快学校发展到 7 个班 300 多名学生，全部免费上学。李灵一门心思要把学校办好，想方设法募捐资金完善学校设施。由于无力为学生购置课外书籍，放假期间她骑着三轮车到处收集儿童读物，丰富教学内容，实现孩子们的梦想。李灵常年勤俭办学的事迹感动了中原，感动了中国，她的事迹在各大媒体传播开来，更让张书勇感动不已。在他的带领下，河南爱心基金会为“李灵希望小学”送来了 800 余套书籍和 480 多件衣物。有社会各界爱心人士的无私资助，现在的“李灵希望小学”大有希望。

河南爱心基金会以爱为动力，传递着爱的力量。在这次与河南人民书画院联合举办的边红举绘画作品捐赠活动中，主题鲜明，将展览的边红举 10 年来精心创作的 100 余幅绘画作品转化为人们欣赏与收藏的珍品，所得收入由基金会资助弱势群体，以解燃眉之急。捐赠活动是一种善举，传播的是正能量，郑州秀米客餐饮有限公司董事长张宇当场认购了价值 10 万元的爱心作品。

春天是美丽的，春天也是播种的季节。今天我们把爱的种子撒播在春天里，明天展现在我们面前的必将是累累硕果。

2014 年 4 月 11 日

用心成就事业

周末，麦子打来电话，想让我抽时间与他的学生们见个面，谈谈我的生活感悟，我说没问题。时间敲定在下周四的下午。

麦子是在河南大学任教的李麦产，也是我几年前结识的年轻朋友。他为人实在，爱学习，用心做事，特让我喜欢，从结识的第一天我就称呼他“麦子”。麦子家在开封，有时来郑州特意找我坐坐，谈天说地，无话不谈。前年我开车到开封，在河南大学我们聊了好一阵子，谈学习，谈生活，交流思想，我很受启发。麦子是个做学问的人。

很快，我们约定的时间到了。这天接近中午时分，我驾车从郑州赶到开封，麦子在河南大学门口接着我直奔学生食堂，一顿普通的家常饭吃起来很舒心。我边吃边观察，来就餐的大多是学生，也有教工，那两个长头发、蓝眼睛的洋教授一个吃米饭，一个吃捞面，筷子用得很熟练，看样子他们都已习惯中餐了。麦子对我说，新旧校区学生食堂有不少，同归学校后勤集团集中管理，食用油和米面等餐料统一采购，严格把关，严防劣质品进校。简单用过餐后，麦子把我安排到学校招待所稍作休息。我美美地睡了一个午觉。

我和麦子如约来到学校多媒体教室，学生们都到齐了，有的事先在网上看到我的博客，没等我开口就问起那些曾经的往事，好像我们都是老熟人了。 麦子几句简单的介绍，我便开讲了。

我在企业工作了几十年，要讲的内容很多，有责任讲一些让大家能受到启发的人和事，从中受到教益。 我以“用心成就事业”为题，用我的亲身经历和感受讲述了我的肺腑之言。

我出生在一个铁路工人家庭，受家庭的熏陶和父亲的影响我走进了铁路的大门，经历了不少岗位，身边有许多好样的师傅、同伴、同事，他们扎实工作，用心做事，受到大家的赞扬和尊重，他们的身影还浮现在我的眼前。 我认为企业需要的是那些有道德、有知识、有能力、有理想、能吃苦、讲奉献、能干事的人，只有他们才是推动企业发展的动力。 要实现自己的人生价值，工作一生，快乐一生，最主要的要做到三个方面。

第一，要有坚定的理想信念。 人生要有目标追求，这并非说要干出什么一番大事业，三百六十行，行行出状元。 不管干什么，只要是有益于国家的事都要尽力干好。

我在郑州铁路局工作期间，有一个普通工人至今我还记得他那些平凡事迹。 他叫王德明，是原洛阳车辆段的检车员，是人人皆知的全国劳动模范。1995 年 9 月，王德明离开生活了十几年的部队，从一个志愿兵的岗位来到铁路，走进洛阳车辆段洛阳东列检所，当上了一名普普通通的检车员。 这是一个全新的工作，在部队上学到的知识都用不上，一切要从头开始。 王德明一进铁路的大门，听到最多的词语就是“安全”二字，他也深知安全是靠心血和汗水换来的。 他毕竟在部队锻炼了十几年，既有钻劲儿又有悟性。 先从理论学习入手，他找来了《铁路技术管理规程》《铁路机车运用管理规程》《车辆构造与检修》等文件、书籍，仔细读，认真记，还把学习的内容制成一张张小卡片随身携带，有空儿就学起来。 在单位，对照实物一件件虚心向师傅请教；回家里，妻子对照卡片进行提问……王德明学习业务技术“走火入魔”，经过一段时间的学习硬是从“门外汉”变成了“业务通”，从考试最后一名到第一名，这个变化不知浸透了他多少心血。

有人说，认真做事只能把事情做对，用心做事才能把事情做好。 王德明就是一个用心做事的人。 车辆检查是一项技术性很强的工作，一靠技术，二靠经验，三靠责任心。 王德明半路出家，三十出头才干上这一行，论技术、凭经验都不是他的强项，但他有一颗对工作极端负责的责任心，十年来就是凭着一颗赤诚的心，干出了一般人干不出来的辉煌业绩。目前我们对运用中车辆的检查，基本上还是用听、看、摸、碾、转、诊、鉴的传统方法，在很大程度上是靠经验，对于接触这项工作不久的王德明来说，要发现车辆故障消除隐患是何等的不易！王德明在部队养成了对工作一丝不苟的作风，在他心里安全比什么都重要，他想到了借助医生看病用的听诊器来检查安装在车轴内部的轴承的质量状况，拿来一试还真管用，于是他毫不犹豫地到商店买了一个听诊器。上班挂在脖子上，他成了一个名副其实的“车辆大夫”。这一招儿还真灵，那年8月，天气十分炎热，王德明接车检查27073次货物列车时，发现有一辆车轴头有甩油的痕迹，用手触摸感觉温度偏高，初步断定轴承可能有问题。他把这一情况立即向领导作了汇报，便用专用设备将这根车轴顶起，并转动车轮把听诊器紧贴轴头，随之咔嗒、咔嗒的声音传入耳朵。从这种异常的声音可以断定轴承已经破损，如若继续运行就会造成严重事故。经解体检查果然不出所料，轴承的保持架有14处裂痕，他们很快进行了更换，避免了一起性质严重的事故。

如果说用听诊器检查车辆故障是王德明的一大发明，那么用放大镜检查车辆裂纹也算是他的一个专利。毛泽东同志曾经说过：“世界上怕就怕‘认真’二字，共产党就最讲认真。”车辆发生裂纹是安全行车的一大隐患，王德明检查得特别仔细，从不放过丝毫怀疑，常常借用放大镜的特异功能发现车辆上的蛛丝马迹，他又成了车辆裂纹的克星。听诊器、放大镜能巧妙地运用在车辆检查中，是王德明对工作高度负责的具体表现，也是他所具有的优秀品格所决定的。

车辆检查员承担的安全责任很重，他们的体力劳动也不轻，当一个班下来累得筋疲力尽。有人算了一笔账，一个检车员当一个班少说要检查100辆车，仅走过的路程就有20公里，再加上处理各种故障，他们付出的艰辛就可想而知了。每次下班回到家里，王德明累得就像散了架一样，可他只要一想起工作上的事，即便躺在床上心里也静不下来。这几年铁路新技术不断涌现，大量的新型车辆投入使用，检车员的工作难度越来越大，寻找规律，迅速查找故障隐患，是他苦苦探索的一个课题。上班他把新型车辆的构造特点一一记下来，下班不顾当班的劳累又分门别类归纳整理，浓缩成一个个车辆故障诊断的处方，借鉴中医原理总结出了望、闻、问、切四字工作法。在车间推广后，当年防止车辆故障同比增长60%，这一经验还被原洛阳铁路分局评为一等奖。

我们那一拨儿人参加工作一门心思就是开火车，再苦再累也没有打过退堂鼓，火车司机就是我们追求的目标，认准了的事就要坚定不移地为之奋斗。余敬强是我很要好的一个朋友，年龄比我小一岁，个子矮小瘦弱，来自湖北农村，为了能开上火车，发高烧也不请假，有活都是抢着干，深得师傅们的喜爱，参加铁路工作5年就成为一名火车司机。为了实现火车司机的梦想，我们一趟车下来要烧十来吨煤，还要捅煤灰、挖煤，却从未说过苦呀累呀。当我们拿到驾驶证的时候，心里不知有多高兴。那些不肯吃苦及早改行的人，是感受不到实现火车司机梦想的喜悦的。

第二，要有责任担当的意识。我们所从事的每一项工作，所在的每一个岗位，都有一份责任，要有强烈的责任意识，才能把自己的工作干好。

我的校友杨艳芳1979年毕业于郑州铁路机械学校，参加工作虽说在郑州北站地区最偏远的363线路所，但是这对于曾经历5年知青艰苦磨炼的她来说已经非常满足了。她一干就爱上了这一行，时刻想着“责任”二字，很快掌握了铁路电务信号知识和技术。1980年郑州北站进行扩能改造，363线路所被并入郑州北站，杨艳芳在选拔考试中以第一名的成绩脱颖而出，成为电气集中信号楼电务值班员。理论与实践结合，勤奋与理想融合，使杨艳芳很快成长起来，成为一名技术能手，1986年在近10万人的郑州铁路局技术比武大赛上夺得第一名。

女人事业上的成功要比男人多付出几倍的努力。杨艳芳的爱人是郑州机务段的火车司机，三天两头不沾家，家里的事全靠她一个人操持，更艰难的是他们的宝贝女儿出生以后，家庭的重担全落在了杨艳芳身上。早上女儿总是第一个被送到幼儿园，晚上却是最后一个接回来，有一次因为处理工作上的事，她一直忙到晚上9点多才去接孩子。漆黑的幼儿园里只有一扇窗户亮着灯，女儿正坐在小板凳上帮值夜班阿姨缠毛线。当等待已久的女儿看到妈妈的时候，一下子扑在杨艳芳的怀里，她再也控制不住自己，眼泪吧嗒、吧嗒地滴在女儿的身上。乖巧懂事的女儿一边用冰凉的小手抹掉妈妈脸上的泪珠，一边用稚嫩的声音说：“妈妈不哭，我没有淘气，老师还表扬我呢。”就是这样，杨艳芳再苦再难从来没有影响过工作。可以想象，作为一个女人，既要挑起家庭重担，又要在事业上有所成就，那是多么不容易啊！

杨艳芳的工作关系着铁路大动脉的安全和畅通，不能有一点马虎和闪失。1970 年 3 月 28 日，开封车站电务设备施工接错了一根线，信号与道岔连锁失效造成两列车相撞，损失惨重。杨艳芳深知身挑千斤重担，每次设备施工、检查维修她都一丝不苟，唯恐出现差错，20 多年来没有发生过任何问题，成为我局电务系统的技术专家。

1996 年 10 月，铁道部决定把我局管辖的长葛至小商桥间的线路作为列车提速“试验田”，58 组新型提速道岔分布在 6 个车站安装，施工工期只有 20 天，主要是配合铁道部组织的列车提速试验。京广线上一场提速施工大会战迅速展开，杨艳芳这位施工大军里技术骨干中的唯一女性，肩负的是行车设备连锁的千钧重任。在这 20 天的时间里，她每天都是从凌晨干到傍晚，一干就是十几个小时。他们就是这样按期完成了设备改造施工任务，保证了铁道部列车提速试验如期进行。1996 年 11 月 16 日，就是在这个区段铁道部组织的列车提速试验中，创造了列车运行每小时 185 公里的新纪录，树起了一座当时中国铁路第一速的丰碑。那年，我自始至终参加了这次试验，取得了亿万个科学数据，亲身感受到铁路技术发展的新成果。1997 年 4 月 1 日，我国铁路成功地进行了第一次大面积提速。

2003 年下半年，我国铁路第五次大面积提速工程改造全面展开，我局管辖的京广、陇海、京九三大干线，彩旗飘扬，机器轰鸣。为压缩北京到西安方向旅客列车的运行时间，铁道部决定新修一条避开郑州连接京广、陇海两大干线的西北环线，时间紧得连春节都不能休息。大年三十，家家户户闹团圆，而施工大军们还在工地紧张地工作着。从初一到初七，别人都在享受着传统节日带来的欢乐，杨艳芳却带着施工队在工地上干了 7 天。当一个个施工工程顺利交工时，大家热烈的掌声和欢畅的笑声让杨艳芳心里甜蜜蜜的，这甜蜜的滋味胜过节日的快乐。

从 1997 年我国铁路第一次大提速到现在，我们经历了 6 次大提速的考验，新技术、新设备也不断开发使用，从色灯连锁到电气集中，从计算机连锁到微机监测，杨艳芳边干边学，成为我局电务战线上技术方面的佼佼者，被铁道部授予火车头奖章。更让人羡慕的是，她的爱人、郑州机务段的火车司机郭新玉常年驾驶着飞驰的列车，踏踏实实奉献在自己的岗位上，也以优异的成绩获此殊荣。

杨艳芳满腔热情奉献铁路，用她的智慧点亮了一盏盏信号灯，保证了铁路线的安全畅通，红绿灯下是她永远无悔的选择。

第三，要有热爱生活的激情。 文学巨匠列夫·托尔斯泰有一句名言：“幸福存在于生活之中，而生活存在于劳动之中。”一个幸福的人对生活是充满激情的。

王广亚老先生 1922 年出生在河南巩县（今巩义）海上桥村一个普通农民家庭，是一位地地道道河南老乡。 河南巩义地处丘陵地带，这里的人们世世代代居住的都是土窑洞，生活都谈不上富裕，好在王广亚的父亲王家昇多少识点字，与他人在村子里合办了一所小学堂，父亲要用自己的微薄之力改变家乡人的命运。 得天独厚的家庭条件让小广亚从文盲中剥离出来，17 岁那年他走出了土窑洞，在大千世界闯荡。 1947 年青年时代的王广亚到了台湾，这一走竟与家人隔绝几十年。 也许老父亲那些对办学有专长的遗传基因在王广亚的骨子里占据了重要位置，他不仅在台湾的台北、中坜开办了育达商职等学校，还延伸到亚、美、欧、非各洲设立育达的姊妹校。 他成功了，他所办的育达学校分布世界多地，并担任台湾私立教育事业协会理事长。 应该说，王广亚在事业上已经功成名就，在生活上无忧无虑，可他并没有满足，他时刻思念他的故乡，总想为家乡办点事。 众所周知的原因，他不能如愿以偿。 他也坚信，终有一天坚冰能够被打破，海峡两岸可以自由来往。 1990 年金秋时节，年近古稀的王老终于回到了他阔别 43 年的家乡，父老乡亲的一片盛情让这位远离家乡的游子以泪洗面，至今他还清楚地记得那个久别重逢的难忘时刻：“全村的男女老少都参加了，我和内人被层层包围在温馨的亲情海洋中，真诚的问候、拥抱，未语先泣，泪眼相对……”是啊，这 43 年里他只能站在海峡的彼岸面向大陆默默思念家乡的亲人，这 43 年里乡亲们也无时不在牵挂这位远离家乡的游子，亲人相见满腹的话语都浸泡在泪水中。 这是喜悦的泪水，这是幸福的泪水。

王老是一位有理想、有抱负的企业家，虽年近古稀但他不愿意用“朝看水东流，暮看日西坠”的方式打发日子，他要尽到自己的一点责任为家乡办点实事。 王老是个教育家，自然想到的是办学校，他要在家乡办一所像育达一样有声誉的私立经贸大学。 他认为，这是对有生育之情的家乡最好的回报。 回家的日子，他的这一梦想一直在脑海里萦绕，慢慢地一幅升达大学的宏伟蓝图终于勾勒出来，他要用满腔热血把心中的梦想变成现实。

目标已经确定，关键是抓好落实。王老在多年的工作实践中养成了说干就干的性格，他先在北京创办了北京育达管理科学教育中心，为在家乡办学积累一些经验，同时也推动了两岸教育文化的交流。1993 年春节假期，人们还沉浸在节日的气氛中，已 71 岁高龄的王老又一次回到河南郑州拜会省市主要领导，共商办学有关问题。河南是一个人口大省，也是农业大省，经济振兴靠教育，民众致富靠教育，王广亚在家乡办大学的设想立刻得到各级组织的支持，很快省政府将王老创办升达大学的提议纳入议事日程，各项筹备工作都进入了实质性阶段，并确定在郑州的北部郊区规划升达用地，很多问题迎刃而解。或许是苍天对王老的考验，或许是创业者都会遇到不可逾越的障碍，正当孕育中的升达一天天长大，一个突如其来的原因让升达购地受阻，眼看飞来的金凤凰找不到栖息的梧桐树。王老毕竟经受过考验和锻炼，在困难面前从不退却，他把视线转向周边其他地方。这时位于郑州南郊的新郑市龙湖镇伸出热情之手，热切希望升达到龙湖驻足落地。经过实地考察，王老立马敲定升达就在这里生根。

王老于 1949 年在台湾创办育达学校，他的办学之路已经走过了半个多世纪，漫长的岁月让他积累了丰富的经验，干事业决不能犹豫，要的是果断，这无疑是一笔非常宝贵的财富。1993 年 10 月升达大学破土动工，他的目标是第二年秋季就要有新生入住。按照这个时间要求，4 栋教学大楼、6 栋学生公寓大楼、行政办公大楼、实习大楼、图书馆大楼、教工宿舍大楼和餐厅楼、招待所楼等 16 项工程必须在 10 个月内完工，还有学校长达 3 公里的围墙、校门和通往学生生活区的双曲拱桥，也都要在新生报到前建成投入使用，做到一年建校一年招生，创造一个升达速度。这是一个现代企业家的大气魄，这是一个现代企业家的大手笔。

今天的王广亚老先生已是 90 多岁高龄，依然精神矍铄，在劳动中享受生活的快乐。

2013 年度“感动中国”十大人物之一的胡佩兰老妈妈就生活在我们身边。她在郑州铁路医院妇产科为无数的小生命接生，退休后一天也没闲着，天天在诊所为病人解除痛苦。那天下午傍晚时分，她送走最后一位病人回到家里，舒心地躺在床上，在睡梦中安详地走完了她 98 年的生命之旅。她的一生验证了一位哲人所讲过的一句话：有生活才会有幸福。胡妈妈热爱生活，胡妈妈是最幸福的人。

我讲的这些事就发生在我们身边，希望大家听了之后能有所启发，得到帮助。

第二天麦子把我与学生交流沟通的事发到了博客上，记录了这次有意义的活动，我还为这篇博文发了评论，表达我的感谢之情。我喜欢与年轻人交流沟通，年轻人有年轻人的特点，活泼、好奇、有朝气，从他们身上能学到很多新知识。

2014 年 6 月 8 日

诗人范兄

我与范兄相识是一种缘分。周末，我的朋友王留彦打来电话，相约周日中午与几个文友相聚，我说不巧中午有事不能如约。几分钟后留彦又打来电话说晚上可否，我回答："可以。"周日下午太阳即将落山，留彦开车接我到黄河岸边，同河南万科农业发展集团的掌门人范国甫先生相见。

我对黄河有一种特殊的感情。我的家乡就在河南长垣黄河边，在我幼小的心灵里，父辈们就留下了许多关于黄河的故事，在郑州生活已有半个多世纪，天天喝的还是黄河水，是黄河把我们养大。这次又看到滚滚东去的黄河水，犹如儿子见到母亲般喜悦。范国甫创立的河南万科农业发展集团，开发的是多年弃之不用的黄河滩涂地，采用现代科技手段发展绿色农业经济。他们所种植的粮食作物和蔬菜都不施农药、化肥，利用自然界生物对抗的原理，消灭病虫害；湖水野生养殖，鱼呀、虾呀、蟹呀纯属野生；饲养的猪、羊和家禽全是散养，不用担心饲料添加剂的危害；观赏植物更是惹人喜爱，花开花落，四季飘香。在这片绿色的大地上展示的是科技的力量。

初见范国甫，从他那和善的面孔我断定他是一个心地善良的人。论年龄他六十有七，比我年长两岁，我肯定称他为兄。开口交谈，他天文地理、古往今来，满腹经纶。再详细谈，范兄现任中华诗词创新研究会会长，对我国诗词发展颇有研究。“冰冻三尺，非一日之寒”，简短的一席话我便知他的文学修养非同一般，尤其对诗词的精通更是让我望尘莫及。他既是兄长，更是老师。

范兄 1947 年出生在河南临颍一个农民家庭，自幼勤奋好学，20 世纪 70 年代初进入临颍县委宣传部从事党的宣传工作。他十分热爱这个岗位，博览群书，丰富知识，靠功底和实力赢得了大家的认可，被选拔到省城，在河南省文联、省文化厅深入研究文学艺术。范兄来自广袤的农村大地，来到喧嚣的大都市依然眷恋着那片黄土地，1992 年底他离开了舒适的工作环境，开发一个新的领域，着手研究绿色经济，探索一条农业科学发展之路。他成功了。现在，他的万科农业发展成果已经成了市场上的抢手货，是人人皆知的无公害、无污染的绿色品牌，2009 年范国甫被评为“新中国 60 周年百名功勋人物”。

范兄是个文化人，他一边在地里刨食，一边组织诗词研究，传承民族文化。2007 年河南省民政厅批准成立了河南省华夏文化艺术研究院，范兄出任院长。他如鱼得水，常与朋友在一起吟诗填词，并将其创作的诗词整理成集出版发行，我读后深感绝妙，不愧是当代大诗人。

诗人最大的特点是生活有激情。范兄从事文化工作几十年，他热爱生活，常常触景生情，激发创作的灵感，或浅吟低唱，或仰天长啸，然后诉诸笔端以寄情怀。诗人就是诗人，不管是遇人还是见物总能引发灵感，诗作张口就来，脍炙人口。在范兄送我的《范国甫诗词集》里，字字句句流淌着他创作的愉悦，我也能身临其境般地享受到他创作的快乐。1987 年春天，范兄到北京登八达岭长城，我猜想他是第一次登上这座被誉为人间奇迹的万里长城，按捺不住激动的心情，很快填词一首《西江月 · 登长城》：“横断半壁江山，纵翻千年画卷。堪笑秦皇三尺剑，留作后人笑谈。久也指点长城，壮哉臂揽阴山。谁道英雄出少年，看我壮士婵娟。”长城是我国古代不同时期修建的抵御塞北游牧部落袭扰的规模浩大的军事工程，西起甘肃嘉峪关，东至辽宁虎山，跨越 15 个省、直辖市、自治区，绵延上万里。这座凝聚我国古代劳动人民智慧和汗水的伟大奇迹，是中华民族悠久历史的见证。早在半个世纪之前我从课本上便知道了万里长城，到 42 岁才有机会到北京登上八达岭长城。这是一段 500 多年前明代修建的长城，依山而筑，十分陡峭。下部为条石台基，墙身为砖石结构，高大坚固。上部采用大型城砖砌筑，地面方砖墁地，嵌缝密实，体现出古代先人就有千年大计，质量第一的理念。长城始建于秦始皇时代，工程浩大，施工长达1500多年，人们不停地修、不停地建，蜿蜒挺拔，雄伟壮观，大有“一夫当关，万夫莫开”的气势，是世界上独一无二的人间奇迹。回想我当时登上长城的情景，心情也是很激动，只是感慨和感叹，却不像范兄立马诗兴大发赋诗一首。诗人就是诗人！

范兄重感情、讲情义，怀有一颗感恩的心，念念不忘曾经帮助过自己的人。在他的诗作里有一首《七律·贺刁书记八十寿辰》，诗中写道：“栉风沐雨八十春，千锤百炼始成金。禹州江山多娇态，临颍天地更销魂。兰考续写公仆志，商城演绎百姓心。功过是非谁论定？留待历史说刁文。”在刁文任职河南临颍县委书记那些年，范兄先后在县委宣传部、县文教局、县文化局等部门工作。刁书记为人正派，工作有声有色，对范兄的进步与成长产生很大影响。几十年来范兄对老书记一直怀有感恩之心、敬仰之情，在刁书记八十寿辰之际，范兄作诗一首以表敬意。从这首诗的注释里我也了解到，刁书记1942年参加革命，英勇杀敌，出生入死，1948年随军南下留地方工作，兢兢业业，不管走到哪里都受到群众的拥戴，我十分敬佩这位没有见过面的老革命。

我与范兄第一次相见后，时隔一天，我登录互联网看到范兄博客，一首《七律·商计》映入眼帘。这是2000年朋友相约去武汉，老兄与老友们在一起即席吟诵的一首诗：“昨日请柬发洛阳，友朋邀我下武昌。觥筹交错酒同饮，推心置腹计共商。长江水阔凭腾跃，中原天高任翱翔。智维来年占鳌头，谁道范氏不辉煌。”诗作大气，令我动情，随即留下一段文字：“7月6日（前天）留彦我们几位朋友在黄河岸边‘仙客来’度假村，拜见文化名人范国甫感慨万千。国甫比我年长两岁，自然是兄，比我有才，更是佩服之极。今天打开电脑，忽见范兄博客，学着留下几笔，敬请指正。”我不会作诗，更没有写过诗，只能学着范兄的《七律·商计》写下一首《初见范兄》：“朋友相聚黄河边，相见恨晚仙客来。听得范兄一席话，如梦初醒叹感慨。中华诗词要创新，吟诗填词聚人贤。齐唱天下太平世，国泰民安大发展。”我这里写的“相见恨晚仙客来”，一是指在范兄创办的“仙客来”度假村，二是指今天相聚来这里的都是“仙客”，我与这些文人相见恨晚。

范兄现任中华诗词创新研究会会长，还创办了《天下诗林》杂志，刊登新人新作，鼓励大家在中华诗词领域有新的发展。 范兄在《诗词创新浅说》一文中写道：诗词创新最明显的标志是体裁的创新，或者说是句式和篇幅的创新。可以这么说，每一种新的诗歌形式出现，都是创新的结果。 是啊，我们祖先留下的文学作品都是他们那个时代创新的结果，今天在诗词研究上更要注重创新，要与时俱进，让中华诗词如同烂漫的鲜花更加绚丽多彩。

2014 年 7 月 8 日

扫出来的精彩人生

昨晚打开电视机，央视热播的《星光大道》进入第二关“才艺大比拼”，青年选手柏慧美妙的《大地美容师》二胡独奏曲，伴随着由5名保洁工人表演的扫帚舞，把精彩演出推向了高潮。主持人现场采访，黄大姐保洁服务有限公司掌门人黄国蓉的一句话“扫地也要扫出精彩人生”让我久久不能平静。是啊，三百六十行，行行出状元，只要用心干都能创造精彩人生。

黄国蓉曾经有过一个令人羡慕的岗位，小日子过得也很安逸。然而，激烈的市场竞争使她所在的企业经营每况愈下，1999年35岁的她下岗了。

黄国蓉没有怨这怨那，她那特有的坚忍不拔、能吃苦的“川妹子”性格得到了极致发挥，端盘子、摆地摊、卖糕点，频繁转岗，找不到一个稳定的岗位，浑身的劲怎么也找不到用武之地。2004年的一天，成都市温江区就业局打来电话，征求她参加岗前培训班的意见，黄国蓉毫不犹豫地报了名。开班48名学员，学习15天，到了结业时只剩下了8名，黄国蓉似乎取得了真经，她悟出了一个道理：成功源于奋斗。天上不会掉馅饼，没有耕耘哪来的收获!

可能是神仙支招，一件小事让黄国蓉脑瓜子大开窍。2004年大热天，黄国蓉家里下水道堵塞，全家人鼓捣了好半天也无济于事，黄国蓉无奈拨通电线杆上小广告的联系电话，找来专业师傅谈妥工钱 50 元。师傅只用了两分钟，下水道就疏通了，满地的污水“哗哗”地顺着管道流走了。这件事对她触动很大，钱并不难挣，不就是脏点累点嘛。第二天她借了 2000 元钱，租了一间门面房，招了两名下岗工人，挂上了家政服务公司的牌子，走上了创业之路。黄国蓉为人实诚，收费低，信誉好，天天接的活都干不完，不到半年公司发展到三十多人。管道疏通、道路清扫、地面保洁、洗手间维护、门窗擦拭等，这些一般人不愿意干的他们都干，业务滚雪球似的迅速扩大。最让黄国蓉开心的是她把“黄大姐保洁服务有限公司”的牌子挂了出来，她在精心打造属于自己的品牌。

黄国蓉创办的黄大姐保洁服务有限公司已经走过了 10 年，现在公司员工发展到 2000 余人，其中 80% 都是四五十岁的就业困难人员。她用爱心凝聚人心，她用真心换来爱心，赢得了人们的信任和爱戴。

人的智商高低并非与学历成正比，情商更是如此。黄国蓉这个没有进过大学校门的普通女性，爱她的企业，爱她的员工，她用心追逐美好的梦想。黄国蓉是一个生活有激情的人，会唱歌，爱热闹，她经常组织员工开展丰富多彩的文化娱乐活动，内心深处孕育着要登上《星光大道》大舞台的想法。现在的黄大姐保洁服务有限公司不仅人才济济，而且藏龙卧虎，受到良好家庭教育的柏慧姑娘能歌善舞，那一年参加招聘来到公司成为一名普通的保洁员。她歌声甜美，富有很强的感染力，给人们带来了快乐。黄国蓉把这些有艺术才能的保洁员和环卫工人组织起来，聘请区文化馆的专业人员作指导，编排了歌伴舞《千手环卫》《春天的落叶》《扫帚舞》，在四川卫视、成都电视台播放后深受好评，由黄国蓉作词、温江区文化馆馆长张伟作曲的旋律优美的《大地美容师》已经成为大家最喜爱的歌曲。一天，黄国蓉把埋藏在心里的梦想告诉了张伟，俩人一合计，认为这事能成。他们精心策划，由柏慧做参赛选手，在《星光大道》“才艺大比拼”中用二胡演奏《大地美容师》，挑选 5 名环卫工人伴舞《扫帚舞》，欢快的舞步跳出人生乐趣，高亢的旋律催人奋进。

黄国蓉带着员工也来到北京，看到他们的才艺展现在《星光大道》的大舞台上，顿时热泪如同泉涌。主持人即席采访，黄国蓉张口就说：“我们都是扫地工，扫地也要扫出精彩人生！”随即高歌一曲《大地美容师》。铿锵的话语打动了每一个人的心，美妙的乐曲润人心田。

一个人的力量不可能改变环境，要生存、要发展只能想办法去适应。1999年面对下岗的压力，黄国蓉没有消极地等待，而是在积极地寻找机遇，她深信天无绝人之路，机会就喜欢那些不畏艰难能吃苦的人。2004年是让黄国蓉刻骨铭心的一年，疏通下水道花了50元钱让她头脑开窍，就在这一年她创办的黄大姐保洁服务有限公司员工队伍很快扩充到上千人。在“黄大姐”旗下企业和谐发展，人心稳定，效益增长，黄国蓉还被评为全国再就业的模范。

黄国蓉把“人无信而不立”作为企业经营的座右铭，靠诚信赢天下。黄大姐保洁服务有限公司的员工多是企业下岗人员、社会帮教人员、戒毒成功人员、刑满释放人员，面对这样一个群体，她给大家灌输最多的是“诚信待人，诚实做事”的理念。她创办《做人做事》月刊，把每周一定为雷打不动的“道德讲堂”开讲的日子，用多种形式向员工讲述身边的感动的故事，传播正能量，教育员工在家孝敬老人，工作讲究质量，提升公司的信誉度，为企业发展奠定坚实的基础，实现了服务一方，亮丽一方的诺言。今天的黄大姐保洁服务有限公司业务不断拓展，承接物业管理、绿化管理、家政服务、道路养护、外墙清洗、整体保洁等，他们购买了十几台洒水车，承包温江区2/5的环卫路段，年收入达上千万元。

黄国蓉善于做人的工作还体现在对员工的爱上。她把公司的员工都当作自己的兄弟姐妹，对那些曾有过污点的员工不嫌弃、不放弃，用真心换真情，教育他们做有益于社会的人。有一个青年女性因好奇染上了毒瘾，几次戒毒都失败了，被家庭所抛弃。这次她又一次从戒毒所出来，黄国蓉把她安置在公司，用贴心的话鼓励她巩固戒毒成果，做出点成绩公司就表扬，还在《做人做事》月刊上刊登，这位女青年深受感动，工作干得很出色，彻底改掉了坏毛病，她的女儿和家庭又接受了她。黄国蓉不断摸索新时期企业员工思想工作，因人施教，动之以理，晓之以情，使每个员工都能感受到公司的温暖，这是公司快速发展的动力源泉。

黄国蓉诚实守信，用她的聪明才智和人格魅力创造了下岗再就业的奇迹，实现了她的美好梦想，谱写了绚丽多彩的人生。

2014年8月25日

许家洼的孝母路

一代名将许世友 1905 年出生在大别山区河南新县许家洼，他戎马一生留下许多传奇故事，1985 年走完了他 80 年的人生道路，在另一个世界静静地守候在母亲身旁，实现了他“生要尽忠，死要尽孝”的诺言。 中秋节前夕，我们陪同求是杂志社的朋友孙广远一起到大别山区重温革命传统教育，在许家洼我们听到了传颂半个多世纪的“孝母路”的故事，感人至深，让我们更加崇敬许世友这位深受大家爱戴的老将军。

1905 年 2 月 28 日，许世友出生在许家洼一个贫穷的农民家庭。 年幼的许世友没有吃过一顿饱饭，他性格刚强，盼望着快快长大替父母分忧，撑起一片蓝天。 8 岁那年，一位来自河南登封的拳师林子金云游到许家洼传授武功，吸引了四邻八乡的小伙子，许世友和他的小伙伴们紧紧围着远道而来的拳师，听他讲登封少林寺的故事。 少林寺创建于北魏太和十九年（495），有一千多年的历史，少林僧人秉正仗义的事迹震撼着许世友幼小的心灵，尤其是拳师讲到少林寺管吃管住还能学功夫，他心动了，告别了家乡跟着拳师去了少林寺。 少年许世友进了少林寺一门心思就是练武功，他起早贪黑除干好自己的家务活外，有空就看僧人打斗练武，有时还跟着比画几下，一招一式都挺像回事。 一天天过去了，师父看他是个好苗子，便手把手教招数、讲要领，许世友如鱼得水，学到了少林真功。8年过去了，许世友练就了气功、轻功、少林拳等一身硬功，如虎添翼。他远离家乡，也思念家乡，时不时听说家乡人常受到有钱有势人的欺凌，父亲积劳成疾过早地离开了人世，母亲起早贪黑在苦难中煎熬。他实在忍不下去，毅然离开少林寺回到阔别8年的许家洼。

回到家里，许世友目睹了一件又一件不平事，激起了心中的愤怒，他痛恨有钱有势、仗势欺人的人，他痛恨这个不平的世道。一天他与堂兄上山放牛路过地主家的田头，牛踩了几株棉苗儿被地主的儿子看见了，地主的儿子二话不说揪住堂兄就打，许世友急忙上前去劝架，反遭羞辱与拳打。许世友胸燃怒火挥拳还击，地主的儿子当场毙命，他不得不离家出走避避风头。16岁的许世友颠沛流离一个多月，走投无路流落到洛阳加入了吴佩孚的童子军。直奉战争爆发，许世友所在的部队增加了一些老兵，准备开赴前线作战。一天早晨，轮到许世友值日。一位老兵摆出一副盛气凌人的架子，吆喝着让许世友替他倒痰盂、扫地、叠毯子，自己却在外面溜达闲逛。一会儿溜达回来，他见许世友还没有把活干好，张口就骂，脏话不堪入耳。许世友刚要回话，那个老兵便扑了上来打了许世友几个耳光。许世友哪受得了这气，飞出一脚踢到老兵要紧处致使其一命呜呼。许世友闯了大祸，幸得在军队当官的舅父相救才免一死。

1926年8月，北洋军阀吴佩孚的部队改编成革命军开进武昌城。许世友受先进思想的影响，经常接触共产党人，当年加入了中国共产主义青年团。1927年8月，许世友巧妙地离开了旧军队与同乡傅孟贤会面，日夜兼程，急奔麻城，第二天到达杨泗寨加入红军，从此走上了革命道路。

许世友爱憎分明，英勇善战，屡立战功，从士兵慢慢走上了领导岗位，1939年被任命为山东纵队第五旅旅长，1947年1月任华东野战军第九纵队司令员，在孟良崮战役中发挥了主力军的作用，将红旗插上了孟良崮主峰。

1948年3月已经担任华野山东兵团司令员的许世友率部挺进胶济线横扫500里，接着又向南横扫京浦路700里，解放了山东大部重镇，孤立了济南城内的国民党守军，攻打济南城的准备工作全部就绪。中秋节前夜，济南战役打响，许世友指挥九纵以迅雷不及掩耳之势打开了济南东郊的门户，经过8天8夜的浴血奋战，我军以2.6万人伤亡为代价，共歼敌军10.4万余人，活捉国民党包括第二绥靖区司令官王耀武在内的23名高级将领，济南获得解放。

许世友深知忠孝不能两全，他南征北战忠诚于党的革命事业，也无时不牵挂着远在家乡的母亲的冷暖。1949 年新中国成立了，许世友任山东军区司令员驻扎在济南城，日子相对稳定，他想到在河南许家洼的老母亲还天天不辞劳苦地在田间劳作，就让儿子许光回家把奶奶接到济南来，好让老人家过过好日子。许光赶快去新县把奶奶接了回来。一见面，许世友“扑通”跪倒在母亲面前满脸泪水地说：“娘，这些年您受苦了。儿离家 17 年，拖累了您，是儿不孝……”许世友参加革命四处奔波，1932 年的一天匆匆到了许家洼，见了母亲一面又匆匆离开，从此再也没有回去过。相隔 17 年母子相见心里有说不完的话，许世友看到母亲两鬓花白，满脸沧桑，顿时泪如泉涌，心想再也不能离开母亲，守在母亲身旁好好尽尽孝心。谁知，母亲是一个闲不住的庄稼人，天天坐在屋里不习惯，闷得慌，勉强住了十几天非要回家乡不可，许世友无奈只得听从母亲意见让她又回到了许家洼。

一晃 10 年过去了，到了 1959 年的秋天，许世友在南京军区任司令员。组织安排他到大别山区检查军备，他顺便请假到新县许家洼看望母亲。那个时候山区交通很不方便，到许家洼还都是山间小道，许世友带着警卫员骑着马回到家乡。只见家里大门上别着一根柴棍，看来屋里无人，猜想母亲准是到地里干活了。许世友交代警卫员把马拴好，独自一人沿着门前小路向山上走去。不一会儿，果真看见母亲身背一捆柴草披着夕阳从远处蹒跚走来。许世友赶紧迎上前去，跪在母亲面前说：“娘，不孝的儿子来看您了。”母亲放下柴草，把儿子拉起来，许世友背起柴草，娘俩边说边向家里走去。

现在，许世友故居门前的这条小道被后人称为“孝母路”。我们漫步在孝母路，仿佛看到了许世友将军身背柴草，搀扶着老母亲慢慢向我们走来。

2014 年 9 月 5 日

王近山与李云龙

艺术创作源于生活又高于生活。众多革命题材的文学艺术创作，大都源于真实的革命历史故事。都梁创作的小说《亮剑》，以及根据同名小说搬上屏幕的电视连续剧《亮剑》，剧中主人公李云龙再现了革命战争时期活跃在战场上的八路军指战员王近山的身影。王近山是艺术创作中李云龙的主要生活原型，李云龙是以王近山为主要创作元素的舞台艺术形象。

大别山是我国革命战争时期鄂豫皖革命根据地的中心区域，是红军的发源地之一，被称为红色大别山。这次我们陪同求是杂志社的朋友一起到大别山区，听到了许多感天动地的历史故事，让我永远铭记在心。

《亮剑》主人公李云龙的主要生活原型就是从大别山区走出来的开国将军王近山。2000 年 1 月都梁的长篇小说《亮剑》出版发行，作者以全新的视野展示了在炮火隆隆的战争年代，我军将士面对强大的敌手，明知不敌也要毅然亮剑。即使倒下，也要成为一座山，一道岭的英勇气概。小说《亮剑》用生动的语言和写作技巧感染了读者，感动了中国，很快成为当代的畅销书，不久被改编成电视连续剧搬上屏幕，多家电视台同期播映，一时间万人空巷，成了当年最热播的电视剧。

《亮剑》好就好在真实。作者都梁1954年出生于一个知识分子家庭，少年参军，几年后复员回京。他对中国革命史、军事史和第一代从农民中成长起来的老将军有浓厚的兴趣，在与那些当年的老将军、老干部接触的过程中，捕捉到许多书本上根本找不到的历史信息，成了他创作的很好素材。《亮剑》真实地还原了历史，每个人物的塑造都是历史人物性格的再现，他没有特指哪一个人，而是将若干人物的事迹在时空上做了移位，集中地反映在作品中某一个人或某几个人的身上，塑造了一个英雄的群体。在《亮剑》中作者成功地塑造了李云龙、赵刚、丁伟、孔捷、和尚（魏大勇）、张大彪、段鹏、田雨等个性鲜明的英雄群体，当然对李云龙的描写刻画更是出神入化。部队高级将领看了《亮剑》之后无不叫好，一些老将军的后代看过后，说从《亮剑》中看到了父辈们的影子。很多老将军都是当年的“红小鬼”，他们绝大部分出生在贫穷的农家，连饭都吃不饱哪有钱读书上学，没有受过正规教育，都是在实战中磨炼出来的，从大别山区走出来的开国将军就有349人。他们靠着对党、对人民的无限忠诚，在战场上智勇双全，夺取了一个又一个胜利。大别山是红军的故乡，是将军成长的摇篮。

王近山1915年出生在湖北红安县一个贫苦农民家庭，1930年3月，15岁的他参加了中国工农红军，是个名副其实的红小鬼，同年他加入了中国共产主义青年团。别看王近山年纪轻轻，打起仗来却猛虎一般，总是冲在第一线。有一次，在战场上与敌军交手打红了眼，他和国民党匪兵抱在一起滚下了山崖，敌军当场气绝身亡，王近山只是头部负了点轻伤，从此得了个“王疯子”的美称。“王疯子”打仗不要命，英勇善战，在红四方面军先后担任排长、连长、营长、团长。他天生是个打仗的料，善于观察分析，在战场上从枪炮声中判断出敌人战术变化的特点，先人一步打乱敌人的计划夺取胜利。他19岁那年出任红军团长，一次在川陕根据地反“围剿”战役中，他半夜发现竟然与“围剿”他们的国民党军同在一个地方宿营，弄清详细情况他大喊一声：“同志们，敌人被我们包围了，抓俘虏啊！”有的敌军还在睡梦中就成了俘虏，敌旅长郭勋奇被捉。王近山带领一个团全歼敌军一个旅，在红军中传为佳话，极大地鼓舞了红军斗志。红军长征过草地，在一次战斗中，师长不幸牺牲，已是副师长的王近山被任命为九十一师师长，这一年王近山才20岁，是红军中最年轻的师长。

抗日战争爆发后红四方面军奉命改编成八路军一二九师。1942年27岁的王近山身为八路军一二九师新编第四旅旅长，带领一个团和一些干部去延安。

途中得知日军战地观摩团正赶往前沿阵地观看他们的特种部队是怎样偷袭八路军指挥部的，王近山果断命令战士隐蔽起来打伏击战，一声令下全面出击，打得小鬼子措手不及，全歼日军战地观摩团，打了一个大胜仗。这一幕在电视剧《亮剑》中得到了生动的艺术再现，是全剧中的一个亮点。按常理，王近山发现敌情应连同作战初步方案一起向上级报告，接到命令再组织实施。然而，王近山既不请示又不汇报，还不按正规打法，完全凭着自己积累的战场经验，正确分析形势，果断做出正确判断，自作主张打了一个非同一般的大胜仗。到了延安，毛主席说，一二九师有个“王疯子”，敢打没有命令的仗，很好！

在淮海战役的战场上，王近山指挥中野六纵，他就爱打大仗、打硬仗。山东定陶战役，首长决定主力部队主攻大、小杨湖，会上王近山主动请战：“六纵是一支年轻部队，让我们上，打剩一个连我当连长，打剩一个班我当班长，都打光了，对得起养育我们的父老乡亲。”战斗打响了，王近山灵活运用战略战术，六纵战士顽强勇猛，大获全胜，一战成名，荣升为主力部队。王近山打仗动心思、讲策略，争取以最小的代价换取最大的胜利，他指挥六纵成功策动国民党军一一〇师廖运周部起义，把敌军防线撕开了一个口子。王近山指挥3个纵队担任主攻，六纵与黄维十二兵团八十五军血战，打得这支国民党的王牌军不得不举手投降。

王近山打仗勇猛，经历了一次又一次血与火的洗礼，为人民屡建奇功，1955年被授予中将军衔。王近山在战场上勇猛顽强打了胜仗，在和平年代情感生活上却打了败仗，受到了严肃处理，在河南西华县黄泛区农场劳动锻炼，1969年7月重返部队，在南京军区任副参谋长，1978年5月10日走完了他63年的人生路程。人无完人，人生没有绝对的完美，王近山情感生活上的不足也遮挡不住他人生中的精彩，大别山区依然传颂着他戎马生涯的传奇故事，历史永远不会忘记他。

大别山是英雄的山，哺育了一大批英雄儿女，王近山是大别山千万英雄儿女的杰出代表，他的一生是不平凡的一生。《亮剑》中李云龙的大智大勇，既体现了王近山的机智勇敢，又表现出人民军队勇往直前大无畏的英雄气概。《亮剑》是我们大家喜爱的好作品。

2014年9月10日

感动心灵的故事

这一次我们走进红色大别山，听到了许多感人至深的故事，尤其是在湖北红安革命烈士纪念馆，我们听到了“周大娘舍子救红军”的事迹，震撼心灵，对“红旗不倒”的大别山精神又有了更加深刻的认识，周大娘的高大形象矗立在我们心中。

王树声1905年出生于湖北麻城县，早年投身革命，1926年加入中国共产党，1927年参与并领导了著名的黄麻起义，参加了中国工农红军。1927年4月蒋介石公开叛变革命，血腥屠杀共产党人和革命群众，轰轰烈烈的大革命处于低谷，麻城县曾被打散的封建反动势力又纠结在一起重新猖獗起来。王树声等人在大别山区组织劳苦民众坚持斗争，与反动民团、红枪会日夜拼杀，红旗还飘扬在大别山区的村村寨寨。

一天夜里，王树声到麻城顺河集打探敌情，不巧被国民党军发现。敌军一边追赶一边喊叫：“抓住他！抓住他！抓住王树声赏二百大洋！”在屋里的周大娘听到喊叫赶忙起身将大门半开，探出半个身子想看个究竟。这时，王树声正好经过周大娘的门前，大娘一把将他拉进屋里关上门，让他躲藏在夹壁墙内。国民党追兵忽然间不见了王树声的踪影十分恼火，连夜把顺河集的人全部集合起来，敌营长气急败坏地大喊大叫：“我们刚才追赶捉拿的是共产党头子王树声，在你们这儿突然不见了。谁要是把他交出来我赏他一百个‘袁大头’，有谁敢窝藏他，让我搜出来就杀他全家！”别人都不知道是怎么回事，只有周大娘一人清楚，没有一个人吱声，顺河集一片寂静。凶神恶煞般的国民党营长又大声嚷道：“把机枪架上！火把点起来！你们今天要是不把王树声交出来，一个也别想活着出去！”民众满腔愤怒，还是一声不吭。敌营长举起左手声嘶力竭地嚷道：“准备……”眼看惨案就要发生，周大娘心中燃起了一团怒火，她痛恨眼前这些杀人不眨眼的魔鬼，她要想尽一切办法保护王树声，不让穷苦百姓遭殃。她急中生智，镇定自若地说：“慢！王树声在我家里。”敌营长说：“那好，现在就去你家，要是抓不到王树声可别怪我……”转过身来他又下命令：“龚排长，你带一排人去抓王树声，抓不到活的就把死尸给我抬来！”那个龚排长心里直犯嘀咕，害怕不但抓不住王树声再把小命儿给搭进去，表面上还得装腔作势跟着周大娘去抓王树声。

老百姓被解救了，大家都默默地为周大娘的安危担心。周大娘领着几十个白狗子慢慢地往家走，她是在想怎样对付这些家伙。快到家门口时周大娘停住了脚步，轻声对白狗子说：“老总，王树声身上带有两把枪，他可不是好惹的。”周大娘话说到这儿，来抓王树声的国民党兵心里更毛了，谁也不愿意送死。周大娘接着说：“这样吧，你们在外面等着，我进屋想办法把他哄出来你们再抓，这样行不行？”那个龚排长一听连声说好。周大娘进屋点亮麻油灯，进了一个放柴草杂物的房间，轻轻移动破柜子，打开一扇夹墙门，夹墙里的王树声听见门口有动静知道周大娘回来了，小声说：“大娘，白狗子走了吗？”大娘说：“走是走了，只怕还有人在外面等着抓你呀，你还是再多待一会儿，我让政道先出去看一看再说。”话一说完，周大娘就拉着他的大儿子政道要走出夹缝墙。王树声说啥也不让政道出去，说：“大娘，外面太危险，不能让政道去，还是我去。”周大娘说：“不行，你还带着游击队的几百号人呢，万一被他们抓住游击队的事谁来管。政道出去应付一下把白狗子哄走，大不了挨顿打就放回来了。”王树声一听也有道理，毕竟政道不是王树声，说不定真能蒙混过去，就同意了大娘的主意。

周大娘为救王树声再也没有什么好法子，只能想出让大儿子政道去冒名顶替这个不是办法的办法。她转过身来叮嘱政道：“儿啊，不是娘心狠非要把你往虎口里送，我是想让你把白狗子哄走了，救你树声兄弟一命……”话没说完周大娘已泣不成声。儿是娘身上掉下来的肉，哪有娘不心疼儿的呀？周大娘这样做也是迫不得已。政道听完娘的一席话心里明白了，心想只有这个办法才能让树声兄弟脱身。他安慰娘说：“娘，我知道了，别哭坏了身子，我现在就去，把白狗子哄走就回来陪你……”周大娘紧紧把政道搂在怀里，她知道儿子这一走恐怕再也见不到面了，泪水不住地往下淌。政道怕时间长了引起白狗子的怀疑，顾不上再看娘一眼，挣脱母亲的怀抱向大门外跑去。政道刚出大门，周大娘在屋里就清晰地听到：“不许动！”她隔着门缝眼睁睁地看着白狗子把政道五花大绑地带走了，一阵揪心似的疼痛，她昏了过去。

外面发生的一切王树声在夹墙里听得清清楚楚，周大娘昏倒在地，他不顾一切用力推开夹墙门，冲出来抱着大娘焦急地低声呼唤：“大娘，你醒一醒。大娘，你醒一醒。”极度悲痛的周大娘慢慢睁开双眼，看着王树声泪水涌了出来。王树声对周大娘说：“大娘，您歇着，我去救政道哥。”说罢他拔腿就要往外跑。周大娘两手抱着王树声的腿说啥也不让他去，她急促地说：“大侄子，能再把你也不搭进去。你赶快走，敌人发现抓错了还要再回来的，快走啊……”王树声挥泪告别了周大娘。

第二天，敌人把周大娘的大儿子杀害了，还把他的头挂在一棵大柳树上示众，政道为祖国的解放事业献出了宝贵的生命。

周大娘是坚强的革命母亲，大别山的儿女是杀不绝的。周大娘的大儿子牺牲以后，大娘又送二儿子当红军牺牲在战场上，三儿子又加入革命队伍倒在长征路上。在生与死的考验面前，大别山的儿女怀着对革命事业的无限忠诚，坚守信念，不怕牺牲，前仆后继，在革命战争时期参战军民达 200 多万人，有 100 多万人牺牲在枪林弹雨之中。

1951 年春天，已是新中国国防部副部长的王树声将军率中央人民政府代表团到麻城苏区，到处打听周大娘的下落，毫无音讯。得知周大娘的大儿子政道为救自己被敌人杀头，大娘剩下的两个儿子又先后参加红军壮烈牺牲，更是悲痛至极。他要求有关部门无论如何要找到周大娘。一天中午，王树声在张店街召开县、乡、村三级干部会议，警卫员进来报告：“首长，外面河对岸有位老大娘说有事要找您。”王树声见周大娘心切，猜想说不定就是她老人家。他立即宣布休会，三步并作两步地由众人陪同快速来到小河边，看清了对岸拄着拐杖的周大娘，他蹚着冰凉的河水跌跌撞撞地向对岸奔去。两人相见，将军双手扶着周大娘，泪水直流，一时说不出话来。周大娘双眼近乎失明，看不清将军是谁，问道："好人哪，听说当年领导黄麻起义的王树声回来了，能带我见他吗？"听了周大娘的问话将军心如刀绞，立马跪在周大娘面前颤声叫道："娘，我是树声……"周大娘回应："树声侄子，大娘好想你呀！"将军和周大娘抱着哭成一团。王树声恳切地说："娘，您再也别叫我侄子了，我就是政道，是您的亲儿子啊……"这感人的一幕让在场的每一个人热泪直流。

大别山是革命的摇篮，周大娘舍子救红军的崇高精神感动着每一个人，人们永远不会忘记这位伟大的母亲。

2014 年 9 月 15 日

从放牛娃到将军

曾唱响中国的剧作《沙家浜》感动了几代人，这一次我们到大别山区才知道，《沙家浜》的主人公郭建光的生活原型也来自大别山区红四方面军，这位从放牛娃到将军的刘飞有很多不为人知的故事。

刘飞将军 1905 年 12 月出生在湖北红安罗家田村一个贫苦农民家庭，童年时期是个十足的放牛娃，随着年龄的增长干的都是掏力活儿。 1927 年 11 月他参加了黄麻起义，1930 年率赤卫军加入中国工农红军第四方面军，出任排长、连长、营政治委员、团政治委员、独立帅政治部主任等职。 鄂豫皖苏区反“围剿”结束，刘飞率部跟随红四方面军长征。 红军长征胜利到达延安不久抗日战争爆发，1938 年春天刘飞奉命调任江南人民抗日救国军第一纵队政委。 1939 年 5 月，刘飞带领新四军六团向东推进，首战黄土塘，夜袭浒墅关日军火车站，火烧日军虹桥机场，威震江南。 1939 年 9 月在江阴顾山战斗中他被子弹击中肺部，生命垂危，不得不到阳澄湖后方医院养伤。 所谓的后方医院只不过是调集在阳澄湖上的一些小木船，放在船舱里的木板就是病床，接收有 40 多名新四军伤病员。 在这里刘飞的职务最高，自然成为这里的最高领导。 几个月过后，有的重伤病员相继牺牲，存活下来的还有36位新四军战士。刘飞命大，尽管那个子弹头一直留在他的体内，他还是顽强地活了下来，逐步恢复了健康。

刘飞久经沙场，从不把自己的安危放在心上，他重伤痊愈后，立即提议并经上级批准成立了新的江南抗日义勇军，36个伤愈战士就是义勇军的骨干力量，他们用智慧和胆略与敌人顽强斗争，演绎了许多传奇故事。在淮海战役中，刘飞和他的战友们创下了一个又一个载入我军史册的辉煌战例。1948年年底，随军记者、作家崔左夫在硝烟渐逝的淮海战场上采访刘飞，刘飞指着正在打扫战场的官兵说："我建议你好好写写二师，这个师是由36个伤病员发展起来的啊！"听了大家的讲述，崔左夫激动不已，以江南抗日义勇军刘飞等36个官兵的事迹为原型，于1957年创作出纪实文学《血染着的姓名——36个伤病员斗争纪实》。1955年刘飞被授予中将军衔，后来他应《红旗飘飘》杂志编辑部的征文，口述整理了长篇回忆录《火种》，部分章节还发表在《萌芽》《雨花》等杂志上，在文学界产生了很大的影响。

1959年，上海市人民沪剧团编辑文牧和党支部书记兼团长陈荣兰在读到《血染着的姓名——36个伤病员斗争纪实》和刘飞回忆录后，颇受启发，认为可以这两个作品为基础，创作一部抗日传奇剧。不久，由上海市人民沪剧团集体创作，文牧执笔的现代沪剧《碧水红旗》诞生了，也许是受到刘飞回忆录《火种》的影响，1960年把剧名改为《芦荡火种》。

从1960年首演到1963年末，沪剧《芦荡火种》经过三次大的修改，艺术结构更趋完美，1964年1月，进京演出博得一致好评，很快被北京京剧团改编成现代京剧《芦荡火种》。1964年4月27日，刘少奇、周恩来、朱德、邓小平等党和国家领导人观看了京剧《芦荡火种》，一致称赞，之后毛泽东同志也观看了轰动京城的京剧《芦荡火种》，强调要"突出武装斗争的作用，强调用武装的革命消灭武装的反革命，戏的结尾要打进去"，并亲自把剧名定为《沙家浜》。京剧《沙家浜》在沪剧《芦荡火种》的基础上经过多次修改，唱词更加精练，旋律更加激昂，情节更加曲折，1968年被拍摄成电影在全国各地放映，许多地方文工团、宣传队及民间演出团体纷纷排演全剧或精彩片段，一些大型企业还组织学唱其中的唱腔、唱段。不久《沙家浜》又被成功改编成现代交响乐，一时间"要学那泰山顶上一青松，挺然屹立傲苍穹，八千里风暴吹不倒，九千个雷霆也难轰……"唱响大江南北，至今那"朝霞映在阳澄湖上，芦花放，稻谷香，岸柳成行。全凭着劳动人民一双手，画出了锦绣江南鱼米乡。祖国的好山河寸土不让，岂容日寇逞凶狂！……”高亢激昂的唱腔还在我们耳边回荡。

《沙家浜》取材于江南抗日义勇军当年在江苏常熟芦荡乡打鬼子的故事，半个多世纪以来《沙家浜》也唱红了这片古老的土地。现在，原芦荡乡已更名为沙家浜镇，并建起沙家浜革命传统纪念馆，成为全国爱国主义教育基地。以郭建光、阿庆嫂为主的大型雕塑屹立在这里，400多幅革命斗争照片和60多件革命文物再现了那段艰难而光荣的历史。

刘飞在战场上出生入死，英勇善战，保持着革命乐观主义精神。1939年敌人的一颗子弹击中他的胸部，鲜血喷涌不止，他仍不在意又继续冲锋100多米才停了下来。警卫员为他做交叉包扎时，他非常镇定地问道：“背后有洞吗？”听到警卫员说没有，他倒安慰起警卫员说：“不要紧，我不要紧。”这“不要紧”一枪留在他肺部的那颗子弹，一直跟随他南征北战几十年，他从不把它当回事。

1984年10月24日，刘飞因病医治无效逝世，应他的夫人朱一的再三要求，南京军区总医院的医生在刘飞遗体火化前，将这颗留在他肺部45年的子弹头取了出来。朱一用颤抖的双手举起这枚已经生锈的弹头对子女们说：“这是你爸爸留给你们的遗产，你们要记住，新中国来之不易。”现在，这颗弹头被收藏在苏州革命历史博物馆。

在红安革命烈士纪念馆，我们站在刘飞将军一身戎装的肖像前，聆听着当年刘飞带领伤病员战斗在沙家浜的故事，耳边又响起了郭建光的激越唱腔：“战斗负伤离战场，养伤来在沙家浜。半月来思念战友与首长，也不知转移在何方。军民们准备反‘扫荡’，何日里奋臂挥刀斩豺狼?！……”

2014年9月25日

小伙子，你不能这样

一觉醒来已是凌晨5点多钟，打开电视机，央视新闻频道《面对面》栏目主持人王宁正在采访武汉环卫工人刘福香，看后我的心里久久不能平静。小伙子，不能这样做！

这事发生在今年的10月18日上午9点多钟。武汉环卫女工刘福香在清扫江汉一路时，附近路边停了一辆宝马小轿车，坐在车上的小伙子不断将点心包装袋、餐巾纸等废弃物从车窗往外扔，刘福香走到窗下默默地将这些垃圾清扫干净。几分钟后，她转过头来发现，宝马车驾驶座位上的小伙子还在向窗外丢弃垃圾，刘福香又上前清扫。她第三次来到宝马车前，小伙子还在不时地向窗外抛垃圾。刘福香忍不住上前说："小伙子，你不能老是向车外丢东西。"对方竟回应说："我乐意。"之后还爆了粗口，刘福香实在忍受不住对方的无礼随后也回敬一句。小伙子满脸怒气地下车，刘福香看他面带凶相赶紧往车后跑，见对方要追上来了便本能地举起扫把自卫。小伙子夺过刘福香手里的扫把和撮箕，狠狠地用力摔在地上。刘福香掏出手机去拍宝马车牌号，以备必要时运用法律手段维权，对方冲上去一手拽住刘福香的右胳膊，一手朝她的脸上连打两个耳光。路过的行人见状呵斥打人男子，一个年轻男子随机抓拍到小伙子打人一幕。打人的小伙子遭到众人谴责，上车开着他的宝马车扬长而去。我们应该感谢现场拍照的这位年轻人的正义之举，为开展道德教育提供了很好的反面教材。应该说，当下在公共场所这种开口骂人、抬手打人的丑恶现象屡见不鲜，坐地铁、乘公交车都能遇上令人作呕的事，不知道那些当事人哪来那么大的火，一点小事一点即燃，败坏社会风气。不多时，“宝马男”打人的照片传在网上招来众议，央视《面对面》栏目做了这期节目，目的是晒晒那些不文明的举动，教育大家明辨是非提高素质，构建和谐社会，树立好风尚。

不知道这位开宝马车的小伙子为何要这样做。从电视报道中得知交警部门根据现场拍照的宝马车牌号查实，车主是31岁的湖北孝感人唐某。从年龄上看他即便是没有受过高等教育也应该是受过义务教育的人，最基本的常识是应该有的，应该懂得尊重他人、尊重劳动的道理，环卫工人以及环卫工人的劳动理所应当地受到尊重。有人称环卫工人是“城市美容师”，正是因为有了他们，生活在城市里的人们才能享受到环境的整洁优美。试想，倘若没有他们的辛勤劳动，我们这些城里人岂不是只能在脏兮兮的环境中生活？那种污水横流、垃圾遍地的场景又是什么滋味？环卫工人的辛苦可能这位开宝马车的小伙子不清楚，他们的付出要比得到的多。武汉市现有38000多名环卫工人，他们起早贪黑每天凌晨3点就要进入自己的责任区开始忙碌，把路面扫得干干净净，把垃圾运送到垃圾转运站。白天还有轮班工人不停地清除行人丢弃的垃圾，直到深夜都是他们在用汗水冲洗污垢保持城市的清洁卫生。然而，他们的收入并不多，据介绍武汉市的环卫工人每月每人收入还不足2000元，看到这里我想起了鲁迅先生曾经说过的那句话，他们“吃的是草，挤出来的是奶”。现在武汉环卫工人岗位招工很难，缺员得不到补充，不得不在退休工人中再返聘那些有条件、有能力继续工作的人。刘福香今年已51岁，去年办理了退休，因缺人又返岗继续从事她原来的工作，她是诸多返聘工人中的一员。刘福香的老公丁又生也在环卫岗位上干了几十年，现在依然披星戴月地在自己的岗位上辛勤地劳动着，用一人脏换来万人净。他们夫妇都是环卫工，干得虽说很辛苦，但他们有个温馨的家庭，生活得很幸福。已经29岁的儿子勤奋好学，讲文明懂礼貌，一家人和和睦睦，他们非常满足。王宁采访丁又生，谈到妻子刘福香被开宝马车的小伙子打了两个耳光他很气愤，不光是他气愤，凡是知道这件事和电视机前的观众都很气愤，一个小伙子竟然打一个与自己长辈年龄一般的环卫女工的耳光，能不引起公愤吗？ 我十分理解丁又生的心情，这事放到谁身上都会恼火，倒是刘福香受了这么大的委屈却默不作声，表现出良好的道德修养。 若不是那位有正义感的年轻人拍的照片在网上传播，这件事也许只能埋藏在她的内心深处。

刘福香被打之事很快在互联网上曝光，在社会上引起了强烈的反响，武汉市城管部门向刘福香颁发了“委屈奖”。 社会舆论纷纷谴责那位开宝马车小伙子的不端行为，司法部门通过线索找到了肇事者唐某，打人者唐某也受到了行政拘留和罚款的处罚并向受害者公开道歉。 刘福香在接受媒体采访时说：“我不想把打人者怎么样，就是想为环卫工人讨个尊严，希望通过这件事更理解环卫工作。”在这个世界上人人都有尊严，人没有贵贱之分，从事的工作只是分工不同，相互之间大家都要互相尊重。 刘福香是一个善良的女性，在 20 多年的环卫工作中，曾不止一次地因劝阻不文明行为而受到打骂，切身感受到干他们这一行的不易，“为环卫工人讨个尊严”是她内心的呐喊！ 她不想把打人者怎么样说明了她的宽容，我们都应该为她的善良喝彩。 无论从家庭经济状况，还是在学校受教育的时间，刘福香都远不及伤害她的开宝马车的小伙子，然而她要比他高尚得多、善良得多。 或许打人的小伙子依仗有钱忽视道德，蔑视法律，否则他怎敢在一个弱女子面前大打出手呢！ 但有钱也不能不讲道德，不守法纪。

刘福香被打之事给我们留下了许多思索，大家真切地希望这样的事今后不再发生，还尊严于每一个人。 刚刚结束的党的十八届四中全会提出全面推进依法治国的要求，从而实现科学立法、严格执法、公正司法、全民守法，建立良好的社会秩序，推动各项事业健康发展。

2014 年 10 月 28 日

走上人民币的侗族姑娘

从贵阳返回郑州途中，一张《贵阳晚报》引起了我的极大兴趣，一篇《“一元女孩”如今已当外婆》的报道让我看了几遍，它讲述了一个普通的侗家女性石奶引幸运地走进千家万户的故事。

石奶引 1961 年出生在贵州从江县庆云乡寨锦村一个普通的侗族农民家庭，自幼聪颖活泼，大山的水土滋润了这位漂亮的姑娘，她热情奔放的性格特别令人喜欢。她是她们家姊妹六人中的老大，没有进过一天学校门，还是在扫盲中学会的那几个字帮她脱离了文盲队伍，少年时代的她就成了家里的“台柱子”。她心灵手巧又勤快，唱歌、刺绣、织布、染布一学就会，14 岁就能挑起织布、染布、做衣服的大梁，在父母眼里她是个能干、孝顺的好孩子。

1978 年石奶引已是十六七岁的大姑娘了，一天她和村子里的伙伴们到镇上赶集，像过节一样的洛香镇人来人往，热闹非凡。独具少数民族风情的深山小镇吸引了八方来客，不少远道而来的客人在这里寻找他们的所需。石奶引和姐妹们挤在一个小摊位前买针线，突然有人从背后拉了她一把，石奶引转过身来一看，是个陌生人面带笑容和善地向她打招呼，旁边还有两个人也一起示意让她过来。石奶引走出人群，三个陌生人说明来意，她才明白过来他们是要为她画像。原来这三个陌生人是画家，他们是在为第四套人民币的画面设计图案。第四套人民币的画面设计风格是保持和发扬我国民族艺术传统特点，全景全部采用大幅人物头像水印。画家来到贵州侗乡苗寨，就是寻找少数民族的优秀代表做原型，设计出满意的人民币图案。这一天，石奶引和一拨儿姐妹们都身着侗族盛装到洛香镇赶集，笑容灿烂。石奶引一身民族服饰，耳戴庆云耳环，头盘着别致的发型，引人注目。画家让石奶引站立一处，很快画出一幅她的侧面像，三个画家看后都很满意，他们谢过石奶引带着收获满意而去。几年过去了，第四套人民币开始发行流通，村里的人拿着一元人民币越看上面的画像越像石奶引，纷纷问她咋上的人民币。她回想起当年在洛香镇赶集的事，再看看人民币上那张侧面像，心里有说不出的高兴。很快乡里乡亲都知道石奶引的画像上了人民币，这个“一不留神”成了名人的石奶引也走进了千家万户。

转眼几十年过去了，当年的小姑娘现在有了外孙当上了外婆。男大当婚，女大当嫁。石奶引22岁那年，水灵灵的她与附近佰你村的石学海经人介绍走到一起，双方都很满意，第二年按着侗家人的习俗举办了婚礼。1985年他们的女儿出生，给全家人带来了欢乐。又过了两年，他们又有了儿子，一家人勤劳能干，生活得很幸福。现在石奶引的女儿也成家立业，有了自己的孩子，石奶引高兴地荣升为外婆。

“冻鱼节”是贵州侗家人石姓家族数百年来流传下来的盛大节日，每年农历十月十二日的前一天，人们都要到水田里抓来鲤鱼煮熟，加入食盐和作料连汤和肉搁置起来，第二天冷却凝冻后被称为“冻鱼”。冻鱼节这一天，主人邀请亲朋好友聚在一起，吃鱼畅饮，唱歌跳舞，相互祝福，憧憬美好未来。冻鱼节的传说不一，不管怎么说都是一种喜庆的形式。现在的冻鱼节内容更加丰富，迎“萨岁”是冻鱼节的主要内容。“萨岁”意为始祖母，是侗族最高的保护神，在侗族人的心目中她神通广大，能主宰人间一切，镇宅驱鬼，保一方平安。身穿民族服装的男女青年组成浩浩荡荡的迎“萨岁”队伍，一字排开，场面十分壮观。

今年的冻鱼节在隆重迎“萨岁”之后，还举行了在人群中寻找“一不留神”上了人民币成为名人的石奶引活动。尽管石奶引今年已经53岁，但岁月的沧桑仍然掩盖不住她青春时期的美貌，很快她被人们认出并被团团围住，纷纷与她拍照留影，有的还好奇地打听她当年是怎样走上人民币的。石奶引淡然一笑，非常淡定地说这事纯属偶然，莫名其妙地被画家们发现成了作品的原型，几年过去了直到第四套人民币发行才知道自己的画像上了一元钱的纸币上。

石奶引是一个纯朴的侗族姑娘，自从上了人民币好多人都羡慕她，她也是侗家人的骄傲与自豪。可她从来没把这事放在心上，从不张扬，一如既往地生活得很平静。那年她与石学海结婚来到佰你村，两人恩恩爱爱，料理家务，照顾老人，织布染布，十里八村都知道石奶引是个好媳妇。女儿和儿子长到能离开他们的时候，她与丈夫都走出大山外出打工，靠勤劳的双手致富，盖起了新房，摘掉了贫困帽子。两个孩子初中毕业，也像他们一样走出去闯世界，用汗水实现人生的价值。现在他们有了外孙，石奶引和丈夫不再外出打工，守在家里照看外孙。农家人在家还是闲不住，他们有干不完的家务活，天天快乐地忙碌着。

这就是“一不留神”成了名人的石奶引，我为她高兴，更为她祝福。

2014 年 11 月 11 日

听听马云的声音

这是我从“思维震撼”博客上下载的一段马云的精彩演讲视频，虽说只有5分钟，但听了之后令人震撼，可以说是震撼人心的5分钟。

马云，当今中国首富、世界名人，他创建的阿里巴巴网站已成为眼下最红火的电子商务平台。从他的经验之谈可以感受到他独特的思维方式，这正是他走上成功之路的独到之处。

马云1964年9月出生在杭州，应该说学生时期的他并不出众，在众人眼里一点也不优秀，高中毕业参加两次高考都落了榜，1984年第三次高考勉强被杭州师范学院录取了，从这一点就可以印证他那永不放弃的性格。他把“永不放弃”作为自己的座右铭，只要是看准了的事，就要坚持，直至成功，有一种“不到长城非好汉”的精神。他的演讲一开始先告诫大家“创业者首先要给自己一个梦想”，梦想是为之奋斗的力量源泉，当然这个梦想要切合实际，梦想绝不是妄想，梦想是具有变成现实条件的理想。1995年初，一次偶然的机会马云到了美国，发现了互联网这个新事物，他肯定是做了认真的研究，在人们还不知道互联网是什么东西的时候，他便萌生了利用互联网技术办网站的念头。在下决心做这件事之前，他想听听身边朋友的意见，不盲目行事。

回到国内，他召集了23位朋友，开诚布公地说：“我准备从大学里辞职，做一个互联网……”马云是1988年从杭州师院毕业被分配到杭州电子工业学院教英语及国际贸易两门课，是他最早在杭州西湖边上开辟了“英语角”，为师生学习英语营造氛围。1992年马云发起成立了海博翻译社，经过3年的打拼，1995年正是海博翻译社走出困境刚步入快速发展的快车道，他却提出要创办互联网。那个年代知道互联网的人不多，在他的朋友圈子里恐怕很多人还弄不清互联网的概念，不会看好这件事。果不其然，两个小时过去了进入表决阶段，24人中23人反对，只有一人赞成。我猜想，这唯一赞成的人就是他自己。

事后他反复思考，坚信互联网必将会给人类带来贡献，于是毅然决然辞去大学讲师职务，干自己想要干的事。1995年马云与妻子和另外一个朋友凑了2万元钱注册成立了专为企业做网页的杭州海特网络公司，网站取名“中国黄页”，是我国较早的互联网之一，不到3年他利用这个网站挖到了丰厚的“黄金”。马云成功了，事业的成功凝聚着他的智慧。从他的演讲中可以得出这样的结论，马云善于利用名人，让名人讲出自己的心里话，扩大宣传效果，在更多的人群中得到认可。马云认准了互联网在人类生活中的作用将是巨大的，他概括成一句话：“互联网将改变人类生活的方方面面。”20年前马云还不为人知，心想这句话若从他口中说出不会有多少人相信，若是出自名人之口那就不一样了。在一次活动中，马云假借比尔·盖茨之名说：“比尔·盖茨说‘互联网将改变人类生活的方方面面’。”结果很多媒体把这句话登了出来，其宣传效果不知放大了多少倍，这就是名人效应。

“创业者最主要的是创造条件”，这是马云演讲中很经典的一句话。在他看来，创业者不要抱怨客观，要主动迎着困难上。他说，很多创业者都说这个条件不够，那个条件不够，一旦条件成熟了，你也就错过机会了。20年前阿里巴巴没有名气，没有钱，人们也不相信电子商务，招聘员工非常困难，用他的话说“只要不是太残疾的人”都招聘过来了，有了人就有创造奇迹的可能，就有实现梦想的条件。在这个世界上，再好的项目没有人去做，一切都等于零。阿里巴巴成功了，这个团队里的每一个人都有成就感。马云就此得出一个结论：几年过去了创业者要给自己一个梦想，给自己一个承诺，给自己一份坚持，三者缺一不可，缺了哪一个都不会成功。马云告诫创业者要想清楚三个问题：一是想干什么，二是能干什么，三是该干什么。创业者在人生道路上会面临许多抉择和机会，要做出正确的选择，带领团队勇往直前，一定会走到大洋的彼岸。

阿里巴巴成功了，市场上出现了很多写阿里巴巴是怎样成功的书，作为阿里巴巴的创始人马云坦诚地说：“这些书都不是我写的，我也没有看过，也没有人采访过我……”看来这些书并不是阿里巴巴的“真经”。我真希望马云能写一写阿里巴巴的创业史，把阿里巴巴一路走来的艰辛和他自己内心世界的活动写出来，一定很精彩。马云在演讲中也提到他将来要写一本书，是从另一个角度写阿里巴巴的成长史，要写一本《阿里巴巴一千零一个错误》。这正体现了马云的与众不同，他就是在创业的过程中不断反思出现的失误，及时发现，及时纠正，把问题解决在萌芽状态，避免更大的损失。事业成功与否取决于人的思维方式，马云的成功是他能够审时度势，遵循事物发展的规律，关键是调整思维，确立正确的思维方式，这是他成功的关键所在。

马云的成功得益于他有一个好的执行团队，他靠自己的人格魅力把大家凝聚在一起，齐心协力为梦想的实现共同奋斗。我查阅了一些马云的个人资料，我认为他的人格魅力就在于重情义，有情有义的人才能成为大家的朋友。普遍联系是物质世界的一个规律，一个人要做成事单靠自己的力量是不行的。市场如战场，靠自己的单打独斗是不会取得胜利的，必须有朋友的鼎力相助，“一个好汉三个帮”才会有取得胜利的可能，也就是说要有一个好团队。心齐、气顺、风正是创业团队的基础。说穿了团队是个朋友圈子，交朋友是有条件的，有孝心、重情义、讲诚信是许多人共同认可的交朋友条件，连父母都不孝顺的人不能成为朋友，只顾自己不顾别人的人不能成为朋友，没有诚信的人不能成为朋友。从一件事上可以认定马云是大家认可的朋友，大家愿意与他共事，共同创业，为之奋斗，这就是他的人格魅力。有资料介绍，马云从小就很仗义，常为朋友的事与人打架，也曾因打架挨过处分，这都是为朋友打抱不平，没有一件是因为自己。因此，他重情义他有朋友，在朋友中间他有凝聚力、号召力。有朋友才能有事业，马云成功了。

我看到的马云演讲视频不会只是这 5 分钟，肯定是博主的节录，尽管只有 5 分钟也让我受益匪浅。马云曾说过：“每个人都应学会认真做事，大度做人。”我想，这就是他成功的秘诀。

2014 年 11 月 20 日

远去的高仓健

这几天各新闻媒体、互连网站不断报道日本艺人高仓健不幸离世的消息，人们怀念这位从影半个多世纪的艺术家，他不仅是日本人民喜爱的演员，也是深受中国观众尊崇的老朋友。

我知道高仓健的时间和大家一样。1978 年“文革”结束不久，我国艺术领域的创作还没有起步，人们的业余文化生活极其贫乏，尤其对电影到了如饥似渴的地步，恰在这时日本电影《追捕》进入中国，让观众眼前一亮，争相观看。毫不夸张地说，一时间各大影院都是场场爆满，有些人能看上几遍还感觉不过瘾。《追捕》是 1976 年佐藤纯弥执导，高仓健和中野良子分别饰演杜丘、真由美的日本电影。影片讲述的是为人正直的检察官杜丘莫名其妙地被人诬告犯有抢劫、强奸罪，为洗清自己的冤屈，杜丘一边躲避警察追捕，一边坚持追查自己被诬告的真相。他在山中冒险救下牧场主的女儿真由美，两人相互产生了爱情。在真由美和她父亲的帮助下，杜丘拨开重重迷雾，冲破种种险阻，案情终于真相大白，犯罪分子都得到了应有的惩罚。看完这部影片，高仓健饰演的杜丘在我心目中留下了深刻的印象，他的机智勇敢和坚忍不拔的精神让人佩服。《追捕》跌宕起伏的故事情节、紧张急迫的音乐旋律使人耳目一新，在观众中产生很大的反响。一部

《追捕》，人们记住了杜丘和他的恋人真由美，几十年过去了他们的精彩表演一直定格在人们的记忆里。

高仓健于 1931 年 2 月 16 日出生在日本福冈县中间市，父亲是码头工人，母亲是一名小学教师。 1949 年，高仓健考入明治大学主攻商学科，1954 年 3 月毕业没有找到工作在家待业，第二年他只身一人到东京闯荡。 一次偶然的机会，东京新艺株式会社招聘剧团管理见习生，高仓健抱着试试看的想法前去应聘。 起初，他只是在剧团里干些杂活，领导看他要长相有长相，要个头有个头，是一个演员的料儿，就试探着问他喜不喜欢当演员。 高仓健没来得及细想带着疑问回答道："喜欢是喜欢，就是……" 领导拍着他的肩膀说："喜欢就是成功的一半，明天你就去培训班报到吧！" 就这样高仓健踏上了演艺之路。

是金子总会发光的。 1956 年高仓健在《日本侠客》影片中成功地塑造了一位坚忍不拔、侠肝义胆的硬汉形象，他一炮而红，声名鹊起。

高仓健可谓一位天才的艺术家，创下了一年间拍摄 15 部作品的纪录，一生拍摄 205 部影片，在日本奠定了不可动摇的巨星地位。 1978 年《追捕》在我国上映之后，刮起了一阵杜丘热，杜丘形象一度成为被人追捧的一种新潮。 他留的平头被看成时尚，不少人改发型效仿杜丘；他戴墨镜的那张脸有人觉得挺帅气，大街上戴墨镜的人也多了起来；他穿的那件立领风衣被国内一家服装厂看作商机，立马赶制 10 万件投放市场，半个月全部销售一空……高仓健成了我国大陆一些年轻人的偶像。

谈到高仓健在中国大陆的成功，绝不能忘记著名配音演员毕克的付出。 毕克 1931 年出生于山东济南，1952 年考入上海电影制片厂译制片组成为一名配音演员。 他学习勤奋，细心研究影片人物的心理特征和语言艺术，形成了自己独特的配音风格，一生中为 400 多部外国影片配音。 1978 年毕克接受为日本影片《追捕》中的杜丘配音的任务，他熟读剧本，认真观察杜丘的一举一动，准确把握高仓健表演艺术的特点，他的精彩配音使得高仓健的偶像风采在中国观众面前得以充分展现，毕克的声音与高仓健形象的完美融合，成为我国电影译制片史上杰出的典范。 之后，毕克又为高仓健主演的《远山的呼唤》《幸福的黄手帕》配音，让观众记忆犹新。 1999 年高仓健主演的《铁道员》又要译制，高仓健希望毕克能再次为他配音。 遗憾的是，这时的毕克已重病在身，只得放弃与高仓健合作的机会。 2001 年 3 月 23 日人民艺术家毕克因病逝世，高仓健专门发来唁电："突闻噩耗，一时竟无言以对，未能再度相见，不胜遗憾，衷心祈祷冥福。"毕克与高仓健是老朋友了，毕克为高仓健饰演影片的独特配音彰显出鲜明的风格，可以说没有毕克就没有中国人眼里的高仓健。

高仓健之所以能成为中国观众的朋友，还有一个重要的因素是他息影多年，已是74岁高龄的他应张艺谋之邀来到中国，在张艺谋拍摄的电影《千里走单骑》中饰演主人公之父高田。《千里走单骑》是根据一个真实的故事改编而成，影片讲述的是1920年前后一对日本父子和一名中国姑娘的故事。片中的儿子从事戏曲研究，不幸患上绝症，父亲为了实现儿子的夙愿，特意带他到中国学戏。在中国，日本小伙同一名美丽的中国姑娘相遇，两人一见钟情，之后遇到了不少麻烦，两人历尽艰辛摆脱黑帮追杀终成眷属。故事情节曲折感人，高仓健又成功地塑造了一个感情丰富的日本老人形象，他的表演艺术走上了巅峰。

高仓健在事业上非常成功，他的情感生活却令人惋惜，不能不说也是一种遗憾。1956年25岁的高仓健与歌手江利智惠美相遇并一见钟情，三年后结为伴侣，两人恩恩爱爱生活得很幸福。江利智惠美出生于1937年，母亲是小品剧演员，父亲是音乐指挥。父母的遗传使得江利智惠美天生就有艺术才能，15岁她的第一张唱片《田纳西华尔兹》问世，销售量高达40万张，1963年成为日本红白歌大赛的主持人。然而，由于世俗的偏见，在高仓健眼里演艺圈是个大染缸，他不喜欢妻子抛头露面，多次劝说江利智惠美本分持家做专职太太。江利智惠美正是事业走红时，一百个不愿意，两人曾多次发生争吵。尽管最终江利智惠美妥协成了家庭主妇，但心中的不快常常表露出来，又因怀孕流产导致他们感情破裂，江利智惠美一气之下提出离婚。1982年江利智惠美45岁，独自醉酒窒息身亡，两天后高仓健得知消息从片场赶来参加江利智惠美的葬礼，他依然深深地爱着这位曾经的夫人。不过，为时已晚，这种遗憾永远无法弥补。

我打开电脑在网上又一次观看了电影《追捕》。杜丘坚忍不拔的精神感人至深，他用超人的胆略和智慧大量取证，把犯罪分子的罪恶暴露在阳光下，不愧是一个铁打的硬汉。高仓健带着他的思念乘着白云已离世远去，我们永远怀念这位艺术大师。

2014年11月26日

海宁与会香

于海宁和范会香都是普通的农民工，5 年前他们同在山东烟台一家工厂打工，成了一对恋人，沉浸在幸福之中。然而，天有不测风云，就在他们即将走进婚姻殿堂的时候，范会香发现得了不治之症。危难时刻于海宁不离不弃，忠贞不渝，演绎了一场生死相依的爱情故事。

于海宁是山东德州一个农村孩子，父母靠打工把他抚养成人，他从小就知道生活的不易。懂事的海宁 5 年前离开了学校来到烟台一家工厂打工，遇上了来自河南嵩县农村也在这里打工的范会香。两人一见钟情，有共同的志向，共同的爱好，于是他们恋爱了。追求美好，追求幸福，是每一个人的梦想。这几年，海宁带着会香辗转他乡打工创业，在艰苦的劳动中感情愈加深厚。闲暇之余，他们常常在一起谈工作，谈学习，谈生活，向往着美好未来。去年 11 月，他们决定选择一个吉祥的日子结为人生伴侣。偏偏在这个时候，会香时不时感觉到自己腰部作痛并且日益加剧，看过医生服了药也无济于事。今年 5 月会香来到郑州，在河南省肿瘤医院检查确诊她患上了胸椎转移性腺癌，这是一种常见的疑难病症，目前人类医学发展水平还不能认知胸椎转移性腺癌的发病原因，更没有克制这种疾病的灵丹妙药，只能靠化疗来延缓癌细胞的生长，延长会香的生命。化疗是利用化学药物阻止癌细胞的增殖、转移直至最终杀灭癌细胞的一种治疗方式，是一种全身性治疗手段，由于化疗药物选择性不强，在杀灭癌细胞的同时也会不可避免地损伤人体正常细胞，降低人体免疫力，治疗的过程十分痛苦。

会香是个心地善良的姑娘。她从住进肿瘤医院的那一天起心里就十分清楚，想到自己患有这种病的严重后果，想到今后的日子会更加难熬，她把医院检查结果告诉了在外打工的恋人于海宁，真诚地希望他能面对这个现实并提出分手，她不想拖累自己的心上人。于海宁接到电话毫不犹豫地来到郑州，非但不同意分手反倒更加呵护范会香，他干脆辞掉了工作全力照顾病中的会香。越是这样会香心里越不是滋味，她下定决心要与海宁分手，面对海宁一次一次地说狠话都无济于事，海宁真心地爱着范会香。

会香是个乐观向上的姑娘。在病魔面前是积极应对还是消极悲观，不同的人有不同的态度。我是从电视里看到范会香的，那天她正在接受央视《新闻1+1》栏目记者王宁的采访，她像讲故事一样谈笑风生。会香躺在病床上丝毫没有痛苦的表现，是那样的坦然自若。会香心里非常清楚，眼下她的病情还在发展，恶化的趋势还得不到遏制，她不能因此而消沉，否则病魔会很快吞噬她的生命。面对疾病只能积极抗争，配合医生治疗首先是要有一个好的精神状态，药物治疗与精神治疗相结合，即便不能赶走病魔自己的生命也会得到延长。在绝症面前她毫不畏惧，常常露出灿烂的笑脸。

会香是个怀有梦想的姑娘，她珍惜生命的每一刻，让年轻的生命绽放绚丽的花朵。会香希望在有生之年成为海宁的新娘，海宁盼望着奇迹能在会香身上出现，海宁最大的心愿就是能亲手为会香穿上婚纱，两人相依相伴走向未来。

于海宁和范会香的爱情故事感动了他们身边的人。11月3日的《大河报》以“这辈子一定娶你为妻”为题报道了他们的真爱故事，多家媒体记者专程前来采访，传递爱情的力量。许多好心人伸出了援助之手，用不同的方式帮助这对年轻的恋人实现人生梦想。11月4日会香家乡嵩县民政局派人来到郑州，在省肿瘤医院特事特办为海宁和会香办理了结婚证，摄影师在病房里为他们拍摄了婚纱照，爱心婚庆公司免费为他们筹办婚礼，海宁和会香成婚的日子一天天临近。

11月17日是个好日子，中原大地艳阳高照，河南省肿瘤医院10楼大厅充满了喜庆的气氛。海宁的父母来了，会香的双亲来了，他们的亲朋好友也来了。在悠扬的乐曲声中，父亲搀扶着会香与海宁慢慢走上红地毯，医院的护士们身穿洁白的服装送来祝福的鲜花，灯光闪烁为他们留下幸福一刻，声声祝福让他们开心快乐。海宁面对会香说："亲爱的老婆，你一定要坚强，我永远与你在一起。不管你遇到什么事，都要记住，只要我在，你就别怕，不管时间怎么变，我的爱会一直守在你身边。我会做你的翅膀、你的守护神，一直牵着你的手，相伴到永远。此告白终生有效，永不过期。如果你要一个期限，那就是一万年……"听着海宁的誓言，会香的泪水在眼眶里直打转，她哽咽着说："亲爱的老公，能遇到你是我最大的幸福。在我遇到你的那一刻，我就喜欢上了你，只是我比较害羞没有说出来。我生病期间你一直陪伴在我左右，我已经是最幸福的女人了。老公我爱你，谢谢你的爱，我愿意嫁给你，做你一辈子的老婆。"这一对新人的真情倾诉，字字句句打动人们的心灵。看着海宁和会香都长大成人，四位老人不时地用双手擦拭眼泪。

伴随着幸福的乐曲，人们为海宁和会香送来了真诚的祝福，祝愿会香的生命在爱的世界里得到升华，祝愿他们一生平安，快乐一生。

2014 年 12 月 4 日

这就是王钢

王钢是谁?

不认识王钢的人还以为她是个铮铮铁骨的男子汉，当初这也是我想象中的王钢。其实，王钢是位眉清目秀、温文尔雅、很有气质的东方女子，是著名的文学家，凡是出自她手的报告文学都有铮铮骨气，与她那充满男人味的名字一样，有刚性，有锐气。我真不知道王钢呱呱落地时家人为什么给她起个男孩儿的名字，或许这是长辈们对她的一种期待。

我与王钢彼此早都知道，但很少见面。那些年她负责《河南日报》副刊工作，我的小文章偶尔经她手见诸报端。我是一个懂得感恩的人，给点阳光，温暖在心，永记心头。我出于一种感谢和敬仰记住了王钢，我想当然地以为她和我一样都是男人，导致了我们初次相见不相识。那次创作会上我们坐在一起，我也不知道她就是王钢。休会时，我寻找王钢，时任三门峡作协副主席的杨凡说:“坐在你旁边的不是王钢吗，怎么你们不认识?”2009 年 10 月我加入了退休行列，12 月 30 日全省散文年会在河南荥阳召开，我有幸应邀参加，河南省作协副主席王剑冰、王钢都来了，本想借着这个机会与王钢认识认识，不巧郑州铁路局办公室通知有事必须参加，我只得提前退席赶回郑州。此后虽有几次与王钢相遇，只能相互打个招呼，没有更深的接触。

几天前，路局文联秘书长岳凤兰通知我，路局召开基层文学创作骨干培训班，邀请王钢、王剑冰、乔叶来讲课，安排我做个开班动员。随后，路局作协主席王仲刚也打来电话说明此事。我当即调整原有活动安排，抓住机会，想认认真真听听名家们的经验之谈。这完全是出于我的兴趣爱好，我从未有要当一个什么家的奢望，只不过想多学一点知识，更何况我和王剑冰都是老朋友了，我的第三本散文集《我书我心》还是剑冰老弟作的序呢。

开班第一天，上午内容安排得满满当当，午饭过后连休息的时间都挤掉了。我提前10分钟进了教室坐在第一排，像当年在校读书一样，我个子矮瘦，在校12年坐了12年的第一排，至今还保持了只要是上课还坐第一排的那种习惯。每人桌子上都放了一本王钢著的《命运之手》，翻开封面折页是作者介绍：王钢，女，生于武汉，初中毕业到河南农村插队。毕业于河南大学中文系。1981年步入文坛，1984年开始从事新闻工作。现为《河南日报》文化周刊部主任、高级编辑、中国作家协会会员、河南省作家协会副主席、河南省报纸副刊协会会长、河南省报告文学学会会长、河南省散文学会副会长……这一道道光环不是凭空从天上掉下来套在王钢身上的，都是她用辛勤汗水换来的。她的《命运之手》出版于2008年，那个时候她已经出版了小说集《天地玄黄》、报告文学集《如坐春风》等，作品多次在全国和省级评选中获奖，是享受国务院特殊津贴的专家。论年龄王钢比我小，可她比我有才，我怎么能不崇拜、不敬重呢！

时间到了，王钢来了，我们又相见了。简单打了个招呼，她走上台，开讲“报告文学作者的时代担当”。

自从踏上了工作岗位，我很少进培训班，更没有进过讲写作的专业培训班。也曾有过从工作岗位上退下来之后到大学中文系学上个一年半载的念头，哪怕是旁听我都满足了，这只能是个梦想，是个永远不能变成现实的梦想。命里注定，我这辈子充其量只能写点小文章。我把自己定位在“写点小文章”是一种自知之明，肚子里的墨水太少，能把这块“自留地”种好也就足矣。还是毛主席那句话“一个人能力有大小，只要有这点精神”，作为一种自我安慰，激情写作，多彩生活，快乐过好每一天。

不一样就是不一样，王钢讲课开场就抓住了我的心，她讲的是纯专业上的话，一个“题材至上”的话题，把我午睡习惯带来的满身困倦全给撵跑了。她用自己实践中的体会，围绕题材的选择和驾驭，讲了许多她那些作品背后的故事。

1986年11月下旬，中原大地进入隆冬季节，当时还是《河南日报》文艺部编辑的王钢，接到采访一位明星大腕儿的任务，她一路风尘来到明星演出地，准备面对面深度采访，写一篇精彩的通讯。哪知道几次要求，几次碰壁，对方硬是不给机会，她只好坐在台下的观众席上看演出。完不成任务，这该是多么痛苦啊。王钢毕竟有才，还是抓住了一些细节，尤其深夜演出结束，从观众的嘟囔声中听到了“想赚钱，上河南”那句浓重的豫西腔。整场演出中，那位大腕儿连唱带说也就是十几分钟，难怪观众花了大钱得不到应有的享受满腹怨言。王钢的稿子写好了，也交了上去，是一篇与采访初衷相悖的报道，总编辑审阅后迟迟定不下来发还是不发，王钢看出了担心惹出事端的为难。不管怎么说，这篇稿子终于见报了，不少人都为之叫好。

报道发出来了，麻烦也真的来了。王钢的报道见报惊动了河南省委主要领导，明星大腕儿还告了一状说王钢调戏她，后来领导弄清了王钢是名女性，这事才算了结，否则王钢非摊上大事不可。这个大腕儿真是不好惹啊，记者采访连话都说不上，硬是编造了一个“调戏”的理由，若是异性记者采访她，不知道还能演绎出一个什么故事。王钢这个名字起得好，它能试出真假来，不然就是跳到黄河也洗不清了。紧接着，报社领导又安排发了一篇报道，这场风波才算平息下来。

王钢讲课像讲故事一样，讲到采访的原则、方法和功夫，讲到结构的秩序美、空灵美，讲到写作的节奏、风格……这些都是她实践的总结，都是她真诚的感悟。

2007年7月29日，河南陕县支建煤矿透水发生淹井矿难，69名矿工被困井下，牵动了千万人的心。全省上下奋力抢救76小时，矿工们毫发无损安全返回地面。大报、小报、互联网连续几天跟踪报道，还是留有缺憾。王钢又接到指示，采写一篇大报告文学。救人现场已时过境迁，沸腾的场面已经降温，她还得去完成采访。不几天，她的全景式的报告文学《霹雳重生》以两版半的篇幅在《河南日报》头版重磅推出，引起强烈反响，受到国家安监局、河南省委主要领导的高度称赞。现在再翻开这篇报道，开头那两句话：“一颗重磅炸弹扔在了互联网上。它的碎片迸落在全国各大报纸、电视台、电台。”文字不多，两句话两个小小的自然段，就产生了巨大的吸引力，一下子把读者的心紧紧抓住，让你不得不继续往下看，看到结尾还意犹未尽，这就是语言的魅力。看王钢的作品是一种享受，听王钢讲课更是一种享受。

一个下午，整整半天，我和培训班的学员们品尝到了一次文化大餐的美味，回味无穷。下课后，我与王钢又做了进一步交流，也是一次心灵沟通，彼此又有了新的了解，更亲了，更近了。这几天，这位性格刚毅的文学大家的讲述情景还不时地在我脑海里闪现，这就是王钢。

2014 年 12 月 22 日

附录
我写王钢

王钢，大作家。

王钢，出手不少重量级作品。

前些日子，我拿到她亲笔签名的那本专著《命运之手》，收录有 73 篇文学作品，近 40 万字，其中不少还是获奖作品，不愧是大作家。她写了不少人的事，可我没见过有哪位文人写她的文章。出于兴趣我冒昧地写了一篇《这就是王钢》的小文章，挂在奔流网上不到一天，点击人数超过百人，是“王钢”二字引人注目，大家才看我写的王钢。

我写王钢纯属偶然，那天听完她讲课按捺不住心情的涌动，打开电脑敲打键盘，写着写着不知咋回事脑瓜子突然闪现出犹豫之感，我写王钢能行吗？仔细掂量自己与王钢相距甚远，我写王钢，如果王钢不认可，那就不知如何是好了。

我这人有个毛病，一旦有了灵感，不写手就痒痒。

没有顾虑，没有犹豫，继续敲打我的键盘。

王钢讲课的情景在我脑海里像过电影，《霹雳重生》创作中付出的艰辛、《错过了史来贺》的心中之痛、《14号楼的暖气保卫战》老住户的那种期盼，更让我不能忘记的是《我与明星的那场风波》，体会到记者也有记者的难处。正是因为采访写稿，王钢"一不小心"与一个曾八不挨边的明星惹上了一场官司。

我想弄清事情的原委，翻开王钢的《命运之手》反复细读关于那场风波的文章，越读越有味，越读越来气。一个十几亿人口大国的大明星怎么说话这么不负责任，无中生有地在"大人物"面前告了王钢一状。这个明星的名气，变成了盛气，变成了霸气！

要说清楚这件事，我不得不把王钢惹官司的事再做一个简单的叙述。

1986年初冬，《河南日报》30多岁的年轻记者王钢接受了采写明星大腕儿的任务。她一路风尘从郑州赶到采访现场，虽几次相约可与这位大腕儿连话都说不上，出于无奈只好坐在观众席上看演出，想从中找到报道的切入点，完成领导交给的指令性任务。哪知道整场演出大腕儿只在台上晃悠了十几分钟，便匆匆进了后台，再也不出来了。要知道，台下的观众都是花了大价钱的，对这种敷衍式的演出表现出极大不满。散场之后观众嘟嘟囔囔，王钢听得真真切切，便写了一篇与采访初衷相悖的一千多字的稿子登在了《河南日报》，真实、客观地反映出明星大腕儿这场演出在观众中的反响。我完全理解，王钢写出这样的稿子完全出于无奈，她作为一个记者，还处在"水灵"时期，她不想"摘刺"只想"栽花"。可现场采访偏偏只有"摘刺"的元素，丝毫没有"栽花"的条件，即便是"刺"也得摘回去，否则就会完不成任务。完不成任务不仅是对一个记者，凡是对有责任、有担当的人都是一种耻辱，无论如何不能背上"没有完成任务"的名。就像我当年开火车一样，运行途中一旦火车头发生故障，该处理好的技术问题处理不了，在同行面前是抬不起头的，是一种无能，是一种耻辱，会失去尊严！

王钢采写明星大腕儿的任务完成了，她在讲课中和书里写到的那场官司也来了。惹得时任河南省委主要领导都要"召见"，若不是报社领导出面，王钢还不知会落个什么样的下场。报社领导爱才，生怕王钢出现什么不测，想了又想没敢让王钢参加"召见"，很策略地把这场风波平息下来。

从这些文章里我看到了一个真实的王钢，和她的名字一样刚直不阿，有正气，有正义，敢直言，敢担当。我有感而发，一气呵成写了一篇《这就是王钢》的小文章，其中有一部分还分成“大腕儿，不好见”“大腕儿，不好写”“大腕儿，不好惹”三个自然段，夹叙夹议地详细讲述了我对王钢采写明星大腕儿的感受，而且还是真名实姓地写。第二天，我又打开电脑字字过目，认真思考这篇文章能不能出手，发给王钢她会有什么反映。文章的整体结构应该不会有啥问题，我担心这样过细地写她与明星大腕儿的那场风波，会不会再带来负面影响，再给王钢增添新的麻烦？这些问题处理不好，则有悖于我写《这就是王钢》的初衷了。只能传递正能量，不能出现负作用，这是我写作一贯坚持的一个原则。我删除了大腕儿不好见、不好写、不好惹三个自然段，隐去了大腕儿的姓名，从头到尾文字上又做了修饰，很动了一番脑筋，怀着一种说不出来的心情，拨通王钢的电话，说明我写《这就是王钢》的事。王钢的朗朗笑声驱散了我所有的担心，没想到我仰慕已久的文学大家这样谦和，说起话来没有一点架子，平等交流，处处表现出她固有的谦虚，使我不由得想到毛主席他老人家“虚心使人进步，骄傲使人落后”的名言。

我这人还有个毛病，喜欢用朗诵的方式修改文章。王钢的笑声拉近了我们之间的距离，我也毫无拘束地在电话里给她朗诵《这就是王钢》，念完又把文章发给她。很快我在邮箱里收到了她略作修改后的回复：“衷心感谢徐局长！大作仔细拜读，随着您的目光反观自己，有一种好奇妙的感觉。看了《这就是王钢》，特别是听您声情并茂地亲自朗诵一遍，我真正明白了……”她认可了。这种认可是一种宽容，是一种鼓励，是一种力量！

我写王钢很想读懂王钢。在《命运之手》这部作品集里，我透过她的字里行间，看到了一个活生生的王钢，她是一个有情、有义、有大爱的人。《弥补》这篇散文是她对老作家乔典运的怀念，发自肺腑，字字真情。乔典运是来自河南南阳的作家，生于1930年。论年龄，乔典运与王钢是文坛上的两代人；论情谊，他们是忘年交。可以看出，他们在文学道路上一同走过，交往胜过一般人。1997年，乔典运走到了生命的尽头，王钢用文字记录了他们在生活中的点点滴滴，她把朋友情珍藏在记忆里。《为二月河序》《侠之大者》是王钢与二月河之间的真情流露。二月河，鼎鼎大名，他笔下的康熙、雍正、乾隆大帝家喻户晓，他也是南阳的大文豪。南阳，了不起啊，古往今来都是盛产文人的地方。早在一千多年前，范仲淹坐地南阳邓州写下了传世之作《岳阳楼记》，他的“先天下之忧而忧，后天下之乐而乐”成为世代名言。姚雪垠的长篇历史小说《李自成》，以明末起义军领袖李自成、明末皇帝崇祯为中心，塑造了一系列形象鲜明的历史人物，揭示了明末农民革命战争的特殊规律和封建社会阶级斗争以及民族斗争的复杂局面。还有一大批当代作家从南阳走来,以其阵容整齐、人数众多、作品独特,在中国当代文坛筑起一道亮丽的风景线。王钢与南阳作家交往甚广,写生活,谈创作,字字句句都弥漫着浓浓的乡土气息,充满了人间真情。

我写王钢,是出于我对王钢的敬慕之情。不管我是与王钢近距离接触,还是读她的作品,留在我心目中的她,是一个思维敏捷、笔锋犀利、语言丰富、情真意切的王钢,是一个可学、可写、可赞的王钢。

2015 年 1 月 9 日

“阳光不锈”的联想

作家讲课特有滋味儿。王钢讲了让我感慨一番，王剑冰讲了让我浮想联翩。这节课王剑冰讲出了“阳光不锈”，这是个一听都让我忘不掉的一个词，新鲜与好奇让我又想到了一些事。我们的生活都能像阳光一样永不生锈吗？这是诗人般的情调，这是文学家的情怀。

王剑冰，著名作家，出版了几百万字的诗歌、散文、小说，多次获得重大奖项，有的作品还被收入到教科书。我与王剑冰相识于10年前，那时我还在郑州铁路局工作，中央新闻纪录制片厂的导演艾辛来郑州拍摄纪录片《大动脉》。郑州是中国铁路的交通枢纽，创作这样的作品不能没有郑州。创作班子里几乎都认识王剑冰，提议大家一起见个面，那是我第一次见到王剑冰。不多日，我的第一本散文集《我心永恒》出版发行了，从这本书里剑冰知道我忙里偷闲也爱写点小文章，相互之间有了很多共同语言。同城相居，来往方便，我们自然成了朋友，王剑冰还常把我的作品推荐给一些报刊。这些年来，农民工已发展成为一支不可替代的建设大军，人们的现实生活已离不开农民工。然而，他们外出打工面临的困难和不便也不少，解决这些问题有的并不是难事，关键是对农民工的感情。我在职期间曾协调解决了他们遇到的一些看似难以解决的事，认真去办都解决了。有一天我躺在床上思来想去，从我的工作实践怎样能为农民工打工提供一些方便，想到这便起身写了一篇《多为农民工想一想》的文章，情真意切。先是刊登在报纸上，剑冰看到很快又在《散文选刊》上登载，还帮我推荐收录在《精短美文》一书，让更多的人能了解到农民工的难处，设身处地地为他们想办法，办实事。2009年要出版我的第三本散文集《我书我心》，电话里想请剑冰老弟作个序，他很爽快地接受了我的请求。不几天，剑冰为我写的6000多字的序言《大气而真切，质朴而纯然》发到我的邮箱，打开细读，深受感动。一个赫赫有名的文学大家，能这么精心地为我这个不知名的文学爱好者写序，我能不感动吗？更让我难忘的是我们都有博客，他常到我的博客里浏览，每次都很用心地留下评论，给我鼓励，给我力量。

剑冰讲课侧重散文写作。我理解其中的奥妙，概括起来就是三句话：一是情感要真，真情实感，实实在在；二是语言要美，有吸引力，读起来朗朗上口，是一种美的享受；三是意境要深，给人们以启迪和启发，在人的心目中能引起反响。这些都是散文的基本要素，要写出鲜活的好散文也是不容易的。凡是作家都有与众不同的敏锐眼光和敏捷思维，善于发现生活中的亮点，立即动笔写出好文章。几年前，剑冰在汪洋大海般的来稿中选用了一篇《阳光不锈》的散文。稿子不长，很有新意，作者雨晴。文中这样写道："一辆客车停在小镇的街边，一位坐在车里的诗人从车窗往外望去，发现有个店铺的招牌上写着'阳光不锈'几个大字。多富有诗意的名字啊！诗人有一种说不出的激动与感动。真没想到在这样的小镇上，竟然散发着如此浪漫的气息。诗人猜想，这家店铺的主人一定是个儒商，是个仙风道骨的智者。一会儿，汽车开动了，刚才挡在车窗前的硕大的树冠向后退去。诗人这才看清楚原来那个招牌上写的是'阳光不锈钢厨具'。诗人觉得大煞风景，真后悔看见了这后面的几个字。"剑冰是在讲故事，讲得我们大家都竖着耳朵听，唯恐漏掉哪一句。文学创作要善于发现，往往是不经意的一件小事就能撬动你的灵感，给人以新的视野，新的思维。

我打心眼儿里感谢那位诗人。一个再普通不过的店名，经他这么一拆解顿时充满诗意。在人类的物质世界里，唯独阳光不会生锈，倘若把爱情比作阳光该是多么浪漫，那些犹如阳光一般生活的人该是多么甜美。1979年一曲《我们的生活充满阳光》唱响大地，传唱了几十年依然深受大众的喜爱。阳光是人的生命中不可缺少的物质，万物生长都离不开阳光。诗人以其独特的视角发现了阳光不锈的本质，岂不是人类的又一大发现吗?

阳光不锈的命题引起了众多文人的好奇，王剑冰又以“文学阳光不锈”为题写了一篇文章，还被博友转帖收藏。我国是一个多民族的国家，丰富的语言给人们带来无尽的遐想。剑冰在讲课中谈到，有一次他们一拨儿文人到云南采风，要去的地方是“普者黑”。咋听起来“普者黑”这三个字八不挨边，他与余秋雨坐在一起，在汽车上琢磨来琢磨去，到底也没弄清是什么意思。到了地方才弄明白这是彝族的语言，意思是鱼虾多的池塘。不解释，他们这些人怎么也不会把“普者黑”与如画的美景联系起来。普者黑果然很美，一望无际的荷花盛开在清凌凌的水面上，荷叶翠绿，花色繁多，亭亭玉立，清香洋溢，令人陶醉。抬头远眺，一座座山峰紧紧相连，郁郁葱葱，千姿百态，美在心里。凡是到过普者黑的人，再遇到这三个字绝不会无动于衷，一种美感自然而然便会从心中升起，就像说到西施时眼前浮现的是美女一样，就连我这个没有去过普者黑的人，听了剑冰的讲课心中也会荡漾着一种向往之情。

2007 年夏天我到新疆伊犁那拉提大草原，一位父辈支边扎根在这里的河南小老乡为我们做导游，从他身上已经找不到家乡味了，家乡的模样他也全然不知。这干燥无味的“那拉提”三个字从他口中一出，立马变了样。那拉提是蒙古族语言，意思是太阳照耀的地方。相传当年成吉思汗西征，一支蒙古大军由吐鲁番出发沿天山深处向伊犁集结。虽适逢仲夏，可山中仍是风雪弥漫。寒气袭来，饥肠辘辘的蒙古族将士更是疲惫不堪，岂料一过山岭，眼前竟是一马平川，宛如锦毯的茫茫草原上繁花怒放，清泉密布，流水潺潺，仿佛到了另一个世界。将士们顿觉心旷神怡，忽然间云开日出，艳阳高照，人们不禁齐呼：“那拉提！ 那拉提！”于是一个形象化的地名诞生了，并延续流传至今。太阳照耀的地方，一个富有诗意的地方，阳光给人们带来了希望，带来了梦想。剑冰也曾去过那拉提，还写了一篇散文《那拉提草原的丹花梦》贴在博客上。他这样写道：“我来的时候，阳光刚刚洒满河谷，草原泛着一波一波的光，就像一把喷壶在喷水，喷到哪里，哪里就光鲜起来。”好美的诗句，阳光能给诗人带来激情与灵感。在我国辽阔的土地上，有许多以太阳命名的地名，世界各地也同样有与阳光相联系的地名，这是人们对阳光的向往和赞美。自古以来人们赞美太阳、歌颂阳光，字字句句都充满了对生活的热爱和陶醉。

诗人的眼光有着很强的穿透力，无与伦比，洞察一切。“阳光不锈”是诗人用他那独特视野的新发现，传递给人们的是一种生活的激情。对于热爱生活、创造生活、感悟生活的人来说，生活的阳光永不生锈。

2014 年 12 月 27 日

“夺金”队起步夺金路

“夺金”队是夺金乒乓球俱乐部一支年轻的乒乓球代表队，首次亮相在“河南啸鹰航空杯”第六届河南省业余乒乓球俱乐部联赛的赛场上，这是我们夺金之路的起点。上场队员个个敢打敢拼，挥汗如雨，面对强手无所畏惧，表现出誓夺金牌的拼搏精神。“夺金”是大家一个美好的梦想，这次比赛虽说未能如愿，但大家也得到一次很好的锻炼。站在夺金之路的起点上，我看到了它的艰难和不易，这是一条漫长的艰辛之路。

打乒乓球是我常年业余生活的一大爱好，也经常和朋友们一起出现在赛场上。前不久，我的乒坛好友孟庆军约我一起到河南移动公司打球，说近期河南乒乓球协会主办的“河南啸鹰航空杯”第六届河南省业余乒乓球俱乐部联赛即将开打，河南乒协秘书长赵红军也专门发来短信邀请我参加。这还有啥说的，肯定参加。听说我要组队参加乒乓球比赛，夺金体育公司的掌门人王亚平登门，我们共同商定成立夺金体育乒乓球俱乐部，我就是俱乐部的总领队。在我的朋友圈子里，有许多乒乓球爱好者活跃在乒坛，大家常在一起切磋球艺，锻炼身体。这些朋友大多都离开了工作岗位，有的和我一样已退休多年，有个爱好，有个依托，不闲不累，图个快乐。

赛场设在郑州大学体育学院，我们约好早上7点半出发。这天一大早我打开电脑，查看郑州大学体育学院的具体位置，看时间差不多了我把车停在预定的地方。不大一会儿王彦峰来了，高瑞寅来了，姜道路也来了，这都是铁路上的哥们儿。干铁路的最大特点是时间观念特强，说几点到就是几点到，分秒不差。人到齐了，开车。我开着车出了保全街上了京广快速路，十几分钟就跑到了北三环。过了南阳路我也没看路牌标识一下子跑到了大河路，高瑞寅说："走过了，走过了。"我根本不知道郑州大学体育学院在什么位置，早上查电脑印象中应该在大河路上，一下子把车开到了大河路上。不得已，我把GPS卫星导航仪打开，语音提示让我调头行驶。好在路上车不太多，按照语音提示我们比规定时间提前到达比赛场地，来自全省各地的乒乓健儿正在乒乒乓乓练球呢。20多张球台无一空闲，我们只能找朋友挤在一起"打对角"练练球、热热身了。

河南是乒坛名将成长的摇篮，葛新爱、邓亚萍、刘国梁都是从这里走向世界乒坛的。20世纪60年代初乒乓球热笼罩中原大地，企业、机关、学校等都有乒乓球活动场地，乒乓球运动遍及各个角落。那个时候我正在郑州铁路二中读书，20多个砖砌的水泥板台面乒乓球台在校园的西围墙排成两行，无论是课外活动还是星期天，凡是课余时间大家排队轮流打球，小小银球飞来飞去十分壮观。也就是那个时候我染上了乒乓球瘾，没想到现在退休了竟成了我的一大乐趣，经常与球友走南闯北打球娱乐，享受多彩生活。乒乓球运动是一项非常好的健身活动，老少皆宜，在赛场上六七十岁的沙场老将比比皆是。2010年在我国呼和浩特承办的第十五届世界元老杯乒乓球锦标赛上，当主持人宣布102岁的澳大利亚乒坛老将多罗西入场时，全场起立报以热烈的掌声。在那次比赛中，她与92岁的日本选手杜冈富江获得85岁以上年龄组女子双打第二名。半个多世纪以来河南乒乓球热从未降温，全省登记在册的60多个业余俱乐部、100多个代表队十分活跃，高手林立，球技不凡，推动着全民健身活动向前发展。这次参加"河南啸鹰航空杯"第六届河南省业余乒乓球俱乐部联赛的有30多个俱乐部、50多个代表队，是河南体坛的一次盛会。

按照乒乓球俱乐部比赛规则，新入会的球队只能从"甲B"组打起，根据比赛成绩逐步晋升为"甲A"和"超级"队。拿到秩序册我在"甲B"组找到分组表，我们"夺金体育"与"安阳恒祥"一队、"紫荆"二队、"灵动"三队分为一组。团体赛分两个阶段。第一阶段是小组循环赛，每个小组取前两名进入第二阶段打淘汰赛，如若进不了前两名便提前出局。

我们第一场球安排在8点半，对手是“安阳恒祥”一队，双方互不了解就看临场发挥了。我们“夺金体育”队第一个出场的是高瑞寅，几个练球可以看出对手动作十分娴熟。我已猜出个大概，这回遇上强队了。双方生手相遇打得都很拘谨，比分交替上升。高瑞寅不愧是乒坛老将，攻守结合，第一局险胜对方。哪知第二局对方选手看准来球，强攻猛打，打得小高攻也不是，守也不成，四局下来以1∶3负于对方。王彦峰是我队第二个出场的队员，双方激战正酣，只见银球流星一般地在空中穿梭，终因赛场经验不足败下阵来。我作为三号队员上场，实力不及对方很快被拿下。第一场球初战不利，我们“夺金体育”队输给了“安阳恒祥”一队，关键是双方实力悬殊太大。赛场如战场，谁有实力谁赢球。

第二场球我们迎战“紫荆”二队，时间安排在10点半。“紫荆”俱乐部是河南乒坛一支劲旅，这次组建两个代表队参加比赛，大家都是老朋友了，我们赢球的可能几乎是零。还是高瑞寅打一号，王彦峰打二号，我打三号，输球完全在我们的预料之中。

第二场球结束已经判定我们失去了进入第二阶段比赛的资格，第三场球我们与“灵动”三队争夺小组第三名。高瑞寅先出场轻取对方，王彦峰随后以3∶2又为我队争得1分，我与对方三号选手交锋失利，高瑞寅再次征战又得1分，我队以3∶1赢了对方，名列小组第三，为初次参赛画上了句号。

我们“夺金体育”队初试牛刀，未能夺金但也没有垫底，留下的没有遗憾只有快乐，值得欣慰更值得思索。赛场上拼的是实力，打的是勇气，在实力相当的时候狭路相逢勇者胜，没有实力再有勇气也拿不到金牌。我们“夺金体育”队缺少的不是勇气而是球技，要实现“夺金”的梦想，必须在提高乒乓球技艺上下功夫，在洒满汗水的道路上追逐“夺金”之梦。

2014年12月28日

让认识照亮生活

几位作家在路局文学骨干培训班上讲课，王钢重点讲报告文学的选题和采访，王剑冰侧重讲散文创作的真善美，我听得出乔叶是小说创作的一把好手，她引用的河南作协主席李佩甫先生的那一句话“让认识照亮生活”，成了我心中的经典之言。

我不认识乔叶，更没有与她见过面，上课前的几句闲聊，方知她是 1972 年出生，35 岁那年她就当选河南省作家协会副主席。课后上网一查，令我吃惊。乔叶出道很早，1993 年步入文坛，小说、散文写了一大堆，《人民日报》《人民文学》等这些知名报刊没少采用她的作品，2010 年她的中篇小说《最慢的是活着》获得鲁迅文学奖。我掰着指头细算，乔叶 21 岁开始发表作品，不到 30 岁加入了中国作家协会，现在是专职作家，可谓硕果累累，顿时我有了不识泰山之感，感叹河南在文坛上又出了一个这么大的人物。

翻开我的课堂笔记，她通篇讲的都是一个作家对生活的认识，如若对生活没有深刻的认识，怎么也写不出好的作品。文学创作好比烹饪，生活就是摆在厨师面前的各种食材以及各种调料。都是一样的配料，出自不同人的手，那么味道也不同。这两天，我有空就上网读乔叶的作品，太有味道了，兴奋之时还打电话给文友，交流一下读后感，有时还索性给对方朗诵一段，与朋友共同分享美文的快乐。

《你查字典了吗?》是乔叶的一篇短篇小说，小说里的主人公是一对恋爱前奏中的男女青年。故事梗概是一个男孩深恋一个女孩多年，一直不敢向女孩直言求爱。女孩对他也颇有情意，却也是难开玉口。“两个人试探着，退缩着，亲近着，疏远着”，他们都有顾虑，怕先提出来被对方拒绝遭遇尴尬。完全可以理解，现在的人都讲面子，都怕面子上过不去。一天晚上，男孩精心制作了一张卡片，又在卡片上精心写上早已想好而且是埋藏心底很久的那些话，就是没有勇气把卡片交给女孩。一天，他想到了酒壮英雄胆，便握着那张卡片真的到饭店少喝了一点酒。别说，这招还真灵，少酒下肚，勇气来了，酒杯一放，揣着卡片径直去找他暗恋了很长时间的那个女孩。女孩开门闻到了一点酒味，再看表情他不像喝醉，进了屋两人尽扯些没用的话。夜深了女孩催促男孩回去，正题还没扯上男孩当然不会轻易离开，他装作不经意地翻开摆在桌子上的一本大字典，趁机把揣在身上、暖了多时、写有不敢直面张口话语的卡片夹在了字典里，很巧妙地找了个理由让女孩尽快地去查一查字典。女孩没有理解查字典的意思，一个劲儿地劝男孩离开。无奈，男孩开门离去。出了门，男孩满心思地想让女孩赶快看到那张能起到关键作用的卡片，几次敲窗询问女孩：“你查字典了吗?”女孩不知其中的奥妙，没有理会查字典的茬。男孩很无奈不得不走开了。女孩躺在床上听着男孩渐渐远去的脚步声，翻来覆去怎么也睡不着，起身打开放在桌子上的字典，看到了男孩夹在里面的那张卡片，望着“我愿意用整个生命去爱你，你允许吗?”她一切都明白了。第二天她去找他，晚了，一切都晚了。男孩离开女孩的住处之后误认为她拒绝了他，又喝了许多酒。这次他喝醉了，醉得一塌糊涂，醉得连生命都丢了。女孩见到他的时候，男孩只剩下一具尸体。不用说，女孩肯定后悔了，何止是后悔，是后悔极了!

这是一个中国版的罗密欧与朱丽叶的故事。我的朋友听了我的朗诵，回答我的第一句话是：“乔叶写得怎么这么感动人，像是发生在我们身边的事。”在乔叶笔下，这是一个有血、有肉、有灵魂的活生生的爱情故事。看后让人感到遗憾和惋惜，故事的结局太悲惨了。两人早把中间这层薄纸捅破则是另外一种结局，是幸福的结局。可惜啊，他们尤其是那个男孩关键时刻一身的胆量跑哪儿去了？ 见了面，连简简单单的“我爱你”三个字都说不出来，哪怕是把那张卡片塞到女孩手里也不至于结局这么惨。 那个女孩也真是的，他让你查字典，你还看不出男孩的真正用意吗？ 即便是他在敲窗户那会儿让你查字典，你能悟出其中的奥秘，也不至于让你所爱的人发生意外。 也许现实生活中就有这样的事，乔叶用她的笔记录了事件的发展过程，以小说的形式展现出来；也许这完全是乔叶虚构的爱情故事，是她对现实生活认识的一种反映，以文字的形式表现出来。 真实也好，虚构也罢，这都无关紧要，要紧的是她的笔墨令人动情，读后让我也进入她讲述的故事里，假的也成真的了，虚构也变成了现实，这就是她文学创作的魅力。

读过这篇短篇小说，我又在网上下载了乔叶 2011 年发表在《人民文学》上的中篇小说《盖楼记》。 拆迁、拆建是我们现代人再熟悉不过的事了，走到大街上随时都能看到“拆”的字样，“拆”字里头蕴藏着大量的故事。

乔叶的《盖楼记》是一部现实版的小说，真实成分要大于虚构。 我是一气儿读完这部小说的，里边的一些地名都很熟悉，像忆江南、曼哈顿、未来路等，再熟悉不过了，只不过是搬了个地儿。 她创作的取材肯定也有这些地方的元素，只不过是把事件中的人物、家乡和故事情节巧妙地融为一体，作品把“拆”与“建”中的不同人群、不同层面的参与者刻画得淋漓尽致，把事件发展与问题解决表现得入木三分。

人类社会中矛盾无处不在，尤其在改革的洪流中，在利益面前各种矛盾凸显出来，处理得好坏直接影响着事物发展的进程。 城市整体发展规划的实施与城中村的改造牵涉到各种利益的调整，如何把握好政策的精神实质，处理好各种矛盾稳步推进眼前工作，这就看领导艺术了。《盖楼记》是围绕一座城市拓展中村民们的“建”和即将发生的“拆”而演绎出的一则生动故事。 正如一位小说评论家看过《盖楼记》写下的评论那样：“她笔下的文字，轻倩优美，纤细简洁，柔和坚定，女性特色分明。 与此同时，她的小说情节奇崛跌宕，叙述浑然天成，贴近生活现实，击中人性软肋，既写出了生活中的纯洁温暖之处，又写出了生活中的斑杂丑陋之处。”人类社会是一个美好与丑陋并存的社会，表现美好要有丑陋的衬托，有丑陋的表现才能反映出美好的伟大。 乔叶在小说《盖楼记》的结尾特意注明：本文情节属实，部分人名和村民虚构，如有巧合，概不意外。 有自愿对号入座者，请坐好。 这个结尾特有新意，不掖不藏，坦坦荡荡，大家风范。

乔叶能创作出这样的作品，是源于她对生活的认识，认识又照亮了她的生活。明亮的心底使她在生活中发现了诸多的创作元素，创作出了高于生活的文学作品。读过乔叶的《盖楼记》我感慨万千，又向朋友推荐她的这部中篇力作，并把我下载的《盖楼记》转发其邮箱，共同分享，一起感悟。

不管是听乔叶讲课还是读她的作品，我最大的收获就是“让认识照亮生活”这句肺腑之言。

2014 年 12 月 29 日

陶玉玲与二妹子

早晨打开电视机，央视中文国际频道《中国文艺》正在播映著名表演艺术家陶玉玲的艺术生活。这位深受大家喜爱的老艺术家风采依旧，她在电影《柳堡的故事》中扮演的二妹子，给人们留下了深刻的印象。我与陶玉玲曾见过一面，她比我年长，我自然称她老大姐。

那是三年前的夏天，我的老朋友、八一电影制片厂著名导演翟俊杰打电话说，近期他和陶玉玲来郑州约我相聚，我做好安排等待他们到来。不几天，翟导和陶大姐如期来到郑州，我们相见了。不用说，翟导早已把我介绍给了陶大姐，一见面如同老相识，毫无陌生感。我们有说有笑，谈这谈那，谈得更多的还是陶大姐的过去和现在的生活。

陶大姐出生于1934年，14岁从镇江来到南京，进入华东军政大学戏剧队学习，毕业后分配到南京军区前线话剧团工作，在舞台剧的演出中表演很出色，之后又出演《东海最前线》《我是一个兵》等多部话剧。20世纪50年代中期，编剧胡石言和黄宗江根据同名小说创作了电影剧本《柳堡的故事》，八一电影制片厂决定拍摄这部影片。作为编剧的胡石言曾在南京军区话剧团工作过，认为陶玉玲是饰演剧中人二妹子的最佳人选，便把她推荐给导演王苹。演员选拔导演必须亲自过目，于是王苹带着一拨儿人从北京一路风尘来到南京考察。不巧，陶玉玲正在杭州演出，王苹没有歇脚赶紧带人赶到杭州又扑了个空，最后在舟山见到了陶玉玲。2012 年在凤凰卫视《鲁豫有约》栏目，我看到陶大姐津津有味地讲述当年导演到舟山选她饰演二妹子的经过。那个时候，陶大姐还是二十出头水灵灵的大姑娘，一天演出三场实在是有些疲惫，累得两只眼睛眼泡红肿。王苹一行看了陶玉玲的即兴表演和素质测试，一致同意她作为二妹子的人选。

陶玉玲饰演二妹子始入电影领地，那个认真劲就甭提了，一招一式都很较真。在电影拍摄地江苏盐城柳堡乡，她住在农民家里，有空就与村民们一同下地干活，亲身体验和熟悉农民生活，增加感性认识，力求有更好的表演效果。时间长了，陶玉玲收割、划船、烧火、做饭样样都干，她的每一个动作、穿着打扮与苏北农民毫无两样，完全融入了农民生活的群体，她饰演的二妹子纯朴自然，给人留下的是美丽动人的形象。她成功了。1957 年，《柳堡的故事》在全国各地上映，陶玉玲顿时成了一颗闪亮的明星，是追星族长期追捧的影星。至今我还清楚地记得，那个时候我刚入小学不久，每逢周末天一落黑，常和小伙伴们跑出去看露天电影，郑州大学、工程三段、“三八”食堂、后 301 家属区都是我们晚上看电影的地方，《红孩子》等多部电影都是我们在夜色中露天观看的。观看《柳堡的故事》是在一个星期六的晚上，吃过晚饭，我们几个年龄差不多的伙伴们想看不花钱的电影，猜想郑州大学可能会有。几个人一商量跑到了郑州大学校园，零零散散的小板凳已经摆上了，不一会儿银幕也挂上了，来自周边的男女老少坐成一片，我们几个还没选好位置。伴随着雄壮的解放军进行曲，银幕上出现了光芒四射的“八一”五角星，紧接其后的是片名“柳堡的故事”，银幕上迷人的杨柳、板桥、轻舟等苏北风光和随风飘荡委婉多情的《九九艳阳天》主旋律、美丽温柔的二妹子形象，都给我们那一代人留下了深刻的印象。半个多世纪过去了，主题歌《九九艳阳天》依然嘹亮，优美的旋律经常在耳边回荡，陶玉玲这个质朴善良的二妹子形象深深地印在人们的心中。

陶大姐心胸开阔，性格开朗，乐观向上。1993 年 11 月，即将进入花甲之年的她突然被检查出口腔上颚患有恶性肿瘤。面对病魔她无所畏惧，人生哪能不得病呢？有病治病就是了。她对付癌症有一套自己的办法，手术后坚持中西医结合，精神治疗配合药物治疗，坚信靠自身的力量一定能扛过去。那一阵子，她把一天的时间排得满满的，每天凌晨3点半起床，从家出发锻炼身体，然后到医院看病抓药，中午回到家里忙忙乎乎的。手术后4个月，她接手了电影《炮兵少校》的拍摄任务，带着药罐子来到外景地，边拍戏，边吃药，边治疗，边锻炼，靠着顽强的精神与病魔抗争，身体慢慢得到了康复。1996年她到了离休年龄，可一直没闲着，又参演了几十部影视剧，还经常应邀出席各种社会活动，游泳、打乒乓球、打太极拳都是她的爱好，老年生活丰富多彩，运动让她恢复了健康。

几天前，在央视中文国际频道《中国文艺》栏目的“向经典致敬”节目里，我又一次见到陶大姐，她精神矍铄，笑声爽朗，说话铿锵有力，底气十足，根本看不出她已是81岁的老人。面对亿万观众她讲述着人生道路上的真情实感，谈到患有癌症的身躯，用她自己的话说现在“身上还有三个癌”，却一点都不在意。她说，人有生就有死，活着就要活个快乐，珍惜每一天，快乐每一天。

陶玉玲成功塑造了二妹子形象，二妹子成就了陶玉玲的事业。几十年过去了，《柳堡的故事》还是那样动情、感人，陶大姐在我们心中是永远的二妹子，真诚、甜美、灿烂。

2015年2月12日

兴趣成就梦想

郑州铁路局报告文学学会是河南省成立的第一个行业学会，也是河南省报告文学学会的分会。春节前夕，省报告文学学会举行了隆重的授牌仪式，路局党委副书记戴弘和工会副主席宋君霞参加了这次很有意义的活动。临近结束，主持人安排我讲讲关于报告文学的事，大家知道我对报告文学有着浓厚兴趣。

写报告文学我是外行，不过我喜欢读报告文学，受它的影响自然也常学着写一点报告文学之类的作品。不是谦虚，写得不好。报告文学是一种常见的文学作品，它与散文、通讯是文学作品中的“三姐妹”，既有差异也有相似之处。报告文学具有及时性、真实性、文学性三大特点，精彩的语言是它自然的魅力。它不同于小说，但也可以吸收小说的写作技巧，增强作品的渲染力。报告文学是人们非常喜爱的文学作品，大作家徐迟撰写的报告文学《哥德巴赫猜想》于1978年公开发表，在社会上引起强烈反响，几十年过去了，每每说起这篇大作大家都感受颇深。这些年我之所以写一些散文、报告文学之类的文章，完全是出于一种爱好和兴趣。

说到兴趣要从上学说起。从小我都爱玩儿，至今未改，恐怕这辈子是改不了贪玩儿的毛病了。上小学那会儿，我们家旁边就是熊儿河，河两岸是树林。那个时候的熊儿河水是清凌凌的，沿着河边向上走有一个很大的荷塘，满是鱼虾。沿河往下走有一座很古老的德济桥，桥下河面好几十米宽。熊儿河是我和小伙伴们的乐园，冬天在河里滑冰，夏天背着家人常跳到河里游泳，暑假里还常常带着弹弓到树林里打鸟、打知了，熊儿河给我们带来了无尽的欢乐。小学上到四年级，语文有了作文课，我常把在河边玩的事写成作文，无意中受到老师表扬。可不能小看老师的一次表扬，这对我来说是巨大动力，慢慢地作文成了我的一种喜爱。我还把好不容易要来的零花钱攒起来订了一份《少年报》，上面的文章能反复看几遍，感觉报纸上的文章写的也都是平常事。读到五六年级，还把我们暑假在树林里打知了、下河游泳的事写成文章寄给少年报社，报纸一来我先看稿子登了没有，到毕业也没见到我写的文章在《少年报》上露面。进了中学，我对写作更有兴趣，几乎每个星期都要写一篇文章，记叙的都是生活中的小事，哪怕是看场电影，买上一样什么东西，听别人讲一个故事，或者是参加一次活动，我都能用文字的形式记录下来，从百十字到几百字，有时越写越兴奋还能写到上千字。1968 年我从校门出来走上了工作岗位，还保持了原有的一些习惯，经常写点小文章。1978 年我在火车头上工作了 10 年有余，突然一纸命令我成了秘书，写工作总结、领导讲话、经验材料，专职搞文字工作，有时忙起来连饭都顾不上吃，加班熬夜更是常有的事。一旦有空，我还撰写一点新闻报道稿件，每次都誊写得干干净净再寄给报刊编辑部。看到报刊上刊登有我的文章，心里充满了喜悦，这是一种成就感，这么多年是它在激励我沿着这条路一直往前走。

1998 年我工作变动开始从事管理工作，活动范围扩展到郑州铁路局的角角落落，我的视野也随之变宽了。那一年立秋刚过，我到西安铁路分局检查工作，时任西安铁路分局副局长的汲万本陪同我搭乘火车头到宝（鸡）成（都）线穿越秦岭。在观音山车站，我被眼前清晰可见环绕大山的宝成铁路震撼了。回到郑州我按捺不住写作的激情，很快写了一篇散文《初过秦岭》，抒发我穿越秦岭时的真情实感。1998 年 8 月 27 日在《中原铁道报》刊登出来，之后朋友问我咋想起来写这篇文章，我实话实说：我们这趟车停在观音山车站，会让对方开来的那趟火车时，迎面开来的那趟车发出隆隆声响，由远到近在山坳里回荡，如同演奏着一曲美妙的交响乐……我心动了，心想要用我手中的笔墨把眼前的情景记录下来，于是有了《初过秦岭》这篇文章。2001 年 10 月，穿越秦岭的西安至安康铁路线建成通车，我乘火车检查工作又一次路过秦岭，感慨万千，在我的笔下又有了《又过秦岭》的新作。2004年11月，跨越秦岭的南京至西安的宁西铁路线建成即将通车，我与大家一起乘坐检查车运行到秦岭停车，望着这延绵在群山里的铁路线，触景生情，又写下了《再过秦岭》，并把三次过秦岭看到的、听到的汇集在一起，形成了近万字的报告文学《三过秦岭》。没想到，我的《三过秦岭》在2006年10月17日《文艺报》上刊发，著名铁路作家田永元配发评论。从20世纪50年代初修建的宝成铁路到2004年建成的宁西铁路，巍巍秦岭是铁路发展的见证，我从不同的侧面展示的是一代又一代铁路建设者的风采。

离开工作岗位7年多的时间，我坐在电脑前也敲打了7年多的键盘，没有寂寞，没有困惑，只有快乐，是兴趣丰富了我的生活。2007年4月14日我从领导岗位上退下来，有了充裕的时间，然而每天还是安排得满满的，天天与电脑为伴，把几十年来经历的风风雨雨和人生感悟，通过电脑转化成文字的形式，与朋友交流，与文人沟通，11个月写了32万字的散文、随笔，2008年3月出版了我的第二本散文集《我的太阳》。2008年4月17日，我在新浪网开博，立下规矩不超过10天发表一篇新博文，在不到8年的时间里我在博客里已发表370多篇博文，平均7天新添一篇文章，有的博文被转载，有的博文被收藏，还有的博文被报刊登载，点击量超过17万人次。写博文、看博客、发评论成了我生活中的一项重要内容。

作为文学爱好者，我也曾有过作家梦，但对我来说当作家是可望而不可即的事。2004年春节前夕，著名导演翟俊杰来郑州，看到我写了不少散文，鼓励我整理成册出版。在他的再三催促下，我的第一本散文集《我心永恒》于2005年1月由工人出版社出版，随后又有两本散文集出版。

退休之后我有更多的时间从事写作，有写不完的事、说不完的话，至今已出版5本散文集，还与他人合作编写了两本文学作品集，2009年我加入了中国作家协会，还担任了中国铁路作家协会副主席。用一句时髦的话，这叫“梦想成真”。回顾我走过的路，是兴趣成就了我的梦想。

2015年2月15日

我与郑院长

郑院长是河南省文学院原院长郑彦英，是当今中国文坛上的大腕儿。早有这个想法，写一篇这些年我与郑院长交往的文章，可心里总有障碍，怕写不好，不能把我的敬佩之情完全表达出来。今天我在《文艺报》上看到郑院长的《大写真人即文章》，那些顾虑一下子跑得无踪无影，于是打开电脑敲打键盘，说说心窝子里的话。

我与郑院长相识是10多年前的事了，时间长了自然成了朋友。尽管他年龄比我小几岁，在我心目中他是文学界的一个大腕儿，是个了不起的大人物，能与他交朋友我可真是高攀了。

说他是文学界的一个大腕儿毫无夸张之意。彦英1953年6月生于陕西礼泉县一个农民家庭，武汉大学中文系毕业后到部队搞创作，现在是中国散文家学会副会长、河南省文联副主席、河南省作家协会副主席，出版发行小说、书画、散文等作品集几十部，被搬上电影银幕和电视荧屏的就有10余部，有30来部作品获得省级以上文学大奖，散文集《风行水上》获得第五届鲁迅文学奖，足以称得上大腕儿了吧。

我结识彦英老弟也是源于写作。我上学那会儿，完全出于一种爱好，常常把生活中有意义的事记在本子上，隔上一段时间翻出来看看觉得挺有意思。有的日记经过整理还变成“作文”，交了作业，毫不谦虚地说，凭着这一点还受到老师的宠爱。走上工作岗位还经常写点小文章，偶尔还能在报纸杂志上露露面，时间长了出版了一本散文集《我心永恒》，也算是沾上那么一点点文人的气儿。一天，和我一样也是一个爱写点小文章的朋友说省文学院的郑院长想约我聊一聊，那个时候我满脑子都是工作上的事，不知道省里还有个文学院。说是大院长相约，那还有啥说的，肯定如约相见。

我与彦英第一次见面是在我的办公室。那是一天下午接近下班时刻，彦英由我的朋友陪同来到我办公室。他个子比我略高，浓眉大眼高鼻梁，很帅气。三句话不离本行，几句话过后我们就扯到了写作上。他是专业作家，生活是文学创作的沃土，作家就是要靠他那敏锐的视角了解生活、认识生活，挖掘生活中的创作素材，创作出大家喜闻乐见的好作品。我们谈论的话题更多的是铁路，毕竟我在铁路上工作了几十年，对郑州铁路局发展了解得多一些，尤其近些年亲历了铁路改革和大提速，有更深的体会。我们聊得随意，一见如故，我们因此也成了朋友。之后的日子我们经常联系，有时我还跑到文学院找彦英老弟请教，我们俩的距离越来越近。

2005 年铁路撤销了分局实行路局直管站段，我与彦英又一次碰面自然说起了铁路新的管理模式。我们认为，任何管理模式不会一成不变，变是绝对的，不变是相对的，很快我们的话题又转到了写作上。彦英知道我曾是火车司机，对火车头有很深的感情，一提起火车头就收不住我的话匣子，便约我写一篇关于火车头的文章。回到家里我像过电影一样，从上铁路技校一直到开上火车的那些日子，一幕幕清晰地浮现在眼前。我父亲是一个铁路工人，从小就给我灌输“长大就要开火车”的思想。受家庭和环境的影响，“开火车”这三个字深深地印在了我幼小的心灵，初中毕业考了铁路司机学校，出了学校门进了机务段，登上了火车头，驾驶过蒸汽机车、内燃机车、电力机车，天天风里来雨里去，锻炼了我的意志。很快我写了一篇一万多字的《我和火车头》文章，发到了彦英的邮箱。没想到，没过多长时间这篇文章在彦英极力推荐下在《中国作家》杂志刊登出来。这对我是莫大的鼓励，成了我坚持写作的一种动力，至今我已出版了 5 本散文集，在写作中享受着生活的快乐。

还有一件事令我难忘。2009 年 9 月初的一天，河南卫视记者打电话约我采访，要拍一部反映新中国成立 60 年河南铁路发展的电视片，时间很紧，说是第二天8点半就要见面。按约定地点，我与记者们准时会面，他们告诉我，这是一部名为《跨越》的纪实片，郑彦英院长奉命撰稿。还说铁路这一部分郑院长安排让直接采访我，东西都在我脑袋里装着。听了这番话，我建议不在室内到现场去拍摄，效果会更好。我们边走边拍，画面上有蒸汽机车，有内燃机车，还有电力机车……场面生动鲜活，通过火车头的变化看到了河南铁路的发展。只用了一个半小时，我们顺利完成了拍摄任务。9月30日上午，电视片《跨越》在河南卫视首播，10月6日又重播，河南铁路建设辉煌60年的生动画面，通过电波越洋跨海展现在世人面前。

最近，我在博客中又发现了郑院长的新浪博客。巧了，我们都是2008年在新浪网开博，他比我早了3个多月，他发表400余篇博文，我也发表有370多篇博文。博客是大家文化交流的一个平台，也是我学习的大课堂。这几天，我一有时间就打开彦英的博客，从中汲取知识的营养。彦英的博客内容丰富，有国内的，也有海外的，可以称得上是一部百科全书。他用一个资深作家独特的视野穿透力，发现生活中的点点滴滴，用文字的形式表达出来，字里行间折射出人生的哲理。彦英的博文充满了亲情、友情和乡情，有些文章读起来都让我流泪。2013年11月18日彦英发了一篇博文《和母亲晒暖》，语言朴实，流露出一片母子真情，看了之后心里热乎乎的。他这样写道："进入十一月，天冷了，暖气要到十五号才开，我把电暖器搬到母亲房间，母亲不开，说天不冷，却将厚被子拿出来盖。13号晚上，来暖气了，母亲高兴地给我打电话，说暖气提前来了，言语间尽是喜悦。昨天上午，母亲坐在阳台上，晒着太阳，做手工，我坐在母亲一边，在暖烘烘的太阳光里，和母亲说话……"文章通篇用的都是家乡语言，比如"晒暖"就是晒太阳的意思，读起来感到很亲切。彦英姊妹5人，母亲一手把他们拉扯大，不知付出了多少心血。现在母亲已年过八旬，常把儿女孙辈们牵挂在心头，还是操不完的心，字字句句彰显出母爱的伟大。在彦英的博文里常能看到他父母的身影，读他的文章我真切地感受到了那浓浓的亲情。

彦英开博7年，点击人数超过350万人次，关注人气达4300多人，粉丝跟了一大群，当然，我也是其中一个。

2015年2月28日

韩琦约稿

打开博客，蹦出“查看纸条”四个字。立马点击，纸条内容出现在眼前。这是《老人春秋》杂志编辑韩琦发来的，约我写一些关于火车头的稿子，放在《老人春秋》上，以飨读者。

说起火车头我有一肚子说不完的话。我出生在一个铁路工人家庭，从小老爸就给我灌输开火车的思想，一个心眼儿要让他的儿子成为火车司机。受家庭和环境的影响，我爱上了火车头，1965 年初中毕业毫不犹豫地报考了郑州铁路司机学校，学的就是开火车。1968 年我从学校毕业被分配到武汉江岸机务段，我们这批小年轻儿很快被安排在火车头当司炉。司炉的任务就是在火车头上烧火，把锅炉里的水加热变成蒸汽，并转化为动力推动机械运动，带动车轮转动使火车飞速行驶。那时的我身高才 1.65 米，体重刚过百斤大关，我们使用的是我国 20 世纪 50 年代末从苏联进口的 FD 型蒸汽机车。这种机车牵引力大，吃得也多，拉 3000 吨货物在铁路线上跑，一趟车下来要烧 10 多吨煤。师傅担心我身体吃不消，动员我趁早改行别把身体累垮。我没有退却，更没想改行，一门心思就是要开火车，别人能干我也能干，从来没有说过累。师傅看我干活利落还挺机灵，再也不想让我离开他们，第二年就干了副司机的活儿。副司机还是烧火，只不过少干不少杂活。活是累了些倒是很开心，虽说天天满身又是汗又是灰，心里却是乐呵呵的。

1973年春天，我离开武汉来到郑州机务段，用的还是蒸汽机车，苦中有乐，苦中有甜，在艰苦的环境中不断锻炼成长。

1974年初，一批批来自大连生产的“东风”型内燃机车开进了郑州机务段，这是我国第一代内燃机车。7月25日我们改用内燃机车牵引列车，凭着年轻的优势我很快掌握了内燃机车驾驶新技术，机车电路记得牢牢的，倘若运行途中机车电器部分发生故障处理不了，会被视为一种莫大的耻辱。我们使用的这种内燃机车还是比较脆弱的，运行中临时发生故障也是常有的事，每次出现故障我都想办法妥善处理好，不让机车在路上停摆。1976年初夏的一天，我们拉9次特快列车从郑州出发，车过洛阳操纵台上第六牵引电机故障红灯突然亮起，机车出现卸载，列车靠惯性运行。我让副司机小赵关闭故障电机恢复牵引，明显感觉动力不足，列车只得维持运行。只前行了20多公里，第四电机又出现故障，我不得不在新安县车站临时停车。我一方面安排小赵与车站联系说明停车原因，另一方面带着钳子和螺丝刀钻到机车下部，查找故障处抓紧处理。幸好我那时身材相对苗条，动作比较灵活，只用了几分钟时间就修复了第六电机，我们又继续前进了。值得庆幸的是，我在火车头上工作了10年，没有因为临时发生故障处理不了而开不动，再棘手的问题也都解决了。

1978年元旦刚过，一纸命令我离开了依依不舍的火车司机岗位，转行从事铁路运输管理，工作依然与火车头分不开。我很不习惯坐办公室，常跟车在铁路线上跑，把发现的问题归纳整理，从制度上加以解决。安全是铁路运输的生命线，没有安全就没有一切，从上班的第一天我们接受的教育就是安全，尤其是那些我亲眼看到的事故现场更是触目惊心，任何时候绝不能忘记安全。我认为，一个生产管理者必须懂行，懂技术。火车头是安全生产的前沿阵地，铁路的生产管理者要懂得火车头。那些年我出行几乎都是在火车头上，每次都要亲自驾驶，迫使自己不断学习新技术、感受新技术、掌握新技术，完善制度管理。结合工作实际，我撰写了《机务部门险性事故原因浅析及对策》在《中原铁道报》连载。在铁路系统开展的安全生产大讨论中，我的《关键在于抓落实》《一切从实际出发加强安全生产管理》等文章陆续被刊登。我与火车头有不解之缘，想到火车头总有一种幸福感。

科技在进步，时代在发展。我与火车头相处近半个世纪，经历了蒸汽机车、内燃机车、电力机车时期，现在又有了在高铁上行驶的动车组列车。曾叱咤风云百年的蒸汽机车于2002年2月28日退出了郑州铁路局，3月1日郑州铁路局在宝丰机务段隆重举行了蒸汽机车退役仪式，并将“建设”型8077号蒸汽机车封存，这是郑州铁路局保留下来的唯一一台蒸汽机车。

2002年5月17日，电影导演冯小宁要拍摄电影《举起手来》，通过朋友与我联系，需要找一台蒸汽机车配合，我们又重新启用了8077号机车参加拍摄，为影片增添了精彩画面和曲折的故事情节。

郑州的发展与铁路有着密切关系，都说郑州是火车拉来的城市。2002年“五一”过后，郑州要筹建一座以火车头为主题的公园，这个创意很好，既可以扩大宣传铁路文化，又能把铁路淘汰的陈旧设备保存下来，进行爱国主义教育。2004年春节前夕，坐落在铁路旁边的郑州世纪欢乐园建成并向游人开放，陈列在这里的不同时期的火车头，向来自四面八方的人们讲述着一个个古老的故事。

火车头伴随我们一路走来，如今它们都已渐渐远去，留下的是美好与甜蜜的记忆。

2015年3月22日

精彩的法庭辩论

我国第一部以见义勇为为题材的电视连续剧《别让我看见》在央视一套黄金时段热播，每天这个时候我都要坐在电视机前聚精会神地观看。 它的感人之处，就是通过我们生活中常见的一些事，阐明人生的伦理道德，传递正能量，树立人间正气。

《别让我看见》讲述的是一位老刑警刘玉生，退休后脱了警服在见义勇为基金会出任秘书长，见证了一群见义勇为的志愿者，为了维护正义与邪恶势力做斗争的动人事迹。 这部电视连续剧中有 4 集讲述的是在校大学生陈晓在帮助被撞倒的任秀英老太太过程中遇到的麻烦事。 尽管这是一部文学作品，可它真实、客观地反映了在我们现实生活中确有那么一些人，在大是大非面前丧失伦理道德，败坏了社会风气，造成好人受气，让做好事者受到不公平对待。 作品鞭挞了邪恶，伸张了正义，深受广大电视观众的喜爱。 其中最为精彩的是第 24 集中那场庭审辩论，律师王羽佳用充分的证据和精彩的语言还原了事情的真相，还了陈晓一个清白。

让我们把电视剧《别让我看见》回放到陈晓救助任老太太那一刻。 画面上老太太任秀英横过马路被一位骑电动车的中年男子撞倒，肇事者仓皇逃逸，围观者越来越多，谁也不敢动手救助。

这时，骑自行车路过这里的陈晓赶忙下车，毫不犹豫地招呼后来的两位同学把老太太扶上自行车，送往就近的一所医院进行救治。哪知这下陈晓竟被老太太及其儿子和家人缠住了，指责他是撞人的肇事者，不仅要承担任老太太的住院治疗费，还要承担治疗期间的一切费用，甚至为任秀英养老送终，陈晓被讹了。这不是恩将仇报吗？岂有此理！

无奈，陈晓只好去找一个说理的地方，还自己一个清白。他来到了见义勇为基金会，律师王羽佳和记者苏丽丽接待了满腹冤屈的陈晓。听了陈晓的陈述，苏丽丽和王羽佳都十分同情，决定要帮陈晓讨回公道。他们把这件事向秘书长刘玉生作了详细汇报，王羽佳作为陈晓的代理律师力求还原事情的本来面目。老刘带着他们到事发现场作了一些调查，并作了明确安排，要找到充分证据证明老太太不是陈晓所撞，让事实说话。应该说现在到处都有摄像头，把当时的录像调出来一切都可以真相大白。这事就是这么巧，偏偏在老太太被撞的地方没有摄像头，为查清案情带来很大难度。

任老太太有三个儿子，都已成家，出于某种心理都想把护理老太太的事和一切花销推给陈晓，很快找了个律师将陈晓告到了法院，王羽佳主动作为被告陈晓的辩护律师出庭应诉。先是原告律师慷慨陈词，说了一大堆理由，想证明陈晓就是撞倒任老太太的肇事者，王羽佳将任老太太和陈晓相遇之前两条路段的录像举证法庭，从时间推理上证明陈晓不是撞倒任老太太的那个人。原告的三个儿子一听急了吵吵嚷嚷，法官提醒保持肃静，他们的代理律师站起来发问，王羽佳起身应诉，法庭上出现了精彩的辩论场面。

原告代理律师："如果你（陈晓）没有撞到任秀英，你为什么要送她去医院，而且到了医院还主动缴纳了手术费、住院费。这正说明他（陈晓）撞到了任秀英老人，自知理亏，他就是撞伤原告的肇事者。"

被告代理律师王羽佳："我想反问原告方一句，如果你在街上遇到相同的情景，人不是你撞的，你会出手相救吗？"

任老太太的儿子："不会。"

被告代理律师王羽佳："原告方的推论明显已经离开了技术层面，试图从道德角度推论出对被告不利的结论。对此，我只想说，他没有这个资格。按照原告方的推论，一个老人倒在大街上，视而不见或者袖手旁观的人才是问心无愧的。我想问，到底是什么样的道德水准才能产生这样的逻辑推论？这样的推论让我想起了不久前发生在本市的另一件事：一个优秀年轻的警官，在执行任务的时候身负重伤，就倒在大街上，在雨水中挣扎。在这个过程当中，有很多人由此经过，或视而不见，或袖手旁观，以至于他失血过多，失去了抢救的机会。无论杀害这个警官的凶手是谁，有一点是可以肯定的，这个凶手找到了自己的帮凶，那就是冷漠、患得患失和对正义的离弃。如果我们相信和接受刚才那样的推论，总有一天，我们也会成为帮凶。”

王羽佳的精彩辩词为还原事情真相起到了重要作用，是对邪恶的一种鞭挞。我想，每一个电视观众看到这里都会为她的义正词严热烈鼓掌。法院判案讲求的是证据，是以证据为裁定依据的。这起案子没有当庭宣判而宣布休庭，之后又经过深入调查与见证者的到庭做证，在充分的证据面前法院最后做出公正判决，陈晓的冤屈得以洗刷，还了社会一个公道。

电视剧《别让我看见》今天在央视一套播出最后一集，这些天我的思绪一直沉浸在那场精彩的法庭辩论，幸亏陈晓的行为得到了大家的理解和支持，有那么多人去帮助他打官司，才没有被冤枉。如果陈晓不知道去求助，或者未遇到像刘玉生、王羽佳那些主持正义的人相助，那又是一个什么样的结果呢？毫无疑问，他帮助别人必定会付出沉重的代价，他的一生以及他的家庭都会由此而发生改变。

《别让我看见》中表现的陈晓救助任老太太的案例十分贴近生活，肇事逃逸、讹人敲诈的人都是道德缺失的表现，致使发现有人有难有的旁观者想伸手相助而又没有勇气挺身而出，都怕付出沉重代价。我们需要《别让我看见》这样的文艺作品，培育人们正确的道德观和正义感，大力弘扬正气，唱响主旋律，传递正能量，树立好风尚，不让好人再受到伤害。

2015 年 4 月 2 日

要有一颗年轻的心

青春是人生最美好的年华。然而，从生理现象上解释，人生不可能永远停留在青春年华。不过，从精神的层面上讲，一个人倘若常有一颗年轻的心，那么他这一辈子肯定长不老，天天和年轻人一样，青春靓丽，活力四射。

我常想，我们来到人世间追求的是什么？毫无疑问，都是为幸福而来。何谓幸福？以我之见，幸福应有三大支撑，一是健康，二是平安，三是快乐，三者缺一不可。年初，我收到《2014年中国精短美文精选》。翻到第284页，看到我国著名学者、百岁老人周有光的一篇文章，通篇是讲他的人生感悟，核心意思是要保持一颗年轻的心，人生才能幸福，人生才有意义。读他的文章是一种享受。

周老生于1906年，学识渊博，被称为“汉语拼音之父”。他说话幽默风趣，天天乐呵呵的，108岁依然读书写作，实在是了不起，他那颗年轻的心充满活力。

了解周老的人都知道，他能长寿是一个奇迹。据他自己说，年轻的时候也是很不幸的，体弱多病，患过肺结核，得过抑郁症，结婚那年请人算过一命，说他只能活到35岁。哪知，他活过了3个35岁，还思维敏捷，还在著书立说。是什么在支撑他的生命？毋庸置疑，是他那颗年轻的心。探讨他长寿的秘诀，一是多动脑，勤思考，不仅能猎取新知识，还能不断地刺激大脑皮层，促进大脑血液循环；二是生活简单有规律，饮食多素少油盐，住是小房间，穿是棉布衣；三是遇到不顺心的事要想开，“宰相肚里能撑船”，改变不了环境要去适应环境，没有烦恼只有快乐，做个乐天派；四是不让年龄大压倒自己，记住一句话，“自己还年轻”，过了百岁照样不停歇，生活有滋有味。周老生命之树常青，是他那颗年轻的心一直陪伴着他。

有人说，心态年轻的人必定能长寿。荣获“感动中国”人物的胡佩兰，是一位受人尊敬的老妈妈，她常年保持着一颗年轻的心。胡大妈 1944 年毕业于河南大学，做了一辈子妇科医生。1984 年已是 70 岁高龄的她从郑州铁路中心医院的工作岗位上退了下来，她没有把自己看老，依然在社区服务中心坚持为病人医治病痛，每天都闲不住，这一干又是 27 年。直到临去世的前一天晚上，她送走最后一位病人，回到家里安然入睡，凌晨 5 点多钟在睡梦中离世，为她精彩的一生画上了一个圆满的句号。她兢兢业业辛勤工作了一生，一心一意为患者着想，全心全意为病人服务感动了天地，荣获 2013 年度“感动中国”人物。我们都很熟悉胡大妈，每次见面她都是满脸笑容，和蔼可亲。在她 98 年的人生道路上，她用心救治，驱赶病魔，为无数患者带来快乐和幸福。

1928 年出生于河南宜阳的军旅作家陆柱国，先后与人合作或独立创作了电影剧本《战火中的青春》《独立大队》《雷锋》《闪闪的红星》等，这些作品被搬上银幕后影响了几代人。抗日战争胜利 60 周年前夕，八一电影制片厂策划拍摄一部抗日题材的影片，当年 77 岁高龄的陆柱国接手编剧的任务之后，像是又回到了年轻时代，满怀激情，只用了 20 多天就创作出反映抗日战争时期的影片《太行山上》。故事情节跌宕起伏，再现了我国八年抗战时期太行山区军民与日寇奋勇作战的史实，展现了中华民族反抗外来侵略过程中最为波澜壮阔也最为惨烈悲壮的历史画卷。《太行山上》获得第 25 届电影金鸡奖“最佳故事片”奖。2007 年 10 月 27 日在第 26 届电影金鸡奖颁奖仪式上，陆老荣获终身成就奖。当今已是 87 岁的陆老用他手中的笔，饱蘸激情，行进在艺术创作的道路上。

我可以称得上是一名乒乓球运动爱好者，尽管球技不怎么样，也能在赛场上对付一阵子，经常参加一些比赛。尤其是我从工作岗位上退下来，在乒乓球比赛中可谓大开眼界。前几天，我和我的伙伴们参加河南省老年健身运动乒乓球赛，上场相遇的对手竟是83岁的一名长者。他那娴熟的动作、敏捷的思维、快速的反应，怎么也想不到他已年过八旬，倘若不是我们场下闲聊还真弄不清老人家的真实年龄。2009年我到淮安参加全国“市长杯”乒乓球赛，初识来自大草原的蒙古族选手甘珠尔扎布。这是一位老革命，是1946年参加中国共产党的“老布尔什维克”，党龄比我年龄还大，已过了82岁生日。甘珠尔扎布自幼热爱体育锻炼，17岁操起了乒乓球拍子活跃在运动场上，半个多世纪以来他的身影总在赛场出现，是运动为他的生命注入了不老的元素。淮安赛场上选手个个身手不凡，甘珠尔扎布面对强手不示弱、不手软，从容应对，能守能攻，他那精湛的技艺不断博得喝彩声和掌声。

乒乓球运动是一项非常好的健身活动，80多岁的运动员参加比赛并不罕见。2010年6月中旬，由国际乒联举办、我国呼和浩特承办的第十五届世界元老杯乒乓球锦标赛，规模空前，前来参加比赛的各国运动员有2076名，可以说是一次乒坛老将的大聚会，年龄最大的澳大利亚女选手多罗西·得勒已有102岁。那天，在运动员入场式上，当主持人宣布102岁的澳大利亚运动员多罗西入场时，全场报以热烈的掌声，运动场上全体运动员和观众用最热烈的方式欢迎这位来自远方的朋友。我在互联网上查到一些资料，1982年世界元老杯乒乓球锦标赛开赛，之后每两年举行一次，到2010年共举办了15届，多罗西是连续参加15届比赛的唯一一位百岁老人。比赛场上她的一举一动都引人注目，人们用惊讶的目光目睹百岁老人奋力拼搏的风采。比赛进入决赛，多罗西与92岁的日本选手杜冈富江为伴，夺得85岁以上年龄组女子双打第二名。在多罗西的生命里，她把乒乓球运动看得比什么都重要，打乒乓球给了她快乐，给了她幸福，给了她一颗年轻的心。

生命的本质在于追求快乐，心态决定生命的质量。愿大家都拥有一颗年轻的心，用良好的心态迎接每一天。

2015年4月16日

老妈开心我们高兴

这个冬天，妈最不开心的是在医院消磨时间，30多天没有离开那个洁白的房间。我的几个妹妹日夜轮流守护，大家都期盼老人家早日康复。

过了春节，妈出院回家一直没敢出门，生怕风吹受凉再引起不适，她毕竟是90岁高龄的老人了，稍不注意就会留下后悔的。谷雨过后气温明显回升，我一直寻思着找个风和日丽的日子陪着老妈到外面走走，出去走动观花赏景是妈最开心的事。

三月初三是老妈91岁生日，一大早，舅舅打来电话送来祝福。我告诉他，三天前星期六，全家人聚在一起热热闹闹，欢笑中分享了老妈生日的快乐。我打开窗户吹来一丝凉意，太阳在云层里时隐时现，打消了陪老妈出行的想法。第二天，一觉醒来我打开电脑，查看郑州天气，晴，最高温度28℃，这天气不热不冷正适合老人外出。打电话和我妹妹商量，不谋而合，都想陪老妈出去看看外面的世界。兄妹几个很快达成共识，到郑州绿博园去，那儿水好树多，鸟语花香，城里人都爱往那儿去。郑州绿博园是几年前修建起来的大型园林，占地面积近3000亩，位于郑州至开封间，距郑州只有一个小时的车程。这里地势起伏不平，水系较为发达，地下水位高，有坑就有水，一年四季分明。绿博园以绿色为主题，700多个品种、60多万株树木郁郁葱葱，充满了盎然生机；来自全国各地不同风格的庭院建筑错落有致，显示出中华民族博大精深的历史文化；远渡重洋落户在这里的非洲、欧洲和南北美洲的异国风情园区，颇有他乡之感，别有一番情趣；占地260亩的湖面，如同镶嵌在中原大地上的绿色宝石，碧波荡漾，鱼翔浅底。水是生命之源，哪里有水哪里就有了灵气。绿博园成了人们心目中的一块绿色宝地。

吃过早饭，三妹继红给妈说陪她一起去绿博园，老人家当然同意。虽说两年前二妹她们几个陪老妈曾经去过，一点印象都没有留下来，上了年纪的人都是这样，大多有健忘症。不管能不能记住，只要说出去老妈都很乐意。妈就是这样的性格，只要妈开心我们做儿女的就高兴。

一切准备妥当。我把车停靠在路边，妹妹搀扶老妈上了车，轮椅放在了后备厢，迎着暖暖的太阳我们向着绿博园的方向驶去。

这几年郑州市区增添了两条快速路，新近开通的陇海快速通道直通郑东新区，极大地方便了人们的出行。我们沿着陇海快速路很快出了闹市区，大约一个小时的光景就到了绿博园景区，入口处着装统一的青年学生正在排队入园，我们紧随其后走进了这个曾经来过的地方。一切耳目一新，树更绿，花更艳，水更清，天更蓝。园区各种标示清晰醒目，乘车游览随人所愿，有一站到达的电瓶观光车，更方便的是可坐多人的脚踏自行车，乘客同步踩踏可以到达园区的每一个地方。我们当然选择了这种多人脚踏自行车，操作简单，环保无噪声。我是第一次尝试，双脚踩动行走自如很方便，不然怎么会有那么多游客享用，一拨儿又一拨儿骑车游览，成了绿博园一道亮丽的风景。

老妈外出走动离不开轮椅，进入园区二妹夫广周一直推着老妈，每到一处都要告诉她眼前的景色。妈年事已高，听力不怎么好，而且视力也弱，往往一句话需要重复几遍，问她能否看清跟前的景物，老人家总是说能看清。我知道，妈这样回答是安慰我们，不让我们为她多操心。三妹是个很细心的人，前些日子在医院专门安排为老妈做了眼睛检查，结果是患有白内障，建议做手术。我心里很清楚，白内障是老年人的常见病，到了她这个年龄手术治疗要慎重，尤其是眼睛不能轻易手术，否则会适得其反。早些年，老妈做过一次白内障手术，倘若再做这样的手术见不到效果，岂不是让老妈白受罪。如果手术后视力不如手术前，更是得不偿失，现实生活中不是没有这种可能。我主张让妈维持现状，尽管视力弱些在家还不影响看电视，生活还能自理，不能要求太高了。妈很知足，年过九十走动一般不用拐杖，隔三岔五还能打打扑克，出牌反应不比我们差，妈有个好身体是全家人的福分。

接近中午时分，绿博园的主要景点我们都走到了，二妹志红问妈累不，妈说不累。这些年，我有三个妹妹退休在家，经常陪老妈外出走动，妈从未说过累。二妹建议再到开封看看，绿博园离开封很近，去开封也很容易。

出了绿博园老妈上了车，我把车窗半开，慢慢起动，以免妈晕车。知道妈有这个毛病，每次老妈坐车我都特别注意，不让老人家有不适的感觉。驶入郑（州）开（封）大道，我把车速提升到 80 公里/时。郑开大道是郑州到开封的一条快捷通道，道路宽敞，双向 10 车道，它的建成通车不仅缩短了两座城市间的行车时间，而且带动了周边地区的经济发展。当下正是草莓收获上市的季节，大道两旁经营摊点一个挨着一个，鲜红水灵的草莓着实招人喜欢，一眼望去草莓种植的大棚数都数不清，难怪城里人都愿意来采摘。这一带的农民靠着鲜果经营过上了好日子。

我们很快进入开封城区，这是一座已有 2700 多年历史的古城，有深厚的文化底蕴。老妈对开封并不生疏，15 岁她来到徐家和我父亲跟着我爷爷一起来到这座古城谋生，留下了许多难忘的回忆。我小的时候，妈时不时讲些当年在开封给大户人家干活的事，流露出一种感恩的思想。我父母都没上过学，感情朴实，纯属“给点阳光就灿烂”的人，总念别人的好，为人实在。1945 年春天，我爷爷意外身亡不久，父亲带着我妈来到郑州安家，朋友帮忙进了铁路，从此有了一份安稳的工作，家里生活算是有了着落。半个多世纪过去了，我妈每逢给我们讲起这些事，心里都是明镜一般，有说不完的话。

我把车停好打开车门，搀扶老妈下车，轻声说了一句：“妈，咱们到开封了。”老人家双眼凝视远方，好像是在寻找当年的记忆……

2015 年 4 月 27 日

生活中处处有学问

朋友相聚，桌子上放着一本名为《读书智慧》的小册子。这是一本自编的好读物，通俗易懂，小故事里蕴藏着大道理，给人以教诲和启迪。

今年已是88岁高龄的星云法师在佛教界很有影响力，他感悟人生著书立说，作品被翻译成十余种文字，讲述的都是如何做人做事。在他的《如何与人相处》这篇文章里，言简意赅，道出了人与人之间交往的秘诀。

做人要低调。星云法师的观点就是不要与人争高低，要树立“你大我小”的思想。在人类社会，人与人交往是必不可少的重要活动，离开了交往人就没有生存的空间。怎样交往？不同的人有不同的交往方式。有的人往往显示出一种霸气，遇事必争强，事事都要表现出高人一等的样子。在星云法师眼里，这是万万使不得的，如若大家都争强好胜，人世间哪有和谐之说。人都有自己的长处和短处，不能总用自己的长处去比别人的短处，要用自己的短处去比别人的长处。常看自己的不足才能不断学习进步，总看自己的长处则会高傲自大，不仅被人看不起还会招来非议，“好胜者，必遇敌”就是这个道理。低调做人并非懦弱，低人一等，恰是有修养、有素质的一种表现，必然会赢得大家的认可和尊重。

为人要和善。做人要有一颗善心，多做善事，做一辈子善事。善，不是简单意义上的单纯，而是一个人内心的宽容，思想上的博爱。和善是中华民族思想文化的一个重要体现。2300 多年前，战国时期思想家孟子在《孟子 · 公孙丑上》中说："取诸人以为善，是与人为善者也。故君子莫大乎与人为善。"孟子就提倡行善，要用学习别人的优点来完善修补自己，这是和别人一起做善事。他认为，君子的最高德行就是与人为善。善与恶有时只是一念之差，登录互联网可以看到一则弘一法师李叔同的故事。李叔同博学多才，是有名的音乐家、美术教育家。任教期间，有一次在音乐课堂上，有一个学生在下面看闲书，还有一个学生随地吐痰。李先生看到之后并没有当场批评他们，而是下课后把他们留下来，和风细雨地对他们说以后不要这样做。两个学生听了满不在乎，觉得是老师小题大做，刚要申辩，没想到这位德高望重的老师向他们鞠了一躬。两个学生顿时面红耳赤，深感惭愧。在李大师心目中，"善"字面前没有高低贵贱之分，要用春风化雨般的滋润帮助学生改正错误，达到教育人的目的。我们都信奉善有善报，人世间好人必得好报。

遇事要无争。星云法师说："人生的旅途上，不一定要每一步都向前看。回头是岸，能退一步想，海阔天空；凡事退一点，不但留给别人一点余地，也是一种修行。"这段话富有哲理，千万不能遇事非要与他人争个高低，那种钻牛角尖式的争执毫无意义，该让的要让，需退的要退，能忍的要忍，与其能辩不如能忍。我认为星云法师讲的是一种心态，有人说心态决定命运。人人都想有一个好心态，好心态能让人长寿，好心态能让人快乐，好心态并不是所有的人都能保持的。当一个人的思想境界达到一定高度，才会保持一个好的心态，淡定自若，顺其自然。

星云法师的文章深入浅出，是他人生感悟的精华，充满哲理，越看越有味道，开眼界，长知识。

在《读书智慧》里有一篇题为"大与小"的文章，通篇只有二百来字，从"姑婆穿鞋"说起，主题是讲人对物欲追求的学问。故事的开头说朋友的姑婆一生从来没有穿过合脚的鞋子，常穿着比自己脚大得多的鞋子走来走去，让人看着很不舒服，她自己肯定也不会舒服。每逢儿子或是晚辈问她，她都说："鞋子大小都是一样的价钱，为何不买大的？"我想，现实生活中不会有姑婆这种人，只不过是作者借助“姑婆穿鞋”说明一个道理，就是人对物质的追求要结合实际，小了不行，大了也不好，适中最理想。物质是人类生存的必要条件，每个人都会有物质追求，这种追求必须要切合实际，否则就会像姑婆一样，穿着不合脚的鞋不是享受而是难受。

《有黑点的珍珠》也是一篇仅有二百来字的小文章，折射出来的却是生活中的大道理。文章的故事情节很简单，说是有个渔夫有一天在海里捞到一颗大珍珠，爱不释手，美中不足的是珍珠上有一个小黑点，这颗珍珠如果没有这个小黑点则是无价之宝。珍珠上的小黑点成了渔夫吃饭不香的一块心病，思来想去决定用刀子把小黑点刮掉。哪知刮了一层又一层这个小黑点都没有消失，刮到最后小黑点没了，同时珍珠也不复存在了，他心爱的宝物一时间化为乌有，后悔莫及。这则小故事说明一个道理，在人们的现实生活中，任何东西都不会十全十美。追求完美只是人的一种理想，在这个世界上只有相对的完美，没有绝对的完美。苛求完美，到头来只能落个竹篮打水一场空。

《给人生算账》算出了人这一生的有效时间，教育人们要珍惜时光，让生命更有意义，实现人生的价值。很早就有人算过人生账，曾有一首歌这样唱道：“人生七十年古来稀，我今七十不为奇。前十年幼小，后十年衰老，中间只有五十年，一半又在睡中过，算来仅有二十五年……”中国人为人生算过账，外国人也算过人生账。英国人把人的生命界定为100岁，算来算去其中真正的黄金时段也只不过10年罢了。这样一算，“珍爱生命，珍惜时光”就成了人生中的大事，珍惜一分一秒，多做实事善事刻不容缓，让生命更加灿烂。

《读书智慧》收录的30多篇文章短小精悍，篇篇都有很强的思想性，细心阅读，仔细品味，从中受益匪浅。学习就是这样，只要留心，生活中处处有学问。

2015年5月26日

后　记

打开电脑，整理这两年来的作品，我决定出版这本散文集。

岁月无情。人都有变老的那一天，自然规律谁都无法抗拒，年龄问题不以人的意志为转移。我从工作岗位上退下来已有 8 年之久，也进入了老的行列，尽管我不想老但还是老了。

岁月有情。这些年我没感觉到老，坚守着喝小酒、打小球、开小车、看小景、写小文章的“五小”工程，依然没闲着，生活充实，享受着岁月的快乐。父母从小把我送进学堂，是老师从识字开始把我引上了喜欢看书写作的路子，让我退休之后照样有事做，有快乐。我发自内心地感谢我的老爸老妈，感谢老师的培养教育，是他们给了我生活的激情和乐趣。

我写不了大文章，只是把生活中点点滴滴的理性认识变成文字，整理成章，我把它定位于小文章，本来就是小文章。10 年了，我已出版了《我心永恒》《我的太阳》《我书我心》《我行吾咏》《我述悟声》5 本散文集，大家还都挺乐意看，网上还竟然有盗版的。2005 年我加入了中国散文学会，2009 年又成为中国作家协会会员，现在仍在中国铁路作家协会副主席的位置上。铁路有一个作家群，王勇平、王雄、田永元等都是我的好朋友，他们给了我不少帮助，从他们身上我也学到了不少知识。我的几本散文集书名都是“我”字当头，这次我把“我行我诉”作为书名，意思是这些文章都是我的肺腑之言，我的真情实感。

以文会友，朋友遍天下。2007年4月14日我离开了工作岗位，大把大把的时间都用在了写作上，脑子里装的东西太多了，有说不完的话，写写自己看看，感觉挺有意思的。整理出版了我的第二本散文集《我的太阳》之后，于2008年4月17日在新浪网上建立了博客，把它作为文化交流、以文会友的平台，又结识了不少朋友，有的还是文学创作的大家。固然我有粉丝，但我也是大家的粉丝。这些年发博文、看博文、写评论成了我生活的必需，我的博客点击人数超过了18万人次。我深深地体会到，博客不仅是一个大家交流的平台，更是一片沃土，蕴藏着丰富的文学素养。汲取营养，丰满自己，开心每一天。

我的散文集都是朋友作序，这次想请河南文学院原院长、鲁迅文学奖获得者郑彦英作序，我们是10多年的朋友了。巧了，那天我们又碰到一起，说起我要出书的事，他很快为我作了序，令我十分敬佩。

书稿出来以后，好友留彦帮我整理优化组合，提升了这本书的品位。近年来我与留彦一起采风、撰稿、搞编纂，情趣相投，情同手足，我由衷地感谢这位小老弟。

本书的出版是我与朋友们的共同劳动成果，在这里一并向大家表示衷心的感谢。

徐宜发

2015年5月29日